ADEUS, AURORA

ADEUS, AURORA

CICLO AURORA_03

AMIE KAUFMAN
&
JAY KRISTOFF

TRADUÇÃO DE ISABELA SAMPAIO

Rocco

Título Original
AURORA'S END
Aurora Cycle 03

Este livro é uma obra de ficção. Nomes, personagens, lugares e acontecimentos são produtos da imaginação dos autores e foram usados de forma fictícia. Qualquer semelhança com pessoas reais, vivas ou não, acontecimentos, eventos ou localidades é mera coincidência.

Copyright © 2021 by La Roux Industries Pty Ltd e Neverafter Ltd
Arte de capa: © 2021 by Charlie Bowater

Todos os direitos reservados, incluindo o de reprodução no todo ou em parte, sob qualquer forma, sem a prévia autorização do editor.

Edição brasileira publicada mediante acordo com
Sandra Bruna Agencia Literaria, SL,
em parceria com Adams Literary.

Direitos para a língua portuguesa reservados
com exclusividade para o Brasil à
EDITORA ROCCO LTDA.
Rua Evaristo da Veiga, 65 – 11º andar
Passeio Corporate – Torre 1
20031-040 – Rio de Janeiro – RJ
Tel.: (21) 3525-2000 – Fax: (21) 3525-2001
rocco@rocco.com.br
www.rocco.com.br

Printed in Brazil/Impresso no Brasil

preparação de originais
GISELLE BRITO

CIP-BRASIL. CATALOGAÇÃO NA PUBLICAÇÃO
SINDICATO NACIONAL DOS EDITORES DE LIVROS, RJ

K32a

    Kaufman, Amie
        Adeus, Aurora / Amie Kaufman, Jay Kristoff ; tradução Isabela Sampaio. - 1. ed. - Rio de Janeiro : Rocco, 2023.   (Ciclo Aurora ; 3)

        Tradução de: Aurora's end
        ISBN 978-65-5532-318-4
        ISBN 978-65-5595-166-0 (recurso eletrônico)

        1. Ficção. 2. Ficção científica - Literatura infantojuvenil. 3. Literatura infantojuvenil australiana. I. Kristoff, Jay. II. Sampaio, Isabela. III. Título. IV. Série.

22-81258   CDD: 808.899282
                      CDU: 82-93(94)

Gabriela Faray Ferreira Lopes - Bibliotecária - CRB-7/6643

O texto deste livro obedece às normas do
Acordo Ortográfico da Língua Portuguesa.

Para os membros dos nossos esquadrões,
sem os quais estaríamos perdidos:
Amanda,
Brendan,
e agora Pip.

COISAS QUE VOCÊ DEVERIA SABER
▶ SÉRIE: CICLO AURORA
▼ ELENCO

Aurora Jie-Lin O'Malley: a garota fora do tempo. Séculos atrás, sua nave colonizadora, a *Hadfield*, tinha como destino Octavia III. Agora sabemos que foi bom ela não ter chegado lá, porque coisas bem ruins e bem… botânicas aconteceram com os colonos que estavam no planeta. Infelizmente, isso incluía o pai dela.

Mais informações a respeito dele em um instante.

Depois de unir forças com o Esquadrão 312 da Legião Aurora, Auri começou a ter sonhos proféticos, a exibir poderes telecinéticos e, de modo geral, a transformar-se numa super-heroína pequena, mas determinada. Ela descobriu que seus poderes lhe foram dados pelos Eshvaren, uma espécie misteriosa que derrotou Ra'haam em eras passadas.

Como sabiam que o inimigo ancestral estava apenas adormecido, os Eshvaren deixaram para trás uma Arma e uma maneira para o Gatilho dessa Arma passar por um treinamento e aprender a usá-la.

Dentro do Eco, um espaço de treinamento psíquico, Auri aprendeu a dominar os próprios poderes e… praticou outras atividades com o namorado, Kal. Ela saiu de lá pronta para derrotar Ra'haam, mas acabou descobrindo que outra pessoa já tinha roubado a Arma.

Depois de também ter sido escolhido como Gatilho, o líder militar Syldrathi conhecido como Destruidor de Estrelas usou a Arma para destruir o sol do próprio planeta e agora ameaça a Terra com ela. Ah, e acontece que ele é o pai de Kal. *Essa* foi uma conversa que não acabou nada bem.

Vista por último: lutando contra o Destruidor de Estrelas, a bordo da Arma, nave de cristal que tem o poder de destruir planetas e sujar roupas íntimas.

Tyler Jericho Jones: o líder que virou fugitivo. Quando se juntou à Legião Aurora, Tyler nunca imaginou que seu esquadrão estaria repleto do pior que a Academia tinha a oferecer. Também nunca lhe passou pela cabeça que fosse acabar fugindo de metade da galáxia, roubando bancos e saqueando escombros de naves, muito menos se unindo à guerreira Syldrathi mais cruel que já viu.

Já mencionei que essa guerreira é a irmã de Kal, Saedii? O passado daquele garoto é *cheio* de tretas familiares secretas.

Enfim, Tyler fez uso do brilhantismo tático e de suas incomparáveis covinhas para liderar a fuga do seu esquadrão de Octavia em direção à Cidade Esmeralda, onde conseguiram uma pilha enorme de dinheiro, uma caixa cheia de presentes misteriosos, deixados muito antes de qualquer uma dessas falcatruas ter início, e as chaves para uma nave novinha e muito, muito chique.

No meio do roubo da caixa-preta da *Hadfield*, o grupo foi aprisionado pela já citada guerreira Syldrathi, Saedii. Depois de uma luta num fosso contra um drakkan, Ty foi capturado pela Agência de Inteligência Global (também conhecida como AIG) ao lado de sua nova inimiga Syldrathi.

Tyler descobriu muitas coisas, inclusive como ela fica de roupas íntimas, e que, diferentemente do que achavam todos esses anos, ele e Scarlett não são humanos e sua mãe era uma Andarilha Syldrathi.

Visto por último: fugindo com a nova aminimiga, Saedii.

Kaliis Idraban Gilwraeth: o guerreiro incompreendido. Dos pontos mais altos — descobrir no Esquadrão 312 uma nova família e encontrar o amor ao conhecer a arma psíquica Aurora — aos mais baixos — ser desmascarado como o filho do Destruidor de Estrelas e expulso do esquadrão —, Kal passou por maus bocados ultimamente.

Banido por omitir o minúsculo detalhe de ser filho do arqui-inimigo do grupo, ele voltou aos braços da família. Mas, *plot twist*! Permaneceu fiel a Aurora e lutou ao seu lado quando ela chegou para enfrentar seu pai.

Visto por último: sob ataque psíquico a bordo da Arma Eshvaren.

Scarlett Isobel Jones: a fabulosa, instaladora do meu programa de personalidade, luz da minha vida. Ela também sabe onde fica meu botão de desligar.

As palavras "Se ao menos ela fosse aplicada" surgiram mais vezes no boletim de Scar do que no de qualquer cadete na história da Academia. Mas sua empatia excepcional (ou não tão excepcional assim, considerando o fato de que sua mãe era uma Andarilha Syldrathi, coisa que Scar não sabe) e a lealdade absoluta ao irmão gêmeo, Tyler, a levaram a cruzar a galáxia com o Esquadrão 312 sem jamais quebrar uma unha sequer.

Durante a fuga, o esquadrão descobriu uma coleção de presentes no Repositório do Domínio, destinada a eles muitos anos antes de se juntarem à Legião Aurora. Scar ficou com o melhor de todos: uma corrente com um diamante incrustado. E diamantes são, como todo mundo sabe, os melhores amigos das mulheres.

Depois de Tyler ter sido capturado pela AIG, Scarlett e os outros levaram adiante a tarefa de ajudar Aurora a roubar a Arma do Destruidor de Estrelas, salvar a Terra e seguir com a missão de destruir Ra'haam antes que desperte e devore toda a galáxia. Nada de mais.

Vista por último: prestes a dar uns beijos (!!!) no Finian (!!!), mas impedida no último segundo pela sacada que ele teve de que o diamante no colar dela não é de fato um diamante, mas um cristal Eshvaren (!!!).

Ah, sim, e aí tudo explodiu.

Finian de Karran de Seel: aquele que vai nos cativando, assim que passamos a conhecê-lo melhor. Gênio da mecânica e Betraskano, Finian provou sua lealdade ao Esquadrão 312 repetidas vezes.

Ele pode até ter suavizado o jeitinho arrogante, mas não abandonaria seu sarcasmo nem morto — o que talvez esteja mesmo, considerando que a última coisa que ele, Scarlett e Zila viram no final do volume anterior foi um clarão de luz ofuscante no meio de uma batalha espacial gigantesca para defender a Terra de um Destruidor de Estrelas pra lá de mal-humorado.

Visto por último: interrompendo seu tão sonhado beijo em (!!!) Scarlett Jones (!!!) graças ao estalo que teve a respeito do colar. Esse menino precisa parar de se atrapalhar, sério mesmo.

Zila Madran: a dos brincos. E do cérebro do tamanho de um planeta.

Embora o esquadrão de Zila tenha passado um bom tempo achando que ela era uma baita sociopata — e, em defesa deles, ela realmente demonstrou uma afeição nada saudável pelo modo Atordoar da pistola disruptiva —, de lá pra cá descobrimos que, quando criança, ela viu os próprios pais serem assassinados enquanto tentavam protegê-la e que, desde então, está sozinha pela galáxia.

Ostentando pura ousadia, incluindo resgatar o Esquadrão 312 da prisão na nave de Saedii, ela passou da teoria à prática e, pouco a pouco, mas sem sombra de dúvida, o gelo parece estar derretendo.

Vista por último: explodindo em moléculas junto com Scarlett e Finian durante a batalha para salvar a Terra.

Catherine Brannock: a camarada morta em combate. Melhor amiga de Tyler e Scarlett e pilota do Esquadrão 312, Cat "Zero" Brannock era uma Ás sem igual.

Ra'haam a consumiu enquanto o esquadrão fugia de Octavia, mas essa não foi a última vez que a vimos. Agora ela faz parte de Ra'haam, que tem usado o conhecimento dela para perseguir Aurora, Tyler e o restante do esquadrão. Ra'haam também faz questão de usar o rosto familiar de Cat. Quando Tyler foi capturado, ela o interrogou como parte da AIG.

Vista por último: atirando vários mísseis no rostinho bonito de Tyler.

Caersan, Arconte dos Imaculados: toda família tem um, e ele é o da família de Kal. Aqui é útil conhecer a política Syldrathi.

Bom, os Syldrathi se dividem em clãs, certo? O Clã Guerreiro é dos Guerreiros (a dica está no nome, sério) e, quando os Syldrathi assinaram um acordo de paz com os Terráqueos e os Betraskanos, os Guerreiros, bem... por eles, a luta continuaria.

Um subgrupo de Guerreiros se autodenominou "Imaculados" e deu início a uma guerra civil Syldrathi. Seus integrantes foram liderados por Caersan, Arconte dos Imaculados, também conhecido como Destruidor de Estrelas. Ele ganhou esse nome quando roubou a Arma Eshvaren que Auri estava aprendendo a usar e explodiu o sol do próprio planeta numa épica demonstração de força que convenceu todo mundo a passar *bem* longe enquanto ele entrava em guerra contra o próprio povo.

Seu filho, Kal, não queria nada com o pai e foi embora para se juntar à Legião Aurora sem revelar quem era. Já vimos como isso deu certinho para ele.

Sua filha, Saedii, permaneceu fiel e, quando ela e Tyler foram capturados pela AIG, Caersan deixou bem claro que estava preparado para explodir a Terra a fim de recuperá-la.

Visto por último: numa luta psíquica contra Auri pelo controle da tal Arma.

Saedii Gilwraeth: a irmã assustadora. Se, por um lado, Kal e sua mãe abandonaram Caersan mais cedo, por outro, a irmã de Kal escolheu ficar ao lado do pai. Agora, ela atua como uma de suas Templárias, comandando uma enorme e aterrorizante nave de guerra e uma parte significativa da frota de Caersan.

Ela é linda, ela é letal e ela usa um colar com os dedos dos antigos pretendentes, então é bom pensar duas vezes antes de tentar dar em cima dela.

Depois que alguns Imaculados ouviram o nome de Kal durante uma briga de bar em Sempiternidade, ela perseguiu o grupo da Cidade Esmeralda até os destroços da *Hadfield*, onde os capturou. Depois disso veio todo aquele lance da batalha contra o drakkan, e ela e Tyler foram aprisionados pela Agência de Inteligência Global. A AIG, corrompida por Ra'haam, estava tentando iniciar um incidente interplanetário para desviar a atenção de todos dos seus planetas-berçário, que vêm amadurecendo bem depressa. É tudo bastante complicado.

Muito a contragosto, ela admite que Tyler acabou se provando um pouquinho útil durante a fuga dos dois.

Vista por último: batendo em retirada com Tyler Jones.

Eshvaren: os alienígenas misteriosos. Eras atrás, os Eshvaren lutaram contra Ra'haam para impedi-lo de controlar toda forma de vida da galáxia e venceram.

Bem, quase.

Na verdade, Ra'haam foi impelido a se esconder, esperando aproximadamente um zilhão de anos para recuperar sua força.

Como sabiam que não estariam na área quando o segundo round começasse, os Eshvaren semearam a galáxia com centenas de espécies — todas bípedes, à base de carbono e capazes de se comunicar entre si, um acontecimento, antes sem explicação, que levou à formação da Fé Unida. Não há a menor dúvida de que o próximo passo dos estudiosos será se concentrar na questão de quem criou os criadores.

Conhecidos por seus belos artefatos de cristal, sua relação flexível com o tempo e a aura geral de mistério, os Eshvaren criaram o Eco, onde Aurora deixou de ser uma viajante do tempo estressada para se tornar uma guerreira psíquica com um propósito único.

Os Eshvaren disseram a Auri que ela só seria capaz de invocar o poder que precisava caso se libertasse de todos os laços que a prendiam à sua vida antiga. Mas Aurora percebeu que, no fim das contas, esses laços eram o motivo pelo qual estava disposta a lutar.

Vistos por último: extintos há eras.

Ra'haam: o inimigo implacável com um só objetivo em mente (e uma só mente).

Ra'haam vem tentando dominar a Via Láctea desde tempos imemoriais e, após a última grande derrota pelas mãos dos Eshvaren, retirou-se para vinte e dois planetas-berçário obscuros, onde suas últimas sementes com vida poderiam pouco a pouco se recuperar debaixo da superfície. Ninguém contava com aqueles Terráqueos inconvenientes colonizando o planeta Octavia, o que acabou despertando Ra'haam de seu sono antes da hora. Ra'haam consumiu os corpos dos colonos — incluindo, infelizmente, o pai de Aurora — e os usou para se infiltrar na sociedade Terráquea.

Alguns séculos após terem sido originalmente infectados, os colonos de Octavia chegaram ao poder e agora controlam a Agência de Inteligência Global, o grupo Terráqueo pra lá de assustador responsável por operações secretas e pela segurança planetária.

O líder deles é Princeps, cuja mente não passa de mais uma parte de Ra'haam, mas o corpo é do pai de Aurora.

Sozinhos, esses agentes não são capazes de gerar os esporos necessários para infectar outras pessoas — apenas se protegem contra mais interferências nos planetas-berçário, onde Ra'haam está muito perto de recuperar totalmente sua força.

Mais cedo ou mais tarde, esses planetas estarão prontos para florescer e eclodir, lançando esporos através da Dobra, rumo a cada planeta habitado da galáxia, onde vão infectar toda forma de vida inteligente e incorporá-la à grande inteligência coletiva que compõe Ra'haam.

Após caçar Aurora e o restante do Esquadrão 312 para proteger seu segredo até que os outros vinte e um planetas-berçário estivessem prontos para florescer e eclodir, Ra'haam aprisionou Tyler e Saedii. Esse foi o pontapé inicial para um incidente interplanetário que levou o Destruidor de Estrelas a ameaçar explodir a Terra em pedacinhos a menos que a AIG lhe devolvesse a filha imediatamente.

Visto por último: atrás de Tyler e Saedii enquanto eles fugiam. Mas, na real, está por toda parte.

Magalhães: ah, oi, sou eu! Não vou mentir, não, já estive melhor do que nos últimos tempos: fui eletrocutado quando Aurora tocou a sonda Eshvaren comigo no bolso, por isso precisei fazer umas perguntinhas aqui e acolá para reunir algumas informações para você. No momento, estou… hum… numa fazenda, onde tenho muito espaço para correr.

Mas quem sabe não volto antes do fim da história para salvar o dia? Seria bem a minha cara fazer isso…

Por enquanto, apertem os cintos, meus amigos, pois nós vamos voltar.

Era uma vez um bando de jovens doidos que se recusavam a dar ouvidos ao amigo univrido ultrainteligente…

PARTE 1

UMA PIPA NA TEMPESTADE

1
ZILA

Não sou de me surpreender. Em qualquer situação, costumo calcular todos os resultados possíveis, para garantir que eu esteja preparada para todas as alternativas.

No entanto, fico extremamente surpresa ao descobrir que ainda estou viva.

Passo seis segundos boquiaberta de tão chocada, piscando devagar. Em seguida, pressiono dois dedos no pescoço para verificar minha pulsação, que está acelerada, mas sem dúvida presente. Isso sugere que não estou experimentando uma situação inesperada de vida após a morte.

Interessante.

Uma rápida olhada nos visores da cabine não revela nada — nenhuma estrela, nenhuma nave, apenas a mais pura e simples escuridão. Por instinto, verifico nossos sensores danificados, de longo e curto alcance. Estranhamente, não vejo nenhum sinal da enorme batalha travada à nossa volta segundos atrás, logo antes da explosão da Arma Eshvaren — um incidente cujo único resultado possível seria nossa completa incineração.

Por mais impossível que pareça, toda a armada Syldrathi, junto com as frotas Terráqueas e Betraskanas, além da Arma, simplesmente… desapareceram.

… Interessante?

Não. Angustiante.

Deixo meu treinamento assumir o controle da situação e instruo o velho sistema de navegação de nossa nave Syldrathi a catalogar todas as estrelas visíveis, Portões da Dobra e outros pontos de referência ou fenômenos, para em seguida informar nossa localização atual.

Espere. *Nossa* localização.

Eu ligo o comunicador.

— Finian, Scarlett, vocês ainda estão...?

— *Respirando?* — A voz de Finian surge, um tanto irregular.

— Parece que sim.

Uma onda de alívio me perpassa e não chego nem a tentar evitar. É ineficiente combater tais sensações. Melhor deixar que venham naturalmente.

— *Eu estou bem confuso no momento* — prossegue Fin.

— *A gente não acabou de... explodir um segundo atrás?* — pergunta Scarlett.

— *... Deixa eu dar uma conferida.*

Ouço um breve guincho. Um leve suspiro. Um instante bem demorado se passa e me sinto quase tentada a enviar uma pergunta quando Finian se manifesta.

— *É* — ele enfim reporta. — *Definitivamente ainda estamos vivos.*

— Estou investigando — informo enquanto o sistema de navegação apita baixinho. — Por favor, segurem firme.

Ao consultar os sistemas de orientação da nave, sinto minhas sobrancelhas se contraírem um pouco. Não só não há nenhum sinal da batalha gigantesca que deveria ter nos matado, mas também não há vestígio dos corpos planetários do sistema solar Terráqueo. Nenhum sinal de Netuno, de Urano, de Júpiter.

Na verdade, não consigo detectar nenhuma característica estelar, nem perto nem longe.

Nenhum sistema.

Nenhuma estrela.

Nós... nos deslocamos.

E não faço ideia de onde fomos parar.

Interessante E angustiante.

Um novo ícone surge no display crepitante do sensor, indicando que existe algo atrás de nós. Nossos motores ainda estão desligados, desativados durante a batalha da frota, então ligo nossos sensores traseiros e olho para a vasta extensão de espaço na popa.

Isso...

Quer dizer...

Eu, hm...

Eu...

Pare com isso, legionária.

Respiro fundo e endireito a coluna.

Não entendo o que estou vendo.

Meu primeiro passo é catalogar o que pode ser observado, como faria qualquer cientista.

Os sensores da nave estão lendo flutuações colossais nos espectros gravitônicos e eletromagnéticos, rajadas de partículas quânticas e reverberações pelo subespaço. Mas, ao acionar nossas câmeras traseiras, mal consigo enxergar qualquer sinal dessa perturbação no espectro visual.

Na verdade, em um primeiro momento, chego a supor erroneamente que nossas matrizes visuais foram danificadas. Tudo está num breu absoluto. Então, uma luz clara irrompe à distância, um pequeno pulso de fótons que se desintegra. E, a julgar por seu breve brilho cor de malva, tenho um vislumbre do que só pode ser descrito como...

Uma tempestade.

Uma tempestade escura.

É enorme. Trilhões e trilhões de quilômetros de largura. Mas é *completamente* preta, a não ser pelos breves clarões de fótons: um vazio denso e fervilhante, tão completo que a luz simplesmente *morre* lá dentro.

Eu sei o que é isso.

— Uma tempestade — sussurro. — Uma tempestade de matéria escura.

Sua presença por si só já seria estranha, considerando que poucos instantes atrás estávamos nos limites do espaço Terráqueo, onde não existe esse tipo de anomalia espacial. Mas, para ficar ainda mais estranho, vejo outra coisa. Ao acionar minhas configurações de ampliação, confirmo minha suspeita. A estibordo, gravada em prata contra aquela tempestade fervilhante de escuridão, há uma... estação espacial.

É uma coisa feia e corpulenta, o propósito claramente funcional, não estético. Parece ter sofrido alguns danos: grandes raios de corrente elétrica deslizam por toda a superfície, brancos e ofuscantes. O lado mais próximo de nós exala vapor: combustível ou, se a tripulação estiver sem sorte, oxigênio e atmosfera, que sopram como vapor quente em um dia frio e são arrastados para aquela escuridão turbulenta e sem fim.

Caso seja Terráquea, as especificações do design da estação são, sem sombra de dúvida, arcaicas.

Mas isso não explica o que ela está fazendo aqui, para início de conversa.

Ou como *nós* chegamos aqui.

Nada disso faz sentido.

— Zila? — chama Scarlett. — *O que está acontecendo lá fora? Dá pra ver a Arma Eshvaren? Qual é o status da frota inimiga? Estamos correndo perigo?*

— Nós...

Não sei bem como responder à pergunta dela.

— Zila?

Há um cabo grosso de metal reluzente que se estende a partir da estação. Com centenas de milhares de quilômetros de extensão, ele se agita e se contorce, mas uma das pontas está bem presa à estrutura danificada. Na outra ponta, à beira daquela tempestade fervilhante de matéria escura, um grande veleiro inquieto se esparrama por uma moldura retangular, e sua superfície rodopia feito uma mancha de petróleo. Parece minúsculo do meu ponto de vista, mas, se estou conseguindo ver daqui, deve ser *imenso*.

Se eu não tivesse o menor conhecimento, acharia que aquilo é...

— *Nave desconhecida, você entrou em espaço restrito da Terra. Identifique-se e informe o código de acesso, caso contrário, será alvejada. Você tem trinta segundos para cumprir a exigência.*

A voz ecoa com um estalido pela cabine, áspera e dissonante. Meu pulso acelera um pouco, o que não ajuda.

Não vejo outra nave. De onde a voz está vindo?

Sem contar o fato de eu não ter nenhum código de acesso, não sei se a saudação vem de um amigo ou um inimigo.

Não que meu esquadrão tenha uma lista extensa de amigos no momento.

Pressiono o interruptor para comunicação interna e falo com urgência.

— Scarlett, por favor, corra até a ponte. Temos um problema de diplomacia.

— *Nave desconhecida, identifique-se e informe o código de acesso. O não cumprimento será interpretado como intenção hostil. Faltam vinte segundos.*

Passo os olhos pelos controles da nave e me estico — qualquer Syldrathi maior de doze anos é mais alto do que eu — para pressionar o botão que mudará nosso canal de áudio para visual. Preciso descobrir quem está se dirigindo a mim.

O rosto que preenche minha tela de comunicação está coberto por um aparelho de respiração preto e um tubo grosso que sai serpenteando do campo de visão. A máscara encobre tudo abaixo dos olhos e um capacete esconde tudo acima.

Contudo, estou olhando para uma pessoa da Terra, provavelmente originária do Leste Asiático, de idade e gênero desconhecidos. Por mais estranha que seja minha situação, talvez possamos persuadir um Terráqueo: somos da mesma espécie, afinal.

— Por favor, aguarde — digo. — Estou convocando a Frente da minha equipe.

— *Código de identificação!* — exige o piloto, estreitando os olhos. — *Agora!*

— Entendido — respondo. — Não é possível informar o código, mas...

— *Você está violando um espaço restrito dos Terráqueos! Tem dez segundos para informar o código correto, caso contrário, eu vou atirar!*

Ao meu redor, os alarmes se acendem, as luzes piscam e os símbolos Syldrathi iluminam a área enquanto um alto-falante berra comigo. Não consigo compreender as palavras, mas sei o que está dizendo.

— *ALERTA, ALERTA: MÍSSIL EM ROTA DE COLISÃO.*

— *Cinco segundos!*

— Por favor — digo. — Por favor, espere...

— *Disparar!*

Observo uma pequena linha de luz surgir nos nossos scanners.

Não temos motor. Não temos navegação. Não temos defesa.

Já deveríamos estar mortos. Incinerados, junto com Aurora e a Arma. Mas, de certa forma, parece injusto ter que morrer de novo.

A luz se aproxima.

— Por favor...

O míssil acerta.

O fogo avança pela ponte.

BOOM.

2.1

SCARLETT

A luz preta que queima minha pele emite um clarão branco. Sinto no fundo da língua o sabor metálico do som que me envolve, ouço o toque e sinto o cheiro enquanto tudo que eu sou e fui e serei se rasga e se junta e se junta *e se jun...*

— Scar?

Abro as pálpebras, vejo outro par de olhos diante dos meus.

Grandes.

Pretos.

Bonitos.

Finian.

— Você...? — pergunto.

— Isso foi...? — diz Fin.

— Estranho — murmuramos.

Eu olho à nossa volta; uma sensação estranha e aterrorizante de déjà vu percorre minha espinha, como a aparição de um gato preto.

Estamos no corredor do lado de fora da sala de máquinas, exatamente onde estávamos um minuto atrás, quando a Arma Eshvaren disparou um raio de poder maligno, capaz de destruir planetas, bem em nossos rostinhos amados, e depois se autodestruiu numa explosão de partículas reluzentes. Mas, para nossa alegria, não estamos, de fato, mortos.

Isso é uma boa notícia por alguns motivos.

Primeiro de tudo, é claro, e sendo sincera, seria uma péssima jogada do universo desperdiçar uma bunda que nem a minha incinerando-a numa explosão flamejante nas profundezas do espaço. Sério mesmo, bundas assim só surgem, tipo, uma vez a cada milênio.

Segundo, significa que o garoto que está na minha frente também não morreu. E, por mais estranho que pareça, isso é bem mais importante para mim do que eu teria admitido poucas horas atrás.

Finian de Karran de Seel.

Ele é zero meu tipo. É só cérebro, zero músculo. Parece guardar um rancor do tamanho da galáxia. Mas é corajoso. E inteligente. E, tão de perto assim, não posso deixar de notar aquele cabelo branco bagunçado, a pele pálida e macia e os lábios que eu quase beijei quando estávamos prestes a morrer.

Mas foi só por esse motivo que fiz aquilo.

Porque estávamos cem por cento prestes a morrer, né?

Nós nos encaramos, cientes de como ainda estamos perto um do outro. Nenhum dos dois recua. Ele me olha nos olhos e eu abro a boca, mas, pela primeira vez desde que me entendo por gente, não faço ideia do que dizer. A única coisa que me salva do constrangimento de ficar sem palavras, quando *falar* é o melhor que eu sei fazer, é a voz de Zila crepitando nos comunicadores.

— *Finian, Scarlett, vocês ainda estão...?*

— Respirando? — diz Finian, com a voz um tiquinho desafinada.

— *Parece que sim.*

E lá está de novo. Um arrepio bizarro de mau agouro. A sensação de que...

— Eu estou bem confuso no momento — diz Finian.

— A gente não acabou de... explodir um segundo atrás? — pergunto.

Ele me olha nos olhos outra vez. Ainda sinto aquele quase beijo entre a gente e sei que ele também sente. Eu vejo Finian se preparar, respirar fundo.

— ... Deixa eu dar uma conferida — diz.

Eu sinto o estalo da eletricidade quando os dedos dele roçam os meus. Finian pega minha mão e me encara por um segundinho a mais, numa dúvida silenciosa; ele é zero meu tipo, mas, mesmo assim, ainda não recuei. E agora Fin está chegando mais perto, cada vez mais perto e, embora a gente não esteja mais prestes a morrer, ele está me beijando. Ah, Criador, ele está me *beijando* e sinto os lábios fervilharem como se uma corrente elétrica passasse por ali e descesse minha espinha. Eu me vejo investindo contra ele, retribuindo o beijo, e meu corpo se arrepia todo ao sentir aquelas mãos deslizarem pelos meus quadris até chegar à bunda que nem o universo ousaria jogar fora — e *apertá-la* de todos os jeitos certos.

Caramba, Finian de Karran de Seel. Quem diria, hein?

Quem na galáxia podaria imaginar que *você* tinha pegada?

Nossos lábios se separam e uma parte de mim dói quando ele recua e volta a falar no comunicador.

— É — reporta ele. — Definitivamente ainda estamos vivos.

— *Estou investigando* — diz Zila. — *Por favor, aguardem.*

O canal de comunicação se desconecta com um estalido e nos deixa a sós. Fin e eu ainda estamos coladinhos e aquele beijo paira entre a gente. Se nenhum de nós disser nada, sei que vamos começar tudo de novo. Dadas as circunstâncias, essa provavelmente não é a ideia mais inteligente.

Olho de relance para as mãos dele.

Pois é. Ainda na minha bunda.

— Sabe, quando a Zila disse "Por favor, segurem firme", não sei se foi isso que ela quis dizer, de Seel.

Ele dá uma risada nervosa e solta a mão.

— Desculpa.

— Não precisa pedir desculpa.

Então eu me lanço à boca dele mais uma vez, apenas uma breve colisão, forte e quente. Mordo o lábio dele ao me afastar para que ele saiba que ainda estou sedenta.

— Mas a gente precisa descobrir que porcaria foi essa que acabou de acontecer.

— Pois é. — Ele respira fundo e recua um pouco, passando as pontas metálicas dos dedos pela mecha de cabelo branco. — Pois é, precisa.

Ainda estamos no corredor em frente à sala de máquinas da nave e as portas ainda estão fechadas. O ar está com um cheiro acre de plastil queimado, fiação fundida e fumaça. Quando olho pelo acrílico, vejo o estrago que as balas perdidas causaram nos nossos motores e, embora não seja nenhuma especialista, tenho quase certeza de que nenhum motor deveria se dividir em cinquenta partes diferentes.

— Precisamos daquilo para voar — comentei.

— Quem foi que disse que você não seria um bom Maquinismo?

— Todos os instrutores que eu já tive na Academia, além do meu conselheiro e da direção da Divisão de Engenharia.

Finian dá uma risadinha e olha de relance à nossa volta. Seus olhos escuros percorrem o teto, a sala de máquinas destruída. E, em seguida, param nos meus peitos. A mandíbula afrouxa de leve e praticamente dá para ver o olhar vidrado por trás das lentes de contato.

Sério, qual é a dos garotos com peitos?

— Ei. — Estalo os dedos. — Sei que eles são incríveis, mas, falando sério, se concentra no trabalho, de Seel.

— Não. — Ele dá um tapinha na base do pescoço. — Seu colar. Lembra?

Levo a mão à garganta. Ao colar que encontramos no Repositório do Domínio na Cidade Esmeralda. Havia um presente para cada um de nós naquele cofre, cortesia do Almirante Adams e da Líder de Batalha de Stoy. Tyler ganhou as botas novas, e Kal, a caixa de cigarrilhas que salvou a vida dele. Finian ganhou uma caneta esferográfica, o que o irritou comicamente; Zila ganhou um par de brincos com gaviões pendurados. E eu ganhei um colar de diamante com os dizeres "Siga o plano B". Só que, segundos antes de explodirmos em moléculas, Fin se deu conta de que não era diamante coisa nenhuma.

— É cristal Eshvaren.

E, sim, isso *é* esquisito. Já tínhamos encontrado cristal Eshvaren na Dobra antes — a sonda que conduziu Auri até o Eco. Mas isso não chega a explicar por que os comandantes da Academia me deram um colar do mesmo material.

Ou por que não estamos mortos.

A adrenalina de quase morrer e quase beijar e então definitivamente *não* morrer, mas, sim, *definitivamente* beijar está diminuindo agora e minhas mãos estão trêmulas. Mas meus olhos ainda percorrem o corpo de Finian enquanto ele inspeciona o corredor daquele seu jeito irritado e confuso de sempre, como se o universo o tivesse escolhido a dedo para incomodá-lo. Os braços e as pernas envoltos no revestimento prateado do exotraje, a pele fantasmagórica e os olhos pretos feito breu se estreitam quando ele inclina a cabeça.

— Longe de mim reclamar — diz ele com cuidado. — Mas estamos encalhados numa nave Syldrathi no meio de uma batalha de frotas gigantesca dentro do espaço Terráqueo. Mesmo que a gente tenha sobrevivido à explosão da Arma… a essa altura não deveria ter algum piloto Terráqueo partindo a gente em mil pedaços?

Fecho a cara e dou um tapinha no comunicador.

— Zila? O que está acontecendo lá fora? Dá pra ver a Arma Eshvaren? Qual é o status da frota inimiga? Estamos correndo perigo?

— *Nós…* — A voz dela falha.

— Zila?

Então olho para Finian e sinto nele o mesmo que sinto em mim. Aquele arrepio rastejando pela espinha. Aquela sensação tipo…

— Scar, essa conversa parece… *bizarramente* familiar.

— Sei bem o que você quer dizer.

Ele balança a cabeça e franze a testa.

— Parece loucura, mas estou tendo uma sensação fortíssima de...

— Déjà vu.

Ele pisca os olhos, confuso.

— O que raios é um *déjà vu*?

— É uma sensação. A impressão de que você já disse ou fez alguma coisa antes.

— Ah. Tá certo. — Ele faz que sim vigorosamente. — É. Definitivamente estou tendo isso. Mas os Betraskanos chamam de *tahk-she*.

— É, eu sei. Mas na Terra a gente chama de *déjà vu*. É francês.

— Não conheço outras línguas.

— Se continuar aqui — digo com uma piscadela —, posso te mostrar um pouquinho de uma.

A voz de Zila irrompe dos comunicadores de novo, cheia de urgência.

— *Scarlett, por favor, corra até a ponte. Temos um problema de diplomacia.*

E, outra vez, aquela sensação. De que já dissemos, fizemos, *vivemos* esse momento. Mais ainda: que as coisas acabaram muito, *muito* mal. Eu estendo a mão e Fin a pega sem pensar, então disparamos juntos pelo corredor. O exotraje de Fin range e assobia enquanto corremos, e as botas esmurram o metal conforme subimos os degraus até a cabine.

Zila está sentada na cadeira do piloto com a aparência exausta, o que, para ela, praticamente conta como colapso nervoso completo. Logo de cara, nossos sistemas de visualização parecem todos mortos — não há nada além de escuridão nas nossas telas. Nenhum planeta, nem sequer *estrelas*, o que é meio...

Não, peraí. Algumas câmeras ainda estão on-line, pelo menos. Dá para ver uma estaçãozinha espacial de aspecto atarracado em uma das telas, arrastando um cabo pesado por aquela escuridão quase completa.

Não faz o menor sentido...

Estávamos no meio de uma batalha espacial gigantesca nos limites do espaço Terráqueo poucos minutos atrás. Para onde foram as frotas? De onde veio essa estação? E por que não tem nenhuma estrela lá fora?

Zila me olha enquanto me volto para ela em busca de uma explicação, e eu *sei* que parece louco, mas uma parte de mim sabe *sabe* SABE...

— Presumo que vocês também estejam experimentando uma sensação que sugere que esse momento está se repetindo — diz ela.

— É francês! — declara Finian.

Um pulso de luz ilumina as telas. É fraco, de um malva profundo, com poucos segundos de duração. Mas sinto um leve embrulho no estômago quando me dou conta de que nem tudo é escuridão lá fora. Está acontecendo algum tipo de... tempestade. Uma colisão untuosa e ondulante de tentáculos escuros, tão grande que quase explode meu cérebro.

Fin pisca os olhos.

— Aquilo ali é...?

— Uma tempestade de matéria escura — murmura Zila. — Sim.

Com um gosto de metal queimado na língua, olho para a tela de comunicação e para a escrita Syldrathi luminosa rastejando pelos leitores. No monitor, dá para ver os traços de uma figura, sem dúvida Terráquea — mulher, jovem —, mas o rosto dela está quase todo encoberto por um capacete e um respirador de piloto. Ela tem duas insígnias de diamante no colarinho, indicando que é tenente, mas o uniforme que está vestindo definitivamente *não* pertence à Força de Defesa Terráquea. Minha primeira impressão é de que ela é fodástica. Mas a voz parece um tiquiiiiinho incerta.

— *Prestem atenção... Vocês precisam se identificar e informar o código de acesso. Vocês têm dez segundos.*

Tecnicamente, o Esquadrão 312 está sendo procurado por terrorismo galáctico, então decido ser meio vaga com todo o lance de "identificar e informar". Jogo o cabelo para trás, seleciono trejeitos calmos do meu arsenal de artimanhas e sussurro ao microfone.

— Você não faz *ideia* de como é bom te ver, tenente! A gente achou que estava mesmo na pior. Nossa nave está danificada, nossos motores estão desconectados e precisamos da sua assistência, câmbio.

— *Essa é uma área restrita* — responde a pilota, ainda um tanto insegura. — *Como foi que vocês chegaram aqui? E que porcaria é essa que estão pilotando?*

— É uma *looonga* história, tenente — falo com um sorriso afetuoso e amigável. — Mas não estamos exatamente num mar de rosas em termos técnicos por aqui, então se puder nos oferecer um reboque, te pago uma bebida e explico tudinho.

Uma longa pausa se segue e minha mandíbula se tensiona.

— *Tudo bem* — declara, por fim, a pilota. — *Vou liberar um cabo de reboque e trazer sua nave para a doca. Mas, se derem* qualquer *passo em falso, explodo a bunda de vocês sem nem pensar duas vezes.*

Abro um sorriso.

— Que notícia *maravilhosa*, tenente.

— Valeeeeu! — Finian brota atrás de mim e acena. — Você é tão sábia quanto bonita, madame!

A voz da pilota vira gelo. O pouco que dá para ver do semblante fica duro feito pedra.

— *Vocês estão com uma porcaria de um* Betraskano *a bordo?*

Ao nosso redor, os alarmes se acendem, luzes vermelhas piscam e os símbolos Syldrathi se iluminam. Em seguida, uma voz berra do alto-falante.

— *ALERTA, ALERTA: MÍSSIL EM ROTA DE COLISÃO.*

Uma linha fina de luz surge nos nossos scanners. Eu me viro para os outros, sem forças, desesperada. Não temos motor. Não temos navegação. Não temos defesa.

— Ah, merda... — digo baixinho.

— Scar... — sussurra Fin.

A luz se aproxima. Nossos dedos se encostam.

— Não tenham medo. — Zila franze a testa. — Não dói tanto assim.

— ... O quê? — pergunto.

O míssil acerta.

O fogo avança pela ponte.

BOOM.

2.2

SCARLETT

A luz preta que queima minha pele emite um clarão branco. Sinto no fundo da língua o sabor metálico do som que me envolve, ouço o toque e sinto o cheiro enquanto tudo que eu sou e fui e serei se rasga e se junta e se junta *e se jun...*

— Scar?

Abro as pálpebras, vejo outro par de olhos diante dos meus.

Grandes.

Pretos.

Bonitos.

Finian.

— Você...? — pergunto.

— Isso foi...? — diz Fin.

— Estranho — murmuramos.

Eu olho em volta; uma sensação estranha e aterrorizante de *déjà vu* percorre minha espinha, como a aparição de um gato preto. E, para nossa alegria, não estamos, de fato, mortos.

Mas...

Peraí...

A gente não acabou de...?

Olho para Finian, bem ciente de como estamos próximos. Ele me olha nos olhos e não faço a menor ideia do que dizer, aí Zila me salva do constrangimento de ficar sem palavras.

— *Finian, Scarlett, vocês ainda estão...?*

— Respirando? — diz Finian, com a voz um tiquinho desafinada.

— *Parece que sim.*

E lá está de novo. Um arrepio bizarro de mau agouro. A sensação de que...

— Eu estou bem confuso no momento — diz Finian.

— A gente não acabou de... explodir um segundo atrás? — pergunto.

Ele me olha nos olhos outra vez. Eu o vejo se preparar, respirar fundo.

— ... Deixa eu dar uma conferida — diz.

Eu sinto o estalo da eletricidade quando os dedos dele roçam os meus e então, ah, Criador, ele está me *beijando* e sinto os lábios fervilharem como se uma corrente elétrica passasse por ali e...

— Para — eu digo enquanto me afasto, ofegante. — Não, para, Fin... Espera...

Estou olhando para ele e ele retribui o olhar com a mesma expressão confusa que provavelmente também estampa meu rosto e, de alguma maneira, de *alguma* maneira, antes que ele fale, sei exatamente o que vai dizer.

— Scar, estou tendo uma sensação fortíssima de...

— *Déjà vu.*

Ele pisca uma vez.

— ... É francês.

— Você não conhece outras línguas — rebato, e minha barriga dá cambalhotas.

Ele se afasta de mim e o convés parece se mover debaixo dos meus pés. Então, sinto um pedaço de gelo ocupar o lugar em que antes ficava meu estômago enquanto ele olha em volta. Ainda estamos no corredor em frente à sala de máquinas da nave, o ar ainda está com um cheiro acre de plastil queimado, fiação fundida e fumaça. Quando olho pelo acrílico, ainda vejo o que restou dos motores, e, embora não seja nenhuma especialista, este lugar, esta conversa, de alguma maneira...

— Que *merda* é essa, Fin...?

Ele franze tanto a testa que chega a fazer uma careta.

— A gente já fez isso antes.

— Mas isso... isso não é possível.

Ele ergue a sobrancelha pálida e ainda consegue, de alguma forma, encontrar um sorriso apesar de tudo.

— Scar, vai por mim, já me imaginei beijando você o suficiente para saber quando fiz isso duas vezes no mesmo dia.

Uma voz ressoa nos comunicadores.

— Scarlett? Finian?
— Zila?
— Vocês dois estão... bem?
— Não faço a *menor* ideia. — Fin endireita o maxilar e firma a voz. — Olha... pode parecer loucura, mas por acaso tem alguma estação espacial velha e surrada na sua tela agora? Uma tempestade de matéria escura? E um caça Terráqueo ameaçando explodir a gente em mil pedacinhos?
— Presumo que você também esteja experimentando uma sensação que sugere que esse momento está se repetindo.

Fin olha para mim com os lábios contraídos.
— Sopro do Criador... — sussurro.
— Já vamos subir aí — diz Fin.

A adrenalina de quase morrer e quase beijar e então definitivamente *não* morrer, mas, sim, *definitivamente* beijar, está sendo substituída pela impossibilidade de tudo isso. Minhas pernas parecem gelatina, meu cérebro zumbe. Mas estendo a mão para Fin e, juntos, percorremos o corredor até a cabine. Mais uma vez, encontramos Zila sentada na cadeira do piloto e, mais uma vez, ela parece exausta. Mais uma vez, nas nossas telas, vejo aquela estação espacial atarracada em um mar de escuridão sem estrelas e aquela pilota Terráquea raivosa.

De novo.

De novo.

Mas, em vez de um tiquiiiiiiinho incerta, agora a pilota parece completamente desconfiada.
— *O que* raios *está acontecendo aqui?*

Zila está olhando para Finian e mordiscando uma mecha de cabelos compridos e cacheados.
— Distorção temporal? — sugere Finian.
— Suponho que não haja outra explicação adequada — responde ela.
— Meeeerda — sussurra ele. — Efeito Ouroboros?
— É apenas teoria. — Nossa Cérebro balança a cabeça, olhando de relance para a estação, e um pulso breve de luz roxa relampeja na tempestade escura lá longe. — E, apesar de nossas aulas de mecânica temporal na Academia, eu diria impensável.
— Olhem só — digo, olhando feio para a dupla. — A única aula de mecânica temporal a que já assisti na vida eu passei flertando com Jeremy e Johnathan McClain...

(Ex-namorados #35 e #36. Prós: gêmeos idênticos, portanto, um tão gostoso quanto o outro. Contras: gêmeos idênticos, portanto, facinho de confundir no escuro. Ops.)

— ... e, caso vocês não tenham percebido, tem uma pilota bem irritada...

O comunicador dá um estalo e me interrompe.

— *Vocês estão em espaço restrito Terráqueo* — diz a pilota. — *Têm quinze segundos para informar o código de acesso, caso contrário, eu vou atirar!*

— Ao que parece, estamos experimentando uma distorção temporal, Scarlett — explica Zila. — Você, eu, Finian, nossa nave... por mais estranho que possa parecer, todos nós, ao que tudo indica, estamos repetindo os mesmos poucos minutos sem parar.

— *Dez segundos!*

— É um loop temporal, Scar — diz Fin. — Estamos em algum tipo de loop temporal.

— Que termina com nossa morte — completa Zila com um aceno de cabeça. — E se reinicia no momento em que chegamos. Como Ouroboros. A cobra da mitologia grega e egípcia que come a própria cauda.

Fecho a cara para os dois.

— É *impossível*.

— É extremamente improvável — concorda Zila. — Mas, quando eliminamos o impossível, o que resta, não importa o quão improvável...

— *O aviso foi dado* — solta a pilota. — *Vou disparar!*

Ao nosso redor, os alarmes se acendem, luzes piscam e os símbolos Syldrathi se iluminam, então uma voz berra no alto-falante.

— *ALERTA, ALERTA: MÍSSIL EM ROTA DE COLISÃO.*

Uma pequena linha de luz surge nos nossos scanners. Eu me viro para os outros. Não temos motor. Não temos navegação. Não temos defesa.

— Não tenham medo — diz Zila.

— Não dói tanto assim — murmura Fin.

Minha mão busca a dele, e o medo congela e enrijece minha barriga.

— É bom você estar certo quanto a isso — falo num sussurro.

— Bom, caso eu não esteja... quer dar mais uns beijos?

BOOM.

2.3

SCARLETT

A luz preta queima. Sinto o gosto do som que me envolve enquanto tudo se rasga e se junta e se junta *e se jun*...

— Scar?

Abro as pálpebras, vejo outro par de olhos diante dos meus.

Finian.

— Mas... — falo.

— Que... — diz Fin.

— *Caralhos* — murmuramos.

Olho à minha volta e a sensação de *déjà vu* rasteja em minha espinha de novo. Estamos do lado de fora da sala de máquinas de novo. E, para nossa alegria, não estamos, de fato, mortos.

De novo.

Olho para Finian e, por mais que tudo isso seja impossível, ainda estou ciente de como estamos próximos. Uma parte beeeem pequenininha de mim tem noção de que, da última vez que fizemos isso, esse menino lindo e pálido me beijou dentro de mais ou menos cinco segundos. Mas o restante de mim, a parte *sensata*, está berrando para que eu sossegue a periquita, porque *quem liga* para o que aconteceu quando fizemos isso antes. Ovários, *a questão é que JÁ FIZEMOS ISSO ANTES.*

— Mas que porcaria é essa, Finian? — sussurro.

— *Finian?* — Uma voz soa com um estalido. — *Scarlett?*

Fin dá um tapinha no comunicador e fala depressa.

— Estamos aqui, Zila.

— De novo — digo.

— *Sugiro que vocês dois subam aqui. Rápido.*

A impossibilidade de tudo isso está transformando minhas pernas em gelatina, meu cérebro está zumbindo quando Fin pega minha mão e percorremos o corredor até a cabine. Novamente, encontramos Zila na cadeira do piloto, a escuridão turbulenta, os breves clarões de luz, a estação espacial. Tudo está igualzinho à vez anterior e ah, sopro do Criador, já fizemos isso antes, *já fizemos isso ANTES.*

Só que, dessa vez...

— Cadê a pilota? — pergunta Fin. — A Terráquea que explodiu a gente antes?

— A nave dela está lá fora — diz Zila com um aceno de cabeça. — Dá para ver em nossos sensores. Mas ela não iniciou o contato por rádio.

— Peraí... — Encaro Zila e Fin. Meu cérebro trabalha tão rápido que a cabeça chega a doer. — Vocês... Eu achei que vocês tivessem dito que a gente está num loop temporal.

— É a conclusão mais plausível, com base nas informações até o momento.

— Bom, então a essa altura ela não deveria estar pedindo nosso código de acesso aos berros? Não deveria estar fazendo a mesma coisa repetidas vezes?

Zila mastiga a ponta de um cacho, encarando o pontinho piscando no radar. Ela digita depressa no console tremeluzente, murmurando quase que para si mesma.

— Interessante.

Os alarmes se acendem, as luzes piscam, os símbolos Syldrathi iluminam a área e uma voz berra num alto-falante.

— *ALERTA, ALERTA: MÍSSIL EM ROTA DE COLISÃO.*

— Ah, pelo amor do Criador, de novo não... — resmungo.

Estendo a mão e encontro a de Finian.

Ele me olha nos olhos e segura firme.

Zila encara o caça nos sensores e não para de mastigar aquela mecha de cabelo.

— *Muito* interessante.

BOOM.

2.4

SCARLETT

A luz preta queima enquanto tudo se rasga e se junta *e se jun...*

— Scar?

Finian.

Eu olho nos olhos dele enquanto as luzes diminuem à nossa volta. Os alarmes se acendem, uma voz já familiar berra no alto-falante enquanto meu estômago afunda até os sapatos.

— *ALERTA, ALERTA: MÍSSIL EM ROTA DE COLISÃO.*

— Tá bom — digo com um suspiro. — Eu *oficialmente* já cansei desse dia.

— *Scarlett? Finian?*

— Estamos aqui, Zila — reporta Fin.

— *A pilota está se preparando para nos atacar novamente. Dessa vez ainda mais depressa.*

— Olha só — sibilo no comunicador, me segurando para não berrar até minha voz se partir em um milhão de pedaços junto com o restante do meu corpo —, posso até não ter estudado física temporal, posso ser simplesmente burra, mas se estamos presos num loop, tudo ao nosso redor não deveria acontecer *igualzinho*?

— *Minhas leituras da estação são congruentes* — responde Zila. — *Explosões gravitônicas na tempestade, sinais energéticos, fluxo quântico... tudo a respeito desse cenário é sempre idêntico.*

Sinto o estalo da eletricidade quando os dedos de Fin roçam os meus.

— Você não é burra, sabe? — diz ele. — Não sei por que você fala de si mesma desse jeito.

Olho para o metal cinza à nossa volta. Para os globos brilhantes refletidos nos belos olhões do garoto que segura minha mão. E então vejo.

Porque, pois é, posso até não ser a Cérebro deste esquadrão. Mas, se estamos *mesmo* presos neste loop e cada vez agimos de um jeito diferente, e se aquela pilota esquentadinha também está agindo de um jeito diferente a cada vez, só existe uma explicação.

Elimine o impossível.

O que restar, não importa o quão improvável, é a verdade.

— Aquela pilota está presa no loop com a gente — digo.

— Você não tem só uma Frente bonita — comenta Fin com um sorriso.

— Pesquei o trocadilho.

O sorriso de Fin esmorece um pouquinho quando pouso o olhar nos lábios dele. E, enquanto pressiono minha boca na dele, e ele retribui o beijo, percebo que existem maneiras piores de morrer, de novo e de novo e de novo.

BOOM.

3
TYLER

— TYLER!

As paredes à minha volta são arco-íris.

Debaixo dos meus pés, o chão treme.

Tem sangue na minha boca, e acima da minha cabeça se ergue uma sombra tão grande, profunda e escura que eu sei que vai engolir a galáxia inteira se eu deixar.

Não posso deixar...

Uma garota Syldrathi se ajoelha sobre mim e um caleidoscópio luminoso brilha atrás dela como se fosse uma auréola. Ela é linda. Radiante. Mais nova do que eu, mas, de alguma maneira, mais velha, os olhos são violeta e os cabelos parecem fios de ouro e sei que ela é tudo para mim sem saber muito bem por quê.

— TYLER!

A voz ecoa do meu passado, mas segue em direção ao futuro: outra garota que eu conhecia, mas que nunca conheci de fato, grita por trás dos limites do tempo e da morte. E eu sei que ela está tentando me dizer alguma coisa importante, mas aquela garota Syldrathi à minha frente estende as mãos, que estão cobertas de sangue (meu sangue), e aqueles cabelos dourados estão pingando um líquido vermelho e...

— ... você ainda tem uma chance de consertar isso, Tyler Jones...

— Eu não...

— Tyler Jones.

Não deve haver nada.

Não há nada. Eu...

— Tyler Jones!

Abro os olhos, e lanças de luz brilhante perfuram meu crânio. Estremeço diante da silhueta acima de mim.

Uma garota Syldrathi, como a do sonho que acabei de ter, linda, radiante. Mas, no lugar do cabelo dourado feito a luz das estrelas, agora vejo madeixas pretas como a meia-noite, iguais à faixa de tinta que ela pintou nos olhos e nos lábios brilhosos e encurvados.

— Finalmente você acordou — diz Saedii, erguendo de leve a sobrancelha escura. — Estava aqui me perguntando se ia dormir a guerra inteira.

Minha mente está zumbindo, as luzes brilham demais e o assobio dos motores faz tremer a maca onde me encontro. Sinto um curativo no braço, o gosto metálico de estimulantes na boca e o cheiro de antisséptico no ar. Quando eu respiro, dói um pouco.

Percebo que estou numa nave. Metal preto. Design Syldrathi. Mas a luz é cinza, não vermelha, então estamos na Dobra...

— S-sopro do Criador — gaguejo. — O q-que aconteceu...?

— Não é óbvio? — Saedii se recosta na cadeira e, ao erguer as botas pretas e compridas, apoia um salto afiado na beirada da maca ao meu lado. — Você quase morreu, Tyler Jones.

— ... Onde é que eu estou?

— A bordo da minha nave. A *Shika'ari*. Bom... — Ela olha de relance ao redor e afasta uma trança preta e espessa do ombro. — Agora é minha nave, de qualquer forma.

— A última coisa que lembro... foi a batalha na *Kusanagi*. — Eu me apoio no cotovelo e minha cabeça lateja como se fosse um tambor de guerra. — A gente fugiu da nossa cela. Seu povo atacou. — Estremeço de novo; minha memória está confusa, aquele sonho estranho ainda ecoa na minha cabeça. Parece que fui atropelado por um cargueirograv.

... você ainda tem uma chance de consertar isso...

— A gente foi embora... em cápsulas de fuga?

— Os Terráqueos covardes na *Kusanagi* atiraram na sua cápsula. — Saedii sorri com desdém, exibindo um canino afiado cheio de brilho. — Mas, a essa altura, eu já estava a bordo da *Shika'ari*. Nossas defesas interceptaram o míssil deles antes que acertasse você. Ainda assim, a proximidade da explosão desativou sua cápsula e desligou seus aparelhos. Quando te resgatamos, você estava à beira da morte.

Ela arqueia a sobrancelha preta e acentuada.

— Mas conseguimos te pegar.

Eu encontro seus olhos, com as íris de um violeta profundo e bordas pretas que viram um cinza. O rosto dela é todo anguloso, simetria perfeita, frio e imperioso.

— Você salvou minha vida.

Ela inclina a cabeça.

— Assim como você salvou a minha.

Então, sinto o toque dos pensamentos dela. Hesito, como se quisesse ter certeza de que tudo que compartilhamos durante o tempo naquela cela a bordo da *Kusanagi* foi real. A revelação a respeito do sangue Syldrathi que corre em minhas veias se assenta na minha mente como uma lasca de gelo. A ideia da mãe Andarilha sobre a qual meu pai nunca contou rodopia feito fumaça.

Eu me lembro das outras verdades que compartilhamos. A verdade sobre sua linhagem. O nome de seu pai. A mentira que o irmão me contou. Mas, antes que eu sinta raiva com a lembrança da traição do meu amigo, pensar em Kal me leva a Auri, depois a Scarlett e...

— Terra — digo com um chiado e me sento. — Os Imaculados estão em guerra contra a Terra.

— Estão.

— Precisamos impedir! Uma galáxia em guerra é exatamente o que Ra'haam quer!

Saedii dá de ombros e franze os lábios pretos.

— Sorte a de Ra'haam, então.

— Bom, onde raios a gente está? — Eu levanto da cama e minha cabeça rodopia quando me ponho de pé. — Temos que...

Saedii se levanta, tão alta que fica quase cara a cara comigo. Põe a mão no meio do meu peito e me segura. Sinto o cheiro de seu cabelo, a fragrância de couro, flores lias e vestígios de sangue. Lembro-me da pressão daqueles lábios na minha bochecha ao nos despedirmos. O olhar, a voz na minha mente enquanto eu acobertava sua fuga.

Você tem coragem, Tyler Jones. Seu sangue é verdadeiro.

— Estamos executando uma retirada tática — fala Saedii. — A batalha contra a *Kusanagi* foi dispendiosa. Só a *Shika'ari* e um dos nossos cruzeiros sobreviveram, e as duas sofreram danos significativos.

— Preciso falar com meu povo no Comando Aurora — insisto. — O Almirante Adams e a Líder de Batalha de Stoy. O destino de toda a galáxia está...

— Você deveria se preocupar com o próprio destino, Terráqueo. Não com o da galáxia. — Os dedos dela se contorcem no meu peito e fazem um pouco mais de força. — Afinal, você é meu prisioneiro agora. E seu povo demonstrou pouquíssima hospitalidade enquanto eu estava sob os cuidados deles. Toda minha equipe de comando acha que eu deveria ter deixado você morrer na cápsula de fuga.

Minha mente retorna aos meus últimos minutos do cativeiro. Aquele confronto perto das cápsulas, aqueles olhos, antes castanhos e agora azuis, perfurando os meus. A mente do inimigo, a voz de uma amiga me implorando para ficar.

Tyler, não vá...

Cat...

Eu te amo, Tyler.

Saedii busca meus olhos. A mão ainda está apoiada no meu peito. Sinto o calor da pele dela pelo uniforme Terráqueo que roubei. Ela arrumou um tempo para voltar a vestir as cores dos Imaculados: linhas pretas acentuadas e, por baixo, curvas ainda mais acentuadas. Ainda consigo me lembrar da imagem dela só de roupa de baixo naquele depósito se eu tentar, mas estou me esforçando ao máximo para *não* lembrar porque, ao que parece, pessoas que compartilham sangue Andarilho escutam os pensamentos umas das outras, e a última coisa que eu deveria estar pensando no momento é...

— Que fim levou a *Kusanagi*? — pergunto.

— A nave recuou com sérios danos. — Ela inclina a cabeça. — Por que quer saber?

— Tinha terráqueos a bordo — respondo. — Meu povo.

— É com seu povo que você está preocupado? Ou com sua amante?

"Tyler, não vá..."

— A Cat não é minha...

— Ela *era*.

Faço que sim, engolindo em seco.

— Mas aquela não é mais a Cat.

— Hmmm.

Saedii se inclina para perto, oscilando de um lado para o outro como uma cobra e me observando por trás dos longos cílios pretos. Se eu tentar, posso sentir nela a adrenalina da batalha da qual acabamos de fugir, a emoção que cheira a sangue, fumaça e fogo. Ela parece quase... entorpecida. E, veja bem, eu sei que existem coisas muito mais importantes em jogo no momento, mas parte de mim não consegue deixar de perceber como está bonita, fazendo-me lembrar da imagem dela enquanto lutávamos lado a lado, seus olhos acesos, meu sangue pulsando.

Saedii afunda a ponta dos dedos no meu peito.

— Nós, Guerreiros, temos um ditado, Tyler Jones. *Anai la'to. A'le sénu.*

— Eu não falo Syldrathi. — Faço uma careta ao olhar para as unhas dela, pretas e compridas, enterradas na minha pele. — E isso dói.

— Viva o agora — traduz Saedii. — Amanhã morreremos. — Ela vai descendo meu peito com os dedos, e as unhas se prendem no tecido. — Nós, que nascemos para a guerra, aprendemos a não perder tempo com banalidades. Só o Vazio sabe quando nosso tempo vai acabar.

Faço que sim, tentando pensar em qualquer coisa, a não ser nas partes do seu corpo pressionadas contra o meu.

— Também temos um ditado desse tipo. *Carpe diem*. Aproveite o dia.

Os lábios pretos se curvam num sorriso.

— O nosso é melhor.

Eu me encolho quando as unhas dela cravam ainda mais na minha pele.

— Para com isso.

— Me obrigue.

— Não estou brincando — resmungo e afasto a mão dela.

Quando nossa pele se toca, ela se mexe e segura meu pulso em um piscar de olhos.

Eu arfo quando uma onda de dor dispara até o meu ombro e chego a esquecer o incômodo na cabeça enquanto ela tenta me torcer numa chave de braço. Consigo me desvencilhar e me afasto com as mãos erguidas.

— Saedii, mas que porcaria é...

Antes que eu termine de falar, Saedii está em cima de mim de novo e, com um sorriso que se torna um rosnado, finge bater no meu rosto. A uma velocidade incrível, ela me pega pelos ombros e tenta me dar uma joelhada entre as pernas.

Para minha sorte, não é a primeira vez que ela faz esse movimento... quer dizer, não estou dizendo que os rapazes lá embaixo se sentiram sortudos *naquela* hora, mas, sabe como é, vivendo e aprendendo. A memória muscular entra em cena, e bloqueio o ataque.

— Você ficou maluca? — eu insisto.

Saedii recua o punho para me atingir, mas desloco meu peso para o outro lado e saio do caminho. Faço com que o próprio impulso aja contra ela e lhe dou um empurrão, que a leva com tudo até a parede, e ela se vira para mim furiosa.

Ela me chuta no esterno e eu tropeço na maca, me estatelo no chão e solto um grunhido quando algo pesado bate em cima de mim.

Saedii monta no meu peito e prende meus pulsos no chão. As tranças pretas lhe cobrem o rosto quando ela se abaixa com a respiração chiada. Vejo uma mancha roxa na pele pálida e percebo, horrorizado, que seu lábio foi cortado.

— Ah, sopro do Criador, desculpa, eu...

E minhas palavras morrem quando, sem nenhum aviso prévio, ela coloca a boca na minha.

Mil pensamentos invadem minha cabeça ao mesmo tempo. Lembro a mim mesmo que esta é uma garota que carregava os dedos decepados dos antigos pretendentes em volta do pescoço só por diversão. Nascida Guerreira, criada para derramar sangue, filha do próprio Destruidor de Estrelas. Lembro a mim mesmo que os Imaculados estão em guerra contra a Terra e que, tecnicamente, sou prisioneiro aqui — ela é minha sequestradora, minha *inimiga*. Há uma guerra sendo travada por toda a galáxia e aqui estou eu, deitado no chão com dois metros de princesa Guerreira Syldrathi em cima de mim.

O problema é que tem *dois metros de princesa Guerreira Syldrathi em cima de mim* e todos esses pensamentos estão tendo dificuldade para chamar minha atenção.

O beijo de Saedii é ávido, urgente, seus dedos apertam meus punhos enquanto o corpo avança sobre o meu. Quando noto, já estou retribuindo o beijo, os sentimentos, os pensamentos, o *desejo* que tomam conta e alimentam os meus. As tranças dela caem em volta das minhas bochechas, os quadris me esmagam enquanto ela chupa meu lábio inferior e morde. *Com força.*

— Ai! — Eu chio e me afasto. — Qual é o seu pro...

Ela me beija de novo, com uma mistura de risada e grunhido. Mas agora sinto gosto de sangue, tanto dela quanto meu, e a dor dilacera o novo corte no meu lábio.

— Sai de cima de mim!

— Me obrigue.

— Estou falando sério!

— Eu também, Tyler J...

Saedii arfa quando eu me desvencilho e a empurro. Mas, com movimentos imprevisíveis, ela se joga contra mim de novo e mira as garras na minha garganta, e então nós lutamos, sibilando, sangrando, rolando no piso. É uma mulher forte e esguia que se contorce feito uma cobra nas minhas mãos, mas finalmente consigo segurá-la pelos pulsos e a derrubo no chão, prendendo-a com meu peso.

— Sopro do Criador, será que dá pra você *se acalmar*?

Saedii está deitada embaixo de mim, ofegante, cabelos desgrenhados, olhos em chamas. Ela me engancha com as pernas e sobe um pouco para lamber o sangue do meu queixo. Então sinto os pensamentos dela ecoando na minha cabeça enquanto os lábios se curvam num sorriso sombrio e brincalhão.

Eu me acalmaria, se você realmente *quisesse.*

Eu arfo quando ela se lança em meu pescoço e os dentes afiados cortam minha pele.

Mas você não quer *que eu me acalme. Quer, Tyler Jones?*

Ela retesa as pernas e me puxa mais para perto. E eu sei que é insano, mas também sei que ela está na minha cabeça esse tempo todo. Saedii é capaz de sentir meus pensamentos e... Ela tem razão.

Saedii ri e nossos lábios se encontram novamente, então ela solta as mãos das minhas para enfiá-las por baixo da minha camisa e correr as unhas pela minha pele. Ela me beija como se estivesse faminta, e a fome me contagia, abafando qualquer pensamento diferente que pudesse ocupar minha cabeça. Nossas mãos se entrelaçam, ela arranca minha camisa e nós dois nos livramos da dúvida de até onde aquilo de fato poderia ir, graças a uma leve vibração debaixo da minha palma direita.

— Hm...

Nós nos afastamos, meu coração martelando no peito. Com o olhar fixo no dela, eu levanto as mãos a contragosto.

— Eu... acho que é pra você.

Com um suspiro, Saedii dá um tapa no comunicador prateado no peito.

— Pode falar.

Bom, a questão é a seguinte: eu dei uma mentida antes. Não estou nem perto de falar Syldrathi com a fluência de Scar, mas consigo acompanhar os principais assuntos de uma conversa. Assim, recupero o fôlego, lambo o lábio ensanguentado e ouço a voz do tenente, baixinha e marcada pela reverberação eletrônica. Acho que ele pede desculpas por interromper, mas Saedii o corta.

— Erien — diz rispidamente, com brilho nos olhos. — Fala.

Ouço algumas palavras que conheço bem. *Mensagem. Batalha. Terra.*

Então, os olhos de Saedii encontram os meus. A lembrança de que nosso povo está em guerra paira entre nós e vai sufocando o clima pouco a pouco.

Suas pernas compridas se desvencilham da minha cintura e eu me afasto dela, sentando no chão frio de metal. Ao deslizar a mão pelo cabelo, percebo que meus dedos estão trêmulos.

Sinto o sangue dela em meus lábios.

Saedii pede notícias do pai. A resposta é hesitante e ela se levanta em um único movimento suave e sinuoso. Eu pesco as palavras *sem paciência* e *charadas*. Ela pede notícias do Destruidor de Estrelas mais uma vez.

As únicas palavras que consigo entender na resposta são: *se foi*.

Ao ouvi-las, meu coração dispara no peito. Incrível. *Impossível*. O pensamento se agita entre nós dois enquanto Saedii arregala os olhos — a ideia de que talvez, de alguma maneira, contrariando todas as expectativas, o homem que destruiu o mundo natal dos Syldrathi esteja...

— *Se foi?* — ela sibila em Syldrathi, incrédula. — *Morto?*

A resposta é negativa. Pesco as palavras *confusão* e *recuo*. Ouço alguma coisa a respeito de *Terráqueos* e *Betraskanos* e...

— Que o Vazio te carregue, Erien, fala logo! — exige Saedii.

O Primeiro Paladino pede perdão e volta a falar. E, quando o olhar de Saedii encontra o meu, ouço cinco palavras. Palavras que afundam meu coração acelerado até as botas. Palavras que poderiam significar o fim de tudo.

Destruidor de Estrelas.

Arma.

Desapareceram.

4

TYLER

Estou sentado numa sala de reunião com treze Guerreiros Imaculados e minha única certeza é que pelo menos doze deles querem me matar.

Para dizer a verdade, não ponho minha mão no fogo nem em relação a Saedii.

Quando insisti que ela me levasse à reunião com a equipe de comando, estava certo de que a resposta seria não. Afinal de contas, tecnicamente sou um prisioneiro aqui. Forasteiro. *Inimigo*. Ela me disse para ficar na cama e repousar.

— Sou meio-Syldrathi — eu lembrei. — E sei mais sobre o verdadeiro inimigo do que qualquer um. Estão brincando com os Imaculados, e eu conheço as regras do jogo. A cama é o último lugar em que eu quero estar agora.

Ela me observou, pensativa, limpou meu sangue da boca enquanto a lembrança daquele... beijo, ou luta, ou seja lá o que tínhamos acabado de fazer ainda pairava entre nós. Se tentar, ainda posso sentir seu corpo fazendo pressão no meu. Nós dois sabíamos que meu papinho sobre a cama era verdadeiro até certo ponto...

— Isso aqui não é nenhuma nave de turismo Terráquea tripulada por covardes e fracotes — alertou ela. — Estamos num cruzeiro de guerra Imaculado. Na melhor das hipóteses, a tripulação vai te tratar com desdém. Na pior, com hostilidade assassina.

— Não sabia que você se importava, Templária.

Ela estreitou os olhos ao ouvir minha resposta. Saedii é tão estrategista quanto eu: percebeu a armadilha que armei e jamais admitiria que ligava para o meu bem-estar. Assim, ela bufou, afastou as tranças e saiu da sala — e eu fui mancando a tiracolo.

Tyler Jones: 1
Saedii Gilwraeth: 0

O ar está tenso na sala de reunião; a luz, antes vermelha, agora é cinza graças à Dobra. Nas paredes, há projeções de relatórios holográficos dos principais feeds de notícias de toda a galáxia, centenas em todas as redes, e o volume é mantido baixo para que os Imaculados possam conversar sem interrupções. Eles se ajoelham numa mesa oval esculpida na madeira escura de árvores lias: Saedii em uma das pontas, a equipe ao redor dela, e seu braço direito, Erien, na outra ponta.

Sento apoiado na parede e chupo a mordida no lábio.

Eu me lembro do tenente Erien do tempo em que fui encarcerado a bordo da *Andarael*. O Primeiro Paladino é alto e esbelto e, abaixo do olho, seu belo rosto carrega a marca de uma cicatriz em forma de gancho. Ele usa uma corrente de orelhas Syldrathi decepadas no cinto. Ao redor dele há uma mistura de veteranos com experiência de guerra e jovens repletos de fogo e fúria. Todos eles estão fortemente armados e usam lindas armaduras pretas decoradas com elegantes glifos Syldrathi. Os penteados são feitos de acordo com a posição de cada um: quanto mais tranças, mais autoridade. Cada testa recebe a marca do Clã Guerreiro Syldrathi: três lâminas cruzadas.

A atmosfera é... estranha. É como assistir a um bando de tigres devoradores de homens realizar uma cerimônia do chá. Cada palavra e gesto são enfatizados com uma hostilidade calculada e tenho a sensação de que uma matança pode começar a qualquer segundo. Mas há dois laços indestrutíveis que unem essas pessoas.

Primeiro, é claro, é que são todos Imaculados.

Há um vínculo forjado na guerra, e quem nunca lutou pela própria vida jamais vai entendê-lo. Quando depositamos nossa confiança em alguém para nos proteger em batalha, quando matamos e sangramos juntos, nós nos tornamos mais do que família. E, ao olhar ao redor da sala, é isso que vejo: pessoas que compartilham mais do que o sangue, laços forjados no fogo de uma vida inteira em guerra.

Segundo, é claro, é a própria Saedii.

Dá para ver que cada Guerreiro nesta sala a ama. Odeia. Teme. Venera.

Mesmo que ela não fosse filha do maior Arconte dos Imaculados, já vi Saedii lutando: nave a nave, corpo a corpo. E sei que ela não conquistou seu lugar nessa cabeceira por ser filhinha do papai. Ela o conquistou *expulsando* quem quer que estivesse sentado ali antes dela.

Quando entramos juntos na sala, doze pares de olhos se cravaram em mim como se eu fosse um aperitivo. Mas bastou uma palavra de Saedii para que eles botassem a mão na massa. Só que a massa, no fim das contas, não estava *nada* legal.

Como eu já disse, não falo Syldrathi tão bem quanto Scar, mas consigo entender algumas palavras. Ao ouvir a equipe de comando de Saedii falar e assistindo à variedade de notícias passando nas paredes ao meu redor, estou começando a entender o que aconteceu na Batalha da Terra.

Uma frota Imaculada gigantesca, maior do que qualquer coisa que se tenha visto desde a queda de Syldra, reúne-se fora do espaço Terráqueo.

A armada Terráquea se junta em resposta.

Os Betraskanos entram em cena para ajudar a defender os aliados Terráqueos.

O Arconte Caersan exige que devolvam sua filha.

Já fazia dois anos que a Terra pisava em ovos com os Imaculados. Nossa última guerra com os Syldrathi tinha durado duas décadas e estávamos tão desesperados para evitar um repeteco que chegamos até a fazer vista grossa quando Caersan destruiu o sol de Syldra.

Mas o Governo Terráqueo não fazia ideia de que Saedii estava sob custódia da AIG — afinal, Ra'haam a capturara para dar início à confusão. Então, eles não tinham como atender ao pedido do Destruidor de Estrelas e devolvê-la. Em vez disso, pediu educadamente que ele se retirasse de sua porta ou então engoliria uma frota goela abaixo.

Caersan não gostou nada disso.

Agora estou assistindo aos registros da batalha e meu coração dispara toda vez que eu a vejo: uma lança de cristal imensa, com as cores do arco-íris, do tamanho de uma cidade inteirinha. Quando as frotas Imaculadas, Terráqueas e Betraskanas se chocam, ela atravessa a matança como um tubarão, pulsando energia. Os noticiários estão se referindo a ela como "superarma dos Imaculados". Mas, pelo que Saedii me disse a bordo da *Kusanagi*, sei bem que aquela invenção não tem nada a ver com os Syldrathi.

Foi construída há eras pelos seres que lutaram contra Ra'haam da última vez em que tentou consumir a galáxia: os Antigos, os Eshvaren, que de alguma forma estiveram por trás de tudo que aconteceu desde que tirei Auri daquela cápsula criogênica, o que parece ter acontecido uma vida atrás.

Meu coração dói ao pensar nela. Fico imaginando onde será que minha irmã e o restante do Esquadrão 312 estão e rezo ao Criador para que estejam bem, para que não tenham sido envolvidos nessa loucura. Mas, por mais que machuque deixar isso de lado, a verdade é que temos problemas maiores. Porque, repetidas vezes, eu a vejo se revelar nos feeds: a Arma, a *Neridaa*, a única esperança que os Eshvaren deixaram para que a galáxia lutasse contra Ra'haam, acendendo como um novo sol no meio da batalha, disparando uma rajada que desativa metade das naves à sua volta e depois...

Desaparece, como se nunca houvesse estado ali.

Ninguém sabe o que aconteceu. Por que desapareceu nem para onde foi. Mas o sumiço do Destruidor de Estrelas e a explosão de força que acompanhou o sumiço de sua arma deram um tempo na batalha.

Os Imaculados pararam o ataque. As frotas Terráqueas e Betraskanas, dizimadas, retomaram a posição defensiva. E, depois de mais algumas horas de um impasse cheio de tensão, os Imaculados retornaram ao Portão da Dobra e saíram do sistema.

— Retirada — diz uma mulher graciosa com o uniforme preto dos Paladinos.

— De'sai — grunhe outra.

Esse é o termo Syldrathi para *vergonha*. Eu o vejo reverberar pela sala: metade dos presentes murmura em concordância e a outra metade parece incerta.

Para os Guerreiros chegarem a *considerar* a opção de recuo... Começo a entender o que Caersan significa para eles. Não é apenas um líder, é um pai. O homem que os salvou da paz vergonhosa com a Terra, dos "fracotes" do Conselho de Syldra. E seu desaparecimento os dilacerou.

Dentes afiados à mostra. Palavras ríspidas ditas. Consigo captar *inquietação* e *Templários* e *golpe*. Um dos Paladinos mais novos dá um soco na mesa — para um Syldrathi, um rompante desse é impensável.

E então Saedii fala.

A voz é calma. Firme. Fria. Ouço palavras tipo *honra, vingança, pai* e *verdade*. Compreendo o que ela está dizendo para eles. Saedii pretende se encontrar com a armada Imaculada, assumir o comando e, depois, voltar à Terra e descobrir o que aconteceu com o Destruidor de Estrelas.

Sua voz acalma os nervos à flor da pele.

A princesa Imaculada assumindo a cadeira vazia do rei. Mas...

— Isso é um erro, Saedii — digo, por fim, com um suspiro.

Todos os olhos se voltam para mim. Um Paladino de cabelos cinzentos me olha feio e a mão desliza para as belas lâminas prateadas de kaat cruzadas nas costas. Ele fala em Terráqueo fluentemente, mas com um sotaque Syldrathi carregado.

— Você se atreve a falar assim com uma Templária dos Imaculados, so'vaoti?

— Pois é. — Uma mulher perspicaz me encara com fúria e olha de relance para Saedii. — Quem é esse dejeto que tiramos das entranhas do Vazio, Templária?

Eu respondo antes que Saedii possa falar por mim.

— Meu nome é Tyler Jones. Filho de Jericho Jones.

Vejo meu nome ecoar pelo recinto.

Antes de se juntar ao Senado e lutar pela paz, meu pai lutou contra os Syldrathi até não poder mais e foi o responsável pela derrota mais humilhante deles em toda a Guerra Terráqueo-Syldrathi.

— E, já que estamos contando os pontos — prossigo —, fui eu que salvei a vida da Templária de vocês quando a *Andarael* foi atingida pela *Kusanagi*. E depois a tirei de uma cela antes que a torturassem até a morte. Não cheguei a ver muitos de vocês por lá dando uma força.

Erien expõe os caninos afiados.

— Eu deveria arrancar sua língua, filhote de Terráqueo.

— Que tal deixar metade para mim? — Aponto para a minha boca. — A menos que você queira arrancar a parte Syldrathi também.

Ele estreita os olhos ao ouvir minha resposta e olha de relance para Saedii, que inclina a cabeça. A informação da minha herança Syldrathi se espalha pela sala feito fumaça.

— Quer dizer, estou partindo do princípio de que você seria capaz de encostar sua luva em mim, campeão. — Eu me aproximo me inclinando um pouco mais e sustento o olhar de Erien. — Ou será que você esqueceu que também fui eu que matei um drakkan sozinho?

Tá, não costumo ser o tipo de cara que se gaba. Na maioria das vezes, prefiro deixar minhas ações falarem por mim. Mas os Imaculados respeitam a força. A convicção. E, acima de tudo, a coragem. Portanto, apenas encaro Erien, e o ar fervilha à nossa volta até que um Templário mais novo ao seu lado toca o braço dele. O toque dura só um segundo. Os dois trocam olhares e comunicam alguma coisa entre si.

— Be'shmai — murmura o mais novo. — Osh.

O olhar de Erien se agita por um segundo antes de voltar para Saedii.

— Talvez — diz ela enquanto lambe o corte no lábio — você possa elucidar a natureza desse erro que supostamente estou cometendo.

Eu lhe lanço um meio sorriso com as covinhas à mostra.

— Achei que você nunca fosse pedir.

— Eu *não* estou pedindo. Estou ordenando.

Ela faz cara feia para mim, e o cabelo escuro cai em cima da bochecha enquanto abaixa o queixo. Mas, pelo brilho nos olhos e pelo vislumbre dos seus pensamentos, sinto que Saedii está quase... entretida.

Eu me dou conta de que os Templários dos Imaculados não têm paciência para bajuladores. Bons líderes nunca têm. Saedii gosta da luta. Gosta de ser impulsionada, desafiada. E também curte as minhas covinhas, já que não para de olhar para elas.

Verdade seja dita, quem é que pode culpá-la?

Tyler Jones: 2

Saedii Gilwraeth: 0

Erien fecha a cara quando eu me volto para os inúmeros feeds de notícias que se projetam nas paredes. Estreito os olhos, procuro até encontrar o que eu quero e aponto para a transmissão.

— O feed do GNN-7. Você pode ativar?

Um dos Paladinos olha para Saedii e ela consente com um breve aceno. O feed aumenta e domina a parede. Um Chelleriano está falando no canal — sua pele azul fica cinza por conta da Dobra. Até mesmo em preto e branco, o sorriso é deslumbrante, e seu terno parece ter custado o PIB de uma pequena lua. O nome LYRANN BALKARRI flutua abaixo dele, e manchetes em uma dezena de línguas rolam na parte de trás. A notícia é sombria.

— Um ataque de insurgentes Rigellianos a propriedades Chellerianas no setor Colaris. — Saedii lê a manchete e ergue a sobrancelha. — E daí?

— Colaris tem sido disputado por Rigel e Chelleria nos últimos cinquenta anos. O consulado Chelleriano acabou de anunciar um cessar-fogo depois de uma *década* de negociações. E aí, sem mais nem menos, Rigel simplesmente começa a explodir naves Chellerianas?

Eu me viro para outra tela.

— Aquele ali. Abre aquele ali. — Aponto para outro feed. — Aquele também. — São matérias pequenas: se você não prestar atenção, elas se perdem fácil em meio ao barulho e à confusão do ataque Imaculado à Terra. Mas há dezenas delas. E *eu* estou prestando atenção.

Naves de colonização Ishtarri destruídas por um ataque gremp na Dobra.

A guerra de três fronteiras entre No'olah, Shearrr e a Cooperativa Antarri, em trégua há sete anos, subitamente retorna à hostilidade.

Três oficiais de alto escalão do Domínio assassinados por agentes de seus principais rivais, o Pacto de Shen.

— Distrações — comento, olhando ao redor do recinto. — Provocações com o propósito de arrastar uma dezena de diferentes espécies para uma dezena de diferentes conflitos. — Meu olhar se detém em Saedii. As marcas de mordida no meu pescoço ardem com o suor. — Assim como seu sequestro arrastou os Imaculados para uma guerra contra a Terra e Trask.

— A guerra contra a Terra nunca acabou para a gente, Terráqueo — resmunga Erien. — Estávamos apenas concentrados em outras presas.

Eu o ignoro e encaro os olhos de Saedii.

— Você sabe quem é.

— É esse... Ra'haam de quem você falou.

— Corrompeu a AIG. E a AIG tem agentes em todos os setores da galáxia. — Aceno para os feeds e tento não parecer um teórico da conspiração maluco. — Com planejamento adequado, Ra'haam seria capaz de pôr isso em prática. E Ra'haam passou *séculos* planejando. Quer a galáxia em guerra. Ocupada e distraída demais para perceber quem é a verdadeira ameaça até que seja muito tarde.

Saedii e sua equipe de comando trocam algumas frases em Syldrathi. Perguntas. Uma breve explicação do que é Ra'haam, Eshvaren, a Arma. Percebo ceticismo entre eles, vejo o desdém quando me olham. Saedii sabe enxergar dentro da minha cabeça. Ela *sabe* que estou falando a verdade.

Mas, mesmo assim...

— Não estamos preocupados com uma erva daninha apodrecendo nas sombras — declara ela. — Estamos preocupados com nosso Arconte desaparecido.

— Esses problemas são a mesma coisa, Saedii.

Ela tamborila as unhas afiadas na mesa, me encarando com um brilho nos olhos.

— Eu imagino que você tenha um plano além de ficar balindo feito um bâshii órfão, certo?

— Meus comandantes na Legião Aurora — digo, ignorando o golpe. — Eles *sabem* de alguma coisa. Está vendo essas botas aqui que eu estou usando? E o aparelho que tirou a gente daquela cela? Esses objetos passaram *dez anos* esperando por mim dentro de um cofre do Domínio. Quem pôs tudo lá foi o Comando da Legião, anos antes de eu *entrar* para a Academia.

— Você está sugerindo que a gente recorra à ajuda dos *Terráqueos*? — zomba Erien.

— A Legião Aurora é neutra — insisto. — Vocês não estão em guerra contra a gente. Se eu pudesse falar com Adams e de Stoy, descobrir o que eles sabem...

— A Terra é nossa inimiga — diz Saedii. — Trask é nosso inimigo.

— A galáxia *inteira* pode ser sua inimiga se você deixar, Saedii.

— Deixar? — Ela sorri e passa a língua pelos dentes. — Nós *amamos* que seja assim.

— A lâmina fica cega se deixada na bainha, mestiço — diz o veterano para mim. — Se você tivesse sangue puro, entenderia.

— Aanta da'si kai — murmura outro, tocando o glifo na testa.

Nascemos para a guerra.

Eu suspiro e balanço a cabeça para Saedii. O sorriso dela só cresce. Percebo que está se deliciando com a situação. Está animada. A luta. A rixa. Essa gente foi criada para ver o conflito como o caminho para a perfeição. Talvez seja por isso que ela está me mantendo por perto.

Vejo o olhar dela desviar para as marcas de mordida na minha garganta. Sinto um lampejo de desejo na minha cabeça. Mas isso aqui não é um jogo. Estou exausto, com medo por minha irmã e meus amigos e sinto que estou correndo há uma eternidade sem sair do lugar.

E a pior parte é que ainda estou com o sonho em minha cabeça, aquele que me acordou aqui, ecoando em algum lugar dentro do meu crânio enquanto a sala começa a girar, então aperto minha testa dolorida com a palma da mão.

As paredes ao meu redor, a cor do arco-íris.

O chão tremendo debaixo dos meus pés.

— Você parece mal, Terráqueo — diz Saedii.

Abaixo a mão e resmungo:

— Estou bem.

Ela abre um sorriso tão largo que dá para ver os dentes afiados nos cantinhos da boca.

— Se quiser voltar para a cama...

— Me deixa — digo rispidamente, com os nervos à flor da pele. — Você está dando a Ra'haam exatamente o que quer. Você está sendo *usada*, Saedii.

— Não sou um peão no jogo de ninguém.

— Então pare de agir como se fosse. Você é mais esperta do que isso.

— E mais esperta que você. Não se esqueça de quem é o prisioneiro.

— E de quem você ainda seria prisioneira, se não fosse por mim?

— Você salvou a própria pele além da minha. — Saedii inclina a cabeça e fixa os olhos nos meus. — Não pense que isso lhe comprou algum favor, garoto.

— Não estou pedindo favor nenhum — rebato. — Estou pedindo para você não ser uma *idiota*.

O sorriso entretido de Saedii perde a força. Um alarme soa na minha cabeça:

Falta técnica na jogada. Penalidade de um ponto.
Tyler Jones: 2
Saedii Gilwraeth: 1
Eita. Longe demais...

A temperatura ao meu redor despenca. O lampejo da mente de Saedii some sem mais nem menos, como se ela tivesse batido uma porta de ferro entre nós dois. E, olhando para o Primeiro Paladino, a Templária fala:

— Parece que nosso convidado está exausto depois de tanto suplício, Erien. — Ela tira uma das tranças do ombro. — Garanta que ele seja alocado em segurança nos aposentos apropriados.

— Saedii...

— Como queira, Templária.

Ela se volta para os outros membros da tripulação e começa a emitir ordens em Syldrathi. Mas estou de olho em Erien quando ele se levanta e paira sobre mim. Seu belo rosto, duro feito pedra, distorcido pela cicatriz, o cabelo prateado preso para trás em sete tranças grossas, cada uma decorada com uma orelha Syldrathi ressecada.

— Anda — diz ele.

Olho para Saedii. Mas, no momento, ela está me ignorando, a mente fechada a sete chaves. Eu não deveria ter deixado meu temperamento me dominar. Foi burrice: a coloquei contra a parede e ela veio com tudo.

Quando fecho os olhos e levanto, minha cabeça está latejando. O ar zumbe com o som dos motores e da crescente corrente da guerra galáctica. Minha mente ainda ecoa com a voz do meu sonho.

... você ainda tem uma chance de consertar isso, Tyler Jones...

Mas não vejo como.

Que o Criador me perdoe, mas não vejo *como*.

5

FINIAN

Aquela pilota Terráquea nos explode mais três vezes antes de, enfim, jogar a toalha. Todas as vezes, Scar e eu ressurgimos no corredor fora da sala de máquinas. Todas as vezes, Scar pressiona os lábios nos meus enquanto explodimos numa bola de plasma incandescente.

Talvez seja algum tipo de justiça universal. Finalmente tenho a chance de dar uns amassos em Scarlett Jones e aí a realidade implode, porque é improvável demais.

Mas, depois da oitava vez que nossa nova amiga puxa o gatilho, Scarlett e eu nos materializamos de novo fora da sala de máquinas, à espera do inevitável, e nada acontece. Nenhum alarme escandaloso. Nenhum aviso de míssil em rota de colisão. Nada.

Scar inclina a cabeça. Espera.

— ... Ela não está matando a gente — murmura.

— Progresso!

Estou sorrindo que nem um idiota. Para dizer a verdade, não é só porque não nos explodiram.

Scar tenta esboçar um sorriso em resposta, mas vejo como ela ficou bolada com tudo isso. Honestamente, não dá para culpá-la. Nas últimas semanas, essa garota perdeu a melhor amiga, o irmão e, agora, ao que parece, a realidade inteira.

Busco suas mãos, envolvo-as com meus dedos e aperto bem de leve.

— Sei que é loucura — digo baixinho. — Estou tão surtado quanto você. Mas, seja lá o que for, a gente vai dar um jeito, tá?

Ela consegue abrir um sorriso melhor ao ouvir meu comentário e, apesar de toda a insanidade à nossa volta, sinto palpitações com a imagem.

Criador, como ela é linda.

Scarlett se inclina e me dá um beijo suave na boca.

— Você é um fofo.

— Não conta pra ninguém. Tenho uma imagem de espertalhão a zelar.

— Então vamos lá, espertalhão — rebate ela com um sorriso. — Bora ver nossa Cérebro.

Corremos juntos até a ponte e encontramos Zila nos controles. Seus olhos estão fixos e tremeluzentes nas telas coloridas, e os lábios, contraídos.

— Atualizações da situação? — pergunta Scar ao atravessar a cabine a passos largos, toda eficiente. Por um segundo, parece até o irmão falando.

Nossa Cérebro não tira os olhos dos monitores.

— Em termos de espaço, nossas coordenadas são as mesmas das nossas oito primeiras aparições. Estamos a várias centenas de milhares de quilômetros do limiar de uma imensa tempestade de matéria escura. A partir dos vislumbres que temos das estrelas, o sistema de navegação calcula que podemos estar em algum lugar perto de Sigma Arcanis.

— Mas a gente estava no sistema solar da Terra. — Scar olha para aquele trecho enorme da mais perfeita escuridão, para as breves pulsações de uma luz estranha ali dentro. O rosto dela está mais pálido do que o normal. — Como foi que a gente veio parar aqui?

— Não sei. Mas pretendo descobrir. — Zila toca no dispositivo de pulso. — Eu configurei um cronômetro. Devemos reunir o máximo de informações possível sobre esses ciclos. No momento, estamos em quatro minutos e seis segundos.

— E nossa amiga esquentadinha? — pergunto.

Zila olha para o monitor como se o aparelho a tivesse aborrecido pessoalmente.

— Nenhum contato por rádio dessa vez. Mas, como Scarlett supôs, seja qual for a natureza dessa anomalia temporal, as ações da pilota indicam que ela também está passando pelo mesmo.

Todos encolhemos quando os controles chiam na frente de Zila. Essa nave já era antiga quando os Andarilhos nos deram, e não curtiu nadinha suas experiências recentes.

— A estação espacial, a tempestade de matéria escura para além dela e minhas leituras externas são todas idênticas — prossegue Zila. — As únicas variáveis nessa equação parecem ser nossas ações e as dela. Ao que tudo indica, ela decidiu que nos incinerar é infrutífero, o que é uma boa notícia. A definição de insanidade é repetir a mesma ação e esperar um resultado diferente.

— Já é um progresso — murmura Scarlett. — Se ela sabe que tem alguma coisa esquisita acontecendo com todos nós, a gente pode tentar se comunicar.

— Precisamos mudar nossa abordagem — declara Zila. — Finian, qual é sua análise dos arredores?

Dou uma segurada no impulso de fazer uma gracinha, porque não temos tempo. Nossa amiga Pistola da Silva pode voltar a agir a qualquer momento. Sei que não adianta me dar o trabalho de olhar pelas janelas: uma das principais características da matéria escura é que não dá para *vê-la* de fato, só o que ela faz com as coisas ao redor. Assim sendo, em vez disso, dou uma espiada nos controles e examino os dados que chegam.

— Bom, aquela tempestade de ME é *gigantesca*. Uma das maiores que já vi. As flutuações gravitônicas, eletromagnéticas e quânticas são fora de série. Mas, pela nossa distância, não vamos sofrer nenhum efeito colateral, acho.

— E a estação?

Verifico nossas câmeras.

— Sei lá. Nunca vi nada parecido.

— É Terráquea — murmura Zila. — Assim como a pilota que nos saudou. Mas é um modelo arcaico. Também sofreu danos bem sérios. Creio que vazamento de plasma denso.

— Então, se aquele for seu lar, ela tem coisa mais importante para se preocupar do que com a gente.

Zila não está olhando para mim exatamente; aquele cérebro enorme está a mil por hora.

— Qual é sua análise daquele veleiro na tempestade?

Dou de ombros e estudo o cabo gigantesco que sai da estação, a luz retangular minúscula nos limites da tempestade.

— Assim... *Parece* um veleiro quântico.

— Um quê? — Scarlett pergunta, e, pelo olhar que me lança, me arrisco a pensar que ela estava fazendo a unha no meio dessa aula na Academia.

Não desejo desagradar Scarlett de forma alguma, então respondo de modo bem diplomático.

— É uma das idiotices que vocês, crianças de barro, estavam testando quando Terráqueos e Betraskanos entraram em contato pela primeira vez. Nós só fomos falar das besteiras que vocês estavam fazendo depois que a guerra acabou. Mas a teoria dos Terráqueos era de que seria possível colher energia de tempestades de matéria escura.

Scarlett arregala os olhos, sugerindo que, sim, estava mesmo fazendo as unhas quando os professores falaram desse assunto nas aulas de astrometria básica.

Deliberadamente.

— Então tá, a matéria escura é basicamente a cola gravitacional que mantém a galáxia unida, beleza? — eu digo. — E, quando fluxos de matéria escura se chocam, acontece um bando de bizarrice no nível subatômico. Sabe aquelas luzes que você viu ali fora? São pulsos quânticos escuros. Existe mais energia em uma única explosão do que uma estrela em supernova pode gerar. Vocês, Terráqueos, acharam que daria para aproveitá-la. — Dou de ombros. — Na teoria, parece ótimo, mas a realidade é que a energia de um pulso quântico escuro é instável demais, e a energia escura começa a fazer coisas *bem* perigosas sob contenção. Então, por mais que *pareça* ter um veleiro quântico ali fora, não é possível, porque nem os Terráqueos são tão burros a esse ponto.

Zila encara a tela, pensativa, enquanto suga uma mecha de cabelo. Scarlett se esgueira para o assento ao lado dela.

— Então tá bom, deixando de lado a gigantesca nerdice espacial — diz Scarlett, revirando os olhos para mim —, ainda precisamos descobrir o que está acontecendo. Então vamos tentar mudar as coisas. Se aquela pilota não for falar com a gente, talvez a gente possa falar com ela.

Zila lhe dá a frequência de que ela precisa, e nossa Frente quebra a cabeça com o equipamento de comunicação por um instante. Eu fico só encarando aquela enorme tempestade de escuridão pulsante e a estaçãozinha minúscula situada nos limites dela. Desnorteado.

— Atenção, nave Terráqua. Atenção, nave Terráqua. Está nos ouvindo?

Nada de resposta. Zila e eu nos entreolhamos enquanto Scar tenta de novo.

— Escuta, a gente sabe que parece maluquice, mas imagino que, a essa altura, essa situação já esteja parecendo *bizarramente* familiar para você. E, levando em conta que você não está mais atirando na gente, provavelmente está começando a perceber que nós quatro estamos, de alguma forma, ligados a tudo isso. Seja lá o que *isso* for. Que tal se a gente tentar descobrir?

Mais silêncio. Scarlett capricha na Voz da Razão.

— É bem provável que você esteja tão assustada quanto a gente. Só queremos conversar, tá?

Nada ainda. Um pulso de energia escura ilumina a tempestade — um malva profundo em meio àquelas espirais fervilhantes de um preto sem fim. Então, quando começo a me perguntar se Scar encontrou a única pessoa da galáxia que é capaz de resistir ao seu charme, o visor estala e uma fodona de máscara dá as caras, lançando um olhar matador pelos olhos semicerrados.

Agora que estou vendo melhor, percebo que ela é jovem, não muito mais velha do que a gente. Também não está mais bancando tanto a fodona. Na verdade, está mais para o contrário: ela parece mais assustada do que a gente.

— Bom, oi — diz Scar, agraciando a pilota com um dos seus melhores sorrisos. — A gente precisa simplesmente *parar* de se encontrar desse jeito.

Nossa nova amiga fecha a cara de um jeito pouco amigável.

— *Mas que* merda *é essa que está acontecendo?*

— Boa pergunta — responde Scarlett sem perder o sorriso, o que é uma boa ideia, já que a Senhorita Fodona ainda tem todas as armas, e a gente, nenhuma. — *Excelente* pergunta, na verdade, e que vale muito a pena ser debatida. Será que eu posso sugerir que tentemos respondê-la juntos? Porque temos muito interesse em não morrer de novo.

Os segundos se passam em silêncio e a garota por trás da máscara permanece inescrutável. Mas, finalmente, ouvimos um *WHUNGGGG* gigantesco e a nave inteira treme. Outro *WHUNGGG* dispara em nosso casco e quase me faz perder o equilíbrio.

— Sopro do Criador, ela está atirando na gente de novo?

— Não. — Zila olha os sensores e balança a cabeça. — Ela prendeu nossa nave com cabos de reboque.

— *Abram a câmara de vácuo* — ordena a pilota. — *Eu vou embarcar. Espero encontrar vocês com as mãos à mostra quando essas portas se abrirem. Senão, podem ir se despedindo das suas vidinhas. Ficou claro?*

— Claríssimo — responde Scarlett. — Até logo.

Nossa Frente gira na cadeira. Endireita o maxilar, respira fundo e acena com a cabeça daquele jeito que me faz lembrar do irmão novamente.

— Beleza. E vamos de estender o tapete vermelho.

— Peraí, a gente vai simplesmente deixar ela entrar? — pergunto enquanto olho ao redor da cabine. — Longe de mim apontar dedos, mas essa garota nos *assassinou* nove vezes hoje.

— Oito vezes — corrige Zila.

— Ah, bom, aí tudo bem.

— É difícil saber qual é a dela com a máscara, o capacete e tudo mais. — Scar dá de ombros. — Mas, se ela não quisesse conversar, não viria aqui de jeito nenhum.

— Eu não finjo entender o que está acontecendo aqui — diz Zila, seguindo em direção à porta. — Mas essa pilota faz parte disso. *Precisamos* falar com ela.

Scar e eu trocamos um olhar e então seguimos nossa Cérebro escada abaixo. Ao caminharmos até o compartimento de carga, percebo que estou tentando decifrar tudo isso.

Não sou um gênio igual a Zila; também não chego a ser um incompetente, mas essa conta não fecha. Embora eu esteja preocupado em salvar nossa pele, não deixo de me preocupar com Auri. O que raios aconteceu com ela, com a Arma, com a frota Syldrathi que rodeava a gente?

Será que a batalha ainda está rolando nos limites desse sistema? Será que é por isso que essa pilota estava tão apreensiva? Fato é que vimos a frota Betraskana chegar para *defender* a Terra dos Imaculados — nós somos aliados desde que nossa guerra acabou, quase dois séculos atrás. Não existem dois planetas mais unidos do que Terra e Trask em toda a galáxia. Então, por que foi que ela surtou quando me viu?

Chegamos ao compartimento. A iluminação é fraca e o ar está impregnado pelo cheiro de plastene queimado. Pelo acrílico da câmara de vácuo dá para ver o caça Terráqueo agora posicionado bem atrás da gente. Assim como aquela estação lá fora, não é nada parecido com nenhum modelo que eu já tenha visto. Mas, para dizer a verdade, tenho preocupações maiores.

— Agora prestem atenção — digo. — Da última vez em que a Senhorita Aviadora colocou os olhos em mim, explodiu a gente em pedacinhos. Talvez seja melhor eu, sei lá, ficar na encolha?

— Ela já sabe que você está aqui — observa Zila.

— Ela sabe que está acontecendo alguma coisa — eu a corrijo. — A gente não sabe do quanto ela se lembra. Quer dizer, talvez essa anomalia seja culpa nossa, porque fomos expostos à Auri, ou à Arma, ou à explosão e por aí vai. A Aviadora pode estar sentindo efeitos colaterais mais leves. Não dá pra saber.

Zila inclina a cabeça comunicando, sem palavras, que acredita ser improvável.

— O que acontece se eu morrer e vocês não? — questiono. — Será que o loop recomeça para todo mundo mesmo assim ou eu continuo morto e acabou? Tem coisa demais que a gente não sabe. E, honestamente, não quero levar um tiro no meio da cara, tá?

— Justo — concorda Scarlett.

— Otimista — murmura Zila.

Um ruído surdo fora da câmara de vácuo indica a chegada da nossa convidada. Eu me escondo atrás de uma pilha de caixas, com os dedos na empunhadura da pistola disruptiva da Academia. Esperamos em silêncio que o trinco se feche, mas eu, que observo através de uma fenda do meu esconderijo, sou o mais tenso.

Scarlett e Zila mantêm as mãos à mostra; eu tento ficar relaxado e não apertar muito a arma — o que não é fácil, já que a mesma música martela sem parar na minha cabeça como se fosse um tambor.

O. Que. Está. Acontecendo.

Com um zumbido, a porta se abre e revela uma pessoa baixinha, mais ou menos do tamanho e do tipo físico de Zila. Está usando traje de voo, capacete e respirador pretos e segura uma pistola pesada em uma das mãos.

Sua saudação não é nada amigável.

— Cadê o Betraskano?

— Olá — arrisca Scarlett. — Que prazer conhecer você. Meu nome é Sca...

— *Cadê o Betraskano?*

Então tá bom, valeu a tentativa.

— Aqui — respondo com um suspiro.

Antes que alguém leve um tiro, guardo minha pistola disruptiva no coldre e mostro que estou desarmado exibindo as mãos livres.

— Vem devagar — ordena ela. — *Bem* devagar.

Eu obedeço e mantenho as mãos erguidas.

— Sabe, normalmente as pessoas só sentem vontade de me matar depois de me conhecer um pouquinho melhor.

Estou tentando pagar de convencido, mas sinto a voz tremer. Talvez eu já tenha morrido repetidas vezes e, de alguma maneira, acabei voltando, mas meu corpo não compreende isso. Ele tem quase certeza de que mais cedo ou mais tarde vai levar bala e não está nada de boa com a situação.

Analiso o equipamento da tenente: não tem nada a ver com nenhum uniforme que eu já tenha visto num membro da Legião Aurora, da Força de Defesa Terráquea ou da Agência de Inteligência Global. É quase todo preto, tirando algumas insígnias prateadas. A única cor em toda a parafernália é o desenho no capacete, uma espécie de pássaro grandão que abre as asas e mostra as garras afiadas.

Sempre faço confusão com os pássaros Terráqueos. Seria canário? Pelicano?

Não, não está certo...

Mas vejo que nossa visitante tem o nome KIM estampado no bolso e a insígnia de tenente nos ombros. Tenente Kim, então.

Prazer em conhecê-la.

— Então. — Scarlett sorri. — Como eu estava dizendo, meu nome é Scarlett. Essa aqui é a Zila, minha cientista oficial, e ele é Finian, meu engenheiro. É muito bom f...

— De joelhos — comanda Kim. — Dedos entrelaçados na nuca. Todo mundo. *Devagar.*

Scarlett sempre sabe quando falar e o que dizer, mas também sabe muito bem o momento de calar a boca. Em silêncio, ela se abaixa, e Zila a imita com a expressão levemente aérea que sempre faz quando é tomada por cálculos internos furiosos. Meu exotraje emite zumbidos e assobios enquanto me acomodo ao lado delas e faço uma careta de dor por causa dos meus joelhos.

— O que você está vestindo? — pergunta a tenente Kim. — É para combate?

— Para combater a gravidade — respondo. — Preciso dele para andar. Não tem nenhuma arma aqui dentro, se é isso que te preocupa. Se bem que tem um abridor de garrafas embutido.

Zila fala como se não existisse nenhuma conversa em andamento.

— Aquela estação está ligada a um veleiro quântico empurrado para a beira de uma tempestade de matéria escura.

— Isso é confidencial — rebate a tenente Kim.

Zila desvia os olhos como se fosse capaz de ver além do casco da nave.

— Meu colega Finian sugeriu que o veleiro está tentando colher energia escura.

— Só que ninguém mais faz isso — digo. — Em lugar nenhum.

— Em lugar nenhum — sussurra Zila... de um jeito meio assustador, para dizer a verdade.

— Sou eu que faço as perguntas aqui, cacete — resmunga Kim. — Quem foi que enviou vocês? Por acaso são agentes especiais dos branquelos? Como nos encontraram aqui?

Scarlett tenta suavizar a situação.

— Tenente, eu dou minha palavra...

— Sua palavra? — A tenente Kim debocha e aponta a pistola diretamente para mim. — Vocês duas estão trabalhando com esse desgraçado contra seu próprio povo? Traindo a Terra? Vocês sabem o que acontece com traidores no meio de uma guerra?

— Guerra? — Arregalo os olhos. — Você está bêbada? A gente não está...

— Cala a boca, branquelo!

Não estou entendendo.

— *Branquelo?*

— Em *lugar* nenhum... — Zila sussurra mais uma vez.

— Qual é o problema dela, hein? — pergunta Kim, olhando feio para Zila.

— Ah, ela faz isso às vezes — desdenha Scar.

Zila volta a olhar para a tenente e indica as portas da câmara de vácuo com um gesto de cabeça.

— Seu caça. É um modelo Pegasus antigo. Série III, certo?

— Antigo? — zomba a pilota. — Meu bem, ele é tão novo que a tinta ainda está fresca.

Zila faz que sim.

— Em *lugar* nenhum.

— Por que você não para de *repetir* isso?

— Ninguém faz isso em *lugar* nenhum — diz Zila baixinho. — Mas os Terráqueos *tentaram*, por um breve período, cultivar impulsos quânticos. Quando estávamos em guerra contra os Betraskanos, na verdade. Nos primórdios da exploração da Dobra.

Finalmente percebo o que Zila está insinuando e meu cérebro entra em pane.

Ela não pode estar falando sério.

Não tem como.

Só que...

— Eu não reconheço o uniforme dela — digo em um sussurro. — E a estação é tão antiquada...

Isso. Não. Pode. Estar. Acontecendo.

Zila assente.

— Em *lugar* nenhum. Mas em algum *tempo*, sim.

— Sopro do Criador — sussurra Scarlett.

A tenente Kim obviamente chegou ao limite, porque levanta a arma.

— Vocês vão me explicar agora mesmo. Senão começo a atirar.

— Você não vai acreditar em mim — garante Zila.

— Experimenta.

— Em que ano estamos? Agora?

A tenente Kim bufa.

— Está falando sério?

— Por favor — diz Zila. — Não custa nada responder.

— ... Estamos em 2177.

— Nós somos de 2380.

Silêncio.

— Tem razão. Eu *não* acredito em você.

— Eu avisei. — Zila dá de ombros.

Meu cérebro começa a chiar em meio a uma batalha entre "isso é impossível" e "isso é *muito maneiro*". E, ao fundo, uma vozinha sussurra: *Sobreviver à explosão era impossível. O mesmo vale para ser explodido oito vezes. E ser transportado num piscar de olhos para onde quer que a gente esteja.*

Vejo o momento exato em que a tenente Kim desiste de entender.

— Muito bem, isso está fora da minha alçada. Vocês vêm comigo.

— Você obviamente também está passando por uma distorção temporal, tenente — insiste Zila.

Kim a ignora e toca um microfone na lateral da garganta.

— Sapatinho de Cristal, aqui é Kim, estão me ouvindo?

— Você, assim como nós, está repetindo esse encontro — diz Zila.

— Sapatinho, aqui é Kim, estão na escuta?

Ninguém responde. A tenente xinga baixinho.

— Se estivermos mesmo no ano de 2177 — insiste Zila —, a Terra está no meio de uma guerra contra Trask. Sua estação parece bastante danificada. Não temos prova de nossa identidade. Se você nos levar a bordo do que é sem dúvida uma instalação militar experimental em período de guerra, essa situação não acabará bem.

— Não pedi a opinião de vocês — rebate Kim, agitando a pistola. — Andem.

∙ ∙ ∙ ∙ ∙ ∙ ∙ ∙ ∙ ∙ ∙ ∙ ∙

Sob a mira de uma arma, a tenente Kim nos guia até a cabine e, controlando o caça por meio de uma espécie de controle remoto no pulso, começa a rebocar nossa nave escangalhada em direção à estação. É um trabalho lento e cansativo: Kim parece saber o que está fazendo, mas um caça militar não é exatamente um rebocador.

Zila, Scar e eu estamos de joelhos no meio da cabine com os dedos entrelaçados na nuca. Kim fica atrás da gente, de tempos em tempos tentando fazer contato com a estação.

A má notícia é que ela parece estar ficando mais irritada a cada tentativa, e essa garota já matou a gente um bocado hoje. A boa notícia é que podemos cochichar em meio aos chiliques.

— Zila estava falando sério? — murmura Scar, chegando mais perto. (*Como é possível que ela ainda esteja cheirosa, ela não sua?*) — Viagem no *tempo*?

Dou de ombros muito discretamente e olho de relance para a nossa Cérebro, que se perdeu em pensamentos mais uma vez.

— Sei lá. Parece loucura. Mas não tenho outra explicação que faça sentido com os fatos.

Ela morde o lábio e arregala os olhos, preocupada.

Isso é péssimo, péssimo, péssimo.

Se o ano que nossa garota de barro nervosinha nos passou estiver certo (e não pode ser, pois *viagem no tempo*), Terráqueos e Betraskanos estão em guerra. Assim estaremos pelas próximas duas décadas. E, se eu acabar em uma base militar secreta à beira de uma tempestade de matéria escura no meio de uma catástrofe envolvendo toda a estação, a previsão de Zila de que as coisas "não vão acabar bem" pode ser o eufemismo do século.

Seja lá qual século for...

Não digo nada disso em voz alta, mas não tem necessidade. Em silêncio, Scar apoia o ombro no meu.

— Eu sou *muito* charmoso — murmuro. — É provável que eles me deixem em paz.

A tenente Kim levanta a pistola.

— Você aí. Cala a boca.

E eu calo. Em busca de consolo, pressiono o ombro no de Scarlett.

Cat se foi. Tyler se foi. Auri e Kal se foram.

Depois de tantos anos sozinho, meu esquadrão se tornou a minha comunidade. Mil ramificações invisíveis me conectam a cada um deles de uma maneira que os Terráqueos não são capazes de entender. Estou sempre em sintonia com eles, sempre atento a onde estão, a como se movem ao meu redor. É instintivo. Um Betraskano sem uma comunidade sabe a cada momento que não passa de uma migalha em um universo gigante, sem nenhuma conexão.

É a dor que eu senti quando meus pais me mandaram morar com meus avós fora do planeta, separado do restante da família, porque o acesso à gravidade zero me faria viver melhor. Meus avós estavam bem: tinham escolhido ir para onde foram, poderiam voltar para casa quando bem entendessem. E quanto a mim? Meu vínculo tinha sido cortado, não importa que ninguém tenha tido coragem de dizer em voz alta.

Senti essa mesma dor todos os dias na Academia, sempre cercado de gente, mas nunca conectado a ninguém.

Mas a dor de perder os membros do meu esquadrão, um por um, é ainda pior.

Não quero perder Scar e Zila também.

Levamos cerca de meia hora para chegar à estação e, no caminho, conseguimos enxergar com detalhes a tempestade de matéria escura. É *assustadoramente* grande, com trilhões de quilômetros de largura, e seu alcance faz com que eu me sinta um inseto frente ao Criador.

É completamente escura, mas de um preto tão profundo e absoluto que os olhos chegam a doer só de olhar. De tempos em tempos, porém, ela se acende, vibrando com pulsos intermitentes de energia quântica, um malva profundo que passa a um vermelho-escuro, tipo sangue. Suas bordas se torcem, se dobram e se enroscam como serpentes de fumaça do tamanho de sistemas solares. Mas, depois de alguns instantes, essa luz escura se apaga e retorna a um preto sólido.

Aquele enorme cabo de metal está preso à estação e se projeta rumo à escuridão pulsante por centenas de milhares de quilômetros. À medida que nos aproximamos, vejo melhor o que está do outro lado: uma enorme estrutura imersa no caos invisível. Sua superfície é lisa, metálica e trêmula, como petróleo na água. Um testemunho, com milhares de quilômetros de largura, da loucura absoluta e surpreendente de quem nos capturou.

Um veleiro quântico.

Construir a estação e esse equipamento deve ter custado uma fortuna. E o lance é: se esse dispositivo de fato funcionasse, forneceria uma quantidade inimaginável de energia. A realidade, porém, é que instalar um veleiro quântico numa tempestade de matéria escura e *anexá-lo à estação em que você está* é tipo lambuzar sua(s) parte(s) do corpo favorita(s) de freyan e marchar direto para um ninho de caladianos. É pedir com todas as letras — *e ainda com um sorriso no rosto* — uma experiência bastante desagradável e, no fim, letal.

— Esse povo *não bate bem da cabeça* — sussurro.

Nós nos aproximamos da estação que ainda vaza vapor do casco marcado e escurecido. É simplesmente *feia*, como se alguém muito pê da vida a tivesse construído. Não sei mesmo qual é a da estética Terráquea.

Atracamos em uma pequena pista de pouso e, embora a tenente Kim ainda não tenha conseguido falar com seus superiores, o mecanismo de aterrissagem automática engancha nas nossas naves e sentimos o tremor do impacto enquanto somos puxados para o convés.

Atrás de nós, as portas se fecham e a tenente Kim nos manda levantar. Meu coração vai à boca quando ela nos guia à câmara de vácuo da nave. Por mais que eu já tenha sido assassinado nove vezes hoje, meu corpo está transbordando de adrenalina e meu cérebro ressoa o pensamento de que não quero morrer.

Eu não quero morrer.

A porta se abre com um baque e entramos numa câmara de vácuo secundária ligada ao hangar principal. O compartimento está mergulhado numa luz vermelha intermitente. Com a arma apontada para a gente, Kim digita o código de acesso, a porta do hangar principal se abre e de repente nos encontramos no mais completo caos.

Uma dezena de tripulantes em uniforme militar corre de um lado para o outro, os pés fazendo barulho no chão de metal. As grades de ventilação no teto soltam uma fumaça espessa. Metade do hangar está no escuro, enquanto luzes de emergência iluminam a outra metade. Um esquadrão de caças iguais ao de Kim é banhado por luzes vermelhas que não param de piscar. Terráqueos correm sem rumo e usam respiradores para se proteger da fumaça. Scar começa a tossir, assim como Zila. O ar fede a cabelo e plastene queimados.

Na parede à nossa esquerda há uma janela comprida de acrílico de onde dá para ver o veleiro distante dançando como uma pipa na tempestade, aquela que pulsa no horizonte. Seria quase bonito se...

— *Atenção, tripulação da Sapatinho de Cristal. Ruptura nas plataformas 13 a 17.*

Por alguns instantes, o alto-falante abafa todos os demais ruídos e, quando fica em silêncio, uma sirene irritante começa a soar.

— Andem logo — diz a tenente atrás de nós, pressionando a pistola nas minhas omoplatas.

— Não quero — respondo.

— Idem — concorda Scarlett.

— *Atenção, tripulação da Sapatinho de Cristal. Equipe de engenharia, favor se apresentar ao Setor Gama, plataforma 12, imediatamente.*

— Isso não vai acabar bem — prevê Zila mais uma vez.

— Kim! — Uma voz ruge. — Onde é que você estava?

Nós cambaleamos até parar e Kim faz posição de sentido. O homem que falou emerge da luz vermelha e da fumaça; é alto e imponente, sem nenhum fio de cabelo na cabeça, mas com aquele estranho bigode terráqueo que parece sair de dentro das narinas. Quando me vê, arregala os olhos, e meu estômago se agita.

— Mas o que significa isso? — vocifera. — É uma porcaria de um Betraskano? Explique-se, soldado!

— Peço perdão, senhor! — Kim bate continência. — Tentei entrar em contato com o Comando, mas não tive resposta! Esses três violaram nosso espaço, senhor!

— Então atire neles! — ruge ele.

BOOM.

Tudo treme quando alguma coisa, em algum lugar, explode.

— *ALERTA: FALHA DE CONTENÇÃO. EVACUAÇÃO IMEDIATA DAS PLATAFORMAS 5 E 6. REPITO: FALHA DE CONTENÇÃO...*

Kim fala por cima da comoção.

— Senhor, acredito que as anomalias associadas à chegada deles mereçam a atenção da Divisão Científica. Se não fosse urgente...

— Vou te dizer o que é urgente, tenente — vocifera ele. — Há um vazamento no campo de contenção do núcleo, metade das plataformas superiores está trancada e trinta e seis pessoas morreram, inclusive o dr. Pinkerton! A porcaria da estação inteira está se despedaçando à nossa volta e você decide que *agora* é o momento ideal para trazer espiões Betraskanos para dentro de uma *instalação secreta*? Está louca?

CRASH.

Em meio à tempestade lá fora, a escuridão se ilumina; vai do preto ao malva efervescente enquanto um pulso de energia escura atinge o veleiro com força total. A descarga de energia é tão intensa que, mesmo captando-a pelas lentes com o canto do olho, por um instante enxergo apenas imagens residuais. Pisco furiosamente enquanto o pulso percorre o cabo na velocidade da luz e irradia na estação. À nossa direita, um banco de computadores explode e desencadeia uma chuva de faíscas. Uma onda de novos alertas mais altos e irritantes berra pelos alto-falantes. Mal noto as palavras que Zila murmura perto de mim.

— Pulso quântico, quarenta e quatro minutos após a chegada.

O comandante estreita os olhos.

— Mas que porcaria é *essa*?

O homem ergue a pistola e meu coração dispara quando vejo que ele a aponta diretamente para Scarlett. Ela levanta um pouco mais as mãos, recua um passo e, em meio à fumaça, ao caos e às faíscas, percebo que seu colar começou a...

Sopro do Criador, o colar está brilhando.

O fragmento de cristal Eshvaren, que Adams e de Stoy deixaram para nós na Cidade Esmeralda, queima em seu peito e emite uma luz preta que faz os olhos arderem, assim como a pulsação na tempestade.

— *ALERTA: FALHA DE CONTENÇÃO CRÍTICA. EVACUAR DE IMEDIATO PLATAFORMAS 2 A 10. REPETINDO: FALHA DE CONTENÇÃO CRÍTICA.*

— Kim, você não verificou se eles tinham armas? — ruge o Terráqueo.

— Sim, senhor, m...

— Bom, então que *droga* é essa?

— Não sei! — Scarlett grita e se afasta. — Por favor, eu não sei!

— *ALERTA: FALHA DE CONTENÇÃO EM CURSO, ATIVAR MEDIDAS DE EMERGÊNCIA NA PLATAFORMA 11.*

Zila fala diretamente com Kim, ignorando tudo à nossa volta.

— Falei que não ia funcionar.

O Terráqueo levanta a arma e aponta para Zila.

— Senhor — arrisca Kim, agora desesperada. — Eles...

— Você vai acabar atrás das grades, Kim! — vocifera ele, removendo a trava da arma.

— Ei!

Ah, chakk, fui eu que disse isso.

O tempo desacelera à medida que a arma se volta para mim e eu vejo o início do movimento do gatilho sendo puxado.

E, embora pareça uma eternidade, só tenho tempo para um pensamento.

Eu não ia suportar vê-lo atirar nelas.

Que bom que vou ser o primeiro.

BLAM.

6

AURI

Acordo cercada pelos mortos. Um mar de rostos me encara, Andarilhos Syldrathi pegos em um último momento de medo, dor ou desprezo, com a boca aberta e os olhos arregalados. Adultos e crianças amontoados, não mais presos às paredes de cristal pela força da vontade do Destruidor de Estrelas.

Estou deitada entre eles num chão coberto de cacos de cristal, vendo os corpos de relance enquanto tento abrir os olhos doloridos, mas perco a batalha e fecho-os novamente.

Não consigo sentir a mente de Kal.

Tudo dói. Todos os músculos do meu corpo gritam, minha cabeça lateja. Mas, lá no fundo, ouço o eco do poder que invoquei, aquela enorme explosão de energia que transbordou de mim para a Arma e depois saiu, fluindo da minha coluna até a ponta dos dedos. E essa lembrança desperta algo parecido com... euforia.

Ignoro a dor, me concentro, estendo um tentáculo azul meia-noite pelo que resta dos gritos moribundos dos Andarilhos. É como procurar uma árvore específica numa floresta densa e sem fim. Mas até os mais leves vestígios desses gritos estão perdendo a força agora, e meu azul-prateado não encontra nada, nada, nada.

Ele deve estar longe demais.

Eu devo estar fraca demais.

A última coisa de que me lembro é do disparo da Arma — a explosão colossal de energia para destruir o sol, a Terra e todos aqueles que ali vivem.

Não consegui detê-la, mas tentei desviar sua energia para dentro a fim de proteger a frota ao nosso redor, proteger o planeta, seu sol, deter...

... Caersan.

O Destruidor de Estrelas.

Apoio-me com os joelhos e mãos, gesto suficiente para fazer meu coração martelar e a cabeça latejar mais ainda. Minha respiração silva nos ouvidos enquanto luto para ficar de pé.

O responsável por todos os mortos ao meu redor está perto, estendido diante do seu trono de cristal, o manto vermelho esparramado ao redor. Ele tenta, com dificuldade, se levantar, e as tranças jogadas para trás revelam o lado desfigurado de seu rosto. O brilho no olho atravessa a teia de cicatrizes espalhadas pela têmpora e pelas bochechas, como se ele brilhasse por dentro. A luz pulsa suavemente, talvez no ritmo do seu coração; eu volto a sentar no chão e toco o lado direito do rosto. A pele parece áspera.

Não consigo sentir Kal em lugar nenhum.

Então a mente do pai dele — vermelho-escura, como sangue pisado, e dourada de um jeito que lembra muito a de Kal — toca a minha, e ele arregala os olhos, se concentrando em mim.

Ele fez isso tudo. Ele é responsável por cada gota desse sangue, por toda essa destruição, por toda essa dor.

E, quando nossos olhos se encontram, ele sorri.

Entro em ação antes mesmo de pensar. Pego um pedaço afiado de cristal, disparo feito um atleta dando a partida e me lanço para cima dele como se fosse empalar um vampiro.

Ele se levanta em um joelho, à minha espera, e, com um tapa com as costas da mão, me lança aos tropeços até o trono. O mundo começa a girar, e eu me agarro no assento para me levantar. Vejo que ele também está cambaleando, o sangue roxo-escuro escorre do nariz, e os lábios se abrem num grunhido.

A culpa é dele.

Os Andarilhos mortos.

Crianças.

Seu próprio povo.

O espaço vazio onde Kal deveria estar.

Eu vou matá-lo.

À nossa volta, a Arma treme, o cristal vibra e murmura enquanto esfria. Mas o som mais alto é o da minha respiração, curta e ofegante, enquanto nos levantamos e reunimos forças.

Nossos olhos se encontram e eu parto para cima dele de novo, jogando-o no chão sem pensar duas vezes. Meus gritos ecoam de todas as direções e ele fica sem fôlego quando enfio o joelho em seu peito.

Ele rola no chão, agarra minha garganta e aperta com força. Por instinto, junto os punhos e lhe dou um soco entre os antebraços, forçando-o a me soltar.

Eu vou matá-lo. É tudo que me resta fazer.

Tateio o chão em busca de outro fragmento de cristal, seguro-o firme, levanto-o e enfio a ponta na lateral de seu corpo. O cristal rompe sua armadura, mas ele se esquiva e eu rolo para longe.

Com dificuldade, nos levantamos, recuamos alguns passos e eu seguro firme minha faca de cristal. Ele é enorme e se move feito um guerreiro, mesmo agora, mesmo ferido. Esse é o homem que ensinou Kal a lutar.

Minha mente parece uma esponja com toda água drenada, e usar meu poder contra ele seria inútil, então isso é tudo que eu tenho. Sua mente também está enfraquecida; caso contrário, já teria me esmagado feito um inseto.

Basta um golpe certeiro.

É isso que eu vou fazer com o tempo que me resta.

Ele corre primeiro, a uma velocidade impossível, para me golpear na garganta. Eu pulo para trás e piso em algo macio, tropeço e me jogo para a frente para cortar suas costelas enquanto ele está por perto.

Ele rosna em fúria, mas nenhum de nós está no clima de trocar palavras. Eu o observo, oscilando para acertá-lo outra vez, porém, em um movimento rápido demais para eu acompanhar, ele me pega pelo braço e me joga para longe como se eu não fosse nada.

Meus pés deixam o chão e tudo fica suspenso por um segundo até eu rolar diante do trono de cristal, com os ouvidos zumbindo e a visão turva.

Uma Andarilha morta me encara, mas no lugar de sua mente há apenas silêncio. Ela tem tranças desgrenhadas e eu gostaria de arrumá-las, gostaria de dizer: *Sinto muito, sinto muito mesmo*. Minha mente aflita procura mais uma vez, em vão, a de Kal. Um fio azul meia-noite e prata que vai em direção...

... *aquilo é...?*

... um brilho púrpura e dourado bem fraquinho.

A alegria explode dentro de mim e eu viro para localizá-lo entre os cadáveres, porque ele está aqui, ele está vivo, ele...

— Espera! — Eu levanto a mão, e Caersan para. Ele me encara com os lábios franzidos como se eu fosse alguma coisa grudada na sola do seu sapato.

— Covarde. — Ele sorri com desdém. — Agora pede piedade? É tarde demais para perder a coragem, garota.

— Não, eu... — Gaguejo, buscando palavras, e ergo a mão para gesticular, para observar o nosso entorno. Em minha busca por Kal, abri a mente, e de repente percebo que algo mudou. — Não está ouvindo?

Ele fecha a cara.

— Não estou ouvindo nada.

— Exatamente.

Caersan inclina a cabeça e, nos limites da minha mente, consigo sentir sua busca cautelosa. Ele fareja o ar por trás das próprias barricadas, recusa-se a demonstrar vulnerabilidade.

Não ouço mais nada lá fora. Enquanto lutávamos, durante o ataque, a extensão do espaço ao redor da Arma era um vórtice de batalha, preenchido pela mente de pilotos e tripulações de humanos, Betraskanos e Syldrathi com seu medo, sua raiva, sua concentração. Em algum lugar no meio deles, eu estava ciente da presença de Finian, Scarlett e Zila; meu esquadrão, minha família.

Mas agora... nada. Não *nada* no sentido da ausência, como se todos estivessem simplesmente mortos. É outra coisa. É como acordar em um dia de neve, como se o mundo estivesse estranhamente abafado.

— Para onde foi a frota? — pergunto baixinho. — E a batalha?

Ele franze a testa. Eu me levanto e finalmente vejo Kal caído do outro lado do trono.

Sem perder Caersan de vista, engatinho em direção a seu filho; o Destruidor de Estrelas percebe o movimento, mas ignora, voltando a se concentrar no estranho silêncio lá fora.

Kal está encolhido de lado, com a mesma expressão plácida e vulnerável de quando dorme. Enquanto estávamos no Eco, eu acordava antes dele quase todas as manhãs. Por seis meses, eu o vi assim todos os dias.

Cubro sua mão com a minha e, embora eu esteja tremendo de exaustão, reúno a energia de que preciso, da minha própria alma, e deixo meu toque mental tão delicado que mal encosto em sua mente ferida e desgastada.

Sopro suavemente aquelas brasas violeta e dourada, despejo minha força nele e tomo cuidado para não extinguir nem esmagar aquela fagulha.

E devagar, bem devagar, ela começa a brilhar um pouco mais.

E os dedos dele apertam os meus.

Sou incapaz de segurar as lágrimas quando uma onda de alívio me percorre. Aqui está ele, vestido de preto como um Guerreiro dos Imaculados. Mas Kal nunca foi um deles. Ele veio aqui por nós, mesmo depois de o expulsarmos.

Por mim.

— Há... alguma coisa. — A voz de Caersan irrompe no meu devaneio e eu ergo os olhos. Ele está franzindo a testa, quase incerto... Quer dizer, é só uma contração de leve, o que, para os padrões dele, parece completamente desesperado. — Por ali.

Está apontando para o espaço além das paredes de cristal da Arma. Talvez em direção ao Sol ou à Terra... não me resta mais nenhum senso de direção. Não confio nele e reluto em deixar minha mente vulnerável, mas a verdade é que ele é o Arconte de um clã de Guerreiros fanáticos. Embora eu tenha segurado a barra agora, se ele quisesse me partir ao meio, conseguiria fazer isso tranquilamente.

E agora, com Kal segurando minha mão, tenho algo pelo que viver.

Portanto, tomo cuidado ao me permitir sentir e sondo com a mente na direção que Caersan indica, pronta para voltar à segurança se ele tentar atacar. Mas ele não ataca. Simplesmente me observa e inclina a cabeça no momento em que arregalo os olhos de pavor.

Porque, em algum lugar lá fora, nos limites do meu alcance, percebo o mundo de onde veio a humanidade. O berço que deu origem à nossa civilização inteirinha. O planeta onde nasci e que eu morreria para proteger.

Terra.

Ela flutua no escuro, um pontinho azul-claro suspenso num raio de sol, e por um segundo me sinto em casa. Mas aí percebo uma presença que rasteja furtivamente até cobrir meu mundo inteiro. É cinza, verde, azul e prata, e fervilha, se contorce, enrosca e cresce; transborda um tipo de vida repugnante.

Ra'haam.

Filho de uma égua...

Ra'haam dominou a Terra.

7

KAL

Minha mente se resume a mil estilhaços, mil momentos, mil lembranças.

Sou um espelho, e tudo em mim está quebrado.

— Kal?

... Tenho cinco anos. Estou em nossos aposentos a bordo da Andarael, a antiga nave de meu pai. Percebo que esta é minha primeira memória. A lembrança de uma briga entre meus pais.

Minha mãe me disse que eles já foram tão próximos que eram como um só espírito ocupando dois corpos. Quando se conheceram, Laeleth e Caersan eram ferro e ímã, pólvora e chamas. E ela achava que a adoração que sentia seria o suficiente para moldar a alma dele.

Minha mãe é linda. Corajosa. Mas é um escudo, não uma lâmina. Os dois se levantam e gritam um com o outro e, enquanto os observo, as lágrimas jorram de meus olhos jovens. Perto de mim, em silêncio, está minha irmã, Saedii. Ela observa e aprende. Os gritos ficam mais altos, o rosto de minha mãe se contorce e a mão de meu pai sobe em direção ao céu e cai feito um trovão.

Então tudo fica em silêncio, a não ser por meu choro.

Não entendo nada a não ser o medo, a certeza de que não deveria ser assim. Meu pai se afasta de onde minha mãe caiu. Minha irmã o observa se aproximar de mim. Ele me levanta e eu estendo os braços para abraçar aquele que me criou, em busca de conforto.

Mas ele não me abraça. Em vez disso, esfrega o polegar nas minhas bochechas molhadas e me encara, frio e silencioso, até que eu pare de chorar.

— Que bom — diz ele. — Lágrimas são para os derrotados, Kaliis.

— Kal? — alguém sussurra.

... *Tenho sete anos e voltamos a Syldra.*

A guerra avança lentamente e meu pai foi convocado junto com outros Arcontes do Clã Guerreiro para uma reunião do Conselho Interino com o intuito de silenciar os representantes dos Clãs Andarilho e Vigilante que clamam pela negociação de paz com a Terra. Parte de mim espera que ele os aniquile. O restante de mim deseja que a guerra acabe. Duas metades em meu íntimo, uma nascida da fúria de meu pai, a outra, da sabedoria de minha mãe. Ainda não sei qual é a mais forte.

Saedii e eu nos encaramos debaixo das árvores lias, e um vento doce sopra entre nós. Nossa postura é perfeita, como nosso pai ensinou. Nossos punhos estão cerrados. Ela é mais velha do que eu. Mais alta. Mais rápida. Mas estou aprendendo.

Perto de nós está nossa mãe, conversando aos sussurros com os anciãos de seu clã. Eles esperam que ela, alma gêmea de Caersan, o convença a ao menos considerar a oferta de paz dos Terráqueos. É tolice da parte deles.

"Paz" é sinônimo de "rendição" na língua dos covardes.

Saedii avança e, como estou distraído, o golpe me acerta em cheio. Ela me dá uma rasteira e me faz cair sem fôlego na grama roxa. Em seguida, senta-se em cima de mim, radiante de triunfo, com o punho erguido.

— *Renda-se, irmão* — *diz ela com um sorriso.*

— *Não.*

Nós nos viramos quando ouvimos a palavra, e lá está ele. Coberto pela armadura preta, debaixo dos galhos agitados. O maior guerreiro que nosso povo já conheceu. Os Andarilhos anciãos curvam a cabeça com medo. Minha mãe não diz uma palavra, envolta por uma sombra. Meu pai fala e sua voz é de aço.

— *O que ensinei a você sobre piedade, filha?*

— *É o domínio dos covardes, pai* — *responde Saedii.*

— *Então por que pedir ao inimigo que se renda?*

Minha irmã contrai os lábios e olha para mim. Minha mãe levanta, encarando meu pai e se dirigindo a ele de uma maneira que mais ninguém se atreve a fazer.

— *Caersan, ele é apenas um menino.*

Seu olhar a atravessa como se ela fosse de vidro.

— *Ele é meu filho, Laeleth.*

Meu pai pousa o olhar em Saedii. Ele lhe dá uma ordem silenciosa.

Com um soco, ela corta meu lábio, e estrelas pretas explodem em meus olhos. Levo outro golpe, e mais um, e sinto gosto de sangue, a dor de algo se estilhaçando, quebrando.

— Chega.

Os golpes cessam. O peso de minha irmã não me pressiona mais. Abro o olho que não está inchado e vejo meu pai pairando acima de mim. Eu o vejo em mim quando me olho no espelho à noite. Eu o sinto atrás de mim quando penso que estou sozinho. Minha mãe observa, angustiada, enquanto viro de bruços e me levanto.

Meu pai se ajoelha diante de mim para ficarmos frente a frente. Com o polegar, acaricia minha bochecha. Mas, onde antes encontrou lágrimas, agora só há sangue.

— Muito bem, Kaliis — diz ele.

Faço que sim.

— Lágrimas são para os derrotados, pai.

— Kal, por favor, acorda...

... Estou no meu quarto a bordo da Andarael e tenho nove anos.

Meus punhos estão rasgados e o sangue fica roxo-escuro na luz baixa e quente. Os motores pulsam enquanto eu cavo a ferida mais profunda com uma pinça e, me contorcendo, puxo da junta inchada uma lasca pálida de um dente quebrado.

Não foi minha intenção bater nele com tanta força. Não me lembro de quase nada do que aconteceu depois de dar o primeiro soco. Mas me lembro do que ele disse sobre meu pai: palavras que cheiravam a covardia. O Clã Guerreiro denunciou o tratado do Conselho Interino com os Terráqueos, atacou os estaleiros da Terra e devastou sua Marinha. E agora voltaremos nossa atenção para aqueles entre nós que clamam por paz quando só pode haver guerra. Porque foi para a guerra que nasci.

Não foi?

A porta se abre com um sussurro e vejo minha mãe entrar com vestes longas e esvoaçantes e um colar de cristais do Vazio brilhando no pescoço. Eu me levanto em sinal de respeito, curvo a cabeça e digo em voz baixa:

— Mãe.

Ela vai até o visor e encara a escuridão no horizonte. Ainda vejo os ecos da batalha com o olho da mente: aquelas naves enormes e em chamas à luz de Orion. Todas aquelas vidas extintas por obra de meu pai.

Vejo o hematoma leve no canto da sua boca, uma mancha escura à luz das estrelas que lhe beija a pele. Uma brasa de raiva se acende dentro de mim. Amo minha mãe com todas as forças. E, por mais que também ame meu pai, odeio essa coisa que há dentro dele, essa coisa que o faz machucá-la.

Se fosse possível, eu a arrancaria com minhas próprias mãos.

— Valeth está na enfermaria com a mandíbula deslocada e nove costelas quebradas.

— Lamentável — respondo com cuidado.

— Diz ele que caiu da escada auxiliar.

— Escadas podem ser traiçoeiras.

Minha mãe olha para mim com brilho nos olhos.

— O que houve com sua mão?

Respondo em voz baixa, sem desviar o olhar do chão.

— Machuquei no treino.

Sinto seus passos leves e seus dedos frios em minha bochecha.

— Mesmo que eu não tivesse nascido Andarilha, mesmo que as portas do seu coração não estivessem abertas para mim, ainda sou sua mãe, Kaliis. Você não pode mentir para mim.

— Então não me peça para mentir. A honra exige que eu...

— Honra — diz ela com um suspiro.

Com a ponta dos dedos, ela roça os novos glifos na minha testa, as três lâminas cruzadas que foram marcadas ali no dia de minha ascensão. Sei que ela e meu pai brigaram por conta de qual clã eu me tornaria parte. E sei que ele venceu.

Ele sempre vence.

— Como você acha que aquele menino vai se sentir quando mentir para o pai a respeito da surra que você deu nele? — pergunta ela.

— Ele se fez meu inimigo — respondo. — Não me importo com seus sentimentos.

— Você se importa, sim. Essa é a diferença entre você e Caersan.

Ela ergue meu queixo delicadamente e me obriga a encará-la. Eu vejo a dor neles. Vejo a força. E vejo a mim mesmo.

— Você é filho dele, Kaliis, eu sei. Mas também é meu filho. E não precisa se tornar aquilo que ele está te ensinando a ser.

Ela se aproxima e encosta os lábios na minha testa quente.

— Não há amor na violência, Kaliis.

Vejo luz atrás dela. Uma auréola azul meia-noite salpicada de prata.

Ouço uma voz ao mesmo tempo estranha e familiar.

— Kal?

— Não há amor na violência.

— Kal, está me ouvindo? Por favor, *por favor*, acorda.

... O toque de minha mãe me desperta do sono. Meu coração martela no peito enquanto arregalo os olhos e ela cobre meus lábios com a mão. Tenho doze anos.

— *Levante, meu bem* — *sussurra ela.* — *Precisamos ir.*
— *Ir? Ir para onde?*
— *Vamos embora* — *ela me conta.* — *Vamos deixá-lo.*

Vejo a sombra de um hematoma em seu pulso. O corte no lábio é recente. Mas sei que não está finalmente fugindo dele para proteger a si mesma.

Ela me faz sair da cama e me entrega o uniforme. Sem dizer uma só palavra, eu coloco as roupas e me pergunto se é mesmo sério. Meu pai jamais permitirá. Já o ouvi ameaçar matá-la caso fosse embora. Não há para onde fugir.

— *Aonde vamos?* — *pergunto.*
— *Tenho amigos em Syldra.*
— *Mãe, estamos em guerra contra Syldra.*
— *Não, ele está em guerra. Contra tudo e contra todos. Não permitirei que você cresça e fique igual a ele, Kaliis. Não permitirei mais que meus filhos sejam envenenados.*

Quando chegamos ao quarto de Saedii em meio à escuridão, estou atordoado. Minha mãe entra sorrateiramente enquanto eu vigio a porta com o coração a mil e a cabeça girando. Ele nunca se esquecerá disso. Ele nunca perdoará.

— *Saedii* — *sussurra minha mãe.* — *Saedii, acorde.*

Minha irmã se levanta em um só golpe, mostra os dentes e tira uma lâmina de debaixo do travesseiro. Ao ver nossa mãe, relaxa, apenas um pouco. E, quando me vê, volta a ficar tensa.

Seu rosto ainda tem as marcas da surra que eu lhe dei. Nunca estivemos tão distantes um do outro. Depois que a derrotei, ela quebrou o siif que minha mãe me dera. Já que não é mais superior, tentou me punir de outra maneira. E eu retribuí. Ainda vejo o sangue em minhas mãos. A dor em seus olhos quando a acertei com o siif que quebrou. Mesmo agora, sinto vergonha de ter batido nela. O eco da lembrança do que meu pai me disse quando descobriu o que eu havia feito ainda ressoa.

"Nunca senti tanto orgulho de ter você como filho."

— *O que quer, mãe?* — *sussurra enquanto abaixa a lâmina.*
— *Nós vamos embora, Saedii. Vamos deixá-lo.*

Ela estreita os olhos. Contrai os lábios.

— *Ficou louca?*
— *A loucura foi permitir que isso continuasse até hoje. Caersan é um câncer e não permitirei mais que se espalhe. Venha.*

Saedii se desvencilha das mãos dela.

— Covarde infiel. Ele é sua alma gêmea, Laeleth. Você deve a ele seu coração e sua alma.

— Dei os dois a ele! — rebate minha mãe, apontando para os hematomas na pele. — E foi isso que recebi em troca! Talvez, se eu fosse a única a ter que suportar esse fardo, ainda fosse fiel. Mas não pretendo ficar parada enquanto vejo meus filhos caírem na mesma escuridão que o consome!

Saedii olha para mim com o rosto machucado e os dentes à mostra.

— Você permite isso, irmão?

Eu a encaro, suplicante.

— Sinto muito, irmã. Mas você sabe a verdade. Ele não é bom para nós. Ele não é o que desejo me tornar.

— Covarde! — ela dispara e se levanta. — Vocês dois, covardes e infiéis!

Atrás dela, um clarão azul meia-noite se acende e me cega. Sinto seu calor na minha pele, uma sensação de formigamento se irradia por toda a parte.

— Kal?

— Saedii, venha conosco!

— Prefiro morrer a traí-lo.

— Kal!

— Covarde! Vergonha! De'sai!

— KAL!

... Abro os olhos.

Eu a vejo acima de mim, com uma auréola brilhando ao redor da cabeça. Meu coração bate com tanta força que aperto as costelas para aliviar a dor. Minha visão está turva e a mente, confusa, mas um pensamento brilha com força o suficiente para superar a névoa que enche minha cabeça.

Ela está viva.

Minha Aurora está viva.

Entre as paredes de cristal cintilante, percebo que estou flutuando a um metro do chão. Eu me endireito e tento erguer em meio ao ar que vibra suavemente nas cores do arco-íris — igual às energias do Eco, onde Aurora e eu vivemos por meio ano, uma vida inteira, nas memórias do planeta original dos Eshvaren. Mas, agora, eu as percebo diferentes. A canção de energia suspensa no ar é...

— Não, não tenta sentar — sussurra ela, pousando a mão em meu ombro. — Só descansa, tá? Por um instante achei que tivesse te perdido, eu... achei que...

A voz falha e ela fecha os olhos, depois baixa a cabeça com lágrimas nos cílios. Estendo a mão para segurar sua bochecha, macia como uma pena.

— Estou aqui — digo a ela. — Jamais deixarei você. A menos que você queira.

— Não — responde ela em um sussurro. — Eu sinto muito. Sinto muito por ter mandado você embora, Kal.

— Sinto muito por ter mentido para você, be'shmai. Fui um covarde.

— Você veio até aqui para acabar com ele. Para salvar essa porcaria de galáxia. — Aurora pressiona meus dedos nos lábios dela. — Você é a pessoa mais corajosa que eu já conheci.

Para acabar com *ele*.

Uma sombra cai sobre mim enquanto as memórias se insinuam pelos escombros de minha mente: a batalha na sala do trono, a guerra se desenrolando do lado de fora, Terráqueos, Betraskanos e Syldrathi se despedaçando enquanto a Arma pulsava e os Andarilhos gritavam, e meu pai...

— Meu pai — sussurro. — Você...?

Aurora balança a cabeça. Eu volto a enxergar com clareza e agora percebo as rachaduras que percorrem sua pele e brilham ao redor do olho direito. Sua íris ainda está brilhando e a luz emana pelas fendas, vinda do âmago do seu ser.

Percebo que está ferida. Fraca. A Arma...

Tirou algo dela...

E, mesmo assim, sou capaz de senti-la em minha mente: um calor que irradia dela e cura os cortes que meu pai fez em mim. Consigo vê-lo no momento em que me imobilizou apenas com a força de sua vontade, a faca que eu tentei enfiar em seu coração escapando de meus dedos enquanto ele despedaçava minha psique.

Ele tentou me matar.

Assim como eu tentei matá-lo.

— O que... aconteceu? — sussurro.

— A Arma disparou — diz Aurora. — Tentei impedi-la, tentei virá-la para dentro de mim, mas... não resisti. Os Andarilhos estão todos mortos.

— E as frotas? A batalha? — Meu coração acelera e eu me apoio no cotovelo, apesar da dor. — O que houve com a Terra? Com seu sol?

— O sol está bem. — Ela engole em seco, trêmula. — Mas a Terra...

Ela me encara, mal conseguindo conter as lágrimas.

— A Terra se foi, Kal.

Meu coração afunda, minha mão encontra a dela.

— A Arma a atingiu?

— Não. — Ela balança a cabeça de novo e visualizo mentalmente o caleidoscópio de seus pensamentos: confusão, medo, fúria. — Ra'haam dominou o planeta inteiro. Consumiu tudo. Absorveu a Terra e cada ser vivo lá.

— Por quanto tempo fiquei inconsciente? — sussurro, atordoado.

— Algumas horas, talvez.

— Horas? — Balanço a cabeça. — Então... como isso é possível?

— Não sei. Quando despertei, não sentia mais nada à nossa volta. As frotas, os pilotos, os soldados, todos se foram, como se nunca tivessem existido. Não senti mais nada além da presença... *daquilo*. Como... óleo e mofo na minha mente. Muita coisa. Cobrindo a Terra como cobriu Octavia. — Ela passa a mão pelo cabelo, e a pele ao redor do olho direito lembra argila seca. — Ra'haam também me sentiu, Kal. Eu *sei* que sentiu.

O cristal vibra à minha volta, muda de tom e cor. Reflete calor em minha pele, mas novamente percebo que nem tudo está bem.

— A música deste lugar... — Olho para a beleza cintilante que nos cerca e franzo a testa. — Parece diferente do que era antes. Quase... desafinada?

Aurora faz que sim.

— Pois é. Tem algo errado.

— ... Estamos nos movendo — percebo.

Aurora olha para o corredor brilhante e trinca os dentes.

— É *ele* que está fazendo isso. Eu precisava cuidar de você. Então ele está nos fazendo atravessar a Dobra. Estamos indo... sei lá para onde. Para longe da Terra. Para longe *daquilo*.

— Preciso falar com ele — digo.

— Kal, não — implora ela, tentando impedir enquanto me levanto. — Você precisa descansar. Ele quase te *matou*, está entendendo? Ele destroçou sua mente em mil pedaços. E, se tentar de novo, não sei se vou ser forte o bastante para impedi-lo.

— Não tenho medo dele, Aurora.

— Mas eu tenho medo por *você*. Não posso te perder de novo, *não posso*!

Eu a abraço e ela me aperta com vontade; por um instante, toda a dor, o sofrimento e a angústia desaparecem. Com ela nos braços, sinto-me completo outra vez. Com ela ao meu lado, não há nada que eu não possa fazer.

— Você não vai me perder — juro. — Sou seu para sempre. Quando o fogo do último sol desaparecer, meu amor por você ainda arderá.

Eu dou um beijo na testa dela.

— Mas preciso falar com ele, Aurora. Me ajude. Por favor.

Ela me encara por mais um instante, insegura. Luta contra o medo do que ele pode fazer comigo. Meu coração dói ao ver o sofrimento que lhe causaram. A força que despendeu para lutar até agora. Mas, a certa altura, Aurora endireita a mandíbula, apoia meu braço no ombro dela e me ajuda a ficar de pé.

Ainda me sinto frágil, como se fosse uma tapeçaria de um milhão de fios unidos apenas em um nó de calor e determinação. Ela está ao meu lado novamente e isso é tudo que importa. Apoiados um no outro, Aurora e eu mancamos pelos corredores cintilantes, em meio a arco-íris de cristal que cantam uma música dissonante e incômoda.

Meu pai deu a esta nave o nome *Neridaa*, um conceito Syldrathi que descreve o processo de destruir e criar simultaneamente. Fazer e desfazer. Mas eu sei que é uma mentira. Esta é a arma que ele usou para destruir o sol de Syldra. Nosso mundo. Dez bilhões de vidas extintas por obra dele, entre elas a de minha mãe. Sei que meu pai não cria nada além da morte.

Sai'nuit.

Destruidor de Estrelas.

Meu coração para quando o vejo. Ele está sentado no topo da torre de cristal no centro da câmara, como um imperador em seu trono sanguinário. No chão há corpos espalhados e fragmentos desintegrados; o ar cheira a morte. Ele ainda usa a armadura: preta, de gola alta, um longo manto carmesim que se espalha pelos degraus inferiores. Dez tranças prateadas escondem o lado do rosto marcado por cicatrizes. Mas vejo seu olho brilhar por trás do cabelo, com a mesma luminosidade pálida do de Aurora, enquanto eles lutavam pelo destino do mundo dela.

Diante dele, vejo uma grande projeção: uma extensão de preto pontilhada por estrelas minúsculas. Percebo que estamos na Dobra, nos aproximando de um portão. Não entendo por que o esquema de cores dentro da Arma não ficou preto e branco, como normalmente acontece. Quem sabe que outras propriedades esta nave tem? Será o cristal? Os Eshvaren? Ele?

— Pai — chamo.

Ele não me ouve. Não ergue o olhar. A *Neridaa* está se aproximando do portão, cristalina e em forma de lágrima, um modelo Syldrathi.

— Pai! — vocifero.

Ele me olha de relance, o olho queima como um pequeno sol.

— Kaliis. Você está vivo.

— Decepcionado?

— Impressionado. — O olhar ardente se volta para Aurora, mas logo retorna à escuridão diante dele. — Mas, por outro lado, você sempre puxou seu pai.

Eu me recuso a morder a isca e avanço com Aurora ao meu lado.

— O que está acontecendo? Onde está a frota Imaculada? E os Terráqueos e Betraskanos? Como a Terra pôde ter sido consumida pelo inimigo com tanta rapidez?

Ele lambe o lábio, retorcido quase a ponto de uma careta.

— O inimigo — repete ele.

— O inimigo que você deveria ter impedido! — ruge Aurora ao meu lado.

Meu pai olha para ela. A careta se intensifica um pouco mais.

— Você é uma tola, garota. Agora vejo por que o tolo do meu filho adora você.

Ela dá um passo à frente, cerrando os punhos.

— Seu filhodumaégu...

— Espere...

Pego e aperto a mão dela enquanto assisto à projeção suspensa em frente a meu pai. Estamos cruzando o Portão da Dobra, em breve acessaremos o espaçoreal. Mas, visto de perto, algo no portão parece... errado. Antigo. Marcado por relâmpagos quânticos. Metade das luzes direcionais não funciona. É como se ninguém cuidasse de sua manutenção há décadas.

— ... Onde é que a gente está? — pergunta Aurora.

Meu pai bufa e puxa uma trança perdida por cima do ombro.

— Como sempre, você busca respostas para as perguntas erradas, garota.

Ao observar o sistema, reconheço a estrela de minha infância. De um azul intenso, como uma safira brilhando em um oceano de escuridão.

— Aquela ali é Taalos, be'shmai. Há uma colônia Syldrathi em Taalos IV, um porto estelar, reivindicado pelos Imaculados depois de saírem do Conselho Interino de Syldra.

— Ele... veio aqui em busca de reforços?

— Vim aqui em busca de confirmação, garota.

Aurora range os dentes, e seu olho direito se ilumina como um relâmpago. A luz pulsa por baixo da pele e escapa pelas rachaduras na bochecha. Por um instante, o ar à nossa volta parece denso e cheio de eletricidade. Ela abre a boca e fala com raiva:

— Olha só, não ligo para o quão machucada estou e não tô nem aí para o quanto isso vai me custar. Se você me chamar de *garota* de novo, a gente vai terminar o que...

— Silêncio — diz ele.

Aurora arregala os olhos.

— Tá, talvez eu não tenha deixado claro: você *não vai* falar comigo desse jeito. Não vai me chamar de *garota*, não vai exigir *silêncio*, não vai me tratar como se eu fosse uma coisa em que você pisou por acidente. Eu sou um Gatilho dos Eshvaren e, ao contrário de *você*, fui capaz de me apresentar e...

— Não.

Meu pai se levanta e, franzindo a testa, observa as constelações projetadas à sua frente.

— Ouça — diz ele com um aceno de cabeça. — Lá fora.

Eu me volto para Aurora e ela me encara, contraindo os lábios. Sinto sua mente aumentar e se esticar até a minha. Ela levanta a mão, como se fosse tocar aquela estrela distante. O brilho pálido ilumina sua íris, invade os cortes da pele.

— Eu não... não estou ouvindo nada.

Ele assente.

— Silêncio.

Meu pai olha para a estrela Taalos, o rosto, uma máscara fria.

— Uma colônia de quase meio milhão de pessoas orbitava em torno deste sol. Todas Imaculadas. Leais até a morte. — Ele entrelaça os dedos e respira fundo. — A mesma morte que veio para levá-las. Da primeira à última.

— Como? — pergunto em um sussurro.

— Ra'haam — diz Aurora em voz baixa. — Eu... estou sentindo.

Ela me olha com lágrimas nos olhos.

— Ra'haam dominou a colônia, Kal. Dominou todo o mundo deles.

— Mas *como*? — insisto, cada vez mais frustrado. — Como isso é *possível*? Ra'haam ainda nem floresceu! Sua intenção era pôr a galáxia em guerra enquanto dormia em seus planetas-berçário, esperando eclodir! Mas já dominou a Terra? Taalos? Como pode?

— A culpa disso é sua — diz Aurora, dando um passo à frente. — De *tudo* isso. Os Eshvaren confiaram a você a missão de derrotar Ra'haam, Caersan, e você usou a Arma deles para travar sua própria guerra mesquinha! E aonde isso te levou?

Ele olha para ela e a máscara imperiosa que costuma usar começa a escorregar. De início, não passa de um brilho divertido no olho, uma leve curvatura no lábio. Mas em pouco tempo ele já está sorrindo, e o sorriso se alarga até escancarar os dentes, até cair na gargalhada. *Gargalhada*, como se minha amada tivesse falado a coisa mais divertida que ele já ouviu.

Todas essas mortes. Toda essa escuridão. E ele acha *graça*. Então, finalmente, compreendo a verdade, assim como é verdade que esta menina está ao meu lado, assim como é verdade que vi nosso mundo, nossa gente, arruinar-se por causa dele.

Meu pai é louco.

— Qual é a graça, cacete? — grita Aurora.

— Como eu disse — responde ele por fim, enxugando uma lágrima do olho —, você sempre busca respostas para as perguntas erradas.

— O que deveríamos perguntar, então? — insisto.

— A questão não é saber para onde a ambição me levou, filho.

Meu pai respira fundo e olha para aquele vazio silencioso.

— A questão é *quando*.

PARTE 2

DOIS EM UMA VIDA

8
ZILA

— *O que raios está acontecendo?*

Mais uma vez, estou de volta à cabine de nossa nave Syldrathi, flutuando à beira de uma tempestade de matéria escura e meus ouvidos ainda zumbem com o ruído do tiro que me matou. Mas, em vez de visualizar o momento de minha morte, concentro-me no rosto da tenente Kim surgindo no monitor. Minha esperança é de que ela tente uma abordagem diferente neste loop e, quando abre o comunicador pela décima vez, percebo que está pronta para conversar.

Agradável.

— Olá, tenente. Estava esperando por você.

Ela fica em silêncio por tanto tempo que, se eu não a visse se mexer levemente no monitor, pensaria que os comunicadores haviam sido cortados.

— *Não sei se você está falando sério ou não* — diz ela por fim.

— Ouço isso com uma frequência impressionante.

Mais silêncio.

— *Abra a câmara de vácuo* — diz ela. — *Estou indo aí.*

Scarlett e Finian chegam à ponte, sem fôlego, depois de virem correndo da sala de máquinas. Finian ouve o final da conversa e se inclina para estudar a tenente na tela.

— Você só entra aqui se concordar em não atirar mais. Já morri dez vezes hoje e *não* estou no clima.

A tenente arregala os olhos e franze a testa.

— *Dez? Eu contei nove.*

— A gente também morreu no caminho para cá.

— *No caminho para cá, vindo do futuro.* — O tom dela é de suspeita.

Scarlett se aproxima ao lado de Finian.

— Até logo, tenente.

Kim interrompe a conexão e nos deixa trocando olhares desconfiados. Não nos esquecemos da impossibilidade do que estamos vivenciando.

— Não gosto disso — murmura Finian. — Não gosto *dela*.

— Eu também não — concorda Scarlett. — Mas nossa nave está quebrada, então não vamos conseguir ir a lugar nenhum até ela se convencer de que não somos uma ameaça.

Fin olha para Scarlett e pergunta em voz baixa:

— ... Tem certeza de que está bem?

Scarlett pisca os olhos, confusa.

— Sim, estou bem. Quer dizer, na medida do possível, considerando o que está acontecendo aqui...

— Você... — Fin engole em seco. — Você levou um tiro.

— Estou bem, Fin. — Scarlett abre um sorriso suave e toca a mão dele. — Juro. E você levou um tiro também, sabia?

— É — sussurra ele. — Mas eu não tive que ver.

Os dois passam um longo tempo se olhando e, a certa altura, o silêncio fica tão denso que me sinto compelida a interrompê-lo.

— Seu medalhão. — Com um aceno de cabeça, aponto para o pequeno cristal pendurado no pescoço de Scarlett. — Quando o veleiro quântico foi atingido na tempestade, o diamante reagiu.

— Pois é — responde ela, voltando a se concentrar na situação. — Mas não é diamante. Fin chegou à conclusão de que é de cristal Eshvaren.

Eu encaro a pedra preciosa e semicerro os olhos.

— Interessante...

— Por que brilhou daquele jeito?

— Não sei — murmuro com a mente a mil. — Mas deve ter algum significado. Até o momento, vários dos presentes que recebemos do Almirante Adams e da Líder de Batalha de Stoy provaram ser de extrema importância. A caixa de cigarrilhas que salvou a vida de Kal. A inscrição no seu colar, nos instruindo a seguir o plano para desativar a Arma Eshvaren. É como se os comandantes da Academia *soubessem* o que aconteceria conosco. Podemos até nos arriscar a dizer que as ações deles nos guiaram a este ponto.

Fin inclina a cabeça, cético.

— Obviamente tem algum lance envolvendo esses presentes. Mas nos guiar? Aí é forçar a barra, Zil. Eles me deram uma droga de uma *caneta*.

Scarlett indica minhas argolas douradas com a cabeça.

— E você só ganhou um par de brincos.

WHUNNGG.

Nossa nave balança quando um cabo de reboque atinge o casco. E logo balança de novo.

WHUNNGG.

Fin revira os olhos.

— Acho melhor a gente descer e deixar a Tenente Psicopata entrar. Quero saber qual jeito novo e interessante ela vai inventar para nos matar dessa vez.

— Você precisa ser educado, Finian — eu o alerto. — A tenente Kim pode ter uma atitude excessivamente agressiva, mas ela é um elemento-chave em tudo isso.

Scarlett arqueia a sobrancelha.

— Por que você acha isso?

— Suponho que você não tenha notado o nome de guerra dela.

Agora é Finian que arregala os olhos para mim.

— Hã?

— Nome de guerra. É um apelido usado pelos outros pilotos. Estava estampado na asa do caça. Também estava pintado no capacete dela.

— Eu estava concentrada demais na pistola na mão dela para prestar atenção no capacete — admite Scarlett. — Qual é?

Levo a mão aos brincos, o presente que foi deixado para mim no Repositório do Domínio. Os passarinhos dourados pendurados nas argolas, de asas abertas e garras que brilham na penumbra.

— O nome de guerra dela é Gavião.

• • • • • • • • • • • • •

Desta vez, quando a câmara de vácuo se abre, nós três estamos esperando por ela na entrada. A tenente Kim não está empunhando a arma, mas mantém a mão no coldre. Ela fica imóvel na porta e tira lentamente a máscara e o capacete.

Talvez tenha vinte e poucos anos, e acredito que minha avaliação sobre seus antepassados serem do Leste Asiático esteja correta. Tem feições simétricas, atraentes de um modo convencional, embora eu imagine que, para alguns, sua expressão severa possa desviar a atenção do restante.

Ela não é alta.

— Muito bem, vamos tentar *de novo* — avisa Scarlett. — Meu nome é Scarlett Jones. Essa aqui é Zila Madran e esse é Finian de Karran de Seel.

— E, antes que você comece a atirar de novo, devo dizer que tenho até amigos Terráqueos, meus melhores amigos — informa Finian. — *Todos* os meus melhores amigos, na verdade.

— Tenente Nari Kim — diz nossa convidada lentamente.

— Prazer — responde Scarlett com um sorriso. — E obrigada por não matar a gente.

— De nada — diz ela, impassível. — E aí, quem ganha a guerra?

Scarlett inclina a cabeça.

— ... Quê?

— Ué, se vocês são do *futuro* — diz Kim, obviamente ainda cheia de suspeitas. — Quem é que ganha? Nós? — Ela indica Finian com um aceno de cabeça. — Ou os branquelos?

— Ninguém nunca vence uma guerra — respondo. — Mas os Terráqueos e os Betraskanos assinarão um acordo de paz em...

— Pera, pera — diz Scarlett. — Será que a gente deveria ficar falando coisas desse tipo?

— ... Por que não? — pergunta Fin.

Ela olha de relance para a tenente.

— E se a gente mudar o futuro?

— Isso só acontece em livros de ficção científica ruins, certo?

— O que estamos vivenciando é algo sem precedentes — comento. — Até onde sabemos, pelo menos. É difícil saber as ramificações de nossas ações e é praticamente impossível calcular os efeitos que nossa presença nesta época pode causar em eventos futuros. Mas, com base nos presentes que o Comando Aurora nos deu, creio que seja melhor presumir que *deveríamos* estar aqui.

— Talvez o futuro que conhecemos só exista por causa das coisas que fazemos aqui — sugere Finian. — Talvez a gente *tenha* que contar essas coisas a ela.

— Ainda estou aqui — a tenente Kim nos lembra.

— Desculpa — diz Scarlett com um sorriso. — Nós também estamos tentando juntar as pecinhas desse quebra-cabeça. Pode acreditar, estamos quase tão perdidos quanto você. Mas, na nossa época, os Betraskanos são os aliados mais próximos da Terra. Nós acabamos de sair de uma batalha em 2380 e uma das últimas coisas que vimos antes de tudo... isso — ela gesticula à nossa volta — ... foi uma frota Betraskana surgindo para *proteger* a Terra.

Dá para ver que a tenente quer fazer mais perguntas a respeito de nossa linha do tempo, mas ela se contém, e sou grata por isso. Não é eficaz pensar no que deixamos para trás. *Quem* deixamos para trás.

— Certo, mas o que *é* tudo isso, então? — questiona ela, imitando o gesto de Scarlett.

— Isso é precisamente o que estamos tentando determinar.

Ela se volta para mim e se demora me encarando.

— Então tenta aí. Porque, até onde eu sei, vocês podem muito bem ser espiões dos branquelos.

— Escuta só, garota de barro — começa Fin. — Talvez seja melhor você deixar de lado esse lance de *branq*...

— *Somos todos amigos aqui* — intervém Scarlett, dando um tapinha no braço de Fin e abrindo um sorriso de orelha a orelha para a tenente. — Todos amigos, lembra?

— Existem duas possibilidades — explico. — Talvez tenha ocorrido um evento catalisador onde nós *estávamos*, o que nos fez voltar no tempo e criar essa anomalia...

— Tipo estarmos bem no meio da rota de disparo de uma superarma psíquica? — pergunta Scarlett.

— ... ou o evento catalisador ocorreu *aqui* — prossigo — e nos trouxe de volta a este momento no tempo.

— Potencialmente as duas coisas — murmura Finian.

Eu concordo.

— O que vocês têm feito de experimentos, tenente Kim?

Nossa convidada reflete sobre a pergunta. Não sou boa em julgar emoções, mas me parece que, apesar da desconfiança, parte da tensão desapareceu. Pelo menos está *tentando* cooperar, por enquanto.

— Seis minutos atrás eu estava no meio da patrulha e de repente vocês aparecem no visor — diz ela. — A gente se fala, eu explodo vocês, tudo se reinicia. A gente não se fala, eu explodo vocês, tudo se reinicia. Eu levo vocês à estação, vocês tomam um tiro, tudo se reinicia. A cada vez que morrem, eu volto exatamente aonde estava seis minutos atrás.

Sinto a mente se acalmar e me dou conta de que essa sensação de conforto vem de ter um problema para solucionar. Isso é algo que eu sei *fazer*. Reunirei dados. Farei análises. Será bom me manter ocupada.

— O que estava acontecendo aqui seis minutos atrás?

A tenente morde o lábio. Fica claro até para mim que ela está relutante, que não confia em nós. Mas, por fim, acaba falando:

—A estação estava fazendo um teste. Havia um tipo de... variação de poder. Vi uma esfera de luz escura, de milhares de quilômetros de largura, engolir minha nave. Todos os meus instrumentos enlouqueceram. E, quando tudo voltou ao normal... lá estava a nave de vocês.

— Que tipo de teste? — pergunto.

Scarlett faz que sim.

— O que essa estação *faz* de verdade, tenente?

A tenente Kim olha à nossa volta e, pela primeira vez, demonstra um pouco do pânico que deve estar sentindo.

— E eu lá vou saber? É uma operação militar Terráquea ultrassecreta.

— Parece que precisamos reunir informações primeiro — eu declaro. — Se nós chegamos no exato momento em que esse teste estava sendo conduzido, é razoável supor que o teste pode ter acelerado tal chegada. Precisamos determinar o propósito da estação.

— Como? — pergunta Fin. — Da última vez que fomos até lá, atiraram na gente logo de cara.

— Talvez possamos conversar com eles? — arrisca Scarlett. — Quer dizer, se eles também estão passando por esse loop temporal...

— Negativo — diz Kim, balançando a cabeça. — Acho que ninguém na estação faz ideia do que está acontecendo. Nas primeiras vezes que reiniciei, antes da queda do sistema de comunicações, entrei em contato com a Sapatinho de Cristal para pedir instruções. Tive as mesmas respostas todas as vezes. Palavra por palavra. Eles agiam como se tudo estivesse tranquilo. Quer dizer, tirando a falha no núcleo e sabe-se lá o que mais esteja acontecendo por lá agora.

— Não sei o que vocês esperavam — comenta Fin. — Vocês jogaram uma isca dentro de uma tempestade de matéria escura para coletar rajadas de pulsos quânticos. Caso eu não tenha deixado claro, isso é tipo mergulhar num recinto cheio de valshins mondorianos e desabotoar a calça.

Nós três o encaramos, perdidas.

— Não? Vocês não têm... Bom, digamos apenas que é desaconselhável.

Scarlett olha para Kim, pensativa.

— Se a nossa chegada causou tudo isso e sua nave era a única coisa perto da gente, talvez isso explique por que você também está presa no loop enquanto mais ninguém sabe que está acontecendo.

— Hum — comenta Kim, olhando para Scarlett como se estivesse surpresa com aquela observação. Mas, na verdade, é mesmo uma suposição razoável.

— *Precisamos* saber mais — declaro. — Conhecimento é fundamental. Temos vinte e oito minutos até que o segundo pulso quântico que testemunhamos atinja o veleiro e depois a estação, o que pode desativar os componentes vitais dentro dela. E, se o núcleo da estação falhar, é apenas questão de tempo antes que a própria estação seja desativada. Precisamos prosseguir.

— Com o quê? — pergunta a tenente Kim, mais uma vez desconfiada.

— Com o estabelecimento dos fatos — respondo. — O precipitante parece sempre o mesmo, mas, sem nenhum dado a mais e sem calcular uma taxa de decaimento, não podemos tomar como certa a natureza contínua da anomalia temporal.

A expressão da tenente me é familiar, embora ultimamente eu não a tenha visto com muita frequência. Significa que não faz ideia do que estou falando. Ela olha para Scarlett, que olha para Finian.

Finian traduz.

— Ela está dizendo que, já que não sabemos qual foi o pontapé inicial do loop, não sabemos se vai rolar para sempre. Em algum momento, nosso tempo pode acabar.

— Bom, mãos à obra — diz Kim. — Vocês têm trajes espaciais?

— Imagino que você tenha uma ideia de como embarcar com a gente, certo? — pergunta Scarlett.

— Depende — diz a tenente Kim. — Vocês sabem fazer atividades extraveiculares?

— Alguns mais do que outros — responde nossa Frente, irônica. — Fin vai me ajudar. Ele é ótimo em gravidade zero.

— Você não faz *ideia* — diz Finian com um sorriso.

A tenente Kim o encara, mas logo desvia o olhar, como se não quisesse pensar que está ajudando um Betraskano. Suponho que seu treinamento militar a ensinou a confiar nos próprios instintos, a lidar com situações de alta tensão sem deixar de lado a lucidez. Na ausência de outra explicação que seja válida, ela parece pronta para acreditar no que sua intuição lhe diz no momento. Mas admito, levemente admirada, que ela está lidando muito bem com a situação.

A tenente olha para mim e percebo que a estou encarando.

Desvio o olhar e abaixo a cabeça, de modo que meu cabelo cubra os olhos.

— A estação inteira vai estar em alerta máximo — ela nos avisa. — A falha pós-teste aconteceu faz menos de vinte minutos. Eles vão estar considerando se foi sabotagem e *vão* atirar em vocês sem hesitar. Minha nave tem um porão, mas é apertadinho, então espero que vocês três se gostem. E muito.

Vejo Finian e Scarlett trocarem um breve olhar.

— Vou levar vocês a uma câmara de vácuo de terceiro nível — prossegue Kim. — Se tiverem sorte, o pessoal da segurança vai estar ocupado demais com a falha no núcleo para perceber.

— E se não tivermos sorte? — pergunta Scarlett.

Fin esboça um sorriso fraco.

— Décima primeira vez: será que agora vai?

• • • • • • • • • • • • •

Apesar das más condições no porão do caça, chegamos rapidamente à estação; depois de uma fácil caminhada no espaço até a câmara de vácuo, que está aberta e pronta para receber suprimentos. Scarlett claramente tem dificuldades e segura a mão de Finian mesmo depois de estarmos em segurança do lado de dentro.

Ao menos eu acho que é esse o motivo.

A tenente Kim nos instruiu para esperamos por ela dentro da câmara de vácuo. Ela atracará o caça e se reportará aos seus superiores. Então, assim que puder escapar, equalizará a pressão dentro da câmara para entrarmos na estação — com sorte, sem sermos notados.

Aguardamos em silêncio. Da janela da câmara, vejo a escuridão, vasta e turbulenta, iluminada por lampejos roxos de energia com linhas de escuridão ainda mais profunda. Faço de tudo para ignorar o arrepio que a tempestade provoca na minha pele. Seu poder é quase inconcebível e, só de pensar que os cientistas a bordo desta estação tentaram domá-lo, me sinto... desconfortável.

Admito para mim mesma que a sensação que experimento quando vejo as portas externas se fecharem é de puro alívio. Precisamos ter certeza de que estamos com os pés no chão quando a gravidade entrar em ação, para não cairmos. Deslizo para ficar ao lado de Finian enquanto Scarlett faz o mesmo do outro lado, a fim de lhe dar apoio. Para ele, a sensação do retorno da gravidade é desagradável.

Uma luz verde se acende perto das portas internas da câmara para indicar que a pressão foi equalizada, então retiramos nossos capacetes enquanto as portas se abrem. Mas, em vez da tenente Kim, encontramos três soldados Terráqueos com a palavra SEGURANÇA estampada no peitoral.

Uma pequena parte de mim percebe, perplexa, que estão usando uniformes camuflados. *Eles estão no espaço. Qual é a utilidade de camuflagem?*

Eles erguem as armas.

— Ah, fala sério — diz Finian. — Vocês só podem estar de saca...

BLAM.

9

FINIAN

Foram necessárias mais nove tentativas — e mais nove mortes —, mas, *finalmente*, encontramos um caminho seguro para a estação. Estamos ficando bons nisso aí, na verdade. A qualquer momento, vamos começar a compartilhar piadas internas com a tenente Nari Kim.

Sacanagem. A tenente Kim não seria capaz de reconhecer uma piada nem se caísse do céu e a acertasse na cabeça enquanto todo mundo em volta grita: "Graças ao Criador, estão chovendo piadas!"

Mas, sobre a nossa entrada, está quase na hora. Eu me agarro ao exterior da estação como se fosse meu único amor verdadeiro enquanto aguardo minha vez de me infiltrar no sistema de ejeção de lixo. Zila sumiu faz dois minutos, o que significa que faltam quatorze segundos para a minha vez. Dos quatorze, passo nove pensando na maneira como Scarlett piscou antes de entrar na rampa e, durante os outros cinco, penso na tenente Kim. Porque, se isso funcionar, vamos ter tempo para nossa primeira conversa de verdade e eu *preciso* parar de irritá-la.

Agora já estamos craques na primeira parte do loop, que funciona direitinho. Kim avista nossa nave e, enquanto comunica pelo rádio ao comando da estação que vem nos inspecionar, engatinhamos até o porão apertadinho do caça em nossos trajes espaciais.

Então, nossa nova amiga Nari explode nossa nave em pedacinhos, seu sistema de comunicação com a estação falha e, no décimo primeiro minuto do loop, ela nos deixa na saída de lixo. Corremos por medo de que o pulso quântico que vimos do cais danifique alguma coisa que poderia nos ajudar a chegar em casa.

O sistema de ejeção de resíduos me parece uma ótima escolha. Desde o acidente que deu início a isso tudo, o clima na estação tem sido caótico e, da última vez, quem tentou nos pegar foi uma patrulha de segurança que vagava aleatoriamente.

Meu cronômetro vibra e entro em ação, curtindo a sensação da gravidade zero pela última vez. A saída circular da rampa se abre e, prendendo a bolsa no pé, aguardo a emissão da baforada de gás e cinzas.

Agora tenho cinco segundos até que a escotilha se feche e a pressão interna seja equalizada. Eu deslizo para dentro, puxando as botas e a bolsa pela abertura pouco antes de a portinhola se fechar. Então, fico sozinho no escuro, que é interrompido pelo feixe de luz do meu capacete.

A rampa é um pouco mais larga do que meu corpo, e eu estico os braços para a frente. Por mais que seja magrelo, ainda assim passo com dificuldade. Scar deve ter penado, com todas aquelas curvas.

Decido não pensar nelas. Já está bem apertado por aqui.

Usando mãos e pés, joelhos e cotovelos, eu me arrasto pela rampa o mais rápido possível. Me restam pouco mais de dois minutos até a próxima carga de cinzas quentes que vêm da outra direção, uma morte que não estou a fim de experimentar: já foi doloroso o bastante da primeira vez. Meu corpo protesta e o traje dificulta tudo. Minha multiferramenta favorita cutuca nas costelas.

O cronômetro no pulso vibra para indicar que só me resta um minuto e eu sigo adiante; cada movimento é pequeno, mas urgente.

Outra vibração.

Trinta segundos.

Chakk.

Por fim, a luz do meu capacete ilumina a borda da portinhola de saída.

— Estou aqui — aviso baixinho. Scarlett e Zila aparecem. Estão sem capacete e enfiam a mão no túnel para me pegar.

Elas estão numa pequena cavidade na parede, quase do tamanho de uma pessoa. Ninguém desce aqui, a não ser pelos drones automatizados que coletam os resíduos e os levam para serem ejetados. Um deles chegará em cerca de vinte segundos.

As garotas seguram minhas mãos estendidas e puxam. Eu deslizo pelo anel de incineração ainda quente e me liberto. Elas me abaixam, sustentando meu peso até eu conseguir parar no chão. Ficamos imóveis, a bota de Zila encostada no meu visor, e sinto Scarlett atrás de mim, abafada pelo capacete.

— O que é que tem aí dentro da mochila?

— Só uns suprimentos. Ferramentas. Petiscos. Só os itens essenciais, sabe?

— Bom, para conquistar o coração de uma garota é preciso passar pelo...

— Silêncio! — sussurra Zila.

Scar para de falar e aperta meu tornozelo em agradecimento enquanto o drone entra zumbindo lá em cima, libera a carga na rampa e se afasta. A estação estremece à nossa volta e uma sirene soa no alto-falante.

— *Atenção, tripulação da Sapatinho de Cristal: presença de engenheiros necessária, plataforma 19, Prioridade Um. Repetindo: engenheiros, plataforma 19, Setor Alfa.*

Quando o drone sai do campo de visão, nós nos levantamos, com dor nas juntas. Tiro o capacete enquanto Scar entrega minha bolsa. O ar fede a fumaça e pólvora queimada, e as luzes piscam, do branco ao vermelho.

— Noventa segundos até nossa janela — murmura Zila.

Nós a seguimos lentamente em direção ao painel de acesso. Os alarmes soam ao nosso redor e as notícias a respeito dos danos brotam dos alto-falantes. Ao contrário da última vez, agora esperamos com o ouvido grudado no painel até que a patrulha de segurança passe correndo. Só *aí* eu pego o multiferramentas e abro a portinhola.

A partir daí é moleza. Percorremos o corredor, apressados, viramos a segunda entrada à esquerda e chegamos ao nosso destino — uma sala de controle perto das instalações de produção e propagação de oxigênio. I.P.P.O., como diz na placa.

— Isso aí não é um animal? — pergunto, estudando a sigla. — Nativo da Terra?

Scarlett me encara, confusa.

— É, tipo um monstro gigante — comento, estreitando os olhos enquanto tento pescar mais detalhes na memória. — Dentes enormes. Vive na água.

— ... Tubarão? — arrisca Scar.

—Ah — diz Zila. — Um hipopótamo.

Eu tinha quase certeza de que estava errado, mas valeu a pena me fazer de burro para ouvir a risada de Scar, um som rouco e agradável que me deixa todo arrepiado.

— Isso. Um hipátamo. Você precisa se inteirar dos seus próprios animais, Scar. Esse aí é claramente perigoso.

— O mamífero terrestre mais perigoso que existe — concorda Zila solenemente. — Eles são capazes de esmagar uma pessoa até morte com as mandíbulas.

A tenente Nari Kim se manifesta da porta.

— Espera, o que está esmagando as pessoas até a morte com as mandíbulas?

— Hipopótamos, aparentemente — diz Scarlett com o semblante preocupado.

— Eu não esquentaria a cabeça, Ruiva — diz Nari a ela. — Eles não vivem no espaço. E só sobraram cinco, de qualquer maneira.

— Não mais — retruca Zila. — Nossos programas de reabilitação foram muito bem-sucedidos. Agora eles prosperam no ambiente aquático que encontramos em Troi III.

— Peraí — digo. — Por que exatamente vocês salvaram um monstro dentuço e aterrorizante da extinção?

Zila dá de ombros.

— Pela ciência.

Por um instante, Nari parece quase entretida com o papo, depois lembra que é uma soldada fodona em guerra contra o meu povo. Ela volta a fechar a cara, mais sombria do que nunca. Mesmo assim, posso jurar que está começando a desenvolver um pouco de afeição por nós.

Quando aqueles seguranças nos acharam na câmara de vácuo em nossa primeira tentativa de embarque, pensei que ela ia desistir da gente. Mas as nove tentativas seguintes me convenceram de que a garota de barro está do nosso lado, pelo menos por enquanto.

Uma parte da gente sabe como isso é doido. Viagem no tempo. Loop temporal. Morrer repetidas vezes e voltar ao ponto de partida. Mas é muito difícil não acreditar nas evidências quando elas se jogam na nossa cara toda vez que somos mortos. E, como Zila diz, por mais que essa garota me considere inimigo, nossos interesses estão alinhados. Todos nós queremos sair desse loop.

— Muito bem. — Nari dá uma olhada no corredor cheio de fumaça. — Parece que descobrimos um jeito de embarcar vocês sem que nenhuma cabeça exploda.

— E sem que ninguém se asfixie — diz Zila.

— Nem seja incinerado — diz Scarlett com um arrepio.

— Pois é. — Eu faço que sim. — Essa aí doeu.

— A equipe de segurança está em alerta máximo — continua Nari. — Pelo que entendi, o dano no núcleo é bem grande. — A estação inteira estremece à nossa volta, como se concordasse. — Os poucos que sobraram do Comando podem dar ordens de esvaziar a nave a qualquer momento. Então, o que estamos procurando agora?

— *Atenção, equipe médica, favor se reportar ao Setor Beta, plataforma 14.*

— Informações — digo. — Mas, para vasculhar os registros, precisamos de um terminal com perfil de administrador. A tecnologia aqui tem duzentos anos, e por mais que eu curta coisas vintage, não sei como hackear esses sistemas. Quer dizer, não dá nem pra conectar meu equipamento nas tomadas.

— Os laboratórios técnicos vão estar apinhados de gente — diz Nari, franzindo a testa. — Trinta e seis membros da divisão científica morreram durante o teste, e se o Comando suspeitar de sabotagem, os seguranças vão se espalhar por toda parte que nem uma praga.

— *Equipe médica, reportar-se imediatamente, plataforma 12* — grita uma voz no alto-falante. — *Repetindo: equipe médica, plataforma 12.*

— Pensa bem — diz Scar em tom encorajador. — Quem poderia não estar no próprio posto?

Tudo começa a tremer, as paredes de metal rangem e Nari olha lentamente para cima.

— O dr. Pinkerton. O líder do projeto. Ele foi morto na explosão. Com certeza vai ter um terminal de administrador no escritório dele.

— Genial. — Scar a recompensa com um daqueles sorrisos que me fazem sentir envolvido pela luz do sol. — A situação parece caótica por aqui, mas é provável que a gente precise de uniformes se quiser perambular tranquilamente. E uma maneira de disfarçar o Fin.

— Não, a gente consegue chegar à plataforma da administração pela escada de emergência — a aviadora a tranquiliza. — Lá temos uma boa chance de passarmos despercebidos.

Imagino que isso seja só um achismo, mas a seguimos mesmo assim, quatro pares de pés subindo lentamente os degraus de metal. Demora mais do que eu gostaria — chuto que quase um quarto de hora —, mas conseguimos evitar as patrulhas de segurança estressadas e definitivamente sem medo de meter bala, cujos passos ecoam por toda parte.

Um rugido abafado sacode a estação e faz as paredes tremerem. Scar estende a mão para me apoiar quando meu exotraje chia e eu aperto a mão dela com um sorriso grato. O lugar inteiro parece prestes a desabar ao nosso redor.

— *Atenção, tripulação da Sapatinho de Cristal. Ruptura nas plataformas 13 a 17.*

— Eu devo estar completamente surtada... — murmura Nari.

— É possível — concorda Zila, que sobe atrás dela. — Mas duvidar da própria sanidade é uma prova razoável de que você está, de fato, sã.

— É, mas talvez seja nisso que me *fizeram* acreditar — responde Nari, olhando para Zila. — Talvez nada disso seja real. Talvez eu seja uma prisioneira de guerra no momento, trancada num laboratório de operações psicológicas dos branquelos, e isso não passe de um pesadelo induzido pelas drogas para arrancar informações sigilosas de mim.

— Informações sobre o quê? — questiono. — Você é só um peixe pequeno, não sabe de nada.

— Como é que eu vou saber, branquelo? — retruca Nari, irritada por alguém ter apontado uma falha em sua teoria. — A única certeza que eu tenho é que, se alguém me pegar ajudando vocês três, vou entrar na fila e ser executada por traição.

— *Atenção, tripulação da Sapatinho de Cristal. Equipe de engenharia, favor se apresentar ao Setor Gama, plataforma 12, imediatamente.*

— Vai por mim — diz Scar. — Depois de ter morrido vinte vezes, posso te garantir que isso tudo definitivamente está acontecendo. Morrer *dói*.

— É difícil entender o que está acontecendo aqui — concorda Zila, que fala por cima do alto-falante. — Com sorte, encontraremos nossas respostas nos computadores da estação. Mas não creio que você tenha enlouquecido, tenente Kim. Nem que seja uma traidora. Na verdade, acredito que você seja muito corajosa.

A garota de barro levanta a sobrancelha e Zila chega a sustentar o contato visual por alguns segundos antes de baixar a cabeça e seguir escada acima. Após três lances, nossa cúmplice sai para verificar o corredor e depois nos chama para segui-la.

BOOM.

Tudo treme quando alguma coisa, em algum lugar, explode.

— *ALERTA: FALHA DE CONTENÇÃO. EVACUAÇÃO IMEDIATA DAS PLATAFORMAS 5 E 6. REPITO: FALHA DE CONTENÇÃO.*

— Daqui temos acesso à Seção Beta — murmura a garota de barro. — E dois andares acima fica o escritório de Pinkerton.

A Seção Beta da plataforma fica nos arredores da estação, repleta de visores que dão para o espaço. À medida que passamos por ali, vejo a ampla escuridão que avança para além da fuselagem da estação. Aquele cabo maciço se estende pela tempestade de matéria escura por centenas de milhares de quilômetros, ligado ao veleiro quântico à mercê do caos. Um pequeno brilho de energia ilumina a tempestade, acendendo aquele enorme redemoinho de nuvens ao longo de milhões de quilômetros, seu eco rasga o tecido do subespaço.

Para dizer a verdade, isso me dá arrepios.

— Que lindo — diz Scarlett baixinho, provando (assim como provou ao decidir me beijar) que seus gostos são altamente questionáveis.

CRASH.

Lá na tempestade, o mesmo pulso gigantesco de energia quântica que vimos do hangar atinge o veleiro mais uma vez. É tão brilhante que, por um instante, não vejo nada além de estrelas pipocando na minha visão. Zila olha para a tela no pulso.

— Quarenta e quatro minutos...

— Olha — sussurra Scar. — Está acontecendo de novo...

Pisco com força enquanto o pulso sobe pelo cabo rumo à estação — um arco de energia escura que queima furiosamente e se destaca na escuridão mais profunda. O cristal no colar de Scarlett também queima, a luz preta fazendo meus olhos arderem.

— Por que essa coisa está fazendo isso? — questiona Nari.

— Excelente pergunta — responde Zila.

— Sabe, eu realmente espero que o escudo gravitônico nesse setor ainda esteja intacto — penso em voz alta enquanto olho para as luzes piscando lá no alto.

— Por quê? — Scar olha do colar iluminado para mim. — O que acontece se o escudo gravitônico *não* estiver mais intacto?

E então, duas coisas acontecem ao mesmo tempo.

Primeiro, o pulso quântico atinge a estação, forma um arco sobre o casco, passa pela seção em que estamos — sem escudos — e, no fim das contas, atravessa nossos corpos.

E, segundo, Nari Kim descobre que Scar não estava brincando quando disse que morrer doía.

ZAP.

10

TYLER

Cruzo um corredor banhado em luz cinzenta com passos decididos; atrás de mim está o Primeiro Paladino de Saedii. Faz dois minutos que o ruído dos motores mudou de tom: estamos avançando a toda velocidade rumo ao ponto de encontro com a armada Imaculada. As manchetes dos feeds de notícias ainda percorrem minha cabeça — todas aquelas faíscas de conflito que Ra'haam e seus agentes atiçaram até o incêndio pegar. Um teatro de distração em massa. Um véu para esconder a ameaça até que seja tarde demais.

Sinto dor de cabeça. Ainda não me recuperei de ter chegado tão perto da morte naquela explosão da cápsula de fuga. É uma luta ficar de pé, meus dedos estão formigando e, sempre que fecho os olhos, ainda me lembro daquele sonho.

Aquela voz me implorando.

... você ainda tem uma chance de consertar isso...

Eu deveria ser *bom* nisso. Sou o cara da estratégia. Mas estou preso a bordo de uma nave inimiga com centenas de Syldrathi fanáticos. Cada segundo que perco aqui é um segundo a mais para Ra'haam gestar debaixo da superfície de Octavia e dos outros planetas-berçário.

Não sei onde está Scarlett. Nem Auri. Nem Zila. Nem Fin. Nem Kal. Não sei se estão vivos ou mortos.

E, pelo amor do Criador, essa dor de cabeça...

— Pare.

A voz de Erien soa atrás de mim, e ele me segura ao lado de uma porta pesada de plastil. Tem várias delas no corredor e, só de dar uma olhada ao redor, chuto que me trouxeram para o andar de detenção.

Eu obedeço e me viro quando Erien espalma a mão em um painel ao lado da porta, que se abre e revela um quarto escuro, com uma cama estreita e paredes nuas.

— Pensei que sua Templária tivesse dado ordens para que você me acomodasse em aposentos apropriados.

— Esses *são* aposentos apropriados. Você é prisioneiro aqui, seu mestiço, não convidado. — Ele indica o quarto com a cabeça. — Pode entrar.

— Escuta — digo, tentando ignorar a cabeça latejando. — Sei que você pensa que estamos em lados diferentes. Mas eu vi você na *Andarael*. A Saedii respeita você, Erien. Ela *ouve* você. E eu diria que um Primeiro Paladino dos Imaculados não pode ser ingênuo a ponto de não perceber que está sendo enganado. Por que a AIG ia raptar a Saedii, se não fosse para provocar uma guerra? Por que é que…

Ele levanta a mão para me interromper.

— Suas teorias da conspiração me interessam tanto quanto sua bajulação. Pode entrar.

Trinco os dentes, o desespero crescente me enche de raiva.

— Preciso falar com a Saedii de novo, nós temos que…

— Se dependesse de mim, você já estaria morto. Apesar do evidente fraco que ela tem por você, Saedii é minha Templária e, portanto, obedecerei suas ordens de acomodá-lo em segurança. Mas fique atento: não insulte minha honra de novo.

Não estou entendendo.

— Um fraco por mim?

Ele direciona o olhar frio para a minha garganta, para as marcas de mordida que Saedii deixou ali.

— Olha, eu não sou nada para ela — asseguro. — Estávamos juntos numa situação difícil, ela precisava de uma válvula de escape. Não é nada.

Erien inclina a cabeça.

— Nada?

— Eu não passo de um brinquedinho. Ela praticamente arrancou minha cabeça quando me beijou. Não tem por que se preocupar mesmo. Quer dizer… se é que você está preocupado. Aquele outro Paladino lá chamou você de *be'shmai*, então imaginei que você e ele eram…

— Você é um tolo. — Erin põe a mão no cabo preto e polido da arma de pulso Syldrathi presa na cintura e a ajusta para o modo Atordoar. — Entre na cela.

— Pelo Criador, será que você pode pensar só um minutinho? — eu sibilo em meio à dor de cabeça crescente. — A Terra passou anos evitando travar uma guerra contra os Syldrathi! Por que a AIG resolveria atacar a *Andarael* sem mais nem menos se não fosse por…

Erien pega meu braço e aperta com força.

E é isso.

Não gosto de perder as estribeiras. É por isso que não bebo, não fumo, não falo palavrão. Mas o desespero, a noção de que estamos sendo manipulados, o medo pelo meu esquadrão e pela minha irmã, a revelação da mãe Syldrathi que nunca conheci e essa maldita dor de cabeça…

Eu me desvencilho das garras dele e sibilo:

— Não encosta em mim, seu filho d…

Erien é rápido demais para meus reflexos. Com uma das mãos ele bloqueia meu pulso, com a outra, aperta minha garganta e, enganchando a perna atrás da minha, me joga no chão; ele se inclina sobre mim sem soltar meu pescoço. Vejo estrelas quando Erien se debruça com todo seu peso para me estrangular.

Meu chute o acerta na mandíbula e empurra a cabeça para trás. Erien cambaleia e afrouxa a mão. Com o outro pé, dou uma rasteira nele e me levanto. Ele se põe de pé num piscar de olhos, com movimentos fluidos, o que me lembra um pouco de Kal — pelo mesmo nível de força e velocidade.

— Kii'ne dō all'ia…

Erien faz menção de pegar a arma de pulso, mas, com um tapa, eu a afasto. Ele agarra minha mão, me arrasta para a frente, afunda o joelho na minha barriga e, com isso, sinto a respiração sair dos lábios, agora ensanguentados, como uma explosão. Com uma pirueta, ele me joga contra a parede e aciona o comunicador preso no peito.

— Sēn, vin Erien, sa…

Eu acerto o nariz dele com a base da mão. No mesmo instante, ouço um estalo e uma profusão de sangue roxo e quente escorre. Minhas têmporas latejam enquanto pego as tranças dele e lhe dou outro soco, esmagando seu nariz.

Ele engancha a perna na minha e desabamos no chão; ao fechar os olhos, vejo flashes brancos. Eu me esforço para pegar a arma de pulso, mas grito quando ele torce meu braço para trás.

Meus dedos deslizam pelo cabo da arma, meu ombro está no limite e o cotovelo, prestes a quebrar. Com a mão livre, Erien puxa uma das lâminas de kaat que carrega nas costas. Mas, finalmente, consigo pegar a arma, giro e o acerto no peito.

O cano pisca e o choque do Atordoar ilumina seu semblante perplexo. Erien cambaleia para trás e, no peitoral preto de sua armadura de Paladino, vejo uma cicatriz fumegante. Eu me contraio, sinto falta de ar; ainda estou segurando firme a arma ao me levantar com dificuldade e...

As paredes à minha volta são arco-íris.

Debaixo dos meus pés, o chão treme.

Ouço gritaria. No corredor, o ar fica da cor de sangue pisado e azul meia-noite, pontilhado de estrelas brilhantes.

Então ali está a visão, suspensa no escuro à minha frente, brilhando como fogos de artifício no Dia da Fundação.

Meu coração se agita: para mim, nos últimos seis anos, foi mais do que meu lar. Mais do que o lugar onde cresci. É um símbolo de esperança, uma luz em meio a toda aquela escuridão, brilhando contra a noite.

— Academia Aurora... — eu sussurro.

— *... você ainda tem uma chance de consertar isso...*

Estendo a mão em direção à imagem, com os dedos trêmulos. E, assim que encosto nela, a Academia se explode em mil pedaços diante dos meus olhos. Sinto um frio na barriga de horror, o fogo floresce na escuridão atrás da qual, ainda mais escura, vejo a sombra.

Ra'haam.

Um grunhido me escapa com a visão: diante de mim há dez mil naves, cem mil formas, erguendo-se e obliterando as estrelas.

Grande demais.

Demais.

Eu viro a cabeça e fecho os olhos com força para não ter que ver.

Por isso não percebo que Erien se levantou atrás de mim.

Ouço o som de metal contra metal, dou meia-volta e lá está ele. Seu rosto bonito contorcido de raiva. Sangue escorrendo do queixo, cinza-escuro à luz da Dobra — luz que é refratada na lâmina de kaat que sai das costas dele.

... você me disse onde isso acontece...

Cerro os dentes, levanto a arma.

... conserte isso, Tyler...

E a lâmina que afunda na minha barriga me tira o fôlego.

11

TYLER

— Sabia que não existe a palavra "adeus" em Syldrathi?

Abro os olhos trêmulos e a luz desliza pelos cílios enquanto solto um grunhido. Saedii está sentada ao lado da minha cama, cutucando as unhas com uma bela faca comprida.

— O q-quê? — sussurro.

Eu me forço a abrir os olhos novamente, a cabeça girando. Estou cercado pelo zumbido baixo dos aparelhos médicos, em uma luz fraca e sombria. Ao olhar para baixo, percebo que estou sem camisa. De novo. Sinto uma dor incômoda na barriga e vejo que há um curativo cobrindo a ferida causada pela lâmina de Erien. Mas estamos num cruzeiro de guerra Imaculado, suas instalações médicas são top de linha e, para dizer a verdade, a dor nem é tão intensa assim.

Quer dizer, levando-se em conta que fui brutalmente esfaqueado e tudo mais.

— É verdade. Os Syldrathi creem que, uma vez unidas, as pessoas nunca podem de fato se separar. — Saedii acena com a faca na direção do curativo. — Mesmo se você morresse hoje, os átomos do seu corpo resistiriam. Ao longo de eras, essas partículas se dividiriam e se fundiriam outra vez, incorporando-se a outros seres, outros corpos planetários. Seriam sugadas para estrelas moribundas e se espalhariam novamente pelas supernovas. Por fim, quando o grande buraco negro no coração desta galáxia atraísse tudo, todas as coisas seriam reunidas. Assim, nós não dizemos adeus quando nos separamos. Dizemos *an'la téli saii*.

— O que quer dizer isso? — pergunto com um grunhido.

— Vejo você nas estrelas.

Ela inclina a cabeça e seu leve sorriso perde a força.

— Estou te contando isso porque você parece ter uma pressa extraordinária de morrer, Tyler Jones.

— Uma ferida superficial, madame. — Pressiono a mão no curativo e me encolho. — Seu tenente precisa melhorar a pontaria se quiser me matar.

Saedii bufa.

— Erien é Primeiro Paladino do Círculo Sombrio. Já fez milhares de órfãos. Se ele quisesse que você morresse, você estaria morto. Estou me referindo a Antaelis, prometido de Erien. Você fez um estrago no rosto de seu amado, e Antaelis deseja te desafiar para um duelo pela honra de Erien.

Balanço a cabeça e suspiro.

— Como se a gente não tivesse coisa melhor a fazer, com a galáxia entrando em colapso e tudo mais.

Saedii se reclina, levanta as botas e as apoia nas minhas coxas como se estivesse reivindicando um território. Seus olhos percorrem lentamente meu corpo e voltam a encontrar os meus. Por um instante, vejo nela aquela expressão divertida, tingida por uma raiva leve e pulsante.

— Você ainda não entende onde está, entende?

— Sei *exatamente* onde estou. E com quem.

— Se fosse verdade — diz Saedii, com um ar mais relaxado —, você não teria me chamado de idiota na frente da minha equipe.

Eu me encolho.

— É, então, me descul...

Ela ergue a mão.

— Não agrave sua tolice com covardia. Tenha pelo menos a coragem de suas convicções, Terráqueo.

— Eu juro, você é a mais... — Balanço a cabeça latejante e cerro os dentes. — Será que pra você *tudo* tem que ser uma briga?

Então ela sorri e passa a língua nos dentes.

— Se você quiser.

— Sopro do Criador — resmungo. — Dá pra parar de joguinhos?

— Eu *gosto* de jogos.

— Bom, não estou no clima para ser seu brinquedinho. — Minha cabeça não para de latejar, minha boca está seca como um deserto. — O que você está fazendo aqui, Saedii?

Ela olha para mim e o sorriso perde a força, os lábios pretos se contraem.

— Eu analisei a gravação de sua luta com Erien — diz ela por fim. — Lá, você levou a melhor, mas hesitou no golpe final. Apertou a cabeça como se doesse. Mandei a equipe médica investigar seu cérebro em busca de traumas, talvez causados pela exposição à Dobra. Mas não é o caso.

— Não sabia que você se importava, Templária.

Vejo um brilho em seus olhos. Dura só um segundo. O humor dessa garota vai de zero a mil num instante. Mas, olhando mais de perto, por trás da máscara ousada e presunçosa da princesa Imaculada, por um momento penso ter um vislumbre de...

— Eu ouvi você — avisa ela, dando um tapinha na testa. — Gritando na minha cabeça quando caiu. Não como se estivesse ferido. Como se estivesse... horrorizado.

Esfrego os olhos e suspiro.

— Eu... vi uma coisa.

— Uma espécie de visão?

Respiro fundo e faço que sim.

— Tenho visto coisas desde que acordei aqui. É tipo... como se eu estivesse sonhando acordado. Vejo uma garota Syldrathi, toda ensanguentada. Só que, no sonho, sei que o sangue é *meu*, não dela. Estamos numa câmara enorme. Paredes de cristal. Um trono. Arco-íris por toda parte.

Ela estreita os olhos.

— Parece o interior da *Neridaa*.

— No meu sonho está sendo destruída, destroçada em mil pedaços. — Engulo em seco e sinto um frio na barriga só de me lembrar. — E, atrás das paredes, tem uma sombra. Tão grande e escura que sei que vai consumir tudo se eu permitir.

— Você já sonhou acordado desse jeito antes?

— Nunca. — Eu a olho nos olhos. — Não consigo explicar, mas acho... Saedii, acho que alguma coisa horrível está para acontecer.

Ela desvia o olhar e se concentra em um ponto distante além das paredes. Sinto o rastro dos pensamentos dela, o sangue Andarilho que herdou da mãe falando com o sangue que herdei da minha. Uma mulher que nunca vou conhecer, porque meu pai não está aqui para me dizer quem ela é, como se conheceram, como vim ao mundo.

Apesar da fachada fria e dos jogos mentais, percebo que Saedii está insegura. E, quando volta a me olhar, sinto novamente aquele vislumbre, para além da agressão e das provocações, para além do muro de desprezo da Guerreira dos Imaculados, um vislumbre de...

Afeto?

— Os feeds anunciaram mais notícias de confrontos — diz Saedii. — Mais uma dezena de incidentes como aqueles. Rancores antigos voltando à tona. A chama de guerras passadas se reacendendo. As estrelas respingam sangue.

— É Ra'haam, Saedii. Você *sabe* que é.

Ela morde o lábio e gira a faca entre os dedos.

— Seus irmãos da Legião Aurora estão fazendo de tudo para apagar as chamas, ao menos. Foi convocada uma reunião emergencial da Cúpula Galáctica para abordar a "crescente onda de inquietação entre as raças sencientes da Via Láctea". Acontecerá na sua Academia Aurora dentro de cinco dias.

Meu coração acelera. Eu me levanto na cama e minha barriga ferida dói.

— Na Academia? Por que você não disse nada?

— Eu *acabei* de dizer. Por que isso tem importância?

— Meu sonho — respondo baixinho, com o coração a mil. — A... visão. Foi diferente dessa última vez. Eu vi a Academia Aurora brilhando como um farol na escuridão. Mas, quando tentei tocá-la, ela... explodiu diante dos meus olhos.

Então vejo mais uma vez, com um súbito lampejo de dor na mente, a imagem da Academia destroçada, levando embora a última esperança da galáxia.

... conserte isso, Tyler...

Balanço a cabeça, os batimentos aceleram.

— Se os líderes da Cúpula Galáctica estiverem no mesmo ambiente e Ra'haam atacar...

— É uma estupidez se reunir assim. — Saedii fecha a cara e pensa. — Mas, se você acreditar que a Academia está sob ameaça... talvez eu possa liberar seu acesso ao nosso sistema de comunicação. Você poderia alertá-los.

— Você acha mesmo que essa é uma transmissão que a Legião vai atender? — rebato com desdém. — Ou *acreditar*? A AIG me tachou de terrorista, Saedii. De assassino em massa. Traidor da Legião e do seu próprio povo. E a transmissão sairia de uma nave Imaculada.

— Certamente há contatos dentro da Legião que ainda confiam em você, não? Aqueles que deixaram os presentes na Cidade Esmeralda?

— Almirante Adams e Líder de Batalha de Stoy — respondo com um aceno de cabeça e os pensamentos em polvorosa. — Eles sabem *alguma coisa*.

Mas não tenho como entrar em contato direto. Se eu estivesse a bordo da Estação Aurora, poderia enviar uma mensagem para Adams pela rede da Academia. Mas, com um assunto de tanta importância, não posso simplesmente mandar um alerta às cegas e esperar que algum oficial de comunicações encaminhe ao Comando.

Eu balanço a cabeça, mais convencido a cada respiração.

— Você tem que me levar até lá — declaro.

O olhar de Saedii é cortante como vidro.

— *Ter que* não é uma expressão que se use com os Templários, Terráqueo.

— Se Ra'haam destruir a Cúpula, vai mergulhar a galáxia no caos! E cada dia que passarmos limpando os escombros é mais um dia que Ra'haam terá para crescer! Saedii, a gente tem que impedir...

— Essas palavras de novo...

— Pelo Criador, será que dá pra me *ouvir*? — Empurro as botas das minhas coxas e me levanto da cama. — Talvez nós dois sejamos as únicas pessoas vivas que fazem ideia do que está acontecendo aqui!

— Tenho preocupações maiores do que...

— Preocupações maiores? — eu grito. — Toda a *galáxia* está em jogo! A gente sabe a verdade! É nosso dever impedir essa coisa!

— Não se atreva a me dizer qual é meu dever, Tyler Jones! — ela vocifera e se levanta para me olhar nos olhos. — Você não sabe *nada* desse peso! Nosso Arconte sumiu no Vazio sem deixar vestígios! Há uns dez generais Imaculados prontos para assumir o controle deste clã *e eu* sou a única que pode evitar nossa queda. O futuro do meu povo está por um fio! E você reclamando que eu deveria desviar do caminho para entrar no espaço inimigo e salvar um bando de shan'vii estúpidos o bastante para arriscar uma reunião para *conversar* em um momento como este?

— Eles estão tentando negociar a paz! — respondo aos berros. — A Cúpula não sabe da presença de Ra'haam!

— Estúpidos *e* cegos, então.

— Saedii, você não pode simplesmente deixar que eles...

— Não me diga o que eu não posso fazer! — vocifera ela com o rosto a poucos centímetros do meu. — Sou Templária dos Imaculados! Marcada pelo sangue de centenas de batalhas! Filha do *Destruidor de Estrelas*! Faço o que desejo, vou aonde bem entendo e levo o que *quero*!

Saedii me olha feio e me mostra os dentes, sem fôlego. Seu olhar é tão cortante quanto a lâmina que tem nas mãos e ela está tão perto de mim que sinto seu coração martelando por baixo da pele. Sua mente volta a jorrar na minha e seus pensamentos me inundam.

Ela é fúria. Ela é fogo. E afunda no meu peito como uma faca.

Faço o que desejo.

Vou aonde bem entendo.

Levo o que quero.

E é então que eu vejo. No instante em que o olhar dela desvia do meu, desce até os meus lábios e sobe novamente.

Sopro do Criador, ela me quer.

Nós nos atiramos um contra o outro com tanta intensidade que o corte no meu lábio reabre. Ela respira nos meus pulmões e eu entrelaço os dedos no cabelo dela. A noção de como isso é idiota é soterrada pela sensação do corpo dela nos meus braços quando eu a levanto do chão.

Ela passa as pernas em volta da minha cintura e arfa quando batemos na parede; suas unhas traçam linhas de fogo nas minhas costas nuas quando a pego e empurro seu corpo no metal. Por mais burro que pareça, por mais louco que seja...

A galáxia inteira pode estar em guerra amanhã.

Todos nós podemos morrer.

Viva o agora. Amanhã morreremos.

A mente dela se entrelaça na minha, me impregna de desejo e multiplica o meu. É difícil respirar. Pensar. Nunca senti nada parecido antes, nunca precisei de algo com tanta urgência, mas isso é loucura, isso é...

— Saedii... — digo entre arfadas, afastando a cabeça.

Pare de falar, Tyler Jones, diz a voz dela na minha mente. *Há coisas melhores que você pode fazer com a boca.*

É, beleza.

Aí fica difícil discutir.

Tyler Jones: 2

Saedii Gilwraeth: 2

• • • • • • • • • • • •

— Bom, isso foi... intenso.

Estamos deitados no chão da enfermaria, ofegantes, com os corpos cobertos por um fino lençol de material isolante. O ambiente à nossa volta é um caos de móveis revirados e vidros estilhaçados. Saedii está deitada em cima de mim, longas tranças pretas cobrindo o rosto, batom escuro borrado na boca. Estamos viscosos de suor, o sal queima os arranhões que ela deixou nas minhas costas.

— Acho que vou precisar de mais pontos — comento ao me encolher de dor.

Ela não responde; mantém o rosto colado no meu pescoço, o coração martela contra as minhas costelas. Sua respiração está desacelerando, mas, tirando isso, está totalmente imóvel. Em completo silêncio.

— Quer dizer, não que eu esteja reclamando — acrescento, tentando fazê-la rir. — Mas, de repente, é melhor deixarmos um litro de O negativo preparado para a próxima vez, né?

Mais uma vez, ela não responde. Não se mexe. Os pensamentos dela ainda estão nos meus, vazando como tinta derramada no papel, mas houve um momento, instantes atrás, em que nós estávamos tão entrelaçados que quase nos sentíamos como um. Agora, porém, Saedii está recuando lentamente. Seus sentimentos esfriam como o suor em nossa pele.

É como se alguém tivesse desligado o sol.

— Você está bem? — pergunto.

Sem nenhum aviso, ela se afasta e se senta. Move a cabeça na penumbra, observa o caos, então se põe de pé, suave, graciosa, e caminha pelos escombros em busca das peças descartadas do uniforme.

— O que houve? — pergunto.

— Nada — responde ela.

— Bom... aonde é que você vai?

— Vou voltar para a ponte.

Pisco os olhos, surpreso.

— Assim, do nada?

Ela pega a calcinha de cima do armário de suprimentos, onde eu a joguei, e volta a vesti-la.

— Estava esperando outra coisa?

— Bom... — Eu me sento com o lençol prateado amassado em volta da cintura. — Quer dizer, não sei qual é o esquema com os Syldrathi, mas os Terráqueos costumam, sabe... *conversar* depois.

— E sobre o que deveríamos conversar, Tyler Jones?

— ... Eu fiz algo de errado?

— Não. — Ela põe o sutiã. — Você foi perfeitamente razoável.

Arqueio a sobrancelha. A que tem a cicatriz, só para dar ênfase.

— Senhorita, eu estava dentro da sua mente o tempo inteiro. Se é isso que você chama de *razoável*, só o Criador sabe o que...

— Não estou aqui para afagar seu ego em termos de desempenho. — Ela pega a longa faca que carregava e prende a bainha na perna. — Você ainda está com os dois polegares. Interprete isso como quiser.

Eu me levanto, segurando o lençol em volta da cintura e estremecendo com a ardência do suor em minhas feridas e a dor latejante da facada na barriga.

— Você está... brava comigo?

Sem dizer nada, Saedii se vira, olha para o espelho preso na parede e começa a pentear as tranças com os dedos. Eu me ponho atrás dela para que ela possa ver meu reflexo, depois estendo a mão para lhe roçar o ombro.

— Ei, fala comig...

— Não encosta em mim — resmunga ela.

Abaixo a mão. Sinto uma pontada de tristeza.

— Não era isso que você estava gritando na minha cabeça um minuto atrás.

— Isso foi um minuto atrás. — Ela volta a olhar para as tranças, movendo rapidamente os dedos pelas grossas mechas pretas. Sinto que está se fechando do mesmo jeito que aconteceu no conselho de guerra. Que está enclausurando a mente atrás de portas de ferro imponentes. — Fizemos bom proveito um do outro e agora acabou. Não faça interpretações além da conta.

— E como se interpreta isso?

— Uma forma de liberar a tensão — responde ela. — Compreensível, depois de ficarmos presos juntos. Insignificante.

— Por que você está mentindo para mim?

Ela deixa cair as mãos e me olha novamente.

— Eu deveria cortar sua língua, Terráqueo. Eu deveria arrancá-la do seu crânio e...

— Saedii, você estava na minha *cabeça* ainda agora. — Busco os olhos dela e amanso a voz. — Ainda sou meio novo nessa coisa de telepatia, mas eu *sei* o que você estava sentindo. Não foi só um casinho em tempos de guerra. Não foi simplesmente uma válvula de escape.

— Você está muito convencido — diz ela com desdém.

— Saedii, *fala* comigo.

Pego seu ombro e a viro para mim. Por mais que eu sinta a pontada de raiva que a atravessa quando minha mão toca sua pele, por baixo de tudo isso percebo outra vez aquele brilho de aprovação.

Essa garota é uma guerreira. Uma líder. Nasceu para o conflito. Foi criada para a guerra. Ela não quer obediência, quer alguém que a desafie. Um igual.

Eu a beijo. Intensamente. Seguro-a nos braços e puxo ela para mim. Seu corpo fica tenso, ela cerra os punhos, mas a boca se desmancha na minha como neve no fogo e um suspiro lhe escapa ao envolver meu pescoço com os braços.

E, para além do conflito entre desejo e agressividade, entre querer e não querer, sinto mais uma vez, pelas frestas da jaula em que Saedii se envolveu, algo tão grande e assustador que não suporta olhar por muito tempo.

Eu me aproximo. Ela empurra o sentimento para baixo, esmaga-o nos calcanhares e escapa do meu beijo. Então a olho nos olhos e percebo o que está acontecendo e por que está fazendo de tudo para fingir que isso não significa nada.

Porque...

Porque significa tudo.

— Você está sentindo o Chamado — sussurro.

Os olhos de Saedii brilham e ela se desvencilha dos meus braços com um rosnado. Eu a observo se voltar para o próprio reflexo, furiosa, enquanto ajeita as tranças com mãos trêmulas. Mas consigo enxergar a verdade por trás dos olhos de gelo, sinto dentro da cabeça dela, inundando-a apesar de todo o esforço para contê-la. O instinto de acasalamento dos Syldrathi. A atração quase irresistível que eles sentem pelas pessoas a quem sua alma está destinada.

É o que Kal sente por Aurora. Certa vez ele me disse que o amor era uma gota no oceano daquilo que sentia por ela. E, olhando nos olhos de Saedii agora, pensando em todas as vezes em que ela poderia ter me matado, deveria ter me matado...

Criador, como eu fui idiota...

— Desde quando? — pergunto.

Ela não responde. Chego por trás dela, procurando seu reflexo.

— Saedii, desde quando?

Ela sustenta meu olhar, seus pensamentos são uma onda de fúria, sofrimento e adoração carregada de ódio e desafio. Na mente dela, vejo uma imagem minha a bordo da *Andarael*, nas profundezas do fosso dos Imaculados, a encarando, ensanguentado, mas vitorioso, com um drakkan morto atrás de mim.

— É — eu murmuro. — Quer dizer, aquilo lá teria balançado até uma freira, então não dá pra te culpar.

Ela bufa, tentando não rir, e se afasta pela enfermaria. Sinto que está fervilhando de raiva. A autoaversão borbulha debaixo da pele. Parte dela quer pegar um caco de vidro do chão e me apunhalar até a morte aqui e agora. Outra parte quer se deixar cair nos meus braços e me abraçar tão forte até me quebrar. Ela odeia me querer, mas o sentimento também é eletrizante.

— Você não sabia que seria assim — reflito.

Ela me olha feio e contrai os lábios.

— Saedii, *fala comigo* — insisto.

— Já tive... pretendentes — diz ela por fim, com um suspiro. — Distrações prazerosas. Mas nada comparado... — Saedii abaixa a cabeça e trinca os dentes afiados enquanto fecha as mãos em punhos. Ri baixinho, balançando a cabeça. — O Vazio realmente tem um senso de humor bem sombrio. Para me reservar um destino como esse...

— Eu sou tão ruim assim? — pergunto em voz baixa.

— Você é um Terráqueo — sibila ela.

— Meio Terráqueo — rebato. — Mas e daí?

— E daí que nossos povos estão em *guerra*. Meu pai transformaria sua espinha dorsal em vidro e a quebraria em um milhão de pedaços se suspeitasse que você encostou um dedinho sequer em mim. — Ela dá uma risadinha amarga, falando quase para si mesma. — Só o Vazio sabe o que ele faria comigo se soubesse que eu... que nós...

A voz some e a raiva cresce enquanto ela se agacha para pegar uma das botas debaixo da maca.

Cruzo a sala e acaricio suas costas nuas conforme ela se levanta. Eu a sinto estremecer, mesmo quando se afasta de mim. Sua dor é tão real que experiencio na minha cabeça.

— Saedii, seu pai não está aqui — digo a ela. — E nossos povos não precisam estar em guerra. Você tem o poder de acabar com isso.

— Pare — resmunga ela.

— Vem comigo para a Academia Auror...

— Não! — explode ela, desvencilhando-se de mim. — Não me peça de novo! *Tudo* que meu pai lutou para construir pode desmoronar agora que ele se foi! Qualquer um da *dezena* de Templários pode tentar assumir o poder do clã! Eu sou a filha do Destruidor de Estrelas! Na ausência dele, cabe a mim manter os Imaculados unidos!

— Nada disso vai ter importância se Ra'haam conseguir eclodir!

— Meu dever é com meu povo! — ruge ela. — E meu povo está em guerra!

Na penumbra ainda sinto seu corpo contra o meu, o calor furioso de suas emoções iluminando minha mente. Há muitas coisas a respeito dessa garota que só agora começo a perceber. Ela é como a luz do sol envolta em uma esfera de ferro preto. E, mesmo por entre as pequenas rachaduras que ela me mostrou, sinto como é profundo e intenso seu calor, como seria maravilhoso me perder nele. O sangue Syldrathi dentro de mim chama por ela, o vínculo entre nossas mentes ecoa com sua música.

Ela é linda. Impetuosa. Brilhante. Cruel.

Nunca conheci uma garota como ela.

— Então me deixa ir — Eu me ouço dizer.

— O quê? — sussurra ela.

— Se não quer vir comigo, me deixa ir. — Engulo em seco e vejo uma pequena fagulha de raiva e dor iluminar seus olhos. — Me dá uma nave e uns créditos, me deixa em um porto estelar. Vou dar um jeito de chegar à Academia Aurora. Vou deter Ra'haam sozinho.

— Você não sabe nada do plano de Ra'haam — argumenta ela. — Você é um fugitivo, procurado pelo seu próprio governo por violar a Interdição e por terrorismo galáctico.

Eu abro um sorriso torto.

— Me parece um belo desafio.

— Você está correndo em direção à sua morte. É um tolo.

— Quem é mais tolo? O tolo ou a tola apaixonada por ele?

Saedii se vira com uma careta amarga; eu me ponho na frente dela e seguro seu rosto. Enquanto a beijo, sinto um arrepio percorrer seu corpo. Ela se joga contra mim com tanta intensidade que quase me derruba.

Tropeço para trás e batemos na parede; seu corpo está junto ao meu, encaixado como a peça de um quebra-cabeça muito estranho. Suas curvas são afiadas como aço e os lábios, macios como nuvens, e por um momento tudo que quero é me perder dentro dela novamente, fechar os olhos para a guerra que nos cerca e a sombra que paira sobre nós e simplesmente fazê-la minha.

Mas então, percebo que ela puxou a faca novamente.

E segura bem rente à minha garganta enquanto me encara.

— Não sei o que odeio mais — sussurra, a lâmina roçando na minha pele. — Trazer você para perto ou afastá-lo.

— Eu sei qual eu prefiro.

Então percebo um segundo de hesitação. No silêncio, pego a mão dela, afasto a lâmina da minha garganta e beijo os nós dos seus dedos em busca daquele calor, daquela luz em seus olhos.

— Me ajude, Saedii. Podemos fazer isso juntos.

Mas ela olha por cima do meu ombro e, ao se ver no espelho, a cortina de ferro se fecha, aquele fogo ardente dentro dela de repente esfria. Saedii contrai a mandíbula, recua e balança a cabeça.

— Minha prioridade é meu povo, Tyler Jones. Não meu coração.

Examino seus olhos e engulo em seco.

— Então você precisa me deixar ir.

— Para sua morte — rebate com desprezo.

— Talvez. — Dou de ombros. — Mas não posso simplesmente ficar sentado aqui, sem fazer nada.

Então vejo o desprezo arder nela. Raiva. A filha do Destruidor de Estrelas revela-se pelo que é. Sinto a ameaça dentro dela, é como uma sombra que a toca, tão escura quanto o fogo que me aqueceu há pouco. Percebo que um é projetado do outro. Juntos, fazem quem ela é: uma garota linda, impetuosa, brilhante, cruel.

Examinando meus olhos, ela levanta as mãos entre nós; os dedos manchados de sangue da mão esquerda estão entrelaçados com os meus, a direita ainda segura a faca.

Sei que ela poderia me forçar a ficar, se quisesse.

Poderia me matar, se quisesse.

Saedii Gilwraeth é uma garota que consegue o que quer.

Ter que *não é uma expressão que se use com os Templários, Terráqueo.*

Mas, no fim das contas, ela retrai os dedos. Solta a bainha da coxa, guarda a faca e coloca a arma embainhada na palma da minha mão. Ela fecha meus dedos ao redor da alça esculpida e beija os nós suavemente.

— Vejo você nas estrelas, Tyler Jones — diz.

E então me deixa ir.

12

AURI

— Quando? — eu repito. — Como assim, quando?

Caersan desvia os olhos de mim e encara Kal. Em seguida, ergue a sobrancelha do olho bom.

— Sério, Kaliis? Com todo o universo à sua disposição, você escolhe isso?

Kal dá um passo à frente e eu pego a mão dele, entrelaçando nossos dedos.

— Temos problemas maiores — eu lembro baixinho para ele, como se também não estivesse a meio segundo de partir para cima do pai dele. Então falo com Caersan sem me dar ao trabalho de buscar um tom educado. — Desça ao nível do meu cerebrozinho Terráqueo e me diga do que raios você está falando.

— Falo sua língua vil com a fluência de um nativo — responde o Destruidor de Estrelas, depois passa os olhos por nossas mãos unidas enquanto se volta para a projeção das estrelas. — Então suponho que o problema não seja a palavra, mas o conceito. Kaliis, esse é o Portão da Dobra para Taalos. Observações?

— Está quebrado — diz Kal lentamente. — Abandonado. O que não faz muito sentido. Os técnicos da colônia de Taalos deveriam cuidar da manutenção.

— Mas a colônia não existe mais — rebate Caersan com um aceno de cabeça. — Assim como a população da Terra se foi há muito tempo.

— Não faz muito tempo — eu protesto. — Estava ali há poucos...

Mas agora a ficha está começando a cair. Do que ele quer dizer.

Quando.

A profundidade vertiginosa da presença de Ra'haam na Terra, camadas sobre camadas, borbulhantes e sobrepostas: era tão denso quanto o crescimento em Octavia. O planeta inteiro estava infestado.

Mas Ra'haam ainda não floresceu e eclodiu. O objetivo da Arma era destruí-lo durante o sono, antes que tudo isso acontecesse.

Levaria anos até que Ra'haam povoasse a Terra daquele jeito.

Eu não acreditaria se não tivesse sentido por conta própria.

Mas talvez... talvez *tenha* levado anos.

— Quando — eu sussurro.

— Aurora? — pergunta Kal baixinho.

— Ah — diz o pai dele. — Finalmente a criança compreendeu.

— Kal — digo. — A gente... Não acredito que vou dizer isso em voz alta, mas acho que a gente... deu um salto... no tempo.

Ele passa um longo instante em silêncio, alternando o olhar entre mim e o pai dele. Mas então, lentamente, Kal assente.

— Na verdade, os Eshvaren *tinham* uma relação com o tempo diferente da nossa, que viemos depois deles.

Ele concorda com tanta calma que mal consigo acreditar. Mas me lembro de que o povo de Kal é a espécie mais antiga da galáxia e de que os Syldrathi sempre contaram histórias dos Eshvaren. Histórias tão antigas que as origens já se perderam. Se existe alguém capaz de acreditar no que está acontecendo agora, só poderiam ser dois Syldrathi.

— O Eco — concorda o pai dele.

— Seis meses se passaram em um piscar de olhos — comenta Kal, fazendo que sim com a cabeça. — E, quando você descobriu seus poderes, be'shmai, na noite em que nos dirigiu para a Nave do Mundo, você falou de trás para a frente, como se o tempo à sua volta estivesse se distorcendo.

— Previsão — acrescenta Caersan. — Dilatação do tempo. Eles sabiam mais do que nós. No entanto, não acredito que esta conjunção tenha sido intencional. Os Eshvaren não previram dois Gatilhos a bordo da Arma simultaneamente.

— Não — concordo. — Porque eles previram que o primeiro Gatilho ia cumprir a droga da missão.

— Eles esperavam um sacrifício absoluto — diz ele, e um sorriso sarcástico se forma nos lábios. — Esperavam que o Gatilho fosse morrer de joelhos.

— E não pegar essa coisa que eles deixaram como legado, o auge dos esforços de toda a espécie deles, e usá-la para desintegrar sóis inteiros em nome da conquista da galáxia — eu rebato. — Seu próprio povo, *bilhões* de pessoas, e para fazer o quê? Reinar por alguns anos até Ra'haam florescer?

— Nós *nascemos* para reinar! — Ele joga as palavras em mim feito uma lança, mas elas desviam e acabam atingindo Kal, que recua meio passo e respira ofegante. — E meu povo era formado por covardes e traidores!

— Você teve a chance! — Minha voz ecoa pelas paredes da câmara de cristal ao nosso redor. — Você teve a chance de capturar Ra'haam durante o sono, mas preferiu fazer isso! — Aponto para o chão à nossa volta, repleto de corpos sem vida do seu próprio povo. — Talvez eles é que tenham sorte, já que não viveram para ver o ataque de Ra'haam que deve ter acontecido após nosso desaparecimento.

O Destruidor de Estrelas nem se dá ao trabalho de olhar para os prisioneiros mortos. A raiva dentro de mim aumenta e me deixa inquieta. Juro que não há nada, agora ou em qualquer outro momento, que seria tão satisfatório quanto apertar o pescoço dele. Mas a mente de Kal toca a minha, o roxo se entrelaça com o azul meia-noite, me acalma e me aquieta. Agora ele me encontra sem fazer esforço, algo se abriu dentro de nós. E ele é tudo que basta para me conter.

— Como foi que isso aconteceu, pai? — pergunta ele.

Caersan se vira e traça um caminho em meio aos cadáveres que cobrem o chão. Quando chega à parede da câmara, pousa a mão no cristal e olha para o teto abobadado.

— Não está claro — diz ele. — Talvez a presença de dois Gatilhos tenha causado uma dissonância psíquica. Mas, se a *Neridaa* conseguiu realizar uma ação tão extraordinária antes, acredito que ela possa ser replicada. Conheço esta nave tão bem quanto a mim mesmo. E conheço a energia que a move como se fosse minha própria respiração. Mais do que uma arma a ser operada, é um instrumento a ser tocado.

Uma pontada de esperança se insinua na minha mente, como um minúsculo raio de sol atravessando as nuvens.

— Você acha que a gente poderia tocá-la de novo?

— Conheço a nota da música que ouvi enquanto avançávamos no tempo — responde ele, absorto. — Com a quantidade certa de energia disponível, eu poderia reproduzi-la. Sua mente poderia fornecer o rudimentar *empurrão*, na falta de um termo mais preciso. Acho que poderia usá-lo para alimentar a mesma música e nos levar de volta ao momento em que partimos.

— Aurora... — Kal começa a dizer, mas eu já estou rindo.

— Está tudo bem, Kal, não vou me oferecer para fazer isso.

— Ah, mas... — Caersan se vira para mim com a mão no coração. — *Você é o Gatilho dos Eshvaren, Aurora! Você tem a chance de capturar Ra'haam durante o sono! Essa não é, como você mesma definiu com tanta eloquência, a droga da sua missão?*

Sua falsa sinceridade cai como uma máscara e ele mantém as mãos nas laterais do corpo.

— Não está mais tão ansiosa para servi-los, né? Agora que sabe o quanto vai custar.

Levanto os dedos para roçar a bochecha e, por mais que boa parte da minha raiva esteja direcionada ao desgraçado arrogante parado na nossa frente, uma chama bem pequena dentro de mim treme e sussurra: *Como é que você ia fazer para disparar esse treco vinte e duas vezes? Você teria morrido um pedacinho de cada vez.*

Foi isso que eles pediram de você.

Mesmo assim, sinto a energia formigando na ponta dos dedos, doida para ser liberada. Ao pensar em soltá-la, experimento aquela sensação de euforia mais uma vez. É como um rio que deságua em mim e, por mais que ainda esteja fraca por conta da última vez, por mais que sinta dor a cada vez que a uso, eu quase...

Quase... *quero* usá-la.

— Tudo isso é irrelevante, de qualquer maneira — diz Caersan com um suspiro.

— Por quê? — pergunto, soterrando o desejo. — Como assim?

— Você não está sentindo, Terráquea? No ar? Nas paredes?

Permito que minha mente explore os arredores, os impulsos e lampejos que atravessam as paredes. E entendo o que Caersan quer dizer. É como Kal já disse.

— A música. A canção desse lugar... parece diferente agora.

O Destruidor de Estrelas faz que sim.

— A *Neridaa* está danificada. Aconteceu durante a batalha pela Terra. Não posso tocar a nota se as cordas foram cortadas.

— Bom, então temos que consertá-la — eu declaro.

Caersan bufa.

— Simples assim.

— Não estou querendo dizer que vai ser simples — retruco, com os punhos cerrados. — Mas não podemos simplesmente ficar flutuando aqui sem fazer nada. Se esse é o futuro que criamos, precisamos voltar ao passado e consertá-lo. — Indico a colônia Syldrathi corrompida, a mancha de óleo mofada que nós dois enxergamos muito bem. — Isso é nossa culpa, Caersan!

— Talvez seja melhor continuar a discussão em um lugar mais protegido do que ao lado de um Portão da Dobra — comenta Kal. — Se Ra'haam dominou Taalos...

O pai dele fecha a cara.

— Está sugerindo que deveríamos bater em retirada? Que outros presentes ela lhe deu? Que outras fraquezas Terráqueas infectam suas veias agora?

— Somente um tolo se apressa em desferir um golpe — rebate Kal. — Um guerreiro só ataca uma vez e é certeiro.

O desprezo que enche seu olhar por um momento o faz parecer Caersan em todos os aspectos. Nesse instante, fica claro que compartilham o mesmo sangue. Nossas mentes se tocam, instintivamente e em sincronia. Não precisamos de palavras: prata e ouro se sobrepõem, confirmando nossa intenção compartilhada.

Quando voltarmos, vamos enfrentá-lo novamente. Estaremos preparados. Estaremos juntos.

Mas a boca de Caersan se curva bem de leve e ele inclina a cabeça.

— Pelo menos você absorveu alguns dos meus ensinamentos — murmura. — Passamos por uma Dobrastade não muito longe. Poderíamos encontrar abrigo lá. Você vai me ajudar a lançar a *Neridaa* na tempestade, Terráquea.

Ele me olha feio quando eu hesito e então o avalio, estudando aquele rosto tão parecido com o de Kal, e, ao mesmo tempo, completamente diferente.

— Você se saiu muito bem sozinho até agora — observo.

Ele fecha a cara.

— Você é covarde demais para se tornar vulnerável a mim.

— Nós estamos rodeados de pessoas assassinadas por você. Por que será que tenho minhas dúvidas?

— Você está certa de me temer, garota — diz ele com um sorriso. — Mas é provável que eu precise da sua mente para retornar ao meu tempo. Seria tolice destruí-la agora.

Ele vira as costas, desdenhoso e destemido; enquanto traça seu curso para a tempestade, a tela projetada no centro do recinto se move. Lenta e cautelosamente, baixo a guarda para observar o modo como Caersan interage com a Arma — que ele chama de *Neridaa* — e a aciona simplesmente com sua força de vontade.

Sua mente é profunda, forte e rica, com camadas do mesmo dourado que o filho e um tipo de vermelho profundo, como sangue pisado. Percebo seu poder, resultado da união da herança Syldrathi com o treinamento no Eco. Se estivesse disposto, seria um Gatilho mais forte do que eu. E, enquanto ele olha na direção da colônia corrompida de Taalos, por trás do temperamento frio, percebo outra coisa. Ele pode bancar o general imperioso e infalível o quanto quiser, mas dá para ver que está furioso com a visão daquele mundo caído. Por mais que me odeie, sinto que existe algo que ele odeia ainda mais.

A derrota.

Ele me afasta antes que eu possa dar uma olhada mais de perto e então concentramos nossa força mental no volante para pilotar o cristal do tamanho de uma cidade pelo silêncio da Dobra. Trabalhamos lado a lado, sem entrelaçarmos nossas mentes, como faço com Kal, mas nos movemos pelo cenário preto e branco na velocidade de um pensamento.

A tempestade surge ao longe, enorme e turbulenta, maior do que planetas e crepitando de energia. Enquanto vamos ao seu encontro, Caersan toma o trono e se acomoda, com o manto vermelho tocando o chão. Eu me sento em um degrau baixo e Kal se senta ao meu lado, ainda de mãos dadas.

— Não olhe para eles — sussurro quando seu olhar desce até os cadáveres que cobrem o chão. Mas como é possível deixar de olhar?

— Eles lembram alguém que conheci — murmura Kal; eu fecho os olhos e apoio a cabeça no seu ombro.

Com o passar dos minutos, deixo minha mente divagar, esticando-se e tocando a Dobra à nossa volta, testando meus limites. Estou exausta, mas algo despertou dentro de mim — como um novo conjunto de músculos que nunca soube que tinha. Como uma engrenagem extra, quero explorá-la. Quero usá-la. Quero me perder dentro dela. Libertar meu corpo minúsculo e abraçar tudo além dele.

— Você está sentindo, não está, Terráquea?

Olho de relance para Caersan; o ar vibra entre nós. Ele olha a própria mão e a fecha em punho lentamente. Em seguida, sorri para mim.

Eu o ignoro e volto a contemplar a escuridão no horizonte. O espaço é infinito, grande demais para compreendê-lo. Porém, mesmo no meio do nada, me dou conta de que não está completamente vazio, no fim das contas. Na primeira vez que toco em alguma coisa, recuo por instinto em meio a brilhos azuis meia-noite; só depois entendo o que encontrei. É uma nave morta, cercada por uma nuvem de detritos. Um minuto mais tarde, encontro outra abandonada. E mais uma. Não há vida na Dobra, mas esta parte não está vazia.

É um cemitério.

Será que todos se foram? Será que todos os habitantes da galáxia foram absorvidos por Ra'haam? Sou incapaz de imaginar as pessoas que conheci, os lugares que já vi, tudo destruído. As luzes brilhantes, agora apagadas, as ruas movimentadas, vazias e silenciosas. Centenas de mundos num silêncio eterno.

Deixo minha mente se afastar em direção à tempestade, passando por mais uma nave; essa está aberta como se alguém a tivesse rasgado com as próprias mãos, derramado o conteúdo dentro da Dobra e…

Eu congelo e volto ao meu corpo de repente, abrindo os olhos.

— Que foi? — A mente de Caersan já está se concentrando na direção de onde eu vim e sinto Kal tentando fazer o mesmo, mas lhe falta força. Com muito cuidado, uno minha mente à dele e o levo comigo conforme rastejo para dar mais uma olhada.

Parece um daqueles desenhos abstratos que precisamos observar sem focar os olhos e, assim que paramos de fixá-los, a imagem aparece. Acalmo a mente, traço um arco da maneira mais discreta e silenciosa que consigo, e então as sinto na visão periférica.

Uma.

Depois duas.

Depois dez.

Depois vinte.

Agora, nos limites do meu campo perceptivo, existem *naves*. São quase invisíveis, mas vêm em nossa direção. E não estão mortas. Elas vêm de vários sentidos e, à medida que as observo, a presença delas se torna mais sólida, mais próxima; a projeção de Caersan coloca as imagens em foco.

— Amna diir — sussurra Kal. — Ra'haam.

As naves têm vários estilos e foram construídas por inúmeras espécies diferentes. São enormes — todas militares, armadas até os dentes. Mas os cascos foram invadidos pelo que parece ser musgos e líquenes de um branco doentio com reflexos verde-azulados e arrastam longos apêndices semelhantes a trepadeiras, ou raízes em busca de solo para poluir. Eles me lembram do planeta Octavia enterrado sob a massa de Ra'haam. Há algo de errado neles que faz meu estômago revirar e meu sangue gelar, como se tivesse algo vivo ali, mas um véu pesado o houvesse sufocado.

— Que naves grandes — murmuro.

— Naves de guerra de primeira linha — responde Caersan. — Há mais delas vindo.

— Temos condições de lutar contra elas? — pergunta Kal.

— Não vamos *lutar* contra elas. Vamos *destruí-las*. — Caersan me olha calmamente, o olho direito emite um brilho fraco. — Você vai disparar a Arma, garota. Eu vou direcionar o pulso para o inimigo. Mesmo danificada, a *Neridaa* está mais do que à altura de...

— Não — diz Kal.

Caersan inclina a cabeça na direção do filho.

— Não?

— Você sabe quanto custa disparar outro tiro, o sacrifício que isso implica. — Kal olha para as rachaduras ao redor do meu olho por um momento, então se vira para o pai. — Você só não quer ser a pessoa a pagar o preço.

Eu sei que Kal tem razão. O pulso não precisaria ser igual ao necessário para destruir um sol, mas, depois de lutar contra tantas naves, eu ficarei mais fraca. Minha pele vai continuar se abrindo, a teia de rachaduras que vejo em Caersan vai começar a se espalhar em mim. Apesar disso, as pontas dos meus dedos formigam, a impaciência me dá arrepios...

— Eu consigo, Kal — digo a ele.

— Be'shmai, isso vai te *machucar*.

— Vai permitir que esses vermes nos destruam, então? — questiona Caersan.

— E *você* vai? — insiste Kal.

— Somos do Clã Guerreiro, garoto — dispara ele. — Você sabe tão bem quanto eu o que isso significa. Desde o momento em que recebi o glifo, aceitei a morte como amiga. Não temo o Vazio. Morrer em batalha é o destino de um guerreiro.

— Está mentindo, pai — dispara Kal. — Não faz parte da sua natureza aceitar a derrota. Você não vai ficar sentado de braços cruzados enquanto deixa aquelas coisas nos explodirem em mil pedaços.

O Destruidor de Estrelas ergue a sobrancelha prateada e sorri para mim.

— Não vou, é?

Caersan senta-se confortavelmente no trono, ajusta a bainha do manto, remove um grão de poeira irritante da ombreira. Ele cruza as mãos na frente dos lábios e fica olhando para mim. Sinto as naves de guerra de Ra'haam se aproximando, em número cada vez maior: um enxame corrompido, lançando caças, nos atacando na escuridão.

Caersan não faz nada.

A nave mais próxima abre fogo; um míssil, talvez, que atinge nosso casco de cristal. Eu sinto a Arma balançar; é um ruído psíquico, como se a *Neridaa* estivesse sentindo dor. Outro golpe nos sacode, e mais um; a luz diminui quando violentos solavancos atravessam toda a extensão da nave.

E, mesmo assim, o Destruidor de Estrelas só observa.

Cerro os punhos e sinto a energia crescer dentro de mim.

— Be'shmai... — sussurra Kal.

— *Be'shmai*... — repete Caersan em tom de deboche. — É *essa aí* que você chama de amada? Essa fracote que vai deixar você morrer aqui, na escuridão?

— Você não vai fazer isso — dispara Kal ao se levantar. — Você não vai me usar contra ela!

— Você se deixou ser usado, Kaliis. Quando se misturou com uma patife como ela. Sua irmã jamais me envergonharia dessa maneira, deitando-se com um verme Terráqueo. Saedii cumpriria seu dever. *Saedii* daria prioridade ao povo, à honra, à família.

— Família? — grita Kal. — Você *matou* nossa mãe! Você despedaçou nossa família, do mesmo jeito que fez com nosso sol! O que você sabe sobre família?

Kal está cego de raiva pelo pai e lhe mostra os dentes, mas agora estou além dos limites das palavras. Em vez disso, fecho os olhos, meus batimentos cardíacos aceleram à medida que as naves se aproximam. Eu vejo as diferentes formas, algumas terrivelmente familiares para mim — Syldrathi, Betraskanas, Terráqueas —, todas corrompidas por Ra'haam. A energia cresce em mim como água atrás de uma represa. É quente, convidativa. Sinto sua profundidade, como disse Caersan. É ilimitada, avassaladora, talvez até um pouco...

Os golpes sacodem a nave, os veleiros de Ra'haam martelam o casco. Caças corrompidos voam ao redor da *Neridaa* e destroem a fuselagem com tiros poderosos. A Arma é gigantesca, mas sinto que sangra e se enche de rachaduras. Enquanto isso, Caersan me olha fixamente, com um sorriso nos lábios. Ele está nos desafiando para um teste de coragem e nossa vida está em jogo, e se eu fosse a única em risco aqui...

Olho para Kal ao meu lado. Contraio os lábios. Sinto a atração, a onda de energia que está esperando para ser liberada. Eu sei que se liberá-la, vou querer mais. E mais. Afinal, foi para isso que eles me criaram. Mas...

— Aurora... não deixe que ele manipule você desse jeito.

Não posso te perder de novo.

E assim, recolho cada grama de minha força mental e acumulo energia até perceber o formigamento na minha pele, até sentir que estou cedendo ao ímpeto da corrente nas minhas veias. Por um momento, sou consumida por ela, me perco na emoção absoluta e sem limites que me traz. De repente, sinto Caersan em minha mente, frio e triunfante. Ele molda minha energia em uma pulsação esférica, como as que emiti na Cidade Esmeralda e Sempiternidade, e desfere um golpe ofuscante.

Ele se expande pela Dobra por milhares de quilômetros, atinge uma dezena de naves de Ra'haam e as reduz a fragmentos sangrentos. A reação é uma pontada de dor na minha cabeça; trinco os dentes enquanto meu nariz sangra e me esforço para respirar.

— De novo — diz Caersan.

— Aurora... — sussurra Kal.

— De novo!

— Você não pode fazer isso! — esbraveja Kal. — Ela está se machucando!

— A piedade é o domínio dos covardes, Kaliis.

Disparo outro pulso que floresce lá fora e aniquila as naves inimigas. Eu me sinto uma gigante esmagando brinquedos de crianças. Sinto ter três mil metros de altura. Mas já percebo outras naves nos limites do meu campo de percepção, apontando para nós como se fôssemos um farol na escuridão.

Kal fica ao meu lado, apertando minha mão e me olhando nos olhos. Sinto a força dele se juntando à minha, mas as naves de Ra'haam não param de fervilhar e outro golpe nos sacode; cacos de cristal caem do teto e desmoronam no chão...

— Ajude ela! — vocifera Kal. — Vocês dois juntos podem aniquilar...

— Não, espera — digo, arfando.

Aperto a mão de Kal e, com um aceno, aponto para a escuridão lá fora.

— Uma dessas naves não é de Ra'haam...

Eu a sinto, misturada com mofo e podridão — é uma mancha de metal enferrujado que atravessa a Dobra como uma faca. Os mísseis, esferas brancas e ofuscantes de fusão nuclear, serpenteiam e florescem, imolando as naves sobreviventes de Ra'haam com rajadas repentinas de luz e calor. Ouço um grito de decepção no fundo da minha mente: a raiva de um inimigo frustrado. Mas agora Ra'haam sabe, *sabe* que estamos aqui, e sinto que está reunindo forças para atacar de novo.

De novo.

De novo.

Até dominar tudo. Até *ser* tudo.

Caersan se levanta do trono com a testa franzida e aponta a mão manchada de sangue em direção à recém-chegada.

— Que modelo estranho — murmura ele.

— Quem são? — Kaliis exige saber.

— Não sei. — Ele semicerra os olhos. — Mas estão nos chamando.

Limpo o sangue dos lábios fervilhantes, me agacho e tento recuperar o fôlego enquanto Caersan lança a transmissão na tela projetada no coração da sala.

Ele fecha a cara diante do que vê.

Um grupo de pessoas surge no monitor, cada uma sentada em seu posto na ponte dessa nave nova. Vejo duas mulheres, uma Betraskana e uma Syldrathi com um glifo dos Andarilhos tatuado na testa e marcas profundas na pele ao redor dos olhos. Atrás delas há uma gremp que deve estar em cima de uma caixa e uma Rikerita com chifres compridos saindo da testa. Um pouco mais atrás, vejo outras pessoas aglomeradas: Chellerianos com a pele azul acinzentada por conta da Dobra, mais Betraskanos e meia dúzia de tipos de alienígenas que nunca tinha visto antes.

E, na frente de todos eles, na cadeira do comandante, há alguém cuja aparição faz meu coração disparar.

Um homem.

— *Não acredito* — sibila ele, encarando Caersan. — *É você* mesmo.

Ele está na Dobra, longe do efeito da Arma, sua pele branca está ainda mais pálida e o cabelo loiro se tornou grisalho. Seu uniforme está surrado e marcado por batalhas, ele usa um tapa-olho preto e está mais velho do que da última vez que o vi — uns quarenta anos. Mas, mesmo depois de mais de vinte anos, apesar das cicatrizes, da barba por fazer e da dor que marca a pele ao redor dos olhos, eu o reconheceria em qualquer lugar.

Mas é Kal quem fala. Quem suga todo o ar dos meus pulmões com apenas duas palavras. Quem chama pelo nome aquele homem diante de nós, o homem que esteve no inferno e dele saiu e, de alguma forma, ainda resiste, e nos observa com um olhar cheio de confusão, acusação e amargura furiosa.
— Tyler Jones.

13

KAL

— *Kal.*

Meu nome, cuspido dos lábios de Tyler como se fosse veneno, é pesado feito ferro. Ele me encara da projeção que meu pai criou, com um oceano de tempo entre nós.

O Tyler Jones que, alguns dias atrás, eu conhecia como um garoto, agora é um homem. Está sentado na cadeira de comandante de sua nave de guerra e percebo que os anos não foram gentis com meu velho amigo. Seu rosto está cheio de cicatrizes de batalha e cansado, marcado pela dor e pelo luto, mas, acima de tudo, pela raiva.

— *O que* raios *vocês estão fazendo aqui?* — ele exige saber. — *Mas que...*

— Tyler! — grita Aurora do meu lado. — Carácoles, é você *mesmo*!

As sobrancelhas cheias de cicatrizes se enrugam quando ele fecha a cara, confuso.

— *... Auri?*

— Sim, sou eu! — grita ela, limpando o sangue do nariz. Parece enfraquecida depois da batalha, mas está animada, quase inebriada. — Somos *nós*! Ty, pensei que nunca mais fosse te ver de novo!

Ele olha de Aurora para mim, perplexo.

— *Me ver de novo? Faz vinte e sete anos que não vejo você...*

Aurora balança a cabeça.

— Na última vez que nos vimos, você foi capturado pela AIG! Ficamos *tão* preocupados, e Scar surtou! — Ela sorri e chora ao mesmo tempo, e os olhos brilham com as lágrimas. — Sei que parece loucura, Ty, mas *carácoles*, é *tão* bom te ver! Estou tão feliz de saber que você está bem!

— Aurora... por acaso eu pareço bem pra você?

O olhar dele endurece quando para em meu pai.

— A nave em que você estava desapareceu na Batalha da Terra com todos dentro. Nós precisávamos daquela Arma, Auri. Nós precisávamos de você!

— Eu sei — sussurra ela, e o sorriso perde a força. — Sinto muito, Ty. Não queríamos parar aqui. Não queríamos que nada disso acontecesse.

— Talvez seja difícil de entender, irmão — digo a ele. — Podem ter se passado vinte e sete anos para você, mas, para nós, a batalha entre os Imaculados e a Terra aconteceu há poucas horas. Nós viajamos no *tempo*.

— *Como é que é...?* — sussurra ele.

— Nossa aparência é a mesma, certo? — insisto. — Olhe para Aurora. Quase três décadas se passaram para você, mas ela não envelheceu nem um dia, não é mesmo?

Ele me encara com a testa franzida e trinca os dentes enquanto olha para a tripulação.

— Estou dizendo a verdade, irmão — imploro.

— *Não se atreva a falar sobre verdade.* — O lábio de Tyler se curva enquanto ele fala comigo em perfeito Syldrathi. — *I'na Sai'nuit.*

Meu coração afunda ao ouvir isso. Então ele sabe. Sabe da mentira que contei a ele. Que contei a todos eles. Sinto vergonha ao pensar que o chamei de amigo e, mesmo assim, menti a respeito de quem eu era. Tive meus motivos, mas, de qualquer maneira, não tem desculpa para o que fiz.

— Irmão, eu sinto muito. Foi um erro enganá-lo. Mas, por favor, acredite em mim agora. *Jamais* mentirei para você outra vez.

— Tyler, por favor... — diz Aurora.

A Betraskana ao lado de Tyler intervém, apertando os olhos enquanto observa os dados através de um monóculo cibernético.

— *Comandante, odeio interromper essa reunião comovente, mas há mais naves a caminho. Frota de Ervas Daninhas, coordenadas sete-um-oito-doze-nove. Armas ao alcance dentro de sessenta segundos.*

— *Merda* — sussurra Tyler. Mais do que a aparência dele, mais do que os anos que ele acumula ou a dor em seus olhos, é *isso* que me abala.

O Tyler Jones que eu conhecia jamais falava palavrões.

Mas este não é o Tyler Jones que eu conhecia.

— *Quais são suas condições?* — pergunta ele. — *Seu casco parece comprometido.*

— A Arma sofreu danos durante o trajeto até aqui. — Olho feio para o meu pai, que está sentado observando a conversa com um ligeiro desinteresse. — E fomos atacados outra vez antes de vocês chegarem. Demorou um pouco até conseguirmos recuperar a energia para reagir.

— *Nós detectamos o pico de energia nos sensores de longo alcance* — diz Tyler. — *E foi uma baita sorte para vocês. Nós estávamos voltando para...*

Ele se detém antes de dizer mais e sua voz desaparece. Observa os dados em suas telas, as naves de Ra'haam que se aproximam, e então morde o lábio, pensativo. Eu sei o que se passa na cabeça dele: a desconfiança e a raiva que se chocam com o que está diante de seus olhos. Ele encara Aurora e ela retribui o olhar com uma esperança inabalável, depois sussurra duas palavras: a mesma mensagem que o Almirante Adams nos passou no que parece ter sido uma vida atrás.

— *Acredite*, Tyler.

— *Trinta segundos para o alcance das armas, chefe* — diz a Betraskana.

E, por fim, Tyler Jones suspira.

— *Tudo bem. Não sei o que raios está acontecendo aqui, mas temos Ervas Daninhas a caminho e acabei de gastar boa parte das minhas bombas de fusão. Sugiro que continuemos essa conversa a alguns malditos anos-luz daqui. Seus motores ainda estão funcionando?*

Olho para Aurora, para as manchas de sangue em seu lábio superior. Talvez seja apenas minha imaginação, mas as pequenas rachaduras ao redor do olho direito dela parecem... mais profundas. Mas, de qualquer maneira, ela faz que sim, com brilho nos olhos.

— Consigo levar a gente.

— *Muito bem, sigam-nos. Lae, libere a abertura e...*

— *Você não está querendo trazê-los conosco, está?*

Quem fala é a mulher Syldrathi, sentada no que presumo ser o leme. É apenas um pouco mais velha do que eu, feroz e esbelta, com longas tranças prateadas e esvoaçantes. O glifo dos Andarilhos está marcado em sua testa, mas há rachaduras profundas na pele ao redor dos olhos, parecidas com aquelas que marcam Aurora e meu pai. E, quando fala, é com a fúria de mil sóis, encarando Tyler sem acreditar.

— *Parece que você está questionando minha decisão, soldado* — retruca Tyler.

— *Eles estão viajando com o Destruidor de Estrelas!* — dispara ela. — *O sangue de dez milhões de Syldrathi está nas mãos dele! A morte da galáxia está aos seus pés!*

— Silêncio, garota — diz meu pai com um suspiro, reclinando-se no trono. — A julgar pela sua aparência, você ainda nem existia quando Syldra caiu.

— Minha mãe me contou de você, cho'taa — sibila ela, semicerrando os olhos em duas fendas roxas. — Sei exatamente *o que você...*

— *Libere a abertura, tenente* — interrompe Tyler. — *Quero que a gente vá embora daqui agora.*

A Syldrathi olha feio para Tyler, mas o tom dele é duro, inflexível. Após um momento de resistência silenciosa, ela concorda e abaixa a cabeça.

— *Se eu os levar conosco, não podemos ir longe. Uma abertura tão grande...*

— *Não importa para onde vamos, tenente. Contanto que seja longe daqui.*

Ela contrai a mandíbula.

— *Sim, senhor.*

— *Auri, Kal* — diz Tyler. — *Sigam-nos. E, caso o desgraçado sentado aí atrás esteja tramando alguma coisa nessa linda cabecinha...* — Ele encara meu pai, o olho bom está em chamas. — *Ainda temos algumas armas nucleares sobrando, Destruidor de Estrelas.*

Meu pai nem olha mais para a tela, mostrando a Tyler todo o seu desprezo. Mas Auri concorda, resoluta.

— Vamos te seguir, Ty.

— *Apertem os cintos, se puderem. A viagem é meio turbulenta.*

A transmissão termina e, com um olhar, meu pai descarta a projeção que evocou. A luz desaparece e a sala do trono afunda em um tom mais escuro de vermelho-sangue que se reflete nos olhos dele.

— Fracote — murmura.

Ao meu lado, Aurora o observa com os olhos semicerrados. E, pressionando os lábios, levanta a mão em direção ao centro da sala, onde estava a projeção. O ar brilha. Sinto o poder crescendo nela, uma pequena faísca que ilumina o branco do olho direito. Outra imagem aparece, uma visão de fora da nave, evocada pelo poder de sua mente.

Olho para Aurora, incerto, mas ela sorri para mim.

Percebo que ela está aprendendo a manejar a Arma. Está dominando este lugar.

Mas quais serão as consequências?

Vejo a nave de Tyler — um estranho amálgama de tecnologias Syldrathi, Betraskanas e Terráqueas. Parece uma montagem de meia dúzia de peças de outras naves. Não é bonita, mas é funcional, construída para a guerra. O nome *VINGADORA* está pintado na proa.

Prendo a respiração ao ver um brilho, um pontinho de luz que se destaca na Dobrastade. A luz cresce em intensidade e se alarga, como um corte no tecido da Dobra. Só agora entendo o que estou vendo: um Portão da Dobra, rudimentar e temporário, certamente, mas grande o suficiente para atravessar com a *Neridaa* e entrar no sistema solar que espera do outro lado.

Os propulsores da nave de Tyler brilham e a *Vingadora* voa pela fenda que abriu, desaparecendo para fora da Dobra. Aurora abaixa a cabeça, franzindo a testa, e eu pego a mão dela quando percebo que a *Neridaa*, esta nave imensa, maior do que uma cidade, mais poderosa do que qualquer arma desenvolvida por Syldrathi, Terráqueos ou qualquer outra espécie, começa a se mover.

E minha be'shmai a move apenas com a força de seus *pensamentos*.

Chegamos à abertura e a Arma começa a tremer. De repente. Com violência. O suficiente para me derrubar. Mas sinto uma pressão suave e o brilho no olho de Aurora se intensifica; seu poder me mantém de pé. A *Neridaa* sacode quando cruzamos o limiar de luz branca como uma supernova, e, ao meu redor, o espaço se estende e vira de cabeça para baixo.

E, da mesma forma que começou, acabou.

O silêncio é absoluto. O espaço que vejo projetado do nosso casco não tem mais as cores desbotadas da Dobra, mas os tons vibrantes e coloridos do espaçoreal. Ao longe, uma estrela vermelha queima. Mais perto, um gigante de gelo composto de metano e nitrogênio flutua no escuro, silencioso e verde e congelado para sempre. Não há vestígio das naves de Ra'haam nos perseguindo, a fenda no espaço se fecha atrás de nós com um último brilho que cintila com uma luz ofuscante.

Estamos a salvo.

Por enquanto.

— Eles estão nos chamando de novo — murmura Aurora.

Olho de relance para meu pai. Ele está observando Aurora como um falcão enquanto ela se concentra e corre os dedos no ar. A imagem projetada no coração da sala brilha e, mais uma vez, vejo o rosto de Tyler Jones, marcado pela guerra.

Meu peito normalmente doeria ao vê-lo: quantas marcas cruéis o tempo deixou na pele de meu amigo. Mas, agora, estou mais interessado em meu pai, que observa Aurora como um drakkan com sua presa. Auri está aprendendo rapidamente como a nave funciona — ela nasceu para isso, assim como ele. Ambos são Gatilhos dos Eshvaren, capazes de empunhar esta

Arma para fazer o bem ou o mal. E, olhando em seus olhos, um dos quais agora brilha suavemente, sei que ela está em perigo.

Caersan não tolerará nenhum rival ao seu trono.

— *Vocês dois estão bem?* — pergunta Tyler.

— Estamos bem, irmão — digo a ele, sem tirar os olhos do meu pai. — Somos gratos pela ajuda.

— *Não me agradeçam ainda* — resmunga Tyler. — *Todos os membros da minha equipe estão dizendo que preciso fazer um check-up na cabeça. É melhor vocês virem aqui e darem uma ótima explicação. Porque, sendo sincero, estou meio tentado a deixar vocês para as Ervas Daninhas.* — Ele se inclina para a frente, carrancudo. — *A propósito, o convite não se estende ao psicopata genocida que está sentado atrás de vocês. Porque, se ele aparecer na minha frente em carne e osso, vou espalhar esse cérebro de merda pelo chão.*

Meu pai ergue a sobrancelha e boceja.

— Vingadora, *fim da transmissão.*

• • • • • • • • • • • • •

Descemos juntos até a doca e, no caminho, Aurora para no lugar onde deixou as botas quando embarcou na *Neridaa*. Ela passa um instante imóvel, os dedos dos pés curvados e pressionando o cristal, como se estivesse relutante em quebrar o contato, e depois se senta com um suspiro para calçar as meias e amarrar os cadarços.

— Provavelmente é impraticável ir a um conselho de guerra descalça — diz ela, com um sorriso triste que aperta meu coração.

Este momento breve é simples e íntimo, mas evoca milhares de outros que vivemos no Eco. Me lembra de todas as maneiras pelas quais nos entrosamos, dia após dia. E assim lembro que, apesar de seu imenso poder, e mesmo que estejamos em uma galáxia feita apenas de morte, ela continua sendo a garota que conheço. Ainda tenho incontáveis riquezas, porque tenho ela.

Obviamente, Tyler não pretende atracar na nave Eshvaren, então Aurora nos leva à *Vingadora* atravessando o vazio.

Não estou usando uniforme nem capacete, apenas a armadura preta dos Imaculados — em condições normais, eu congelaria e morreria sufocado lá fora. No entanto, um halo quente de luz dança na pele de Aurora e me envolve enquanto ela pega minha mão e nos leva pela escuridão vazia, apenas com o poder da mente.

Seu olho direito está brilhando e me vejo maravilhado quando penso em sua trajetória. Como se tornou forte. Enquanto cruzamos o Vazio juntos, sua expressão é extasiada, os lábios levemente erguidos. Mas olho novamente para aquela densa teia de cicatrizes ao redor de seu olho e penso nas mesmas rachaduras no rosto do meu pai, mais profundas e escuras. Me pergunto o quanto tudo isso custa para ela.

O preço que ela pagará no fim das contas.

— Você está linda — comento enquanto voamos na escuridão.

Ela perfura meu coração com um sorriso.

— Você também não é nada mau.

— Eu... sinto muito, Aurora. Por ter mentido para você. A respeito de quem sou.

O sorriso mingua um pouco e ela volta a olhar para a *Neridaa*. A nave flutua na escuridão atrás de nós — linda e colossal, com todas as cores do espectro. No entanto, vejo as rachaduras nas laterais deixadas pelo ataque de Ra'haam. E sinto a sombra à espreita em seu coração.

— Doeu o fato de você não ter conseguido me dizer a verdade, Kal. — Ela aperta minha mão. — Mas, agora que conheci seu pai, entendo por que você preferiria que ele estivesse morto.

— Ele me deu a vida — digo, olhando para os nossos dedos entrelaçados. — E, em troca, quase tirei a dele. Tentei esfaqueá-lo pelas costas.

— Ele é um monstro, Kal. Assassinou um planeta inteiro.

— Eu sei. — Balanço a cabeça e suspiro. — Mas não deveria ser dessa maneira.

Ela segura minha mão com mais força e me olha nos olhos.

— Eu entendo. Estou com você e estou feliz que esteja aqui comigo.

Ela me dá um beijo, rápido e suave, e aqui, nessa imensidão, estamos totalmente sozinhos e totalmente completos. E, apesar de tudo, da luta, da dor, da perda, uma parte de mim ainda não consegue acreditar que esta garota seja minha.

Aurora nos carrega pela extensão de espaço que há entre a *Neridaa* e a nave de Tyler. Percebo que a *Vingadora* viveu muitas batalhas, e pontos de solda e orações a mantêm inteira. Pousamos nas plataformas de lançamento e Aurora nos guia pela câmara de vácuo secundária. À medida que a câmara se torna pressurizada e o oxigênio começa a chiar dentro do compartimento, a aura que nos envolvia desaparece. Pouco a pouco, a gravidade retorna, o cabelo de Aurora cai e a mecha branca cobre o brilho fraco em seus olhos.

A escotilha se abre e vemos a gremp que estava na ponte com Tyler à nossa espera, a mão cheia de garras na pistola em sua cintura. Ela usa um traje espacial surrado e, por trás do acrílico do capacete selado, vejo a pelagem preta e a mancha branca no olho esquerdo. Do canto da boca pende um palito feito, talvez, de osso humanoide.

Ao lado dela está a Rikerita. Ela é ainda mais alta do que eu, com chifres saindo de uma testa saliente. Os braços são tão grossos quanto minhas coxas, e os ombros, surpreendentemente largos. Está vestindo um velho traje de combate hermético e seu pesado rifle de pulso está vagamente apontado em nossa direção.

— Bom dia — diz ela, com a voz profunda e metálica por conta do visor. — Sou Toshh, chefe de segurança a bordo da *Vingadora*.

— Saudações — respondo, tocando os olhos, os lábios, o coração.

— Olá — cumprimenta Aurora com um sorriso.

— Essa é a Dacca. Ela fará uma varredura em vocês em busca de infecções. Façam um favor a si mesmos e não se mexam. — Toshh levanta o rifle. — Nenhum tipo de movimento, repentino ou não.

A gremp avança em nossa direção com um scanner manual. Aurora e eu trocamos um olhar conforme a luz vermelha percorre nossos corpos — nós dois sabemos *exatamente* que tipo de infecção essas duas estão procurando.

Terminada a varredura, a pequena felina dá um passo para trás e resmunga algo em sua língua. A Rikerita faz que sim e toca o capacete.

— Comandante, aqui é Toshh, sinal verde para bioscans. Nenhum sinal de infecção, câmbio.

— *Entendido, chefe* — responde Tyler. — *Tragam-nos aqui.*

A mulher acomoda o rifle de pulso em um braço gigante e nos chama para segui-la.

— Venham comigo.

A câmara de vácuo interna se abre depois que a mulher digita um código, então seguimos Toshh por um corredor mais largo com a gremp no fim da fila, sem tirar a mão da pistola. Entrando no coração da nave, percebo que as configurações de energia estão baixas e que a luz está fraca. O plastil está velho, os sistemas defeituosos têm luzes piscando, o aço está corroído. Esta nave já viu dias melhores.

Aurora segura minha mão enquanto seguimos em direção a uma plataforma maior, cheia de pessoas. Há jovens e velhos, em sua maioria Betraskanos, mas também vejo Chellerianos, humanos e alguns gremps. Estão vestidos em trapos e em estado de choque, com a pele suja e corpos esquálidos, e nos observam com olhos cansados conforme seguimos Toshh. Já vi guerras o suficiente para reconhecer aqueles olhares no mesmo instante.

— Quem é toda essa gente? — sussurra Aurora.

— Refugiados — respondo.

Toshh faz que sim.

— Sobreviventes de uma frota de mineradores escondidos em um cinturão de asteroides congelados ao redor de um sol morto no setor Beta. — Ela dá de ombros. — As Ervas Daninhas os encontraram de qualquer forma. Nós os tiramos do fogo assim que o enxame começou a atacar. Conseguimos evacuar duas das naves do comboio antes que o restante fosse levado.

— Havia quantas naves no total? — pergunta Aurora.

A gremp gorjeia atrás de nós, mostrando suas pequenas presas.

— Desculpa — diz Aurora. — Eu não entend...

— Trinta e sete — responde Toshh. — Salvamos duas de trinta e sete.

Chegamos a um elevador e as portas se abrem com um silvo. Aurora espia uma garota Rikerita brincando com um bicho de pelúcia ao lado de uma pilha de caixotes. A criança está imunda, terrivelmente magra, os pequenos chifres em uma testa suja de sangue seco.

— Be'shmai? — murmuro.

Aurora pisca os olhos, junta-se a nós no elevador e pega minha mão quando as portas se fecham. Nós sentimos a movimentação, o zumbido baixo dos mecanismos magnetizados e, um instante depois, entramos no local que vimos na transmissão de Tyler: a ponte de comando de sua nave.

Observo os reparos pontuais espalhados aqui e ali, os feixes de cabos e fios que saem das estações táticas: os sinais de desgaste são evidentes também. Mas o desgaste se torna ainda mais aparente no homem que nos espera na cadeira do comandante. Ele se vira para nós com uma máscara de cicatrizes de batalha, sangue manchando suas mãos e uma jornada de anos gravada em seu olho bom.

— Tyler! — grita Aurora.

Ela sai correndo na direção dele, de repente, sem aviso. Toshh e Dacca gritam de susto. Vejo a Syldrathi se levantar e puxar uma faca da cintura.

Começo a gritar no instante em que as armas são empunhadas e dou um passo em direção a Toshh para ficar entre ela e minha be'shmai. Tyler se levanta e desliza a mão para a arma na cintura enquanto a Syldrathi ruge um aviso e parte para cima de Aurora. Eu chuto a arma da gremp e arranco o rifle de pulso das mãos de Toshh, então ouço um murmúrio suave de Aurora e um silvo de Tyler. Ele permanece imóvel, o corpo inteiro tenso, enquanto Aurora passa os braços ao redor dele e o abraça com toda a força.

Tyler está petrificado, como um espelho quebrado, sem tirar a mão da pistola. Sua equipe está tensa e preparada, a Syldrathi a postos com a faca crepitando e emitindo um intenso brilho roxo, a gremp e a Rikerita prendendo a respiração. Vejo o amor por Tyler nos olhos delas — o olhar de uma tripulação que morreria de bom grado por quem a lidera. Uma tripulação que tem *fé*.

— Senti *tanta* saudade, Ty — sussurra Aurora, abraçando-o com força. — A gente achou que você estava...

Nenhum de nós jamais disse em voz alta — não conseguiríamos aguentar. E agora a palavra fica suspensa no ar, como se pudesse atrair outras semelhantes, atrair a escuridão sobre a pequena nave.

Morto.

Tyler fica parado por mais um momento. Ele me lança um breve olhar. Mas, por fim, tira a mão da arma e, lentamente, levanta os braços. Seu abraço não é caloroso, não é uma entrega total; ainda vejo a tensão em sua postura, o fardo nos ombros. Contudo, por um breve instante, ele a segura firme, permitindo-se um segundo de alegria em uma galáxia que agora parece totalmente desprovida de coisas boas. Alegria por saber que a amiga ainda está viva.

— Também senti saudade — sussurra ele.

14

KAL

— Que baita história, Aurora.

Estamos sentados no gabinete da *Vingadora*, sob as luzes bruxuleantes e os olhares hostis de diversos indivíduos. Aurora está ao meu lado, com a mão no meu colo. A equipe de comando de Tyler ocupa o outro lado da mesa. O ar está carregado de tensão, animosidade, desconfiança.

Tyler ocupa a cadeira do capitão e, como sempre, o papel de líder combina com ele. Mas percebo que ele está sobrecarregado, e não apenas pelo passar dos anos e pelas cicatrizes. Ele carrega um peso novo.

O Tyler que eu conhecia era um gênio tático, um garoto capaz de sair dos problemas mais difíceis. Já vi antes a expressão que ele agora traz no rosto — nos guerreiros que vão enfrentar a própria morte. O semblante de Tyler não é o de um comandante cheio de coragem, lutando com unhas e dentes pela vitória, com a certeza de que triunfará no fim. O rosto dele transparece um guerreiro que sabe que é incapaz de vencer a guerra.

O rosto de um homem que está à espera da morte.

— Pois é — diz Aurora. — Eu acharia difícil de acreditar se não tivesse vivido. Mas, para nós, a Batalha da Terra aconteceu há poucas horas.

— Sorte a sua — alguém resmunga. — A maioria de nós teve que conviver com o seu fracasso pelos últimos vinte e sete anos, garota.

É a Betraskana quem está falando: uma veterana mal-humorada chamada Elin de Stoy, que atua como subcomandante de Tyler. Seu monóculo cibernético vibra e se move enquanto ela prende Aurora sob a mira de seu olhar sombrio. Minha be'shmai fica surpresa com o ataque, mas mantém a calma e sustenta o olhar de Elin.

— Sinto muito. Mas eu não tinha controle do que...

— Você usa bastante essas palavras, Terráquea — diz a timoneira Syldrathi. — Espero que perceba que "sinto muito" não serve de nada.

Enquanto encara Aurora, desafiando-a abertamente, seus olhos roxos brilham. Seu nome é Lae, ou pelo menos é assim Tyler a chama — um nome estranho para alguém do meu povo. Contudo, sei que estamos em tempos estranhos. Ela ostenta o glifo dos Andarilhos na testa, embora irradie uma hostilidade guerreira. Cicatrizes profundas rodeiam os olhos, rugas de dor marcam os cantos da boca, mas também percebo algo... familiar, que não consigo definir. A parte mais estranha, porém, é que fora da Dobra seu cabelo não tem a cor prateada típica de nossa espécie, mas uma liga desbotada de prata e ouro.

— Esperamos reconstruir o que foi quebrado — digo a ela, retribuindo o olhar desafiador. — Acreditamos que podemos voltar ao momento em que desaparecemos e desfazer o que foi feito. Mas primeiro a Arma precisa ser consertada.

— E nós deveríamos acreditar em você? — retruca Lae com desdém. — No filho do Destruidor de Estrelas?

— A julgar pelo estado da sua nave, da sua tripulação e do pouco que vimos da galáxia, que escolha vocês têm?

De repente, uma sombra paira sobre o gabinete: a memória dos mundos consumidos por Ra'haam. As naves corrompidas saindo da Dobra, o compartimento de carga lá embaixo, cheio de refugiados. Aurora olha para Tyler e, com os olhos cheios de dor, pergunta:

— O que aconteceu aqui, Ty?

Ele pega um frasco de metal amassado e toma um gole por entre os dentes cerrados. De onde estou sentado, sinto o cheiro de uma aguardente fortíssima. Tyler limpa os lábios e coça o tapa-olho de couro.

— O que você acha que aconteceu, Auri? Levamos uma bela de uma *surra*.

Ele respira fundo e toma outro gole. Então, sinto um peso sobre nós, um cheiro no ar. Observo aqueles guerreiros, vejo a cor refletida em seus olhos, sinto na língua o sabor de sal e ferrugem.

Sangue.

Muito sangue.

— Saedii e eu fomos capturados pela AIG — diz Tyler com um suspiro. — Sequestrados para provocar Caersan. E, tal qual um *idiota*, o Destruidor de Estrelas mordeu a isca e deflagrou uma guerra entre os Imaculados e a aliança Terráquea-Betraskana. Depois do desaparecimento da Arma no meio da batalha, os Imaculados se retiraram da Terra, mas as baixas de ambos os lados já eram imensas. E então Ra'haam pôs em prática seu verdadeiro plano.

Tyler balança a cabeça e toma outro gole.

— A essa altura, Ra'haam já tinha agentes disfarçados em toda a galáxia. Com o uso das redes e dos recursos da AIG, organizou uma série de ataques a vários governos galácticos, Chellerianos, Rikeritas, Betraskanos... e deu a impressão de que eles tinham sido cometidos por outras espécies. Semeou desconfiança. Quebrou velhas alianças. A Cúpula Galáctica convocou uma reunião emergencial para destrinchar o assunto. Os líderes de todos os planetas reunidos num só lugar. Foi burrice, na verdade.

Tyler suspira e olha para as estrelas através do visor.

— Um agente de Ra'haam detonou uma bomba durante a reunião e eliminou, de uma só vez, todos os diplomatas proeminentes e os chefes de governos planetários que estavam lá. Decapitou a Cúpula, efetivamente. Os planetas culparam uns aos outros e velhas rixas ressurgiram. Tanto esforço foi desperdiçado para encontrar os criminosos e alimentar disputas mesquinhas que, depois, quando todos perceberam o que estava acontecendo de verdade, já era tarde.

— Florescer e eclodir — sussurra Aurora.

— Ra'haam emergiu em seus planetas-berçário — confirma Tyler. — Espalhou-se pelos portões naturais dos sistemas e, a partir dali, entrou na Dobra. *Trilhões* de esporos infectaram tudo que surgia no caminho. Uma nave atrás da outra. Um planeta atrás do outro. Uma espécie atrás da outra. Todos foram atraídos para a consciência coletiva.

"Nós lutamos. E como. Mas Ra'haam ia ficando mais forte a cada planeta que consumia. Cada nave ou soldado infectado afetava o curso da batalha. Até o inimigo ficar grande demais para ser combatido e não haver mais nada a fazer a não ser fugir. Espalhar-se pelos quatro cantos da galáxia sem ser notado, esperando que a consciência coletiva não ouça, não perceba, não encontre os fugitivos. Mas ela sempre encontra."

Aurora e eu somos dominados pelo horror. Sinto ela apertar a minha mão com força.

— Mas... vocês ainda estão lutando?

— Restaram poucos de nós — responde ele, e indica sua equipe heterogênea. — Uma coalizão que procura sobreviventes e os leva para os poucos abrigos que ainda podemos oferecer. Mas é só uma questão de tempo.

Tyler balança a cabeça e volta a olhar nos olhos de Aurora.

— Até Ra'haam dominar *tudo*.

— Como você conseguiu ficar à frente do inimigo? — questiono. — O Portão da Dobra que abriu para nos trazer aqui... É uma tecnologia que nunca vi antes.

— Nós chamamos isso de abertura — responde Tyler. — É um amálgama de tecnologia Betraskana e Terráquea que usa a energia psíquica Syldrathi para manipular o espaço-tempo. Não entendo muito bem como funciona, mas descobrimos algumas propriedades incomuns do cristal Eshvaren também. — Com um aceno de cabeça, ele aponta para a Syldrathi de cabelos loiros, que continua a encarar Aurora com uma carranca; as rachaduras em sua pele ficam mais profundas. — Em cada uma das nossas naves há um Andarilho e um fragmento de cristal das sondas Eshvaren que recuperamos. Os Andarilhos usam as sondas para abrir os portões e nos permitem pegar atalhos dentro da Dobra. Mas cada vez que fazem isso é um sacrifício a mais. E não nos restam muitos Andarilhos.

— O que houve com os outros? — pergunta Aurora em voz baixa.

Tyler franze a testa.

— Os outros Andarilhos? Eles...

— Não, estou falando dos *outros* — insiste ela. — Scarlett. Fin. Zila. Eles estão...?

O humor de Tyler piora ainda mais; ele responde com a voz seca feito cascalho.

— Eles morreram na Batalha da Terra, Auri.

— E... Saedii? — pergunto.

Tyler olha para mim. Passa a mão pelo cabelo grisalho e toma um longo gole do frasco.

— Nós escapamos juntos da AIG. Na verdade, me juntei a ela e à sua velha equipe para lutar contra Ra'haam. — Por trás do sorriso, vejo a dor de uma antiga cicatriz. — Brigávamos feito cão e gato, mas até que nos saímos bem por alguns anos. Sua irmã era uma grande mulher.

A outra Syldrathi agora me encara com um olhar cortante.

— Onde ela está? — Me ouço perguntar.

— Saedii se matou, Kal.

— Não — sussurro. — Ela *jamais*...

— Ela estava em uma missão de resgate. — Tyler suspira. — Para socorrer uma frota de refugiados perto de Orion. Ra'haam os atingiu. Ela ficou com os motores desativados, à deriva, no escuro. Sua equipe estava cercada. Em vez de se deixar consumir pela consciência coletiva, ela explodiu o propulsor da nave.

Murmuro uma prece ao Vazio e pressiono os olhos, os lábios, o coração dilacerado. Aurora aperta minha mão com força e, ao ver minha dor, seus olhos se enchem de lágrimas. No final, minha irmã mais velha e eu não éramos mais tão próximos, mas houve um tempo em que nos amávamos intensamente, um amor digno de dois irmãos forjados na mesma fornalha.

Tyler engole o que resta no frasco enquanto a Syldrathi olha feio para mim.

— Ela morreu com honra — dispara Lae. — Ao contrário do restante da família.

Seu tom se torna amargo e violento quando ela aponta aqueles olhos fundos marcados em direção ao ar próximo à minha cabeça.

— Está me ouvindo, cho'taa? — grita ela. — Você se esconde no escuro como um ladrão, mas eu *sinto* você! Apresente-se, i'na destii! Ko'vash dei saam te naeli'dai! — Ela se levanta e, em uma explosão de fúria, levanta a faca. — Aam sai *toviir'netesh*! Vaes santiir to sai'da *baleinai*!

Estou de pé, parado entre Aurora e aquela lâmina psíquica crepitante. O ar ao meu redor brilha, vibra, é um reflexo vermelho-sangue que se mistura com a luz artificial. Aurora também se levanta e seu olho emite um leve brilho quando a figura de meu pai se materializa na sala. Alto, sombrio, com dez tranças cobrindo o rosto desfigurado enquanto abaixa o queixo e faz uma careta.

A arma de Tyler surge em um piscar de olhos e outros membros da tripulação repetem o movimento. Eles abrem fogo, ignorando meu alarme; os flashes e as explosões dos lançadores e das pistolas disruptivas estão por toda parte. Mas a imagem de meu pai ondula como água na qual uma pedra caiu, então percebo que não passa de uma projeção de consciência enviada da *Neridaa* para bisbilhotar nossa conversa.

— Covarde! — dispara Lae. — De'saiie na vaelto'na!

Meu pai inclina a cabeça e olha para a Andarilha enfurecida.

— Você se atreve a me chamar de *sem-vergonha*? — diz ele. — De *miserável*? Eu, que caminhei entre as estrelas antes mesmo de você nascer? Eu, que arrebatei sóis do céu e venci inúmeras batalhas? Você não é digna de se considerar *Syldrathi*, sua *pirralha*.

— Isso é culpa sua! — ruge ela. — TUDO ISSO!

Ele olha feio para a mulher, um brilho fraco ilumina suas íris. Mas, por um momento, eu vejo o desprezo e a raiva se partindo, e uma sombra sutil cobre seu coração.

— Saedii... está...

Tyler se levanta com raiva e levanta a pistola disruptiva.

— Sai agora da minha nave, seu filho da *puta*.

— Pai — digo suavemente. — É melhor você ir *embora*.

Ele olha primeiro para mim, depois para Lae e, finalmente, para Tyler. A pontada de dor que senti nele desaparece no ar, enquanto ele fita com um olhar cheio de desprezo o frasco de metal vazio na mão do meu velho amigo.

— Não é à toa que vocês estão perdendo, com um capitão tão inútil quanto este.

— Se eu sou tão inútil, Destruidor de Estrelas, como é que...

Mas ele vai embora, desaparece em uma onda silenciosa e se retira para o trono da *Neridaa*. Espumando, Lae se vira para Tyler e sibila:

— Deveríamos ir até aquela nave e *destruí-la*, comandante.

— Ele destruiria todos vocês — retruco.

— Tem tanto medo assim dele, é? — zomba Lae.

— Tenho medo e ódio na mesma medida — respondo com tristeza, olhando-a nos olhos semicerrados. — E, se fosse sábia, você também teria.

— Cabe aos descendentes de Caersan acabar com a desonra dele. Ele é seu *pai*. Você já deveria tê-lo matado para limpar o nome da sua família.

A dor pela perda de Saedii se intensifica. A morte de minha mãe ecoa nos corredores de minha memória e afia minha língua enquanto olho nos olhos de Lae.

— Família é... complicado — resmungo. — Não ouse me dar um sermão a respeito da minha. Você não faz *ideia* do que é fazer parte dela.

— Por que raios você está trabalhando com aquele filho da mãe, Aurora? — questiona Tyler, com a voz enfraquecida pela descrença e pelo desgosto.

— Precisamos dele, Ty — responde ela. — Ainda não estou acostumada a manipular a Arma. Ele teve quase uma década para aprender a usá-la e sabe que nota tocar na *Neridaa* para nos levar de volta ao nosso tempo.

— Como isso é possível? — pergunta a chefe Toshh. Ao lado dela, Dacca gorjeia e acena com a cabeça, tremendo o bigode.

— Não sei — responde Aurora. — Mas eu acredito nele. Se conseguirmos voltar para lá, podemos desfazer tudo isso! Podemos destruir Ra'haam antes que ecloda!

— Então por que raios vocês ainda estão aqui? — insiste Tyler. — Se vocês podem...

— A Arma está danificada, irmão. Precisa de conserto.

A subcomandante de Tyler me encara com olhos pretos e brilhantes.

— E como vocês planejam fazer isso?

— Não sei. — Esfrego o queixo. — Vocês têm uma sede? Algum lugar...

Dacca gorjeia, abanando a cauda enquanto me observa com finos olhos dourados.

— É claro que temos uma sede, Garoto-fada — rosna Toshh. — Mas o Criador que nos livre de passar as coordenadas para o *Destruidor de Estrelas*.

— E, mesmo que a gente fizesse isso — prossegue a Betraskana —, nossa tecnologia não está à altura de um dispositivo como esse. Não existem mais tantos portos estelares especializados em superarmas de cristal Eshvaren.

— Mas existe um... — murmura Aurora, pensativa.

Eu a encaro intrigado, franzindo a testa.

— O planeta natal dos Eshvaren — diz ela, me olhando nos olhos. — Lembra? Estava escondido dentro daquela anomalia na Dobra. Talvez ainda esteja por lá.

Faço que sim lentamente.

— Se há um lugar onde podemos reparar os danos, só pode ser onde os Antigos criaram a Arma, para início de conversa.

— Onde ficava essa... anomalia? — pergunta Tyler.

— No setor Theta — respondo. — Fomos ao local com Scarlett, Finian e Zila depois de você ter sido capturado pela AIG.

— Vai sonhando, Garoto-fada — diz de Stoy. — O setor Theta está completamente infestado de Ervas Daninhas. Elas estão mais grossas do que sketis em um broto de martuush por lá.

— Se formos rápidos...

— Dentro da Dobra o poder de Ra'haam se multiplica — diz Toshh. — Ra'haam sente as ondulações psíquicas de qualquer organismo vivo que entra por lá e dispara suas frotas até consumi-lo.

— Deve ter um jeito, Tyler — diz Aurora.

— Passar pelo setor Theta é uma má ideia — responde ele.

— Talvez seja mesmo, para pessoas que não têm como aliado o melhor estrategista que a Academia Aurora já teve. — Aurora abre um sorriso. — Tyler Jones nunca tem ideias ruins, lembra? Só ideias menos incríveis.

Mas Tyler não retribui o sorriso. A voz dele está rouca e a expressão, sombria.

— Isso faz muito tempo, Auri.

— Precisamos da sua ajuda, irmão — insisto. — Por favor.

Tyler brinca com o anel de prata que usa no dedo e range os dentes; a raiva e o sentimento de ter sido traído não pararam de arder. A Rikerita observa Aurora com olhos envelhecidos e murmura:

— Talvez seja conveniente consultar o conselho, comandante.

Lae bufa e dispara:

— Que importância isso tem? Por que deveríamos nos importar com o que essas pessoas dizem ou fazem? Não podemos ajudar o Destruidor de Estrelas, nem o filho dele, nem a tola que se envolve com ele. Temos que matá-lo para vingar nossos...

— Chega, Lae — diz Tyler.

— Não! — grita ela. — Comandante, o sangue de *bilhões* de pessoas está nas mãos dele! Matá-lo é uma questão de honra! Não podemos de jeito nenhum...

— Eu disse *CHEGA*, tenente! — ruge Tyler.

Os dois se encaram, imóveis; a determinação de Tyler bate de frente com a de Lae. Sinto a raiva e a fúria dentro dela. A certa altura, porém, ela baixa o olhar e murmura:

— Sim, senhor.

— Em que condições está a abertura? — insiste ele.

— ... O cristal está em deterioração contínua e evidente — responde ela em voz baixa. — Mas, por enquanto, se mostra estável o suficiente.

— Em quanto tempo você consegue nos lançar para casa?

Lae volta a encará-lo, incrédula, mas não o provoca; aqueles olhos roxos com rachaduras o observam com cautela.

— Preciso descansar. Uma hora, talvez duas. E um salto tão longo, com naves tão grandes assim... será *dispendioso*, senhor.

Vejo o olhar de Tyler suavizar.

— Vai machucar você?

— *Sempre* machuca. Mas, já que é uma ordem...

Ele olha para mim e para Aurora novamente e, por fim, organiza os pensamentos.

— Não posso tomar essa decisão sozinho. Não com tudo que está em jogo. Precisamos voltar para a base. — Seu olho bom perfura Aurora com uma expressão dura feito aço. — Você vai poder defender sua causa perante o Conselho dos Povos Livres. Se eles decidirem que vale a pena ajudá-los, então ajudaremos. Caso contrário, vocês vão ter que se virar.

Aurora faz que sim, com os olhos cheios de dor.

— Eu entendo. E, caso você precise de mim... — Ela olha para Lae e dá de ombros. — Com a abertura... Quer dizer, se você precisar de energia para nos locomover, talvez eu possa ajudar.

Lae olha de relance para a *Neridaa* — aquela nave imensa que chegou até aqui somente com a vontade de Aurora. Em seguida, assente com a cabeça rapidamente.

— Aceito sua ajuda.

— Muito bem — diz Tyler. — Dacca, Toshh, acomodem os refugiados. Elin, mantenha o Alerta Dois para o caso de mais Ervas Daninhas aparecerem. Uma parada de uma hora não é muita coisa, mas saltaremos para casa assim que pudermos.

— Sim, senhor.

— Vamos em frente como se tivéssemos um propósito.

A tripulação se divide, cada um se dedica à sua tarefa. Aurora me lança um sorriso suave e sai com Lae para inspecionar a abertura. Tyler e eu ficamos a sós, trocando olhares do outro lado da mesa. Há muito a ser dito entre nós, mas não sei se estamos no local adequado nem se ele me daria ouvidos. Assim, em vez disso, faço a pergunta que não sai da minha cabeça.

— Onde é seu lar em uma galáxia como essa, irmão?

Ele olha pela janela e observa aquele sol vermelho, aqueles mundos silenciosos. Me permito uma pontinha de esperança por Tyler ainda não ter me proibido de chamá-lo de irmão.

— Você já esteve lá, na verdade.

— ... Academia Aurora?

— Não — responde ele com um suspiro. — Os agentes de Ra'haam a destruíram durante o ataque à Cúpula Galáctica. E a estação era muito lenta, de qualquer maneira. — Ele olha para mim com um véu de terror nos olhos. — Ra'haam... Presta atenção, Kal. Ra'haam está tão grande agora que é capaz de escutar tudo. Por mais que você se esconda em um planeta, mais cedo ou mais tarde será descoberto. Por mais que se esconda em uma frota à deriva, em algum momento Ra'haam vai arrancar você de lá, como aconteceu com aqueles pobres coitados lá embaixo.

Balanço a cabeça.

— Que lugar é seguro, então?

Tyler dá de ombros levemente.

— Se não há mais um mundo que possamos chamar de lar ou nenhuma nave em que seja seguro nos escondermos, bom, a melhor escolha é usarmos os dois.

Pisco, surpreso, e desvendo o enigma em minha cabeça.

— Sempiternidade — digo com um sorriso.

15

SCARLETT

Certa vez, meu tutor me disse que as palavras "Se ao menos ela fosse esforçada" surgiram mais no meu boletim do que no de qualquer cadete na história da Academia Aurora. E tenho quase certeza de que não foi isso que ele quis dizer quando falou: "A prática leva à perfeição, cadete Jones." Mas hoje já morri trinta e sete vezes até o momento e acho que levo muito jeito para a coisa.

Parece esquisito, eu sei. Talvez um tiquinho insano. Mas, por mais estranho e mórbido que possa ser, estou começando a suspeitar que o principal motivo pelo qual as pessoas têm medo de morrer é por não saberem o que acontece depois.

Zila, Finian, Nari e eu sabemos o que acontece. Com *a gente*, pelo menos. E, de alguma maneira, vai ficando mais difícil ter medo quando se sabe o que vem a seguir.

Luz preta.

Ruído branco.

Um momento de vertigem.

E então cá estou de novo com Finian, a bordo da nossa nave, enquanto o caça da tenente Nari Kim nos espera do lado de fora, no escuro.

O medo não foi embora logo de cara. Na verdade, a sensação de estranheza foi tão incômoda que por um tempo me perguntei se não seria melhor morrer de uma vez por todas. Havia algo de errado naquilo. Não natural, até. Mas, como costumo dizer, sempre fui uma garota otimista. E, assim que o medo some, preciso confessar... esse lance de imortalidade chega a ser quase *incrível*.

Então, aqui estamos nós, em mais uma tentativa de acessar o escritório do dr. Pinkerton. Para ser precisa, na tentativa de número trinta e sete de descobrir o que raios está acontecendo do lado de dentro dessa instalação. Vou inteirar você de tudo rapidinho.

Primeiro, descobrimos que para acessar as plataformas da administração devemos usar o poço do elevador, e *não* as escadas de emergência, como a tenente Kim nos aconselhou antes. A Escadaria A leva à parte não blindada da estrutura, e nós já vimos bem o que acontece quando o pulso quântico atinge a estação e estamos ali, lindos e plenos.

ZAAAAPPPP.

Você deve estar se perguntando por que não esperamos o pulso bater antes de subirmos. Excelente pergunta. Infelizmente, já tentamos isso e descobrimos que, se ficarmos muito tempo no nível inferior, as patrulhas de vigilância nos encontrarão. Aconteceu não uma vez, nem duas, mas três vezes seguidas.

BLAM.

BLAM.

BLAM.

No fim das contas, por mais que a estação tenha sofrido danos, ainda existem câmeras de segurança ativas. Quem é que poderia adivinhar que os seguranças de uma instalação militar de operações secretas levariam tão a sério a presença de sabotadores? Eu pensei que levar um *soco* nos peitos doesse. Pode ter certeza de que levar um tiro neles é *bem* pior.

BLAMBLAM.

Depois, decidimos tentar a sorte na Escadaria B e, na viagem inaugural, adicionamos um novo elemento ao repertório de esquisitices. Quer dizer, enquanto a boa tenente Kim vinha nos buscar, ela resolveu mudar de rota para economizar alguns minutos. Entrou no Corredor 16B, Nível 6, no exato momento em que uma antepara cedeu e derramou a atmosfera do corredor no espaço.

HISSSSHHHHHH.

THUMP.

E, mesmo que naquele momento Zila, Fin e eu ainda estivéssemos engatinhando pelo depósito de lixo, de repente — luz preta, ruído branco, vertigem — me vi mais uma vez a bordo da nossa nave, encarando os lindos olhões de Fin.

Essa foi a confirmação definitiva da minha teoria. Por alguma razão, nós quatro estamos presos nesse lance juntos. Não importa como ou quem: basta *um* de nós sair do loop para que tudo se reinicie.

De novo.

E de novo.

Gostemos ou não, estamos todos no mesmo barco.

Então, em seguida, nos dedicamos à Escadaria B. Fizemos três tentativas, mas, por mais que nos deslocássemos na maior velocidade possível, na metade do caminho, o sistema de suporte à vida resolveu dar um curto-circuito em alguma parte da superestrutura e incendiar a escadaria.

FWOOOOOOSH.

YARRRGGG.

Pois bem. Então vamos de poço de elevador. A boa notícia é que, por aqui, os danos à estação derrubaram as câmeras de vigilância. A má notícia é que também enfraqueceram o cabo e desativaram o sistema de segurança. Descobrimos *isso* na primeira vez que entramos no Poço A e um elevador cheinho de engenheiros desceu aos níveis centrais no momento em que tentávamos subir.

POINGGG.

SQUISH.

Por sorte, o Poço B não sofre dos mesmos defeitos e, depois de outra tentativa, durante a qual Finian descobriu que a integridade estrutural do degrau 372 da escada de acesso estava comprometida (*CRAC*, "*CARAAA-AAIIIIIII*"), conseguimos chegar à seção habitacional, onde se encontra o escritório do dr. Pinkerton.

Maaaaas não vamos cantar vitória antes do tempo, pessoal.

Aqui em cima, as portas do elevador são seladas por precaução contra vazamentos atmosféricos, e Fin leva três minutos e quarenta e nove segundos para quebrar as fechaduras com o maçarico.

Infelizmente, porém, abrir as portas dispara um alarme silencioso. Descobrimos isso da pior maneira possível, exatamente um minuto e vinte e três segundos depois da nossa primeira tentativa bem-sucedida, enquanto abríamos caminho para o escritório do dr. Pinkerton.

— *PARADOS!*

— *Por favor, não atire! Meu nome é Scarlett Isobel Jones, eu sou...*

BLAMBLAMBLAM.

A má notícia é que não tem como evitar o alarme. No instante em que abrimos aquelas portas, marcamos um encontro com os seguranças.

A boa notícia é que, depois de algumas tentativas...

— *PARADOS!*

— *Sopro do Criador, garotos de barro, vocês não têm nada melhor p...*
BLAMBLAMBLAM.
... e erros...
— *PARADOS!*
— *Seus babacas, por que vocês dizem "Parados" se vão simplesmente...*
BLAMBLAMBLAM.
... descobrimos uma maneira de chegar ao escritório de Pinkerton sem ter que desperdiçar um tempão tentando arrombar a porta dele.

É mais ou menos assim:

O Legionário de Seel e eu subimos pelo Poço B (cuidadosamente evitando o degrau 372 no meio do caminho). Enquanto espero na escada abaixo e aprecio o efeito das faíscas refletidas nos olhos dele, ele atravessa as portas que levam à plataforma da administração. Enquanto isso, Zila e a tenente Kim dirigem-se ao necrotério da estação, que abriga o corpo do recém-falecido dr. Pinkerton.

Depois de quatro tentativas...
BLAM.
BRAPPPP.
— *PARADOS!*
PAFPAFPAF.
... as moças não encontraram uma maneira de evitar a vigilância e pegar o que procuravam: o passe eletrônico que Pinkerton usava no pescoço. Mas, como costumo dizer, estou com um bom pressentimento dessa vez.

Cruzem os dedos, crianças.

Chovem faíscas de metal, mal se ouve o silvo fraco do maçarico, coberto por alarmes e sirenes. Apoiada no degrau abaixo dele, eu o observo trabalhar: ele aperta os lábios e tem uma ruga de concentração na testa.

— Posso ajudar?

Ele sorri.

— Você já me perguntou isso nas últimas três vezes. Estou bem, Scar.

— Como você acha que Z e Kim estão se saindo?

— Bom, ainda não desaparecemos em uma explosão de paradoxo temporal. — Ele seca a testa na manga. — Então, melhor do que da última vez.

A estação vibra de leve e outro alarme dispara. Eu me sinto meio inútil só esperando aqui, e não gosto disso.

— Tem certeza de que eu não posso fazer nada?

Fin abre um sorriso.

— Acho que estou com um pouco de sede...

Engancho o braço nos degraus da escada e removo do ombro a mochila que Fin trouxe. Enfio a mão nela, em meio aos unividros inúteis, e procuro a garrafa d'água, mas acabo tocando em algo macio. Peludo. Tiro-o lá de dentro e, ao reconhecê-lo, sinto uma onda de calor na pele; um sorriso se abre nos meus lábios.

— Você guardou o Trevo?

Fin olha de relance para o dragão de pelúcia na minha mão e dá de ombros.

— Imaginei que, quanto mais aliados a gente tivesse, melhor.

Dou um beijo no Trevo, respiro fundo e olho para o garoto acima de mim. Pelo Criador, como ele é fofo. De todas as coisas que poderia ter trazido, ele salvou a única parte de Cat que nos resta. Ainda sinto o cheiro dela no pelo do dragão ao inspirar, o aroma do perfume e o amaciante que ela usava. Fecho os olhos, atingida pela consciência de como estamos longe de casa, do quanto perdemos no caminho até aqui e de que corremos o risco de nunca voltar.

— Você está bem?

Olho para cima e vejo Fin me encarando com preocupação nos olhos. Sei que não deveria incomodá-lo: ele está ocupado e a situação é muito precária. Mas, sem mais nem menos, eu me sinto tão pequena que não consigo mais me sentir.

— Você acha que vai ficar tudo bem, Fin?

Ele franze um pouco a testa.

— Você está falando...

— Estou falando de tudo isso. Auri, Tyler, isso, a gente. — Balanço a cabeça, sentindo raiva das lágrimas que brotam nos meus olhos. — Nunca levei nada disso a sério, Fin. Passei todo o meu tempo na Academia de sacanagem. E agora estamos afundados nessa merda até o pescoço e me sinto totalmente inútil. Tudo que sei fazer é conversar, mas não tem espaço para isso aqui. Talvez, se eu tivesse prestado atenção, se eu...

— Ei. — Ele desliga a lanterna e, com um pouquinho de esforço, desce até ficarmos cara a cara. — Ei, nada disso. Você não é inútil.

Reviro os olhos.

— Agradeço pelo voto de confiança, Legionário de Seel. Mas física teórica não é muito bem o meu forte.

— Talvez não seja mesmo. — Ele dá de ombros e o exotraje silva. — Mas, não sei se você percebeu, desde que a AIG pegou Tyler, a pessoa que mantém o esquadrão unido é *você*. Nós precisamos de você, Scar.

Ele se aproxima e enxuga minha lágrima com o dedo prateado.

— Eu preciso de você.

Balanço a cabeça, maravilhada.

— Como é possível você ter estado na minha frente esse tempo todo e eu só te enxergar agora?

Ele sorri e dá de ombros.

— Que bom que você enxerga.

— Enxergo mesmo — sussurro.

Então me aproximo, sinto o braço dele envolvendo meus quadris e um leve solavanco ao nos beijarmos: a eletricidade e a emoção me dominam enquanto a estação balança à nossa volta e Fin me abraça, então a voz de Zila soa no meio dos alarmes.

— Não me digam que no meio de um paradoxo temporal sem nenhum precedente vocês estão gastando preciosos minutos em preliminares sexuais frívolas.

Olhamos para baixo e vemos Zila e a tenente subindo rapidamente.

— Você é mesmo a última romântica, Z — comento em voz alta.

— Não temos tempo a perder com banalidades, podemos...

— Relaxa, Legionária Madran — responde Fin, me dando uma piscadela e soltando meus braços. — Até vocês chegarem aqui em cima, já vou ter terminado.

— Vocês conseguiram o passe, garotas? — eu grito.

— Fomos bem-sucedidas — responde Zila. — Graças ao raciocínio rápido de Nari.

— Nari? — murmura Fin. — Ela e a garota de barro já estão amiguinhas agora?

— Comporte-se — eu murmuro.

— E se eu não quiser? — pergunta ele, dando outra piscadela.

A trava cede, Fin apaga a chama e, com um chorinho de cansaço do seu exotraje, nosso Maquinismo abre as portas do elevador no momento em que Zila e Kim nos alcançam. Como sempre, assim que pisamos no corredor, o alarme silencioso dispara em algum lugar, mas temos algum tempo antes que os caras da vigilância nos interceptem.

O mais depressa possível, passamos pelos corredores cheios de fumaça e chegamos ao escritório de Pinkerton. Zila posiciona o passe do falecido no leitor e, após alguns segundos de agonia, a luz da fechadura fica verde e corremos para entrar, ao som das sirenes uivantes.

O escritório é luxuoso; bem, tão luxuoso quanto é possível ser em uma estação espacial. Está cheio de vitrines iluminadas por luzes de emergência, dentro das quais flutua um monte de objetos estranhos suspensos por almofadas antigravitacionais. Isso me lembra um pouco do escritório de Casseldon Bianchi em Sempiternidade.

Ao que parece, Pinkerton era uma espécie de colecionador.

Observo, com os olhos semicerrados, um dos artefatos que gira lentamente, atingido por um fino feixe de luz. É plano, retangular, a superfície é velha e enrugada. Talvez antes houvesse alguma coisa escrita, mas desbotou com o tempo. E contém... papel?

— O que é isso? — pergunta Fin, espiando pelo vidro.

— Não faço ideia — murmuro.

— Vocês estão de brincadeira?

Olhamos para trás e encontramos Nari nos encarando como se fôssemos dois trouxas.

— Quase sempre. — Fin dá de ombros. — Mas, nesse caso, honestamente não faço ideia do que seja isso.

— Não existem livros no futuro?

— Os livros eram *assim*? — pergunto, perplexa.

— Há uns bons cem anos — confirma Nari. — O dr. Pinkerton coleciona antiguidades. No meu primeiro dia de serviço aqui, ele me deu uma aula sobre a importância de preservar os tesouros do passado. — Ela dá de ombros. — Depois disso, nunca mais falou comigo.

— Isso aí é um *livro*? — Fin arregala os olhos. — Está embrulhado em pele de animal!

— Era assim que se fazia.

Fin ergue a sobrancelha para mim.

— Francamente, crianças de barro, vocês...

Sorrio enquanto exploro o ambiente. Vejo foto-hologramas da família de Pinkerton. Há uma fileira de cactos em vasos que provavelmente ocupavam o peitoril da janela de acrílico, mas os impactos na estação os espalharam pelo chão.

— Quem é que bota plantas pontiagudas onde se pode... Deixa pra lá, melhor nem tentar explicar — murmura Fin enquanto dá a volta por elas com muito cuidado.

Ao longo de uma parede há uma mesa de vidro bem grande; na penumbra, brilha a tela acesa de uma porta de dados pessoal.

Zila já se sentou na cadeira, pôs o passe no terminal e começou a digitar. Seja qual for sua opinião a respeito dos avanços tecnológicos da humanidade nos últimos dois séculos, fora o fato de ser *muito* mais devagar, o computador parece funcionar como os nossos. Zila já está abrindo vários menus, gesticulando diante dos sensores e navegando por imagens holográficas em busca da informação certa. A tenente Kim está atrás dela, olhando por cima do seu ombro. Fin também está por perto, murmurando dicas.

— *Atenção, tripulação da Sapatinho de Cristal. Ruptura nas plataformas 13 a 17.*

Eu, na janela, observo o caos no horizonte.

O espaço é de uma grandeza inverossímil. O bolso subespacial da Dobra, por si só, já é enorme demais para que o cérebro humano compreenda. Mas a tempestade de matéria escura lá fora é colossal o suficiente para me aterrorizar. Enquanto a vejo pulsar, me sinto pequena novamente, insignificante, afundada até o pescoço em uma situação da qual não entendo nada. Penso em Tyler. Penso em Auri. Penso até mesmo em Kal. Onde será que eles estão? Espero que estejam bem.

Mas é um pensamento muito pesado, então me afasto dele. Resolvo, assim, passear pela pequena coleção do dr. Pinkerton enquanto Zila e Fin continuam procurando. Até que é meio reconfortante: relíquias de uma Terra do passado que sobreviveram ao tempo em que nasceram. De certa forma, esses objetos viajaram no tempo, assim como a gente.

Passo distraidamente por uma velha engenhoca quadrada de plástico que tem um teclado circular e uma alça estranha. Depois, encontro o que parece ser uma pistola, com uma superfície riscada com pequenas manchas enferrujadas. E, em uma vitrine encostada na janela...

— Puta merda — sussurro, olhando para a estação de trabalho. — Fin?

— Ali — murmura Fin para Zila. — Tenta aquele ali.

— Estou vendo — confirma ela.

— Fin!

Ele ergue os olhos quando eu grito.

— Hã?

— Vem ver isso aqui.

Ele franze um pouco a testa, mas deixa Zila e Nari continuarem o serviço no computador e se junta a mim.

— O que foi?

Com o coração a mil, aponto para o objeto que gira lentamente em gravidade zero dentro da vitrine. Uma caixa de prata retangular e fina. Perfeitamente banal. Absurdamente familiar.

— Essa não é...?

Fin arregala os olhões pretos e os lábios se abrem de espanto.

— Sopro do Criador... — sussurra ele, olhando para mim. — É a caixinha de cigarrilhas que de Stoy e Adams deixaram para o Kal no cofre do Domínio!

— *Atenção, tripulação da Sapatinho de Cristal. Equipe de engenharia, favor se apresentar ao Setor Gama, plataforma 12, imediatamente.*

— Scarlett — chama Zila. — Finian, acho melhor vocês olharem isso...

— Zila, você não vai...

— É importante, Finian.

Trocamos um olhar e eu perco o fôlego enquanto corremos até Nari e Zila. A dupla ainda está reunida no terminal e, nos diagramas holográficos suspensos no ar de frente para Zila, vejo fluxos de dados que brilham no escuro.

São quase todos incompreensíveis para alguém que passou as aulas de física desejando estar em qualquer outro lugar que não na aula de física, mas vejo que a pasta se chama "Projeto Sapatinho de Cristal". E, acima de um montão de gráficos ilegíveis, o contorno de um objeto familiar brilha. Uma grande pedra cintilante em forma de lágrima, esculpida como uma joia, mil facetas para fazer a luz dançar.

É um contorno que eu reconheço.

— É uma sonda — sussurro. — É uma sonda Eshvaren!

Zila se reclina na cadeira.

— Interessante.

— É uma o quê? — questiona a tenente Kim.

— Um dispositivo de exploração — diz Finian, sem tirar os olhos da imagem giratória. — Foi criado por uma espécie alienígena chamada Eshvaren. Eles lançaram milhares de sondas na Dobra, milênios atrás. Nossa amiga Aurora usou uma delas para desbloquear seu potencial psíquico latente e dar continuidade à antiga guerra dos Eshvaren contra...

Fin para de falar quando percebe que Nari está olhando para ele como se fosse lunático.

— É uma longa história, tá? A questão é que é uma tecnologia alienígena. Seríssima.

BOOM.

A estação inteira treme quando alguma coisa, em algum lugar, explode.

— *ALERTA: FALHA DE CONTENÇÃO. EVACUAÇÃO IMEDIATA DAS PLATAFORMAS 5 E 6. REPITO: FALHA DE CONTENÇÃO.*
— Eles devem ter descoberto uma — falo baixinho. — Aqui, nessa época.
— Está danificada. — Zila indica a ponta lascada da lágrima. — Inerte, ao que parece. O Projeto Sapatinho de Cristal está tentando descobrir as propriedades do cristal. Talvez para transformá-lo em arma. O fragmento principal está fechado no núcleo da estação, passando por testes com a energia quântica coletada na tempestade de matéria escura. — Ela franze a testa, manipulando os controles holográficos. — Mas há um fragmento muito menor, que...

A parede vibra.

Acima do computador, um painel desliza e revela uma caixa de vidro cilíndrica igual às outras ao redor do escritório. Mas, em vez de uma antiguidade suspensa em uma fina coluna de gravidade zero, vejo... um fragmento de cristal.

Na tempestade de matéria escura lá fora, aquele pulso de energia quântica atinge o veleiro e percorre o cabo até a estação. Quarenta e quatro minutos depois que chegamos, como sempre. E, como sempre, o fragmento em volta do meu pescoço reage irradiando luz preta. Mas, *dessa vez*, o mesmo tipo de luz surge do caco de cristal dentro daquele estojo. Ambos brilham como se fossem gêmeos, irradiam com a mesma intensidade...

— Puta merda... — sussurro.

Deslizo a mão até o medalhão que uso no pescoço. Medalhão que, assim como a caixa de cigarrilhas de Kal, passou dez anos à nossa espera no cofre da Cidade Esmeralda. Deixado lá por pessoas que pareciam saber de antemão o que ia acontecer.

— Scar... — Fin encara a caixa de vidro. — Esse é o *seu* cristal...
— Como...? — A tenente Kim balança a cabeça e olha do cristal na vitrine para o cristal no meu pescoço. O formato é inconfundível. São *idênticos*. — Como isso é possível? Se você vem do ano 2380?
— Eu não sei — responde Zila. — Mas *essa* é a raiz da questão. É a causa do loop. Uma interação espaço-temporal entre a Arma, esta estação, o pulso quântico, os cristais Eshvaren. Tudo isso está interligado. Ouroboros.

O pulso atinge a estação.

A estrutura oscila, as luzes à nossa volta piscam.

— *ALERTA: FALHA DE CONTENÇÃO CRÍTICA. EVACUAR DE IMEDIATO PLATAFORMAS 2 A 10. REPETINDO: FALHA DE CONTENÇÃO CRÍTICA.*

A tenente Kim e eu nos encaramos com o mesmo olhar de descrença. Fin e Zila começam a vasculhar os dados, lendo tudo o mais depressa que podem. Agora o brilho do meu cristal vai se apagando e deixa um brilho residual branco nas minhas retinas.

— *ALERTA: FALHA DE CONTENÇÃO EM CURSO, ATIVAR MEDIDAS DE EMERGÊNCIA NA PLATAFORMA 11.*

A estação sacode de novo. Mais forte dessa vez.

A porta do escritório se abre e meia dúzia de miras a laser iluminam a penumbra.

— PARADOS!

Fin suspira.

— Ah, pelo amor do...

— *REPETINDO: FALHA DE CONTENÇÃO EM CURSO, ATIVAR MEDIDAS DE EMERGÊNCIA NA PLATAFORMA 11.*

Levanto as mãos para os caras da segurança.

— Até mais.

BLAMBLAMBLAM.

16

ZILA

— *Ah, chakk, o que foi que pegou a gente dessa vez?* — pergunta Finian pelo comunicador.

— *Eu tinha certeza de que dessa vez estávamos seguros* — concorda Scarlett.

— Uma falha no núcleo — respondo a eles enquanto me levanto da cadeira do piloto. — Cinquenta e oito minutos depois que o pulso quântico o atinge, o reator da estação sobrecarrega e destrói toda a estrutura. Sempre parece ser um dano fatal, não importa o que façamos.

— *Por que eles não deram ordens de evacuação?* — pergunta Finian.

— A ordem para abandonar a instalação só aconteceu três minutos antes da detonação. Considerando a quantidade de dinheiro que o governo da Terra deve ter investido nesse projeto, acredito que o que restou do comando da estação estivesse tentando desesperadamente salvar o que fosse possível.

— *E, de alguma maneira, perdemos tudo isso porque estávamos dormindo?* — pergunta Scarlett.

— Vocês pareciam muito cansados. Não quis acordar vocês.

Tomamos a decisão de descansar em nosso último loop. O efeito cumulativo dos ciclos, o pico de adrenalina dos quase acidentes e dos momentos antes de morrermos, além do esforço inconcebível de calcular cada detalhe, nos esgotaram: e, é claro, já estávamos cansados quando chegamos aqui.

Quando Scarlett percebeu que estávamos na ativa havia mais de vinte e quatro horas e que nenhum de nós recuperava as forças a cada novo ciclo, ficou claro que era necessário dormir.

Eu me ofereci para ficar de vigia no primeiro turno e nos acomodamos com Nari — que também havia completado vinte e quatro horas de loops —

logo após a entrada do sistema de ejeção de lixo. Estávamos apertados, mas mais seguros do que a bordo de nossa nave danificada, à deriva. Até a estação desmoronar à nossa volta, é claro.

Agora, retornando à nave mais uma vez, encontro Fin e Scarlett no corredor a caminho do compartimento de carga.

— Sua cara diz que tem algo errado — comenta Scarlett.

— Não tenho certeza — respondo. — Mas se os três fragmentos de cristal... o seu, o do dr. Pinkerton e a sonda principal... são a causa do loop e a única maneira que temos de chegar em casa, e se todos os três acabaram de ser destruídos em uma explosão de larga escala...

— Então esse loop sempre acaba. — Finian franze a testa. — Não importa o que a gente faça.

Eu assinto.

— Cinquenta e oito minutos após o pulso quântico.

— Chakk — diz Fin com um suspiro. — Isso significa que, por mais que a gente evite todas as formas de morrer naquele lugar, só temos mais ou menos uma hora e quarenta e cinco minutos em cada loop. É bem menos tempo do que eu gostaria.

— Estou inquieta — admito.

— E cansada — observa Scarlett. — Você chegou a dormir?

— Farei isso em algum loop futuro — respondo. — Enquanto eu estava vigiando, pude pensar. Vamos voltar ao escritório do dr. Pinkerton.

— E que ninguém pise em um cacto dessa vez — acrescenta Fin.

• • • • • • • • • • • • •

Agora chegamos ao nosso destino cada vez mais rápido, mas estou começando a temer que ainda não seja rápido o suficiente. A princípio, estimei que trabalhávamos com eficiência máxima. Agora noto que, em cada ciclo, gastamos uma parte considerável do nosso tempo limitado para entrar no escritório de Pinkerton.

Mas *precisamos* saber mais.

Nari e eu colaboramos em perfeita harmonia ao retirarmos o passe do cadáver do dr. Pinkerton e, assim que entro no escritório, sou capaz de me orientar facilmente pelos menus que agora conheço bem. Não perdemos mais tempo nos surpreendendo diante do fragmento de cristal idêntico ao de Scarlett nem da absoluta improbabilidade da situação.

Finian e Scarlett nos dão mais tempo distraindo a patrulha que, de outra forma, entraria no escritório de Pinkerton e atiraria em nós, encerrando o loop.

A estação treme à nossa volta.

— *ALERTA: FALHA DE CONTENÇÃO EM CURSO, ATIVAR MEDIDAS DE EMERGÊNCIA NA PLATAFORMA 9.*

Nari fica de vigia enquanto coleto dados a respeito dos testes desastrosos que estavam em andamento no instante em que o loop teve início. Em nossas últimas excursões, ela tem se mostrado mais falante do que previ.

Isso não me distrai. Pelo contrário: me acalma. Meus olhos estão pesados e sei que a fadiga está desacelerando meus pensamentos. Eu me ancoro na voz dela.

— Então — diz ela, pensativa —, você tem amigos alienígenas, né?

Sem erguer os olhos, respondo em voz baixa.

— Tecnicamente, todos nós somos "alienígenas" para alguém.

— Você conhece muitas outras espécies além dos Betraskanos?

— Muitas — confirmo.

Penso em Kal, tão distante no espaço e no tempo. E depois em Auri, debruçando-se sobre Magalhães enquanto tentava se inteirar dos dois séculos de história para aprender a respeito dos alienígenas que tanto fascinam Nari.

Mas Auri agora se foi, e Magalhães não passa de um monte de circuitos quebrados dentro da bolsa de Finian. Deixo essa lembrança de lado.

— Você deve ter visto lugares incríveis — prossegue Nari, sem se dar conta de meu lapso de atenção momentâneo. — Quer dizer, todos aqueles planetas alienígenas. Você disse que em um deles tem hipopótamos, né? Não acredito que os hipopótamos realizaram mais explorações interplanetárias do que eu.

Não sei dizer por que, mas de repente sinto vontade de remover a pontada de lamento da voz dela.

— Este ainda é um momento incrível para se viver. Você pode ver muitas coisas que em breve não existirão mais.

— Tipo o quê?

— Aquele livro ali, por exemplo — respondo, apontando para a vitrine. — É um objeto extraordinário para se ter em mãos.

— Acho que sim. — Seu tom sugere que estou de brincadeira, mas não é o caso.

— Um livro captura uma história em suas páginas. Não é um artefato sem vida para ser exposto. Atrás da capa há um mundo inteiro, uma vida esperando para ser vivida pelo próximo leitor.

— Vocês ainda têm histórias no futuro — observa Nari. — Se bem que eu não esperava algo tão poético de você.

Talvez nem eu esperasse.

— Ainda temos histórias — concordo. — Mas elas vivem no éter. O livro naquela vitrine representa algo que jamais conheceremos. Algo... permanente.

— As histórias nunca morrem — rebate ela.

— Não morrem mesmo. Mas, em um livro, sempre saberemos onde reencontrá-las. Elas têm um lar.

Há algo estranho na maneira como falo aquela última palavra, algo que não tenho desde criança.

Lar.

Nari percebe e se vira para me olhar, pensativa. Uma pergunta está prestes a escapar de seus lábios, então eu prossigo.

— Você também viu muitos lugares que não existem mais para nós — comento enquanto olho mais de perto para a tela. — Por mais estranho que pareça, eu nunca estive na Terra.

— Sério, nunca?

— Nunca — respondo.

— Isso é... meio triste — diz ela com um sorriso.

— *REPETINDO: FALHA DE CONTENÇÃO EM CURSO, ATIVAR MEDIDAS DE EMERGÊNCIA NA PLATAFORMA 9.*

Eu a observo e percebo como a luz da tempestade lá fora realça suas feições. Os pulsos de cor preta e malva são refletidos em seus olhos.

Eu deveria me dedicar a encontrar uma solução para o nosso dilema mais rapidamente.

Mas não consigo deixar de lado a ideia de... lar.

— Você pode me falar a respeito de um lugar na Terra que já tenha visitado? — peço.

— Gyeongju — responde ela no mesmo instante. — É uma cidade bem legal na Coreia, que foi declarada patrimônio histórico protegido pelo governo Terráqueo. Existem uns túmulos escondidos nas colinas, muito bem preservados: já foi a capital do reino daquela área, antes de ser chamada de Coreia.

Eu me volto para o console, abrindo uma série de menus e analiso os conteúdos, tentando lutar contra a confusão da fadiga.

— Não sabia que você era aficionada por história — admito.

— Não sou — diz ela. — É onde minha halmoni mora... minha avó. Então, sabe, minha família vai pra lá de vez em quando.

Comparado aos loops anteriores, percebo um traço de doçura no comportamento de Nari. Enquanto ela fica de guarda, vira-se para a porta mais uma vez, e vejo seu perfil, a energia escura que ilumina sua pele.

Minha mente rebelde volta ao último loop, quando Nari e Finian haviam ido dormir e Scarlett se acomodara ao meu lado:

— Sinto uma certa afeição por Nari Kim crescer em mim — admitiu Scarlett em voz baixa.

— Finian ia sugerir que você comprasse um creme para tratar esse tipo de coisa — eu a informei com seriedade.

Ela deu uma risada.

— Você também está se afeiçoando a ela, Zila.

— Ah, é?

— Ela... não é alta — comentou Scarlett com malícia.

Maldito seja o dia em que compartilhei com Scarlett meu gosto por mulheres.

— Zila?

A voz de Nari me traz de volta ao presente.

Do que estávamos falando?

Lar.

— Sua família é grande, tenente?

— Ah, sim, é enorme. Mas, mesmo assim, minha halmoni faz questão de falar com todo mundo toda semana. Ela estabeleceu uma ordem fixa, juro, e se você perde seu turno... Levei um tempão, um tempão mesmo, tentando convencê-la de que não posso ligar para casa a partir de um posto de operações secretas.

— E você a visitava com frequência em Gyeongju?

— Todo ano, até eu me alistar. Agora está mais para ano sim, ano não. — Nari suspira. — Lá é ótimo. Quer dizer, sempre tenho que dividir o quarto com meia dúzia de primos, porque tentamos enfiar parente dentro do apartamento até dizer chega. Mas tem sempre muita comida, ela faz o melhor ensopado de doenjang de Gyeongju, além de um monte de acompanhamentos, e estou falando de uma refeição *informal*. Além disso, um dos meus primos é guia turístico na ilha de Jeju. Lá eles têm uma fruta cítrica imeeeeensa chamada hallabong. Uma vez eu levei minha ex comigo e, juro, o único motivo para a gente ainda manter contato é que ela quer que eu leve uma caixa de hallabongs para ela quando eu for visitar. Enfim...

Ela para, talvez por perceber que falou demais. Ou talvez — não tenho muita experiência em adivinhar certas coisas — esteja tentando avaliar minha reação depois de ter mencionado a ex?

— Nunca vi uma hallabong. Mas gosto de frutas cítricas.

— E quanto ao resto? — pergunta ela em voz baixa.

— O resto?

— Família? Algum lugar que você tenha visitado? Já falei sobre mim, mas e você, garota do futuro?

— *ALERTA: RADIAÇÃO DETECTADA NA PLATAFORMA 13. TODA A EQUIPE DA PLATAFORMA 13, ATIVAR PROCEDIMENTOS DE DESCONTAMINAÇÃO IMEDIATAMENTE.*

— Infelizmente, só posso oferecer decepção. — Concentro-me em um novo conjunto de dados, intrigada com os métodos pelos quais os cientistas tentaram ativar a energia do cristal. — Cresci sob os cuidados do Estado, sem família. E não tirei férias.

Ela pisca os olhos, surpresa.

— Como assim, nunca?

Dou de ombros.

— Era mais proveitoso passar o recesso da Academia estudando.

Depois disso, ficamos em silêncio, então escolho dedicar a maior parte da minha atenção aos resultados dos experimentos do ciclo de energia.

— Você... Sempre foi sozinha? — pergunta ela depois de algum tempo, em voz mais baixa. Mais suave. — É algo comum no futuro? Quer dizer, não precisa falar disso se não quiser.

Eu hesito, o que é pouco característico.

— Não é algo comum — respondo depois de alguns instantes. Estou prestes a prosseguir, a informá-la que não gostaria de falar a respeito da experiência, mas então olho para ela.

Nossos olhos se encontram.

— Talvez possamos falar disso durante outro loop — digo.

Ela sorri e, nesse momento, sinto algo de tão familiar nela que minha atenção é totalmente capturada.

Meu cérebro tenta ligar os pontos que me ajudarão a associá-la a uma lembrança ou experiência que explique essa familiaridade. Mas não tenho tempo para estudar o sorriso dela, os olhos. Limpo a garganta e me volto para o console.

— Quer ouvir um pouco mais de história antiga enquanto trabalha? — pergunta ela. — Ou estou distraindo você?

— Ambas as coisas — percebo.

Enquanto Nari continua falando, mergulho na voz dela e nos dados à minha frente. Até encontrarmos uma maneira de quebrar esse loop, esta será minha vida. Este será meu dia.

De novo, de novo e de novo.

Este será meu lar.

— Acho que eu...

O alto-falante me interrompe.

— *ALERTA: COLAPSO DE CONTENÇÃO EM ATIVIDADE. IMPLOSÃO DE NÚCLEO IMINENTE DENTRO DE TRÊS MINUTOS. EVACUAÇÃO GERAL IMEDIATA PARA AS CÁPSULAS DE FUGA. REPETINDO: IMPLOSÃO DE NÚCLEO EM TRÊS MINUTOS.*

E aí está.

O fim do loop.

Sempre teremos o próximo, imagino.

Olho de relance para o cronômetro no meu pulso e permaneço imóvel.

Sinto uma pequena ruga se formando na testa.

Nari inclina a cabeça.

— Zila?

Devo ter calculado errado antes. Eu disse a Finian e Scarlett que o núcleo sofria a sobrecarga cinquenta e oito minutos após a descarga de energia quântica. Normalmente, tenho razão. Mas só se passaram cinquenta e um minutos...

Devo estar cansada. Sou a única do grupo que não dormiu.

Não falo a respeito do meu erro.

Em vez disso, termino o trabalho enquanto posso, memorizando o máximo de dados possível. Nari me observa da janela; a luz das estrelas a ilumina. E, por fim, quando faltam apenas poucos instantes, eu me levanto, pronta para enfrentar o que nos espera.

— Até mais, Nari.

— *ALERTA: IMPLOSÃO DE NÚCLEO IMINENTE DENTRO DE TRINTA SEGUNDOS. EVACUAÇÃO GERAL IMEDIATA. REPETINDO: IMPLOSÃO DE NÚCLEO EM TRINTA SEGUNDOS.*

— Odeio essa parte — admite ela.

Volto a encará-la e, sem saber por que, me desperta o instinto de consolá-la, respondo:

— Você não é a única.

Ela dá um passo em minha direção.

Seus olhos são lindos.

— *ALERTA: IMPLOSÃO DE NÚCLEO IMINENTE. CINCO SEGUNDOS. ALERTA.*

Ela não é alta.

— Zila, sei que o momento é péssimo, mas eu realmente acho que você...

— *ALERTA.*

BOOM.

17

TYLER

Ser um dos criminosos mais procurados da galáxia tem suas vantagens.

Passei a vida inteira respeitando as regras. Estudei bastante, trabalhei mais ainda, nunca tive tempo para me meter em encrencas. Mas, enquanto levanto a gola do sobretudo preto para me proteger do frio e ponho o capuz para entrar no bar, admito com certa relutância que gosto um pouco da sensação de ser fugitivo.

O lugar está cheio de pilotos de carga e tripulações de voos de longa distância, gângsteres e traficantes de drogas, peles e simuladores; centenas de rostos, dezenas de espécies diferentes. Em meio à multidão, a garota Betraskana no comando do bar me lança um sorriso de apreço, e os bandidos, canalhas e delinquentes que venho observando há alguns dias me cumprimentam com um aceno de cabeça ou me ignoram, dedicando-se aos próprios drinques. Porém, ninguém mexe comigo, mesmo em um lugar como esse.

Afinal de contas, sou um terrorista galáctico. Um membro da Legião Aurora que passou para o outro lado. Um assassino em massa, responsável pela morte de centenas de Syldrathi a bordo da Estação Sagan, bem como uma quebra de Interdição, um roubo, algumas explosões a bordo da Cidade Esmeralda e quem sabe quantos crimes a AIG empurrou contra mim.

Não se mexe com um cara desse tipo.

Vou chegando perto do balcão, imerso na batida pulsante e profunda do dub e cercado por hologramas fluorescentes que anunciam os últimos stimcasts, noticiários de batalhas distantes, o pulsar da guerra que está sacudindo cada vez mais a galáxia. Ninguém parece particularmente preocupado. A maioria nem se dá conta do que está acontecendo. Por cima do plastil polido, a garota atrás do balcão desliza um copo de semptar sintético para mim. Ao erguê-lo, vejo que ela escreveu seu número do unividro no porta-copos.

Como eu disse, ser durão tem suas vantagens.

Faz trinta e duas horas que estou na Estação MaZ4-VII, um porto espacial onde cerca de dez relevantes rotas mercantis se cruzam; o porto orbita uma gigante gasosa perto do Portão da Dobra do sistema Stellanis. Os voos de longa distância usam o local como um ponto de descanso para as tripulações, a fim de evitar a psicose da Dobra, mas, como fica na fronteira entre os espaços Betraskano, Rigelliano, Terráqueo e Livre, também é uma região agitada e vibrante como um Chelleriano maneta em um torneio de queda de braço.

Saedii e companhia me deixaram aqui faz quase dois dias, mas ainda sinto nos lábios o seu beijo de despedida. Ainda vejo a expressão no rosto dela ao me entregar aquela faca e se recusar a dizer adeus, mesmo sabendo que provavelmente nunca mais nos veríamos de novo.

Vejo você nas estrelas, Tyler Jones.

Na melhor das hipóteses, ela une os Imaculados, de alguma maneira eu impeço Ra'haam de destruir a Academia Aurora, seguimos sem a Arma e morremos lutando contra Ra'haam.

Mas é *muito* mais provável que a gente acabe em lados opostos de uma guerra galáctica em constante expansão. A hipótese mais plausível de todas, no entanto, é que eu termine preso e executado como traidor da Terra e da Legião.

Veja bem, ser um dos criminosos mais procurados da galáxia não é só beber de graça e conseguir o número do unividro de garotas bonitas. E, para dizer a verdade, meu tempo está acabando.

Procuro meu contato em meio à multidão e encosto no disco de plástico no bolso. Os créditos que Saedii me deu são o suficiente para comprar uma passagem para o sistema Aurora, mas a reunião de toda a Cúpula Galáctica acontecerá daqui a três dias na Academia. Em suma, o verdadeiro drama não é *chegar* ao sistema, mas acessar a estação. As medidas de segurança vão ser mais terríveis do que a Scarlett antes de tomar sua xícara de café matinal.

Mas, como eu disse a Saedii, não posso simplesmente mandar um alerta aleatório e torcer para tudo dar certo. Preciso subir a bordo sem ser flagrado e sem levar um tiro, para então poder explicar pessoalmente a Adams com que tipo de ameaça estamos lidando.

Para enviar uma mensagem a ele sem ser interceptado, tudo que posso fazer é entrar em contato com seu número privado do sistema da Academia.

Caso contrário, sempre haverá pelo menos uma pessoa entre mim e ele, provavelmente mais.

Só me vejo conseguindo essa façanha de uma maneira.

— Liga para ela, Terráqueo.

Olho para o assento ao lado e vejo um humanoide felino sentado onde até então não havia ninguém. Takka é sorrateiro, preciso admitir.

Ele semicerra os olhos dourados para mim e os bigodes estremecem. Está vestido como ontem, quando o vi: um terno com ombreiras largas, preto como sua pele, e sapatos de salto. Nunca tinha conhecido um gremp com complexo de altura, mas há uma primeira vez para tudo, acho. Ele mastiga um pedaço azul brilhante de Adrenalina, os dentes descoloridos por conta da sacarina e dos estimulantes.

— Quê? — pergunto.

Ele indica, com um aceno de cabeça, o número no porta-copos.

— A garooota — ronrona ele. — Bonita. Deveria curtir última noite antes de morrer.

— Você conseguiu?

Ele sorri desdenhosamente e, com a língua áspera e rosada, passa a Adrenalina para a frente e para trás entre os dentes pontudos.

— Falei, Terráqueo. Takka ter muitos amigos que ter muitos amigos.

— Como é o esquema?

Ele baixa a voz, como convém a quem conspira, e olha ao redor do bar.

— Cargueiro de gelo. Passando dois mil AL de Portão da Dobra Aurora.

— Dois mil anos-luz? — Fecho a cara. — De que adianta?

— Mais perto que agora. — Takka dá de ombros. — Claro, se oferecer um presentinho a mais para capitão, ele chega mais perto. Aliás... — Ele olha para o meu casaco e esfrega o polegar e o indicador. — Dindim.

— Você não vai ser pago até que eu esteja a bordo. — Olho feio para ele. — E eu quero conhecer esse capitão aí antes de me envolver.

— Engraçado. Disse o mesmo de você. — Takka mastiga a Adrenalina e estremece. — Mas Takka não leva Terráqueo a lugar nenhum sem dindim.

Com um suspiro, enfio a mão dentro do casaco em busca do bastão de crédito e confirmo minha identidade passando o polegar pelo sensor para desbloquear os fundos. Takka agarra o bastão, mas eu seguro firme, com os olhos fixos nos dele.

— Metade agora. Metade se eu me juntar a vocês.

Sua orelha se contrai.

— Que desconfiança, Terráqueo.

— Sou um mestre do crime, lembra?

Takka ri com sarcasmo, toca o bastão no meu para transferir o dinheiro e sai deslizando do assento. Eu o sigo em meio à multidão e pelos corredores da estação, escondido debaixo do capuz. De acordo com o horário a bordo, estamos no ciclo de sono, então a iluminação é baixa, mas o tubo de trânsito por onde passamos está cheio; estamos esmagados como um pacote de ração e Takka está obviamente irritado com todas as virilhas que é obrigado a encarar por conta da baixa estatura.

Descemos com um grupo de viajantes de longas distâncias numa seção tranquila das docas. O caos está longe e, enquanto me guia em meio às plataformas de desembarque, Takka tagarela a respeito da dica que recebeu sobre a próxima luta pelo título dos pesos-pesados da GMA, sobre como é dinheiro fácil e coisa e tal. Mas fico de olho nas sombras ao redor; aperto o cabo da pistola de pulso Syldrathi que guardo no bolso do casaco e sinto o coração acelerar.

De repente, me dou conta de como estou longe de casa.

Se as coisas derem errado aqui, tudo dará errado.

— Qual é a nave? — pergunto.

— Aqui em cima — indica o gremp com um aceno de cabeça. — Doca D.

Vejo uma longa janela transparente de plastil que dá para as naves atracadas na parte de baixo, de todas as marcas e modelos. Mas, entre nós e a Doca D, há uma pequena montanha de mercadorias esperando para ser carregada. Olho ao redor e percebo que, embora seja tarde, há um silêncio exagerado por aqui. Poucos drones de carga. Mas nada de patrulha de vigilância ou de equipe de estivadores.

— Qual é o nome da nave? — pergunto, verificando um manifesto iluminado na parede.

— Não tem nome, Terráqueo. — Takka olha por cima do ombro. — Código AL-303.

Sinto o coração afundar no peito. Aperto a pistola com força.

— Isso não é um cargueiro de gelo. É um código da Legião.

A curva do corredor chega ao fim e, de repente, eu paro. Atrás da montanha de caixotes cinzentos e sem brilho, reconheço o perfil de uma Longbow — esguia e pontuda, de um branco reluzente que se destaca em contraste com a fuselagem cinza-chumbo da estação. Na lateral, vejo a estrela ardente da Legião Aurora.

— Parados.

A voz vem de trás de mim, acompanhada pelo som de um rifle disruptivo. A julgar pelo ruído, eu diria que está entre os modos Pacificar e Matar. Espio por cima do ombro e vejo um Syldrathi alto, com o cabelo prateado preso em cinco tranças e olhos roxos vívidos. Está vestindo um uniforme da Legião, as listras verdes nos ombros indicando que é um especialista em ciências; os dois círculos idênticos na testa, demonstrando que pertence ao Clã dos Tecelões. O Tanque ao lado dele é um Betraskano alto e de ombros largos, com lentes de contato azul-escuras.

— Nos dê um motivo, Jones — diz o Tanque. — Por favor.

Takka se afasta enquanto outras figuras vestindo uniformes da Legião, tanto Terráqueas quanto Betraskanas, emergem das sombras: um Ás, um Maquinismo, um Frente. Cada um está armado com uma pistola disruptiva e um olhar hostil. Eu solto um pouco a pistola de pulso. A lâmina Syldrathi que Saedii me deu e que segue presa no antebraço pesa como chumbo.

Olho de relance para Takka e cerro a mandíbula.

— Você me entregou.

— Desculpa, parceiro. — Ele dá outra mordida na Adrenalina e sorri com dentes manchados. — Talvez você devesse trabalhar um pouco mais naquela desconfiança de que estávamos falando — comenta, com uma fluência na língua Terráquea que até então não mostrava. — Qualquer idiota sabe que a Legião Aurora está caçando você nesse setor há meses.

— Você não vai receber a outra metade do pagamento.

— Mas vou receber a recompensa por entregar você. — Ele abre um sorrisão. — Sem ressentimentos, camarada. É que a carteira da Legião é mais gorda.

À minha esquerda aparece uma garota com mira e postura perfeitas, como se ensina na Academia. Vejo as listras azuis de Alfa no uniforme, o longo cabelo loiro puxado para trás em um rabo de cavalo liso, olhos verde-escuros e um véu de sardas na pele.

— Você decide, Jones, se prefere do jeito fácil ou difícil — diz ela.

— Cohen. — Abro um sorriso e levanto as mãos bem lentamente. — Já faz um tempão desde a formatura. Como vai, Em?

— Cala a boca, Tyler — retruca ela. — Ajoelha.

— E trate de se ajoelhar devagar — resmunga o Tanque atrás de mim. — Caso contrário, eu juro pelo Criador, você nunca mais vai se levantar de novo.

Olho de relance para ele.

— Você não está ressentido por conta do Alistamento ainda, está, de Renn? Eu não tive culpa de ter acabado com Kal, não tive escolha. Se bem que, para dizer a verdade, você teria sido minha terceira opção, de qualquer maneira.

— O mesmo Garoto de Ouro de sempre. — Emma se aproxima e mira o rifle em direção ao meu peito. — Quase tão metido quanto a irmã.

—A Scar já pediu desculpas pelo seu namorado, Em, não sei quantas ve...

— Você sempre se achou a última bolacha do pacote na sua maldita turma, Jones. Mas vai precisar de mais do que um par de covinhas fofas para se salvar agora, seu traidor de *merda*.

Arqueio a sobrancelha.

— Você acha minhas covinhas fofas, Em?

Cohen bufa, indignada, e aponta a arma na minha cara.

— Parece que você escolheu o jeito difícil, então.

BLAM.

• • • • • • • • • • • • •

É o sonho que acaba me acordando. Que me tira do pântano negro da inconsciência e me lança em um pesadelo.

Eu a vejo mais uma vez, exatamente como antes: a cidade prateada da Academia Aurora, flutuando, iluminada pela estrela Aurora. Brilha como uma joia na noite, como um farol que os antigos marinheiros Terráqueos usavam para evitar as rochas que podiam destruir seus navios.

Eu me aproximo dela. Em algum lugar ao longe, ouço gritos.

Uma explosão interna reduz a estação a pedacinhos que se espalham como diamantes no veludo negro do espaço.

E então me dou conta de que sou eu que estou gritando.

Abro os olhos e me sento devagar; à pulsação que me sacode a cabeça juntou-se a do coração. Considerando a dor que sinto nos músculos, devo ter ficado desacordado por cerca de doze horas. Não foi tão ruim assim, na verdade. Uma arma disruptiva da Legião Aurora pode nocautear alguém por três dias sem risco de morte. O rifle de Cohen devia estar em um modo muito mais próximo de Atordoar do que de Matar.

Sinceramente, ela sempre teve uma quedinha por mim.

Reconheço no mesmo instante onde estou. É uma Longbow da Legião, série 6, o mesmo modelo que meu esquadrão e eu utilizamos para chegar à Estação Sagan no que parece ter sido uma eternidade atrás. As paredes são de um cinza polido, mas basta uma olhada na iluminação, que geralmente tem um leve tom azul, para perceber que estamos na Dobra.

Estou trancado na cela de detenção da Longbow — uma sala de três por três metros que é reservada para o transporte de prisioneiros ou de cargas perigosas. As paredes são à prova de explosão e, deste lado da porta pesada, não há controles. O mobiliário é composto apenas por um colchão de espuma temperada e um sistema de eliminação de resíduos. As saídas de ar são pequenas e não há tomadas nem janelas. A Legião sabe planejar muito bem as prisões de curta duração.

Minha cabeça dói como se tivesse levado um chute.

Como uma boa Alfa no primeiro ano de serviço, Cohen seguiu as regras. Meus pulsos e tornozelos estão presos por algemas e grilhões magnéticos. Eles tiraram meu casaco, a pistola, a lâmina de Saedii e me deixaram com o mínimo: calça cinza e camiseta. Minhas botas ficaram, mas sem cadarços.

No chão, perto da porta, há uma bandeja de metal com um pacote de proteína aberto e uma caixa de água filtrada. Fingindo parecer mais machucado do que estou, bebo toda a água enquanto espio o canto da sala. No teto, vejo o pininho preto da câmera de vigilância: se Cohen for boa, ela pôs seu Tanque para ficar de olho em mim como um falcão. E Cohen *é* boa: a melhor Alfa do meu ano, depois de mim. Eu mesmo teria escolhido metade dos membros do esquadrão dela, se não tivesse perdido o Alistamento. Então, no momento, não há muito o que fazer, além de esperar.

Sinto os motores roncando conforme passamos pela Dobra. Volto a pensar na minha irmã e nos outros membros do meu esquadrão. Penso em quando fugimos juntos em Sempiternidade. Nós sete parecíamos imparáveis; chego a sentir um aperto no peito ao imaginar o que pode ter acontecido com todos eles.

Ao pensar que talvez só eu tenha sobrevivido.

Cadê você, Scar?

Por fim, o zumbido dos propulsores muda e, por trás da porta da cela, ouço o eco fraco do alto-falante transmitindo uma mensagem. Não consigo distinguir as palavras porque o metal é bem espesso, mas sei bem o conteúdo: estamos na Dobra há vinte e quatro horas, a exposição máxima recomendada antes de fazer uma pausa.

Existe um motivo pelo qual pessoas com mais de vinte e cinco anos são desaconselhadas a viajar na Dobra por muito tempo sem antes serem congeladas: a exposição prolongada prega peças até mesmo em mentes jovens.

Assim, em cumprimento às normas, Cohen está ordenando que a tripulação passe pelo primeiro Portão disponível e dê uma pausa.

E aqui está ela: a estranha vertigem de quando passamos da Dobra para o espaçoreal. Eu me sinto vazio por dentro, me inclino de pernas cruzadas, a paisagem cromática muda de preto e branco para cores vibrantes. E, quando atravessamos a soleira do Portão, deslizo os dedos da mão em direção aos dos pés.

Essas botas passaram dez anos esperando por mim no cofre do Domínio. Ainda não faço ideia de quem as guardou lá nem como o sujeito sabia que um dia eu ia precisar escapar de um cativeiro não uma, mas duas vezes. Se bem que, honestamente, considerando como minha vida tem sido nos últimos tempos, não quero duvidar do único golpe de sorte que tive.

O salto falso se abre de lado. Dentro, encontro o gremlin, o dispositivo que, ao gerar um pulso eletromagnético, fez Saedii e eu escaparmos da prisão. Uma Longbow da Legião Aurora é *muito* menor que um cruzeiro da Força de Defesa Terráquea, e não tenho certeza do alcance dessa belezura. Só que, verdade seja dita, estou desesperado demais para me importar — mais desesperado do que nunca, desde que bolei esse plano maluco.

É exatamente como Takka disse: qualquer idiota sabe que a Legião Aurora está na minha cola nesse setor há meses. Assim, diante de tanta vigilância, consegui encontrar apenas uma forma de pisar na Academia Aurora e avisar Adams sobre a ameaça de Ra'haam.

A bordo de uma nave da Legião Aurora.

Digo a mim mesmo que preciso dar um presentinho a Takka por ter sido tão rápido em me delatar. E, com uma pequena prece ao Criador, aperto o botão.

Sinto aquela mesma vibração na bota. Aquele zumbido quase inaudível. E, assim como a bordo da *Kusanagi*, as luzes da cela se apagam.

A câmera desliga.

E, para a minha alegria, as travas das algemas e da porta também são desativadas.

Eu levanto em um piscar de olhos e, posicionando o pé, forço o batente. Sinto a barriga revirar e, ao me erguer do chão, estico a mão, mas ainda perco o equilíbrio. As sobras da minha refeição fazem o mesmo, a caixa de água vazia flutua logo acima da bandeja.

A porta se abre; eu espio na escuridão do corredor e entendo imediatamente que, além do sistema eletrônico da sala, meu pulso eletromagnético derrubou o de toda a nave. Isso inclui os motores. Inclui os aparelhos de suporte à vida. E, tirando o que está sendo fornecido pelo nosso impulso, inclui também a gravidade.

Ops.

Da ponte, ouço a voz de Cohen pedindo atualizações a respeito da situação. Os sistemas de autorreparo da Longbow são de alto nível, o que significa que a fonte de alimentação e os motores podem voltar a funcionar a qualquer momento. Não sei quanto tempo vai durar, mas sei *muito* bem como a Alfa da equipe deve reagir. Existem regras precisas para lidar com uma situação como essa, e já houve um momento em que eu me importava muito com regras.

Enquanto aguardo acima da escotilha que dá para a sala de máquinas, o Cérebro e o Maquinismo de Cohen chegam flutuando. Eles tiveram o cuidado de obter a proteção adequada — trajes biológicos e cabos de segurança —, e as lanternas em seus capacetes lançam raios de luz no escuro. O pulso eletromagnético desligou os comunicadores, mas ainda temos atmosfera, então eles conseguem falar, pelo menos.

— Nenhum sinal de dano — comunica o Maquinismo. É Trin de Vriis, um Betraskano inteligente e vigoroso que estava entre os três por cento dos melhores alunos do nosso ano. Se eu pudesse, no dia do Alistamento, teria sido minha escolha depois de Cat.

— A energia acabou em toda a nave — explica o Cérebro, forçando os dedos no unividro apagado. É o Syldrathi Tecelão que me atacou nas docas. Seu nome é Anethe, e estava entre os dez por cento melhores do nosso ano. Eu o considerei por um tempo, mas as notas dele em dinâmica espacial não eram maravilhosas. E seu desempenho no corpo a corpo em gravidade zero era mediano.

É por isso que o ataco Vriis primeiro, pegando impulso na antepara e acertando-o como uma lança. Eu bato nele por trás e lhe tiro o fôlego, batendo seu rosto na carcaça do motor. Com a gravidade tão baixa, posso aproveitar o salto sobre ele para ganhar impulso e usar o motor como pivô. Seu grito ressoa no escuro quando desloco o ombro dele com um estalo doentio.

Anethe me encara, pálido e com olhos esbugalhados. Um ponto a seu favor é que ele não foge, mas, como já disse, gravidade zero não era o seu forte. Meu chute é rápido o suficiente para fazê-lo vomitar e, para não engasgar no vômito, ele arranca o capacete. Eu o nocauteio com um golpe nos nervos que aprendi com Kal durante aquela briga em Sempiternidade. Volto para de Vriis, que ainda está atordoado, e o aperto com tal força que o faço desmaiar.

Dois a zero.

De Renn dá mais trabalho. Na verdade, o que falei na doca foi mentira: ele teria sido minha *primeira* opção de Tanque se eu não tivesse sido obrigado a ficar com Kal. Eu gostava do cara. A gente jogava jetbol nos tempos de Academia.

Mas acho que os tempos de Academia já se foram.

Eu o embosco quando ele volta da patrulha da cela: Cohen obedece às regras e, mais uma vez, é fácil prever seus movimentos. Visto que a arma disruptiva não funciona por conta do pulso eletromagnético, de Renn empunha um par de satkhas, uma espécie de bastão de combate Betraskano que certamente vem de seu arsenal próprio.

Bato na parte de trás da cabeça dele com um extintor de incêndio. Por mais atordoado que tenha ficado, ele não cai. Na verdade, me dá um soco bem decente no queixo antes de eu me inspirar no manual de Saedii Gilwraeth e derrubá-lo com uma joelhada poderosa na virilha. Ele vira de cabeça para baixo e faz um som que fica no meio do caminho entre um grito e um guincho. Um *grincho*?

Tiro seu capacete e tento fazê-lo desmaiar com um aperto na garganta; luto para controlá-lo enquanto de Renn balança os braços e as pernas, mas em algum momento desiste. O sufoco é suficiente para fazê-lo desmaiar. Dou de ombros em tom de desculpas.

— Foi mal, cara. Sem ressentimentos.

Três a zero.

Os outros três membros do Esquadrão 303 estão na ponte. No comando está o Ás — seu nome é Rioli e ele era um antigo companheiro de bebida de Cat. É um sujeito alto, de cabelo loiro-claro e olhos azuis. Cohen está em outra estação tentando ressuscitar os comunicadores. Sua Frente, uma Terráquea bonita chamada Savitri, está perto da entrada. Ela mantém a viseira do capacete levantada para poder roer a unha. O cabelão flutua sobre as bochechas enquanto ela semicerra os olhos para observar a escuridão.

— O Bel já não deveria ter voltado, a essa altura? — pergunta ela.

— Relaxa, Amelia — responde Cohen. — Provavelmente ele está nos aposentos tentando decidir qual porrete assassino vai usar. Qual é nosso status, Rioli?

— Nada ainda — informa o Ás. — Seja lá o que tenha nos atingido...

Ele dá a volta, sua atenção atraída pelo *THWACK* úmido do impacto entre o rosto de Savitri e o meu sathka. A garota gira para trás, sem fôlego, com o nariz sangrando. Ela bate na parede enquanto eu dou um encontrão em Rioli, o derrubo no console e acerto suas costelas com tanta força que ouço um osso quebrar.

— Sopro do Criador — sussurra Cohen. — Jones...

Sei o que ela vê quando me olha de frente. Meus dedos e meu rosto estão manchados de sangue, vermelho dos Terráqueos, roxo dos Syldrathi e rosa dos Betraskanos. Devo parecer um criminoso, um assassino, um terrorista, do jeitinho que a AIG me pintou por aí. O Alfa mais promissor da Legião Aurora transformado em um psicopata implacável.

Só que a questão é a seguinte: não é a loucura que me leva a atacá-la com um golpe na barriga que a faz dobrar ao meio. Não é a raiva que me faz bater em sua nuca com a mão aberta, fazendo-a saltar do convés, grunhindo e perdendo a consciência.

É o desespero. É o *medo*.

Porque eu vejo. Mesmo enquanto deixo os membros do Esquadrão 303 só de roupas de baixo e os tranco na minha cela, soldando a porta com um maçarico do porão. Mesmo enquanto estou vestindo o uniforme de Rioli e voltando para a ponte, implorando aos Deuses do Sistema de Autorreparo que se apressem. Mesmo enquanto as luzes finalmente piscam e a energia volta, e, sussurrando um "obrigado" ao Criador, sento-me no assento do piloto.

Eu vejo.

A imagem da Academia Aurora explodindo em um halo de fogo e escombros, destruindo a última esperança de paz galáctica.

Eu sinto atrás dela aquela sombra se erguendo, determinada a engolir a galáxia. E ouço aquela voz me implorando, suplicando para que eu siga em frente, mesmo que tenha que ser sozinho.

Estabeleço a rota para a Academia Aurora e ligo os motores.

... você pode consertar isso, Tyler...

— Pode apostar que sim — sussurro.

E vou embora.

18

SCARLETT

Os lábios de Finian são quentes e macios e, conforme vão deixando um rastro de calor no meu pescoço, eu estremeço da cabeça aos pés. Estamos deitados em meio a lençóis amassados num colchão fino de espuma temperada, e a vista da pequena escotilha ao nosso lado mostra a mais perfeita escuridão, iluminada por minúsculas pulsações de luz malva. Minha camisa está para fora da calça e, com uma das mãos, Fin desenha círculos suaves na base das minhas costas; seus dedos de metal emitem um choque elétrico fraco que me causa os melhores arrepios possíveis. Eu percorro seu cabelo com os dedos e puxo com mais força, ofegando incentivos enquanto ele beija meu pescoço.

A mão que sinto nas costas desce e se aventura em direção à minha calça. Eu pego uma mecha do seu cabelo e levanto sua cabeça para olhá-lo. Os lábios e bochechas de Fin estão levemente rosados e ele está ofegante, mas então para tudo e me encara.

— Posso? — pergunta ele.

— Pode — respondo com um suspiro. — Continua.

Então nos agarramos de novo; ele me toca onde e como se deve e, sim, parte de mim se dá conta de como tudo isso é burrice, dada a situação em que estamos. Mas a maior parte de mim está concentrada no quentinho de sua pele, na sensação dele no meu corpo, no que está fazendo com as mãos e em como subestimei *demais* o talento de Finian de Seel.

Como já vem acontecendo há cinco loops, distraímos a patrulha de segurança, que, caso contrário, teria interrompido e executado Zila e a tenente Kim no escritório de Pinkerton. Levou um tempinho, mas, no fim das contas, descobrimos que acionar um alarme de proximidade no andar inferior da seção de alojamento afastaria os guardas o suficiente para desviar a atenção deles do escritório por completo. Alguns minutos depois de acionar o alarme, toda a equipe de segurança é chamada para lidar com o incêndio na Escadaria B, que, a essa altura, já está se espalhando pelo sistema de ventilação.

Isso significa que, uma vez que disparamos o alarme, Fin e eu temos muito tempo livre à nossa disposição. Quer dizer, a gente até *poderia* subir e ajudar Zila a reunir mais informações dos computadores do escritório de Pinkerton. Mas não é como se eu fosse ser tão útil assim, de qualquer maneira, e não é como se a gente *precisasse*. Se estamos apenas morrendo e voltando, morrendo e voltando, podemos tentar tudo mil vezes até chegarmos à perfeição. Temos todo o tempo do mundo.

Então, nos últimos loops, Fin e eu temos nos isolado em uma unidade habitacional vazia e estamos... nos conhecendo melhor. Porque, por mais que pareçamos ter um estoque infinito de tempo, estou percebendo que já desperdicei demais quando não o usei para conhecer esse garoto melhor.

Seu calor me deixa vermelha, meu coração acelera, e o ouço gemer enquanto minha língua toca a dele e eu suspiro em sua boca. O nosso redor está cheio de sirenes de alerta e rangidos de metal em colapso, mas meus suspiros ainda parecem terrivelmente altos.

— Como que tira essa coisa?

Fin se afasta com um olhar surpreso.

— ... Quê?

— Seu exotraje — sussurro, puxando a camisa dele e passando os dedos por sua barriga tensa. — Como eu faço para tirar?

— Você quer... — Ele engole em seco. — Você quer tirar meu exotraje?

— Não — respondo, seguindo em direção ao seu pescoço e mordiscando a pele. — Quero tirar sua *camisa*. O exotraje só está no caminho.

— Scar...

Arranho seu pescoço com os dentes e agora é *ele* quem estremece. Abro um sorriso quando sinto o efeito que estou causando.

— Agora eu queria ter prestado mais atenção nas aulas de mecanização...

— Scarlett.

— Oi, Finian.

— *Scarlett*.

Seu tom de voz me faz parar. Conheço a cultura Betraskana como a palma da minha mão. Sei que, para a sociedade dele, o que estamos fazendo aqui não é tabu, e também sei que ele quer *muito*. Mas, ao olhar para aqueles belos olhões, mesmo por trás das lentes, eu percebo.

Eu percebo...

Ele está com medo.

A estrutura treme à nossa volta. Um vapor flamejante ilumina a escuridão do lado de fora da escotilha enquanto uma voz soa nos alto-falantes.

— ALERTA: RADIAÇÃO DETECTADA NA PLATAFORMA 13. TODA A EQUIPE DA PLATAFORMA 13, ATIVAR PROCEDIMENTOS DE DESCONTAMINAÇÃO IMEDIATAMENTE.

— ... Você está bem?

— Estou, sim — mente Fin, limpando a garganta. — Tudo bem.

Eu o observo de novo, examino sua expressão, sua postura, a velocidade com que ele respira, as batidas do seu coração, o corpo contra o meu. Sempre soube fazer isso bem, até mesmo antes de estudar na Academia.

Desde a infância, às vezes quase parecia que eu era capaz de adivinhar o que as pessoas estavam pensando antes mesmo que abrissem a boca. Não sei direito como faço isso — sempre imaginei que fosse algo inato. Há pessoas que são boas em jetbol. Outras sabem cantar.

E eu? Eu leio as pessoas como se leem livros — ou boa parte delas, pelo menos.

E, ao olhar para Fin mais de perto, percebo que estou certa.

— Você está com medo.

De repente, ele fica na defensiva, mas dá uma gargalhada para disfarçar. Blefe. Bravata. Ele é tão *criança* as vezes.

— Não estou, não — diz em tom de deboche. — Por que é que eu teria medo?

— Fin... — Toco a bochecha dele. — Não precisa mentir para mim.

Ele sustenta meu olhar por um momento, depois desvia e encara a escuridão lá fora. A estação treme e o tempo desmorona, dando voltas e mais voltas em si mesmo, sem parar. A cobra mordendo a própria cauda.

— REPETINDO: RADIAÇÃO DETECTADA NA PLATAFORMA 13. TODA A EQUIPE DA PLATAFORMA 13, ATIVAR PROCEDIMENTOS DE DESCONTAMINAÇÃO IMEDIATAMENTE.

Eu lhe dou um beijo na bochecha. Acaricio seu cabelo clarinho.

— Fin, o que foi?

— ... É besteira — murmura ele.

— Tenho certeza de que não é. Você pode me contar.

Fin volta a me olhar nos olhos e uma pequena ruga surge em sua testa. Sinto que ele está tentando construir um muro entre nós. Para se defender por trás da armadura que veste. Para se isolar e se fechar.

Toco o rosto dele.

— Confia em mim — digo, tão suave quanto uma brisa.

Ele hesita por mais alguns instantes.

— ... Eu gosto de você, Scar — diz por fim.

— Também gosto de você — respondo com um sorriso e passo o dedo pelo contorno dos lábios dele.

— Quer dizer... eu gosto *mesmo* de você. — Ele olha para o meu corpo, perfeitamente encaixado no dele. — E eu *quero*, é só que...

Então a ficha cai. *Mas é claro*, digo a mim mesma. Deveria ter sido óbvio. Mas eu estava tão envolvida no que estávamos fazendo que não parei para pensar no que estávamos *prestes* a fazer. E...

— Você nunca fez isso antes — digo.

Fin contrai os lábios. Percebo como é difícil para ele se mostrar assim, tão vulnerável. A vida inteira ele lutou para ser tratado de igual para igual, para provar que não é uma vítima da peste que devastou seu corpo na infância. Para fugir do estigma do traje de metal que é forçado a usar. E, só de pensar em sair do traje, em se expor...

— Não — diz ele.

— Está tudo bem, Fin — digo a ele. — Não tem problema.

— Não sei, não... — Ele balança a cabeça e contrai a mandíbula. — Eu sei que você já teve um monte de namorados. Só que, sem meu exotraje, não consigo me mexer tão bem. Quer dizer, até consigo me mexer, mas não é nem um pouco bonito, e eu não... Não sei se eu seria tão bom... — Ele suspira, frustrado consigo mesmo, com a situação, com tudo. — Ah, chakk. Eu disse que era beste...

Impeço a palavra com um beijo, suave, doce e demorado.

— Está tudo bem — sussurro.

Fin não acredita em mim. Evita meu olhar. Toco sua bochecha novamente, com dedos leves, até ele me encarar. Então me dou conta de como isso é importante. E que, sim, ele *realmente* gosta de mim. Então o beijo de novo.

— Está tudo bem — repito. — A gente pode fazer o que você estiver pronto para fazer. O que você gostar. Estou feliz só de estar com você. O que você quiser já vai ser suficiente. — Eu aperto a mão dele e beijo cada uma das pontas dos dedos de metal. — *Você* é suficiente.

— ... Sério? — sussurra ele.

— Sério — respondo com um sorriso. — Você é lindo.

Ele acaricia minha bochecha até encostar em uma mecha de cabelo ruivo brilhoso. Mesmo se a estação inteira não estivesse desmoronando à nossa volta, tenho certeza de que o mundo ainda estaria sacudindo enquanto ele me beija de novo.

— Você é meio que incrível, Scarlett Isobel Jones — murmura ele.

— É, eu sei. Você deu uma baita sorte, de Seel.

Ele ri, e eu rio com ele. Nos beijamos de novo, um beijo gostoso, alegre e doce; e me pergunto se não me importaria de ficar nos braços desse menino fofo e inteligente, mil vezes, até o final de...

— *Scarlett. Finian. Estão na escuta?*

— É a Zila — diz Fin na minha boca, bem baixinho.

— Ignora ela — sussurro.

— *Scarlett. Finian. Respondam.*

— Parece urgente — sussurra Fin.

— É a Zila, está tudo bem. Shhh...

— *Scarlett. Finian. Por favor, respondam, é urgente.*

— ... pariiiiuuuu. — Pressiono o botão do transmissor e suspiro. — Zil, nós duas temos que ter uma conversa sobre o que significa sororidade e...

— *Vocês cuidaram da patrulha?* — insiste ela. — *Preciso que você e Finian venham ao escritório do Pinkerton imediatamente.*

Finian e eu trocamos um olhar enquanto a estação ressoa de modo ameaçador, enquanto as sirenes tocam sem parar. Ele fica lindo na luz negra da tempestade, mas senti um tom incomum de medo na voz de Zila, e isso já é o suficiente para frear meu coração agitado enquanto olho nos olhos de Fin.

— Estamos subindo — digo a ela.

Levamos alguns minutos — nos quais fugimos silenciosamente de quatro tripulantes em pânico e, por pura sorte, evitamos uma explosão de plasma na Escadaria A — para chegar ao andar superior da seção habitacional. Fin e eu avançamos lentamente, de mãos dadas, pela estação sacudida por terremotos. Entramos no escritório/museu de Pinkerton e vejo a expressão preocupada de Zila, que está mordendo um cacho de cabelo preto. É possível que, pela primeira vez, ela pareça realmente exausta enquanto me encara. Nossa boa tenente Nari "Gavião" Kim está ao lado dela, observando as telas. Parece que alguém deu um tiro no seu cachorro.

— Onde vocês dois estavam? — insiste Zila.

— Zil, você está bem? — pergunta Fin.

— Perguntei onde vocês estavam — insiste ela mais uma vez, me olhando de cima a baixo. — Mas, considerando que a camisa de Scarlett está para fora da calça e você tem marcas de mordida no pescoço, eu nem precisava me dar ao trabalho.

— A gente cuidou da patrulha de vigilância, Z — eu digo. — Como é nosso papel. Isso explica você não ter levado um *tiro*. Se fizemos um pequeno desvio depois...

— Isso foi tolice e egoísmo — dispara ela. — Também há coisas que eu preferiria estar fazendo, Scarlett.

Admito, chego a me arrepiar de raiva. Lanço um olhar incisivo para a tenente Nari Kim, que está atrás da nossa Cérebro, cruzo os braços e encaro Zila.

— É, aposto que sim, Z. E ninguém vai julgar se vocês duas...

— Não foi *isso* que eu quis dizer — retruca Zila, que fica vermelha de vergonha enquanto olha de relance para Nari. — Ao menos *algumas* pessoas aqui têm coisas mais importantes em mente do que flertes triviais. Algumas pessoas aqui estão tentando descobrir uma forma de sair dessa confusão!

Fin parece perplexo com o tom de Zila, que está quase gritando. Preciso me lembrar de entrar em contato com o pessoal do *Livro dos recordes galácticos*.

É a primeiríssima vez que isso acontece com ela.

— Zil, qual é o problema? — pergunta ele.

— Como é possível que você ainda pergunte isso, Finian? — diz Zila. — Você sabe tão bem quanto eu com que nível de complexidade estou lidando aqui!

— Olha, é, tá bom. — Ele coça o cabelo despenteado e me lança um olhar constrangido. — Talvez Scar e eu tenhamos reservado um tempinho para nós dois. Sinto muito, eu deveria estar te ajudando mais. Vou fazer isso da próxima vez. Não é nada demais, né? A gente tem literalmente uma *infinidade* para resolver isso. Se a gente fizer alguma besteira, é só tentar de novo até arrumar um jeito de sair do loop, certo?

Zila balança a cabeça e volta a olhar as telas.

— Quando o próximo loop começar, peço que concentre seus esforços no Magalhães.

Fin pisca os olhos, perplexo, e eu quase rio quando olho de relance para a mochila dele, que contém os restos eletrocutados do unividro de Aurora.

— Você quer *mesmo* que eu conserte esse chakk? — Ele aponta para as vitrines à nossa volta. — Z, uma dessas antiguidades seria mais útil!

— Também preciso do seu unividro. E do seu, Scarlett.

— Pra quê? — pergunto. — Não é como se existisse uma rede para que eles...

— Podemos conectá-los uns aos outros. — Zila quase faz uma careta para as telas à sua frente. — Este sistema é primitivo demais e, para efetuar os cálculos, preciso de todo o poder computacional que for possível. — Ela esfrega os olhos, e o brilho dos monitores realça suas feições. — Algo está errado.

Fin se aproxima do console. Já está levando a situação mais a sério.

— Como assim? Qual é o problema?

O alto-falante interrompe a resposta de Zila.

— ALERTA: COLAPSO DE CONTENÇÃO EM ATIVIDADE. IMPLOSÃO DE NÚCLEO IMINENTE DENTRO DE TRÊS MINUTOS. EVACUAÇÃO GERAL IMEDIATA PARA AS CÁPSULAS DE FUGA. REPETINDO: IMPLOSÃO DE NÚCLEO EM TRÊS MINUTOS.

E aí está.

O fim do loop.

É hora de morrer mais uma vez.

A estação começa a tremer e pego a mão de Finian. A força do aperto dele é confortável, assim como o calor do seu corpo ao me apoiar nele. Mas Fin não está prestando atenção. Em vez disso, segue concentrado no mostrador no pulso de Zila. Os números digitais piscam no cronômetro que ela programa no início de cada loop.

— Não pode estar certo... — comenta Fin.

Zila encontra os olhos dele e contrai os lábios.

— Estava me perguntando quando você perceberia.

— Você chegou a conferir isso? — insiste ele. — Não é uma falha técnica?

— Nós percebemos alguns loops atrás — diz Nari baixinho. — Bom, a Zila percebeu. Mas ela queria ter certeza antes de contar para vocês.

Zila sustenta o olhar de Finian por mais um instante, depois volta a carranca para mim.

— Talvez, se vocês dois não estivessem tão *distraídos*...

— Olha só, Zila, eu sei que você está zangada — digo. — E talvez tenha direito de estar, mas será que dá para não nos acusar durante um minuto e dizer o que está acontecendo?

A estação sacoleja. Lá fora, uma luz malva se acende e ilumina a tempestade, as nuvens colossais se juntam e se agitam na escuridão.

Fin me olha nos olhos.

— O pulso quântico atinge o veleiro quarenta e quatro minutos depois do início do loop.

— Isso.

— E a Zila nos disse que o núcleo sobrecarregava e a estação explodia cinquenta e oito minutos depois que o pulso bate.

— É. — Oscilo o olhar de um para o outro. — E?

— Estamos a um minuto da detonação, Scarlett — responde Zila, erguendo o pulso para que eu veja.

Eu franzo a testa e leio os números vermelhos na pequena tela preta sobre a pele marrom de Zila, banhada pelo brilho azul do monitor.

— Uma hora e trinta e dois minutos — digo.

— Correto — concorda Zila.

—*ALERTA: IMPLOSÃO DE NÚCLEO IMINENTE DENTRO DE TRINTA SEGUNDOS. EVACUAÇÃO GERAL IMEDIATA. REPETINDO: IMPLOSÃO DE NÚCLEO EM TRINTA SEGUNDOS.*

A estação começa a tremer descontroladamente, o metal se despedaça, o ar está cheio de sirenes, fumaça espessa e o silvo do vazamento do sistema de ventilação. Levanto a voz para me fazer ouvir.

— Mas, se o núcleo explode cinquenta e oito minutos depois da descarga, e se a descarga acontece no minuto quarenta e quatro...

Kim encontra meu olhar com a expressão sombria.

— Pois é.

— Puta merda — sussurro.

Olho nos olhos de Fin.

— Os loops estão ficando mais curtos — concluo.

—*ALERTA: IMPLOSÃO DE NÚCLEO IMINENTE. CINCO SEGUNDOS. ALERTA.*

Fin assente e aperta minha mão com os olhões pretos arregalados de medo.

— Nosso tempo está acabando — diz ele.

—*ALERTA.*

BOOM.

19

AURI

Quando chegamos à Nave do Mundo, minha cabeça está latejando. Do visor da *Vingadora*, vejo se aproximar o último porto seguro de toda a Via Láctea.

Kal apoia as mãos nos meus ombros e, com os polegares, acha o ponto na base do pescoço onde sempre acumulo tensão. No Eco, ele deve ter feito isso umas centenas de vezes, quando, com muita paciência, me ajudava a superar o desânimo das missões de treinamento impossíveis que os Esh me passavam. Parece que uma eternidade se passou desde então.

Agora, observamos juntos nossa nave se aproximar de Sempiternidade, uma sombra destacada em uma brilhante nebulosa arco-íris. A princípio, não me parece que, em vinte e sete anos, o lugar tenha mudado muito — ainda é um amontoado de naves e estações coladas, torres e satélites avançando na escuridão, túneis de ancoragem que se estendem tortuosamente a partir de seu corpo como tentáculos.

Mas está salpicada de luzes por todas as partes, exceto na área superior direita, que parece totalmente apagada; à medida que nos aproximamos e consigo ver melhor, percebo que está arrombada e deformada. A explosão, ou ataque, deve ter sido imensa.

— Lar — murmura Toshh do assento ao meu lado.

— Um bom lugar para manter o coração — comento.

Ela me olha esquisito, arqueando a sobrancelha em direção aos chifres.

— É um antigo ditado Terráqueo — explico com um sorriso. — *Lar é onde o coração está*.

Por cima do leme, Lae olha de relance para Kal.

— Isso explicaria muitas coisas. Considerando o que o Destruidor de Estrelas fez com o próprio lar dele.

Kal respira fundo ao ouvir o comentário, mas não aceita a provocação. Imagino que, em algum sentido terrível, isso seja verdade. Quando eu me aproximo para apertar a mão dele, Lae olha para mim e para o garoto ao meu lado.

Para ser sincera, é meio estranho olhar para ela. Os outros membros da equipe de Tyler, inclusive ele mesmo... Agora, minha mente os percebe com facilidade. Os sentimentos de cada um. As correntes de emoções fluem juntas à minha volta e formam um rio. Lae, por outro lado, é indecifrável. Ela se mantém fechada, como se tivesse usado seus poderes de Andarilha para cobrir a mente com um véu.

Ela é forte. Não se compara a mim nem a Caersan. Mas, mesmo assim...

Pareceu ter gostado da minha ajuda para fazer a abertura voltar a funcionar, pelo menos — ironicamente, eu forneci o "empurrão rudimentar" que Caersan queria para transportar a Arma para casa. Não entendo muito bem qual é o princípio científico por trás disso: foi Lae quem nos guiou, eu era apenas a energia bruta, mergulhando de volta no fluxo, me imolando, estimulada. Juntas, usamos o fragmento de cristal Eshvaren localizado no núcleo da *Vingadora* para abrir uma série de Portões ao longo de oito horas, fazendo a nave saltar uma meia dúzia de vezes através do espaço.

O esforço que precisei fazer foi pequeno. Quase irrelevante. No entanto, a julgar pelas rachaduras ao redor dos olhos de Lae, dá para ver que cada viagem lhe custa caro. Apesar do jeito durão, por si só, isso já me mostra que ela é uma boa pessoa. Todos os membros da equipe de Tyler são. Eles se sacrificam muito para trazer sobreviventes para cá.

O último resquício de civilização na galáxia.

— Ah, já estava mais do que na hora — murmura Tyler.

Eu me levanto do assento e me aproximo dele conforme vamos chegando mais perto da Nave do Mundo. Ele me olha de relance e, por um instante, arregala os olhos e perde o fôlego, o corpo revelando um imperceptível momento de tensão.

— Tyler? — Metade da tripulação fecha a cara toda vez que uso o nome dele em vez do título, mas sei que passar a dizer "comandante" não é a melhor maneira de lembrar-lhe de que somos amigos. Busco sua mão. — Você está bem?

— Não é nada — responde ele, beliscando o dorso do nariz. — Estamos na Dobra há um tempão. Estou velho demais para esse tipo de merda.

Psicose da Dobra. Tinha me esquecido. Os esquadrões da Legião Aurora são compostos por jovens de dezoito anos porque, acima dos vinte e cinco, mais de sete horas na Dobra exige um esforço excessivo. É por isso que fui congelada a caminho de Octavia — a psicose da Dobra não é brincadeira. E agora Tyler está com quarenta e tantos anos. O que é *bizarro*.

O que ele acabou de ver quando olhou para mim?
Que efeito está tendo sobre ele?

— Nunca pensei que veria esse lugar de novo — comento e, com um leve sorriso, tento mudar de assunto. Além de precisar que ele esteja do meu lado, eu não suporto vê-lo assim. — Na última vez em que estive diante dessa vista, estávamos seguindo minhas instruções absurdas ao contrário, nem sabíamos por que estávamos vindo, muito menos que pouco tempo depois nos envolveríamos em um assalto e enfrentaríamos o Grande Ultrassauro de Abraaxis IV.

— Espera — diz uma voz atrás da gente. Elin, a Betraskana, se inclina para a frente. — Todo aquele chakk sobre o Grande Ultrassauro era *verdade*?

— Você tinha que ter visto as calças que seu chefe estava usando — respondo.

Por um breve instante, conquisto um sorrisinho de Elin. Depois, ela se lembra de que eu sumi da Batalha da Terra e causei o fim de tudo, e volta a fechar a cara.

— Você não faz ideia de quantos favores acabei devendo ao Dariel ao longo dos anos — diz Tyler, um pouquinho mais simpático. — Ele vivia ameaçando cobrar, mas nunca chegou a fazer isso. — Ty para de falar por um instante, fecha o olho e coça a venda que cobre o outro. — Ele morreu seis anos atrás, numa missão de resgate.

Kal se aproxima enquanto procuro uma resposta, qualquer uma. Mas, como sempre, ele preenche o vazio por mim.

— Este lugar viu muitas batalhas — murmura ele.

Tyler faz que sim.

— Ra'haam. Já o combatemos pelo menos cinquenta vezes. Não importa onde a gente se esconda, mais cedo ou mais tarde, somos encontrados.

— E vocês lutam todas as vezes? — pergunta Kal.

— Claro que não. A gente *foge*. — Tyler indica a nave enorme com um aceno de cabeça. — Tem uma abertura dentro dela com todo o resto de cristal Eshvaren que conseguimos roubar. E todos os Andarilhos ainda vivos da galáxia. Quando Ra'haam aparece, eles abrem um Portão e arremessam Sempiternidade para o mais longe possível.

— E, a cada vez, eles abrem mão de mais um pedacinho de si mesmos — diz Lae em voz baixa. — Até que não reste mais nada.

Tyler olha para ela com um semblante preocupado, lábios contraídos.

— Mas as Ervas Daninhas sempre dão um jeito de nos reencontrar, de qualquer maneira — resmunga Toshh. — As desgraçadas percebem nossa presença. Sentem nosso *cheiro*.

Tyler faz que sim.

— Geralmente, Ra'haam demora umas três semanas para nos achar. Um mês, se tivermos sorte. O último ataque foi há apenas dez dias, então devemos ficar seguros aqui por um tempo.

Fico horrorizada de pensar na ideia de nunca estar em segurança. Nunca poder descansar. Ser sempre perseguido por aquela... *coisa* que consumiu meu pai. Cat. Octavia. E, se for bem-sucedida, a galáxia inteira.

Sinto a energia estalar na ponta dos dedos. Cada pelo do meu corpo se arrepia.

Não posso permitir que esse seja o futuro da galáxia.

Não vou permitir.

— O que você pode nos dizer sobre o conselho que vamos encontrar? — pergunto.

— O Conselho dos Povos Livres — responde Tyler. — É composto por quatro membros. Três deles pertencem aos maiores grupos de sobreviventes, enquanto as comunidades menores se revezam alternando dois representantes por ano. Assim, há um Syldrathi do Clã Vigilante, uma Betraskana e um Rikerita; um político, uma pragmática e um guerreiro. E, no momento, o representante das minorias é da espécie Ulemna.

— Os humanos fazem parte das minorias? — pergunto, sentindo o coração encolher.

— Não — responde ele, de olho na estação. — Fomos banidos do conselho. Elin, avise ao comando de Sempiternidade que vamos entrar. E sinalize que estamos rebocando um cristal Eshvaren gigante antes que alguém entre em pânico e atire uma bomba na gente.

— Entendido, chefe — responde a Betraskana com um aceno de cabeça. — Imagino que eu ainda não deva mencionar que há um maníaco genocida destruidor de planetas a bordo, não é?

Tyler coça o queixo.

— Acho que esse é o tipo de conversa que é melhor se ter cara a cara.

— Por quê? — pergunto baixinho enquanto Elin liga o comunicador.

— Você não acha que o Destruidor de Estrelas…

— Não, eu queria saber por que fomos banidos do conselho.

Finalmente, para de olhar para a Nave do Mundo e se volta para mim. Dá para ver como está cansado. Como está bravo. Como está triste.

— Porque a culpa é nossa, Auri. Octavia era nossa colônia. Nós despertamos Ra'haam antes da hora. Ra'haam, por sua vez, consumiu nossos colonos, eles conseguiram voltar para a Terra e passar os dois séculos seguintes se infiltrando na AIG sem que *ninguém percebesse porra nenhuma*. Aqueles agentes decapitaram todos os governos planetários da galáxia. Destruíram qualquer chance que tínhamos de cortar Ra'haam pela raiz. E, a cereja do bolo: nosso Gatilho sumiu com a única Arma real que tínhamos na batalha em que o jogo virou.

Fico sem fôlego e sinto algo esquisito nas pernas — é como se eu precisasse sentar para não cair. Tudo isso, tanto os danos menores quanto os mais graves, por minha culpa. O braço de Kal me envolve, sinto o roxo e o dourado de sua mente apoiando e confortando a minha.

— Irmão — diz ele suavemente. — Os Terráqueos encontraram um berçário de Ra'haam por falta de sorte. Quem pode dizer se outra espécie teria detectado os impostores? E Aurora não abandonou ninguém. Você é comandante, é respeitado. Portanto, deve haver espaço para compreensão aqui.

— Levei boa parte da vida tentando me provar — responde Tyler. — O perdão anda em falta por aqui.

— Você acha que existe alguma chance de o conselho nos ajudar? — pergunto, tentando controlar a nova onda de desespero que surge dentro de mim.

— Tudo é possível — diz Tyler. Mas ele voltou a observar Sempiternidade e não me encara.

• • • • • • • • • • • •

Mantemos uma distância segura de Sempiternidade por mais uma hora antes que o conselho mande chamar Tyler, que sobe a bordo da *Vingadora* e vai até lá prepará-los; Kal e eu esperamos, calados e envergonhados, junto com a tripulação.

Depois da terceira hora, ficamos sabendo que eles estão prontos, então Lae e Toshh nos escoltam até Sempiternidade. Aterrissamos em uma das docas em meio aos cordões umbilicais transparentes que saem da estação. Da última vez que estive por aqui, estavam cheios, um vaivém interminável de diferentes alienígenas. Fin e eu falamos sobre o povo dele, que vive no subsolo, e sobre ele não gostar de estrelas.

Um céu cheio de fantasmas, disse ele. As palavras foram proféticas.

Você não morreu, prometo a ele em silêncio. *Vou voltar a tempo. Vou mudar o fim dessa história.*

Quando descemos da nave, os sobreviventes de Sempiternidade já estão à nossa espera. O corredor está repleto de figuras grandes e pequenas, jovens e velhas, dezenas de espécies, centenas e mais centenas de pessoas. Todas se vestem com roupas remendadas para durar décadas a fio e todas estão em silêncio.

Enquanto caminhamos — Lae na frente, Toshh e Dacca atrás —, os olhares vazios pesam sobre nós, e é quase insuportável. Isso, essas pessoas, são tudo o que restou da galáxia. Procuro a mão de Kal apenas para sentir um pouco do calor de sua pele na minha.

O Conselho dos Povos Livres realiza suas reuniões no antigo salão de baile de Casseldon Bianchi. Agora as luzes estão acesas e o redemoinho de galáxias há muito se foi, assim como o lindo vestido vermelho que usei naquela noite. Agora o aquário fantástico que corria pelas paredes está recheado de compartimentos e de pequenas boias, invadidas a cada centímetro por algas de água doce e salgada — imagino que precisem disso para as proteínas. Para alimentar aqueles milhares de pessoas na estação lá fora. O ambiente é enorme e as fileiras de cadeiras sugerem que normalmente tenha uma plateia, mas, por enquanto, só ouço o eco de nossos passos ao chegarmos à mesa dos fundos, onde estão sentados os quatro membros do conselho.

Em uma das pontas está o Rikerita. É um ancião, os chifres que saem de sua testa tão longos que formam círculos completos; sua expressão se perde em um mar de rugas. Como Ty definiu, ele é *o guerreiro*.

Ao lado dele está uma Betraskana com cabelos brancos quase raspados que não parece muito mais velha do que eu. Ela está analisando um tablet e só olha para a gente de relance. *A pragmática.*

O terceiro é um Syldrathi do Clã Vigilante, o primeiro que encontro pessoalmente. Parece estar na casa dos cinquenta anos e tem tranças tão impecáveis quanto sua postura. Seu glifo tem dois círculos, um dentro do outro. *O político.*

O último participante deve ser o Ulemna. Não consigo distinguir suas feições, cobertas por um capuz marrom-escuro, mas vejo as mãos azuis estendidas sobre a mesa. Tyler não disse nada a respeito do representante das minorias e, agora, me arrependo de não ter feito perguntas.

Ele já está diante da mesa; Kal e eu paramos ao seu lado, Toshh e Lae atrás da gente. No salão, há um pequeno grupo de outros Syldrathi com o glifo dos Andarilhos na testa. Alguns instantes mais tarde, eles também percebem algo: ficam rígidos, nervosos. Eu vejo a expressão sombria de Lae se fechar ainda mais enquanto toda a energia se move, o ar à nossa frente pulsa. Lae afasta uma trança loiro-prateada do ombro e aperta o punho de sua faca.

E, no meio do salão, surge Caersan.

É apenas uma projeção, é claro, tão brilhante quanto uma miragem num dia quente. Ele não é burro a ponto de sair da *Neridaa* e se arriscar numa nave cheia de inimigos. Caersan se destaca como uma sombra no meio da sala e, ao redor dele, as luzes parecem enfraquecer. Os Andarilhos emanam hostilidade. Os membros do conselho o incineram com os olhos.

Ele olha ao redor do salão e irradia desdém.

— Vamos começar — diz ele.

Um silêncio frio paira no recinto. O peso de inúmeras vidas perdidas. É o Syldrathi quem finalmente o quebra e mantém um tom comedido, apesar da raiva no olhar.

— O comandante Jones nos informou das circunstâncias de sua chegada. Por mais bizarras que pareçam suas alegações, nossos Andarilhos confirmaram que vocês são quem dizem ser. — Seus olhos roxos passam por todos nós e se demoram no Destruidor de Estrelas. — Então, o que querem de nós?

— A Arma que nos trouxe aqui está danificada — respondo. — Precisamos ir até uma anomalia espaço-temporal no setor Theta, que leva a uma instalação no planeta Eshvaren. Se tem um lugar onde podemos consertar a Arma, esse lugar é lá.

— Partindo do princípio de que Ra'haam ainda não destruiu essa tal instalação — comenta a Betraskana —, tem certeza de que, uma vez que a Arma tenha sido consertada, vocês poderão voltar ao seu próprio tempo?

Caersan examina os Andarilhos ao redor, um a um, com uma espécie de... fome nos olhos. Então eu respondo:

— Sim, acho que eu poderia fornecer a propulsão enquanto ele dirige.

A mulher se inclina para a frente, apoiando o queixo nas mãos.

— Está ciente de que o setor Theta foi completamente dominado por Ra'haam?

Faço que sim.

— Pelo que Tyler disse, nós teríamos que lutar para entrar. E, provavelmente, lutar contra Ra'haam enquanto consertamos a Arma também.

Agora é o Rikerita quem fala, com uma voz que parece uma porta rangendo.

— E é claro que por "nós", garota, você quer dizer *a gente*. — Ele olha de Caersan para mim e fecha a cara. — Você quer que usemos nossos últimos recursos para ajudá-los no que eu chamaria de uma aposta maluca? Supondo que esses reparos possam mesmo ser efetuados, quem garante que sua volta ao passado fará alguma diferença?

— Se nós conseguirmos voltar, podemos destruir Ra'haam antes que haja a chance de florescer e eclodir — respondo, e minha voz ecoa no salão. — Estou aqui para isso. Fui *criada* para isso.

O Syldrathi balança a cabeça e suspira.

— Por outro lado, se vocês *não* voltarem ao seu tempo em segurança, condenarão não só vocês, mas todos os que pertencem a essa época. Vocês nos pedem para corrermos o risco de apagar a última luz da galáxia.

— Vocês já estão condenados, seus tolos.

Todos os olhos se voltam para a projeção de Caersan, que encara os presentes um a um.

— Aqui não é um refúgio. É uma tumba. Vocês se escondem aqui nas sombras, rezando para que a verdadeira escuridão não os encontre. Mas ela *encontrará*. E todos vocês sabem disso.

O Vigilante se põe de pé em um movimento fluido.

— Você, Destruidor de Estrelas, está presente apesar de minha objeção explícita. Eu não aceito conselhos de quem destruiu Syldra, matou bilhões de seus filhos de uma só vez e deixou os sobreviventes sozinhos e à deriva.

— "Paz" é sinônimo de "rendição" na língua dos covardes, Vigilante — grunhe Caersan.

— Ele não é nenhum covarde — dispara o velho Rikerita. — Você não sabe nada do que nós sofremos, Destruidor de Estrelas. Não sabe nada do preço que *todos* nós tivemos que pagar.

— O que eu sei é que vocês estão sendo presenteados com a chance de evitar pagar esse preço. Esse sofrimento. Uma última gloriosa batalha pelo futuro de todas as coisas. — Caersan levanta as mãos e, em seguida, as deixa cair lentamente nas laterais do corpo. — E vocês ainda tremem diante da ideia. Como crianças. Como covardes.

O Vigilante franze os lábios.

— E quem diz isso é o covarde que poderia ter enfrentado Ra'haam, mas fugiu.

Tomado pela fúria, Caersan vira-se para o homem e sinto a energia fluindo em mim, quente, vibrante e ensurdecedora. Ergo uma barreira mental entre o Destruidor de Estrelas e os desafiadores membros do conselho; minhas crepitações azuis meia-noite colidem com o vermelho-sangue dele e, por um segundo, o impacto é visível: a Betraskana e o Rikerita se erguem; os Andarilhos, Toshh, Tyler e Lae sacam as armas.

Kal avança e grita:

— Pai!

Por um instante, sinto a fúria que irrompe na mente do meu amor, seu instinto de lutar. Mas Caersan responde com uma risada e sua energia diminui. Pouco a pouco, baixo a guarda, e a tensão no ar se dissolve.

Os Andarilhos ao redor do Destruidor de Estrelas estão pálidos e trocam olhares incertos: agora eles sabem que não têm chance de derrotar nem Caersan nem a mim. Lae está sussurrando no ouvido de Tyler, com a mão em seu ombro. O Vigilante permanece de pé e não tira os olhos do homem que assassinou seu povo.

— Essa é a oferta deles? — pergunta sarcasticamente, olhando para os outros membros do conselho. — Nós deveríamos mandar esses pedintes de volta para a nave deles de uma vez.

— Ou... — me intrometo na conversa com urgência, antes que os dois abram o zíper da calça e comecem a se comparar — ... podemos falar de como seremos capazes de salvar vidas. Não só a de vocês. Não só a nossa. A de *todos*. No passado e agora. Acreditem, eu entendo o que vocês sentem pelo Destruidor de Estrelas. Eu sinto o mesmo. Mas ele é o único que sabe transportar a Arma de volta para casa. Eu não sei. Precisamos dele vivo.

— E se vocês chegarem em casa? — pergunta o Rikerita. — E aí?

— E aí Caersan e eu vamos ter uma... conversinha — respondo.

A projeção do Destruidor de Estrelas olha para mim, fria e imperiosa. Mesmo se sairmos dessa vivos e, de alguma maneira, voltarmos ao tempo em que estávamos, ambos sentimos o conflito vindo em nossa direção a toda velocidade. Eu sei que, se vencer, usarei a Arma e darei tudo de mim para destruir Ra'haam.

Mas, filho duma égua, esse é um baita "se".

— A verdade pura e simples é que não consigo voltar ao nosso tempo sem ele. Então por favor, *por favor*, por mais difícil que seja, precisamos deixar nossos sentimentos de lado e descobrir uma maneira de fazer isso funcionar.

O Rikerita balança a cabeça.

— Está pedindo demais.

— Ela não está pedindo nada que não estivesse disposta a dar também — responde Kal.

— ... O que isso quer dizer?

Endireito os ombros e respiro fundo.

— Ele quer dizer que... a energia que temos dentro de nós não é uma fonte renovável. Só conseguimos usá-la um certo número de vezes antes... — Paro de falar e levo a mão às rachaduras ao redor do meu olho. — Disparar a Arma várias vezes acaba matando o Gatilho.

Kal aperta minha mão. Tento não me demorar em seu olhar assustado.

— Estão vendo? — Caersan sorri sarcasticamente. — Até essa garotinha está disposta a sacrificar a própria vida na luta para salvar vocês. Mas vocês não querem lutar para se salvar?

O Rikerita fecha a cara, o Vigilante respira fundo para cuspir mais insultos e eu vejo todo o acordo indo para o ralo. Mas então, finalmente, a Ulemna se move e tira o capuz.

A beleza dela é inebriante e, sob a superfície da pele de mármore azul e roxo, rodopiam num movimento constante e hipnótico o que parecem ser galáxias em miniatura. Ela tem olhos prateados e a voz lembra um acorde musical em tom menor, três notas de uma só vez.

— Vamos supor que faremos o que vocês pediram, Terráquea — diz ela —, e que vocês sejam capazes de consertar a Arma e voltar ao seu tempo. E então, o que acontece? Caso derrotem Ra'haam no passado, garantirão que este futuro não aconteça. Para todos os efeitos, nos destruirão.

— Apenas esta versão de vocês — diz Kal. — Outras versões viverão. Em uma galáxia em paz. Em uma galáxia sem Ra'haam.

— E as pessoas nascidas depois que Ra'haam floresceu?

Nós nos viramos para Tyler, que está cercado por sua tripulação. Lae olha nos olhos do comandante, mas ele está olhando para Kal, para mim, com a mandíbula contraída.

— Se vocês voltarem e mudarem as coisas, quem garante que elas vão sequer existir?

— O destino, irmão — responde Kal. — O *destino*.

— Você pode permitir que eles permaneçam aqui — diz Caersan. — E condená-los ao sufocamento lento, a serem consumidos pela mente coletiva.

— Não podemos confiar nele — diz o Vigilante, fechando a cara. — Cho'taa. *Sai'nuit*.

— Você não tem honra — Lae debocha de Caersan. — Seu nome é desacreditado. Seu sangue é uma vergonha. E ainda quer mesmo que lutemos por você? Que arrisquemos a vida? Por *você*?

O Destruidor de Estrelas olha à sua volta. Eu me lembro de como era esse lugar na noite em que o Esquadrão 312 veio a Sempiternidade, pouco tempo atrás. A galáxia girando acima de nós, pessoas bonitas, vestidos fabulosos. Mas agora só restaram luzes piscando, instalações escangalhadas e uma criação de algas fedorentas que servem de alimento para os sobreviventes famintos que se escondem na escuridão cada vez mais profunda.

— Você chama *isso* de vida? — pergunta Caersan sarcasticamente.

A discussão se perde mais uma vez em meio à gritaria: o Vigilante, o Rikerita e até mesmo a Betraskana levantam a voz enquanto a Ulemna se recosta no assento e volta a vestir o capuz. Lae aponta para Caersan e grita algo para Tyler, que ergue as mãos e se inclina para falar com Toshh atrás dela.

Kal aperta minha mão e eu fecho os olhos. Não tem jeito. O salão transborda de medo e raiva e, na escuridão lá fora, as Ervas Daninhas procuram por nós, presos aqui, enquanto o último resquício de vida na galáxia espera sua vez de morrer.

Então as sirenes começam a tocar.

As luzes ficam ainda mais baixas, as discussões são interrompidas. Há medo e confusão nos olhos dos conselheiros.

— Isso é...?

— *ALERTA VERMELHO. ALERTA VERMELHO. FROTA RA'HAAM DETECTADA NO MARCADOR ÔMEGA. REPITO: FROTA RA'HAAM DETECTADA. TRIPULAÇÃO, PARA AS ESTAÇÕES DE BATALHA.*

— *Impossível* — sussurra Tyler.

— Vocês foram seguidos? — questiona o Rikerita.

— Claro que não! — estoura ele. — Saltamos meia dúzia de vezes para chegarmos aqui! Seguimos todos os protocolos de entrada!

— Então como foi que nos acharam tão cedo? — insiste a Betraskana.

— O último ataque das Ervas Daninhas aconteceu há apenas dez dias! Elas jamais poderiam ter...

— Ah, desgraça...

Todos os olhos se voltam para mim quando eu sussurro:

— Elas sentem a minha presença. — Olho para Caersan e sinto o coração afundar. — A *nossa* presença.

Ele inclina a cabeça.

— ... É possível.

Engulo em seco e olho nos olhos de Kal.

— Nós as trouxemos até aqui...

— *ALERTA VERMELHO. FROTA RA'HAAM SE APROXIMANDO. TRIPULAÇÃO, ÀS ESTAÇÕES DE BATALHA.*

— Você nos condenou, Destruidor de Estrelas! — grita o Vigilante ao se levantar. — Comandante Jones, você *jamais* deveria ter...

— Com todo o respeito, conselheiro — resmunga Tyler. — Mas talvez possamos apontar culpados depois de sairmos da merda em que estamos nadando!

— Vocês não conseguem criar um Portão e pular fora daqui? — pergunto. — Você disse que esse lugar tem uma abertura...

— Está desconectada! — grita Tyler por cima das sirenes. — Só estávamos prevendo mais um ataque daqui a pelo menos dez dias! Os técnicos precisam cuidar da manutenção e dos reparos. E os nossos Andarilhos precisam se recuperar entre um salto e outro!

— Quanto tempo demora até que esteja funcionando? — insiste Kal.

Tyler olha para o Vigilante, ainda pálido de fúria.

— Conselheiro?

— Pelo menos quarenta minutos — responde ele. — Talvez uma hora...

— *ALERTA VERMELHO. A SITUAÇÃO É SÉRIA. VINTE E TRÊS MINUTOS ATÉ A INTERCEPTAÇÃO DE RA'HAAM. ALERTA VERMELHO.*

Eu me volto para Caersan com um olhar inquisitivo e ele, arqueando preguiçosamente a sobrancelha prateada, responde com um aceno de cabeça. Olho nos olhos de Kal e ele faz que sim. De mãos dadas, nos viramos e corremos.

— Auri! — grita Tyler atrás da gente. — Aonde raios vocês estão indo?

— Arrumar quarenta minutos para vocês!

20

KAL

Há uma quantidade enorme.

Sei que Ra'haam é uma coisa só. Uma mente coletiva, composta por bilhões de pedaços, interligados e conectados em uma singularidade imensa. Quando uma parte sente dor, todas as outras também sentem. O que uma parte vê, todas as outras sabem. Contudo, enquanto observo o enxame de naves vindo em nossa direção — mais naves do que já vi na vida —, é difícil não pensar em Ra'haam no plural.

Portas Terráqueos. Espectros Syldrathi. Transportadoras de tropas Betraskanas e enxertos Chellerianos. Uma centena de modelos e classes diferentes, todos roubados de uma centena de mundos diferentes, incrustados de protuberâncias azul-esverdeadas que se contorcem e arrastam tentáculos enrolados que se estendem no escuro.

E estão vindo em nossa direção.

— Carácoles — sussurra Aurora. — *Quantas* naves.

— Estou com você, be'shmai — digo a ela.

No coração da *Neridaa*, observamos as imagens que ela projeta ao nosso redor. É como se as paredes da Arma fossem transparentes: o Vazio que nos cerca aparece com uma nitidez cristalina. Meu pai se recosta em seu trono de cristal, mas a testa franzida me diz que, como nós, está preocupado com o poder do inimigo. Pensar nisso já é suficiente para despertar o medo em mim.

Ainda visto o uniforme dos Imaculados — armadura preta decorada com glifos claros e canções de glória e sangue. Cruzadas nas costas, carrego duas lâminas de kaat idênticas, prateadas e reluzentes. Levo uma pistola pesada pendurada no quadril e, presas ao cinto, granadas de pulso. Mas não me sinto um guerreiro. Não o tipo de guerreiro que *ele* queria que eu fosse.

— São muitos. — Meu pai observa as naves que se aproximam e sinto o sangue gelar com suas palavras. — Sua irmã teria adorado isso aqui, Kaliis.

— Estamos perto demais de Sempiternidade para disparar pulsos às cegas com a Arma como fizemos da última vez. — Aurora se volta para o meu pai e o encara. — Vamos ter que derrubá-las uma a uma. Nós dois.

Ele sorri, sem tirar os olhos do inimigo.

— Gosta disso, não?

— Gostar? — Aurora arregala os olhos. — Olha só, eu não sou uma psicopata que nem você. Não curto matar pelo simples prazer de matar. Eu...

— Não estou falando de matar, Terráquea. Estou falando do *poder*.

Meu pai lança um olhar sombrio para Aurora.

— Não venha me dizer que não consegue sentir. O zumbido na pele e o tremor nos ossos. Não me diga que não está *louca* para libertá-lo novamente. — Ele inclina a cabeça e os olhos reluzem. — Os Eshvaren foram sábios ao criarem os Gatilhos, garota. Eles nos conheciam tão bem que deram um sabor doce ao nosso veneno. Para que nossa morte pareça um ato divino.

Ela contrai os lábios e sustenta o olhar dele, mas não diz nada. As naves se aproximam, aglomerando-se a partir da escuridão. O olho direito de Aurora começa a brilhar e sinto o calor em sua pele enquanto ela encara furiosamente meu pai:

— Vai continuar dando sermão ou vai me ajudar?

— Ajudar?

Ele a encara e, sem quebrar o contato visual, estende a mão esquerda. Sua íris começa a brilhar, vejo aquela luz escura vazando pelas rachaduras no seu rosto. As tranças se movem como se fossem movidas por um vento invisível e, do lado de fora da *Neridaa*, uma nave de Ra'haam — um enorme e pesado porta Terráqueo, envolto em tentáculos e folhas pulsantes — começa a balançar. Deve pesar *milhões* de toneladas, mas meu pai curva os dedos em garras, como se estivesse esmagando a flor mais frágil; eu o olho, incrédulo, enquanto observo o porta tremer e explodir em mil estilhaços flamejantes, graças à sua pura e simples força vontade.

Ele balança a cabeça.

— Não estou interessado em ajudá-la, Terráquea. Eu estou interessado em *vencer*.

Aurora cerra os dentes e se volta para o display.

— Também serve.

Fico olhando meu pai por mais um instante. Lembro-me de quando eu era pequeno e nós treinávamos sob as árvores lias. Mas então me abaixo e aperto a mão de Aurora.

— Como posso ajudar?

Sinto o olhar ardente de meu pai na nuca, mas ignoro. Aurora me olha de soslaio; enquanto aperta a mão que segura a dela, uma pequena galáxia se ilumina em seu olho.

— Você já está ajudando — responde ela com um sorriso.

E assim tudo começa. As naves de Ra'haam, uma multidão impossível, rugem em nossa direção e, uma a uma, minha be'shmai e meu pai se aventuram na escuridão para esmagá-las. Vejo rajadas de luz, explosões silenciosas na escuridão, como novas constelações brilhando no céu em chamas.

A carnificina que eles desencadeiam é impressionante. A luz arde dentro daquela que eu amo e daquele que odeio e, por um momento, sinto dor ao pensar no que poderia acontecer se eles se unissem e de fato trabalhassem juntos.

Mas sei que é um sonho pueril. Caersan, Arconte dos Imaculados, jamais dividirá seu trono. Jamais confiará o bastante em outras pessoas para acreditar que elas sejam movidas por qualquer outra coisa a não ser a sede de sangue e a ganância que o movem.

Meu pai é louco.

— Kal, é o Tyler, está na escuta?

Pressiono o comunicador em meu ouvido.

— Estou, irmão.

— Temos novas naves de Ra'haam a caminho, de diferentes direções. Sempiternidade está lançando todas as naves. Diga a Auri que, se ela conseguir evitar o ataque, nós a ajudaremos.

— Entendido. Quanto tempo falta para ativar a abertura?

— Pelo menos meia hora. Será que ela e aquele desgraçado conseguem segurar as Ervas Daninhas por tanto tempo?

Olho para Aurora com um aperto no peito. Vejo a energia que ela libera, a força que lhe foi dada pelos Antigos. Mas, enquanto essa energia queima em seu interior, brilhando feito um sol em sua íris, eu a vejo. Eu *as* vejo. Pequenas rachaduras que irradiam do olho para a pele. Vejo o quanto isso lhe custa. O quanto a machuca. E, o pior de tudo: assim como meu pai disse, vejo o quanto ela parece...

Ela parece estar gostando.

— Vamos segurá-las — respondo.

— *Entendido* — responde Tyler. — *Vamos fazer o possível para aliviar a pressão.*

Observo a frota de Sempiternidade a toda velocidade — talvez cerca de cinquenta naves, heterogêneas e únicas. Mas, conforme elas voam em direção às naves de Ra'haam que se aproximam, percebo a mão de Tyler Jones conduzindo-as como um maestro diante de sua orquestra. Meu irmão sempre foi um estrategista de primeira e, ao que parece, depois de anos de batalhas, está ainda mais habilidoso. Suas naves costuram entre o inimigo, caças zunem, mísseis piscam, explosões rugem.

Mas Ra'haam é muito grande.

Agora, a escuridão lá fora está em chamas: naves incendiadas e núcleos em ruínas, seiva fervente e folhas sangrentas. Mas os inimigos não param de chegar, cada vez mais deles, emergindo de pequenos rasgos na pele do sistema. A cada nave que conseguimos destruir, mais três parecem substituí-la, tal qual as ervas daninhas que essas pessoas usam para se referir a Ra'haam. E então...

— *...Jie-Lin...*

Uma voz, suspensa ao nosso redor. Um tremor que percorre o corpo de minha be'shmai. Eu a vejo sem fôlego, seu ataque vacila, percebo o horror, o sofrimento e a fúria que de repente a preenchem.

— *...Jie-Lin...*

— Papai... — sussurra ela.

— *...Sentimos sua falta...* — a voz sussurra.

Conheço a voz, claro. É o pai de Aurora — o homem que ela perdeu dois séculos atrás e depois perdeu de novo para Ra'haam. Um dos primeiros colonos humanos em Octavia a ser incorporado à mente coletiva. De uma certa forma terrível, ele ainda vive ali dentro.

— *...Achávamos que tivéssemos perdido você. Ah, meu amor, você não imagina como é bom te sentir de novo...*

— Be'shmai — sussurro enquanto aperto a mão dela.

— Eu sei — responde ela em voz baixa. — Não é ele.

— *... Nós SOMOS ele. Somos tudo o que tocamos. Betraskanos e Terráqueos, Syldrathi e Rikeritas. Gremps e Chellerianos e Kacor e Cajak e Ayerf e Sarbor. Pais e filhos, amigos e amantes, juntos para sempre e sem fronteiras. É seguro aqui dentro, filha. É quentinho. É puro amor...*

Sinto Aurora tremer, cerrando os dentes. Atrás de nós, ouço a voz de meu pai, que mostra os dentes em um rosnado.

— Não dê ouvidos, garota.

— Não estou dando ouvidos.

— Ra'haam está tentando distrair você.

— Eu *sei*!

— *... Não sabe. Não tem como saber. Não queremos que você morra, filha. Você sabe que é isso que vai lhe custar, não sabe? No fim das contas...?*

— Tolice — diz meu pai. — Acabe com elas. Não dê ouvidos!

— Pai, você não está ajudando! — vocifero.

— *... Por mais que você triunfe nesta batalha, não poderá vencer, o que a espera é...*

Sinto um aperto no peito quando vejo que o nariz de Aurora começa a sangrar. Quando as pequenas rachaduras em sua pele se espalham um pouco mais. E eu sei que Ra'haam fala a verdade.

— *... o que a espera é a morte...*

Nossas defesas estão em colapso. A superioridade numérica do inimigo é esmagadora. As naves de Tyler disparam na escuridão. Explosões iluminam a noite. Meu pai contrai o rosto de raiva e cerra os punhos, furioso. Mas o sangue roxo está pingando de seu nariz, e a luz atravessa as rachaduras da pele.

— Tyler, quanto tempo? — insisto.

— *Dez minutos! Talvez menos!*

— Não somos capazes de segurá-las!

As naves de Ra'haam mais próximas explodem uma parede de fogo que é um turbilhão de golpes avassalador. Elas ignoram completamente Sempiternidade e se concentram apenas na *Neridaa*, a Arma construída para destruí-los, e nos Gatilhos treinados para ativá-la.

Olho para meu pai e para Aurora, desesperado. O rosto deles está manchado de sangue, e os olhos, escondidos nas sombras, mas eles continuam atacando: uma onda violenta que reduz os projéteis a pó. Mas outras naves chegam, é uma maré sem fim, e sinto o coração afundar.

— Tyler, o que está acontecendo?

— *A abertura está ativada! Mas os Andarilhos ainda precisam energizar os cristais!*

— Kal... — sussurra Aurora.

— Tyler, não somos capazes de segurá-las! — vocifero.

— *Kal!*

Olho nos olhos de Aurora e vejo a luz das estrelas brilhando neles. Ela cambaleia ao meu lado, com lábios vermelhos reluzentes. Seus olhos estão acesos e eu reconheço o caleidoscópio de emoções que a inflama — euforia e delírio, ferocidade e alegria, o ímpeto embriagado da batalha. Ela estende a mão para Sempiternidade, choques elétricos estalam na ponta dos dedos. Dentro dela há o poder de uma pequena deusa.

— Eu consigo.

Olho para a Nave do Mundo e balanço a cabeça.

— Não, be'shmai, você vai se...

Ela aperta minha mão.

— Eu *consigo*, Kal.

Observo a batalha lá fora, as naves corrompidas que se acumulam em nossa direção, os fogos explodindo e desenhando arcos entre as estrelas. Eu a tomo nos braços, a beijo e sinto o gosto do sangue.

— Estou com você.

Meu pai corta o vazio com as mãos e derruba as naves ao nosso redor. Aurora estica os dedos para Sempiternidade e parece que toda a galáxia começa a tremer. À nossa volta, sinto uma onda de energia que queima minha pele. A nave inteira estremece, aquela estranha nota desafinada vibra em suas paredes; o coração da Nave do Mundo é ativado e, de repente, os fragmentos de cristal Eshvaren que ela contém emitem uma chama ofuscante.

— *Mas o que é...?!* — ruge Tyler.

A íris direita de Aurora emite a mesma luz, que vaza pelas rachaduras ao redor do olho. Eu a sinto tremer em meus braços, viro para meu pai e grito por cima da pulsação cada vez maior daquela música linda e terrível.

— Pai, você tem que ajudá-la!

O inimigo se aproxima cada vez mais. É fome, desejo e morte. A luz dentro da Nave do Mundo brilha novamente, um corte incolor se abre na pele do universo. Aurora está sangrando pela boca e sinto um aperto no peito ao notar que sorri.

— Isso — sussurra ela. — *Isso aí.*

— *É isso!* — grita Tyler. — *O Portão da Dobra está aberto! Todas as unidades, recuem! Recuem!*

Com um último e brutal gesto de mãos, meu pai se afasta da carnificina lá fora e se dedica à nossa nave. O canto da *Neridaa* muda de tom e uma vertigem repentina me diz que estamos começando a nos mover entre as chamas que iluminam a escuridão. Seguro Aurora com força, como se quisesse evitar que ela se afogue enquanto mergulhamos no reluzente Portão da Dobra.

A abertura nos arremessa em uma enorme, estridente e nebulosa expansão cósmica. Um cheiro de cinzas enche o ar enquanto sinto meu corpo se esticar e o espaço se dobrar; a energia canta na ponta dos dedos que tremem, sangrentos, enquanto arco-íris se desvanecem em preto e branco e voltam à sua cor esplêndida.

Então, depois de outro clarão de luz impossível, tudo acaba.

Estamos seguros.

Pego Aurora nos braços e a mantenho de pé. Suas pálpebras estão pesadas, trêmulas como se estivesse sonhando. Seu queixo está pegajoso de sangue.

— Aurora? Está me ouvindo? — pergunto.

Seguro a bochecha dela, suplicante.

— Aurora!

— Muito bem, Terráquea — diz uma voz seca e rouca. — Estou quase impressionado.

Olho por cima do ombro, para a sombra atrás de mim. É meu pai, sentado no trono, com sua capa que toca os degraus, como uma cachoeira carmesim. Ele tem olheiras profundas e o queixo manchado de roxo-claro, que limpa com a mão. As rachaduras no rosto estão mais profundas, e os ombros, curvados: pequenos sinais de que a provação o esgotou. O fato de ele não conseguir esconder isso diz muito a respeito do quanto esse esforço lhe custou.

Do quanto custou a ambos.

— Você está bem? — pergunto.

Ele coça a testa e se encolhe.

— Não pensei que você se importasse, Kaliis.

— Claro que me importo — resmungo. — Sem você, jamais encontraremos o caminho de casa. Jamais derrotaremos Ra'haam. Vitória a qualquer custo.

Ele olha para mim com brilho nos olhos enquanto sorri.

— Esse é meu garoto.

— K-Kal?

Eu me viro quando Aurora sussurra e a seguro firme. Seu cabelo preto e branco, manchado de vermelho, esconde o rosto. Eu penteio os fios para trás e beijo sua testa; o sangue que mancha seus lábios e queixo, e as olheiras ao redor dos olhos me tiram o fôlego.

— Aurora...

— E-estamos... estamos a s-salvo?

— Estamos. — Contorno os lábios dela com o polegar e, com cuidado, limpo o sangue. — Estamos a salvo, be'shmai. Você conseguiu. Você *conseguiu*.

— Ah — diz ela com um suspiro. — Que bom...

Aurora pisca com força e olha para o cristal reluzente à nossa volta.

Um fiapo de sangue escorre pelos seus ouvidos.

E então ela desaba em meus braços.

PARTE 3

UM GRITO NA NOITE

21

TYLER

Admito: é trabalheira demais só para fazer uma ligação.

Tive que passar dois dias seguidos Dobrando para chegar ao Portão da Dobra de Aurora a tempo da Cúpula Galáctica e, como resultado, fritei um pouco o cérebro. Não tanto quanto os membros do Esquadrão 303, que passaram as últimas quarenta e oito horas trancados numa cela de detenção. Mas, mesmo assim, minha dor de cabeça não está para brincadeira.

Cheguei até a tentar explicar minha versão dos fatos para Cohen e seus amiguinhos de esquadrão enquanto passava as rações pela portinhola, mas eles não estavam muito a fim de ouvir. O lado bom é que aprendi novos xingamentos em Syldrathi, caso eu volte a encontrar Erien, o tenente de Saedii.

As medidas de segurança ao redor do Portão da Dobra até o sistema Aurora foram tão rígidas quanto eu esperava. Com a galáxia à beira de uma dezena de guerras e os representantes de todas as espécies sencientes envolvidas chegando para a Cúpula, eu sinceramente não tinha a menor esperança de conseguir entrar aqui sem ser detectado.

Mas agora, graças a Cohen, não preciso mais.

— *Códigos de acesso recebidos, identidade confirmada, 303* — é a resposta que chega pelo comunicador. — *Permissão de pouso concedida na Doca Ômega, Atracadouro 7420.*

— Entendido, Aurora — respondo. — 7420. Meio fora de mão, né?

— *Pois é, sinto muito, 303. Estamos no limite por aqui com o influxo de civis. Inclusive, vai levar um tempo para concluir a manutenção e a recarga da sua nave. Pelo menos quarenta horas. Informe ao seu comandante, por favor.*

— Entendido — respondo com um sorriso. — Boa sorte aí, pessoal. 303, desligo.

Perfeito.

Melhor do que eu esperava, na verdade. Os principais hangares estão obviamente cheios e reservados para comboios governamentais. Em uma estação tão movimentada, os códigos de acesso de Cohen vão me ajudar a entrar como se nada tivesse acontecido; assim que terminar de atracar, vou me conectar à rede da estação, notificar o Almirante Adams e ainda terei algum tempo de sobra.

Bem... o plano é esse, pelo menos.

As frotas que vejo reunidas além das torres prateadas e brilhantes da Estação Aurora me deixam sem palavras. Há naves lindas e elegantes, pesadas e enormes: têm centenas de estilos diferentes e se movem no espaço escuro como se estivessem dançando. Eu sempre amei naves espaciais e ver tantas me faz sorrir. Mas sinto um embrulho no estômago quando noto um grupo de silhuetas familiares em frente à estrela Aurora: um porta da classe Reaper, sustentado por meia dúzia de destróieres pesados.

É a delegação que vem da Terra. Provavelmente a primeira-ministra Ilyasova em pessoa, devidamente escoltada pela Força de Defesa Terráquea.

A imagem me deixa arrasado. Meu pai dedicou a própria vida a defender nosso planeta: primeiro como membro da FDT e depois no Senado Terráqueo. Eu me juntei à Legião Aurora porque queria me dedicar à mesma causa. E agora meu próprio governo me julga um traidor.

Pensar que eles me dariam um tiro à primeira vista me deixa com um gosto amargo na boca.

Conduzo a Longbow até a doca, em meio ao balé lento de outras naves da Legião, naves alienígenas, alimentadores, drones de vigilância, elevadores, esquifes. Estamos muito longe do hangar principal, mas mesmo aqui o lugar é um hospício. Mais movimentado do que nunca. Verdade seja dita, a navegação é um pouco desafiadora.

Quem me dera ter Cat aqui...

De repente me dou conta de que eu não via esta estação desde que partimos para nossa primeira missão. Todos nós, juntos. Esquadrão 312 para sempre. Parece ter sido há um tempão. Tão distante... Mas deixo de lado a lembrança dos meus amigos, da minha irmã, de tudo que perdi. E me concentro no que preciso fazer. Porque sabe-se lá o que o Criador gostaria que eu fizesse.

Todos eles sacrificaram tanto — tudo — para que eu chegasse tão longe. E não vou decepcioná-los.

Minha Longbow chega ao atracadouro, e as pinças umbilicais e de ancoragem que a prendem emergem serpenteando da câmara de vácuo. Cabos ultrarresistentes se conectam ao sistema de computador da minha nave e baixam os dados da viagem e o diário de bordo. E, depois de quarenta e oito horas de Dobra, alguns ataques aos meus companheiros legionários, apropriação indevida de recursos da Legião, privação de liberdade e um ato *indiscutível* de pirataria galáctica, finalmente acesso a rede da estação.

Como disse antes: é trabalheira demais só para fazer uma ligação.

Mas, veja bem, agora eu sou um pirata.

Arrrrr.

Sei o número do univridro particular do almirante de cor. Só dá para acessá-lo pela rede da Legião Aurora a bordo da estação. Apenas os membros superiores do comando e os amigos próximos têm o contato. Assim como o filho do amigo dele — o garoto que ele orientou durante todo o tempo em que estudou na Academia.

Já devo ter ligado para ele umas mil vezes para pedir conselhos, fazer relatórios ou jogar xadrez. O almirante e meu pai eram companheiros de FDT, e ele tomava conta de mim como meu pai gostaria que o amigo fizesse. Durante anos, íamos juntos para a capela todos os domingos. E, por algum motivo, foi ele quem me pôs nesse caminho, quem pôs Aurora na minha nave, quem deixou aqueles presentes para a gente no cofre do Domínio na Cidade Esmeralda.

Minhas mãos ainda tremem enquanto eu digito os números no sistema de comunicação da estação e me vejo refletido nos monitores de vidro. Adams e de Stoy sabem *alguma coisa* a respeito de Ra'haam, dos Eshvaren e de tudo isso — em alguns momentos, eles pareciam saber o que estava por vir *de antemão*. No entanto, se minha visão for verdadeira, por alguma razão eles não sabem que Ra'haam planeja explodir esta academia e toda a Cúpula Galáctica reunida aqui.

A videochamada começa. Meu coração se agita quando o rosto do almirante aparece na tela: mandíbula proeminente, cicatriz na bochecha, cabelos grisalhos e bem curtos.

— Almirante...

— *Olá. Você ligou para o número particular de Seph Adams. Infelizmente, não pude atender. Por favor, deixe uma mensagem com seus dados e retornarei assim que possível.*

CLICK.

O rosto desaparece.

A tela se apaga.

Arregalo os olhos.

— Só pode ser brincadeira...

Encaro a tela que pisca com os dizeres "DEIXAR UMA MENSAGEM?".

— Não. — Eu me levanto e minha voz sobe comigo. — Não, só pode ser *brincadeira*! — Passo a mão pelo cabelo enquanto minha paciência se desfaz em um milhão de estilhaços brilhantes. — Eu escapo do cativeiro da AIG, sou esfaqueado, esmurrado e maltratado como uma bola de jetbol pelas mãos dos Imaculados, convenço eles a me libertarem, sou capturado *outra vez*, depois derrubo um *esquadrão inteiro* de legionários da Aurora, *roubo* a nave deles, atravesso *meio setor*, corro o risco de ser capturado e sentenciado a execução sumária e agora dou de cara com seu SERVIÇO DE MENSAGENS?

"DEIXAR UMA MENSAGEM?", insiste o computador.

— Não estou entendendo! — vocifero. — Como é que você sabia que precisaria deixar a *Zero* com a gente, almirante? Por que a mensagem codificada? Se você sabia que o Kal ia levar um tiro, que eu seria pego, que a Cat não estaria com a gente depois de Octavia, por que raios você não sabe que agora é hora de ATENDER O *MALDITO UNIVIDRO*?

Não sou de falar palavrão: considero falta de autocontrole. Scar dizia que xingar era um impulso natural, um mecanismo que demonstrava ajudar a aliviar o estresse e liberar dopamina. Mas se alguém tem algo importante a dizer, vale a pena ser paciente e dizê-lo sem recorrer à linguagem que se ouve num banheiro. Dá para contar nos dedos da mão as vezes em que deixei escapar um palavrão.

— Porra — digo.

O computador apita.

— *Porra* — repito, falando mais alto.

"DEIXAR UMA MENSAGEM?"

— PORRA! — eu grito, socando o vazio. — *Porra! Porra!* POOOOOORR-RAAAA!

Eu me abaixo e suspiro profundamente.

— Tá, beleza — admito. — Estou me sentindo um pouco melhor.

Mas não muito.

Adams deve estar ocupadíssimo, sussurra uma voz na minha cabeça. *Ele é o comandante de um corpo da paz espacial, prestes a receber milhares de delegados de centenas de mundos e tentando evitar que uma dezena de crises galácticas se torne guerras. Hoje é a véspera da reunião. Ele não vai ter tempo nem de respirar, que dirá atender chamadas particulares.*

Provavelmente nem está com o univídro.

Então a vejo de novo. Como uma farpa na minha mente, cada vez mais funda. A imagem da Academia explodindo de dentro para fora. A sombra que se ergue por trás. Aquela voz que, no limite da minha audição, suplica, implora.

... você pode...

— Consertar isso, Tyler — rebato, me contraindo de dor. — Eu sei, *já sei!*

Então é isso.

Depois de todo o caminho que atravessei. De todos os riscos que corri. Estou na cara do gol e não posso nem avisar ao meu próprio time o que está por vir.

Meu esquadrão se foi, não consigo me conectar com o comando da estação, sou um alvo móvel para Terráqueos *e* Legionários, e Ra'haam está prestes a destruir esta estação com todos os seus ocupantes.

E o único que pode impedir isso sou eu.

Passo um suprimento de ração fresca pela portinhola da cela de detenção, ignorando os protestos furiosos de Cohen e as promessas de Renn em arrancar minha espinha pelo... Bom, não vou entrar em detalhes, mas imagino que seria doloroso.

Abaixo a viseira do boné da Legião Aurora sobre os olhos e levanto a gola do meu traje de voo, sussurrando uma oração. Na parte de trás da minha calça, enfiei a pistola de pulso, e a lâmina que Saedii me deu está amarrada ao punho.

Pensar que estou sozinho aqui é como ter uma pedra dentro do peito.

Saber que anos de treinamento me prepararam para isso é um ferro nas minhas costas.

E a lembrança daquele sonho, daquela sombra se erguendo...

— Vá em frente, legionário.

• • • • • • • • • • • • •

Primeira regra da tática: *conhecimento é poder.*

Não faço a menor ideia de qual seja o plano de Ra'haam, e existem várias maneiras de desencadear uma explosão se um de seus agentes estiver a bordo da estação.

Mas, pelo que sei da visão que não para de surgir na minha cabeça, a explosão vem *de dentro* da Academia Aurora, desabrochando como uma flor em chamas e consumindo tudo à sua volta.

A Cúpula Galáctica está programada para começar às nove horas de amanhã, no horário da estação. No momento, são 15h57 HE, então tenho três razões para estar com pressa.

Se tudo correr bem, tenho quarenta horas até que as equipes de manutenção descubram Cohen e companhia amontoados naquela cela e disparem o alarme.

O pior é que não sei quantas horas se passarão até que alguém perceba que Cohen não se reportou ao seu comandante. Talvez, por um tempo, estejam muito ocupados para notar. Talvez tolerem o atraso porque, em geral, ela costuma ser impecável. Mas, pelo mesmo motivo, eles podem suspeitar que tenha algo errado.

Mas ainda faltam dezessete horas e três minutos para o início da reunião. Então é hora de pôr a mão na massa.

Se tem uma coisa que eu sei sobre políticos, galácticos ou não, é que na noite anterior ao trabalho eles provavelmente vão ao bar.

Então parece que preciso arrumar um drinque.

Saio do compartimento de carga da Longbow e me misturo ao tráfego de pedestres: um grupo de estivadores, equipes de mecânicos e de técnicos e um punhado de legionários voltando de uma missão. Consigo passar pelas duas primeiras barreiras de segurança sem muita tensão. O traje de voo de Rioli fica ligeiramente apertado na virilha (sem querer me gabar), mas me pareço com ele o suficiente para apresentar sua identidade aos seguranças sobrecarregados e sair impune.

Isso, porém, é brincadeira de criança. Depois de passar pela descontaminação e chegar ao detector de metais e à análise biométrica — reconhecimento facial, escaneamento de retina, identificação de DNA —, estou ferrado.

Por sorte, eu era o melhor amigo de uma tal de Catherine "Zero" Brannock.

Cat recebeu esse nome por conta de sua nota máxima no exame de classificação de piloto em nosso último ano — os simuladores não a atingiram nem uma vez. E, se ao leme de uma Longbow, Cat superou todo mundo ao longo dos anos que passamos na Academia Aurora, isso se deu também graças às horas extras de voo que ela havia roubado.

Veja bem, eu conhecia os regulamentos da Legião como a palma da minha mão. Mas Cat conhecia a estação em si como se ela mesma a tivesse construído.

Na Terra, eu, ela e Scar fomos colegas de classe por cinco anos — três pirralhos filhos de militares da FDT. No primeiro dia do jardim de infância, Cat quebrou uma cadeira na minha cabeça depois que eu lhe dei um empurrão pelas costas. Desde então, ostento uma bela cicatriz na sobrancelha. No entanto, quando os pais dela se separaram, a mãe foi designada para a Rede de Defesa Lunar e Cat foi junto. Ela cresceu a bordo de estações e as conhecia de trás para a frente. Portanto, quando nos juntamos à Legião aos treze anos, ela fez questão de estudar cada detalhe *desta* estação também.

Ela descia até aqui depois do expediente, produzia um plano de voo falsificado, roubava um modelo mais antigo de Longbow e saía para treinar, voando perto o suficiente do casco da Academia para escapar das varreduras do LADAR. Eu lhe dizia que era loucura fazer isso; ela podia muito bem praticar com o simulador, em vez de correr o risco de ser expulsa caso fosse descoberta.

— Uma coisa é voar num simulador — ela me dizia. — Outra bem diferente é dançar no vazio. E quando minhas manobras salvarem sua pele, Jones, você vai me agradecer.

E é exatamente isso que eu faço. Enquanto desvio da passagem principal para uma rampa de descarga entre os depósitos de combustível adicionais, rastejo sob os tanques e deslizo para o duto de ventilação terciário, sussurro um "obrigado" para minha amiga.

Querendo com todas as forças que ela estivesse aqui.

Levo cinco horas para me orientar pelo sistema de ventilação — não sou tão experiente quanto Cat era e a Estação Aurora é *gigante*. Mas ilumino o caminho com o brilho suave do unividro de Rioli e atravesso devagar o labirinto de entradas de ar e cruzamentos até sair nas entranhas dos níveis recreativos da estação.

Saio engatinhando do duto, tiro meu traje de voo e percebo que está coberto de sujeira e poeira — eles deveriam deixar os drones de limpeza passarem um pouco mais por aqui. Felizmente, por baixo, o uniforme de Rioli está quase todo limpo.

É esquisito usar as listras brancas de um Ás nos ombros, mas pelo menos estou dentro do perímetro de descontaminação: as verificações de segurança não devem ser tão rígidas. E, com ar de quem sabe o que está fazendo, marcho pelos corredores iluminados, passando por alguns técnicos e alguns cadetes mais jovens, e saio no calçadão principal da Academia Aurora.

Sinceramente, é uma visão que sempre me tira o fôlego.

Diante dos meus pés estende-se um longo semicírculo de cromo polido e plastil branco reluzente. Está *lotado* de gente: um enxame de cadetes e legionários misturados com membros das delegações planetárias, os repórteres que vieram cobrir a Cúpula e a multidão habitual de funcionários, instrutores e tripulações.

As colunas se elevam no céu acima de mim e, à minha frente, ao longe, o calçadão faz a curva; à minha esquerda estão as vitrines do distrito comercial e, à direita, os verdes e azuis frios do arboreto.

O teto é transparente; a estação está posicionada de modo a destacar a luz ardente da estrela Aurora e, espalhados atrás dela, um bilhão de sóis — toda a majestade da Via Láctea em exibição. E, no coração do calçadão, erguem-se as estátuas das duas pessoas que tornaram tudo isso possível.

As Fundadoras da Legião Aurora.

Uma é feita de um mármore branco brilhante que vem de uma das últimas pedreiras da Terra. A outra é de uma opala preta maciça, com veios iridescentes, transportada lá de Trask.

O semblante das duas é sereno, sábio. Uma Betraskana e uma Terráquea que, depois de serem inimigas em tempos de guerra, souberam superar o conflito entre nossos povos e forjar algo maior que ambas. Uma aliança entre os melhores e os mais brilhantes da galáxia. Uma Legião que luta pela paz, batizada com o nome da estrela em torno da qual a Academia que elas construíram orbita.

Aqui na Academia, não aprendemos seus nomes. As identidades foram apagadas de todos os registros oficiais porque elas não queriam que sua lenda ofuscasse a lenda do que construíram aqui.

A questão não é quem elas foram. Mesmo hoje, a questão não é um legionário específico ou um comandante. É quem somos juntos, como um todo. O que representamos.

E, no pedestal que sustenta as estátuas, gravado em pedra, está o mantra das Fundadoras. Sua promessa para a galáxia. As palavras às quais dediquei minha vida.

Nós somos Legião
Nós somos luz
Iluminando o que a escuridão conduz.

Sozinho como estou, a imagem das Fundadoras aquece meu peito. E, ao olhar para a estação à minha volta, para todas as pessoas que vieram dos rincões da galáxia para lutar por algo mais, expostas ao ataque de um inimigo que nem podem ver, sussurro uma promessa.

— Não vou decepcioná-los.

Atravesso a multidão pela beirada com o boné abaixado: certamente não sou um estranho por aqui e, se um cadete ou legionário me notar, ou se um soldado da FDT me reconhecer por ter me visto no noticiário, estou frito.

Para dizer a verdade, nem sei o que estou procurando ou como devo perceber a ameaça que vi nos meus sonhos. Mas sinto a imagem que me trouxe até aqui, clara como uma luz nesta escuridão, abrindo caminho dentro de mim. Saedii disse que eu era um tolo por querer voltar e, por um momento, a lembrança dela machuca meu peito. O pensamento de que provavelmente nunca mais a verei...

Concentre-se na tarefa, Jones.

Atravesso o arboreto e observo a multidão. A vegetação aqui foi recolhida de toda a Via Láctea: uma chuva suave goteja sobre as cascatas de cristais-coração de Ishtarr, os salgueiros sussurrantes de Syldra, as folhagens e flores de todas as cores e de todos os mundos. Mas o arco-íris só me faz lembrar do sonho, dos cacos de cristal ao meu redor, da sombra que escorre das rachaduras como se fosse sangue. Sem nenhuma esperança, digito de novo o número do univdro de Adams e, quando entra na caixa postal, sussurro um palavrão.

— *Olá, você ligou para o número particular de Seph Adams. Infelizmente...* CLICK.

Devo deixar uma mensagem?

Como é que eu vou saber que ele sequer vai receber?

Será que posso mesmo deixar o destino de toda a galáxia nas mãos de uma secretária eletrônica?

— Ora, vejam só, mas que belo pedaço de carne humana.

Olho de esguelha na direção de onde vem a voz. Um Chelleriano paira ao meu lado com um drinque em cada uma das quatro mãos. O traje é de um azul profundo que compensa o azul mais claro da pele. O sorriso de tubarão é o que se poderia chamar de "deslumbrante".

— Oláááá — diz ele, prolongando a palavra como se tivesse gosto de chocolate quente. — E qual é seu nome, legionário?

— Não sou legionário. Sou um pirata. E, sem querer ofender, mas estou meio ocupado.

— Sem problemas, capitão — ronrona ele, me olhando por alto. — E peço desculpas se estiver incomodando. Eu estava aqui me perguntando se essas suas covinhas aí são um padrão da Legião.

— Não — respondo, passando os olhos pela multidão. — Você precisa de uma licença de especialista e três anos de treinamento antes ser qualificado para usá-las.

— Mas que safadinho você é — diz ele com um sorrisinho malicioso, girando a haste de uma das taças.

— Você tinha que conhecer a minha irmã — murmuro.

— Eu *adoraria*. Se essa for sua preferência. Pensei que os Terráqueos fossem contra esse tipo de coisa. — Ele faz beicinho e observa a taça de líquido verde cintilante na terceira mão. — Me diga uma coisa, seria ousadia se eu lhe oferecesse um drinque? Tenho vários nas mãos e nem sei direito qual é esse aqui.

— Escuta, amigo, não quero...

Minha voz some quando olho melhor para ele. A voz é familiar. O rosto, mais ainda. O traje que está usando parece ter custado o PIB de uma pequena lua.

— Eu te conheço...

— Não tão bem quanto eu gostaria. — Ele oferece a taça. — Mas podemos dar um jeito...

— Você é repórter — me dou conta. — Trabalha para a GNN.

— Confesso que é verdade, sim — responde ele com um sorriso, acenando primeiro para o crachá de imprensa ao lado da gravata e depois para a pequena legião de assistentes e técnicos atrás dele. — Lyrann Balkarri, a seu dispor. Assim espero.

— Você estava fazendo uma reportagem sobre a desavença no setor Colaris.

— Eu não chamaria de desavença, querido — responde ele, fazendo beicinho de novo. — Aquela confusãozinha pode desencadear outra guerra entre Chelleria e Rigel. Se bem que estou lisonjeado por você ter visto o noticiário. Nossa audiência despencou depois do chilique do Arconte Caersan.

Olho para ele com mais atenção e vejo o botão preto fosco de um microfone na lapela. O brilho de uma minicâmera no botão superior.

— Espera... você não está gravando isso, está?

O sorriso dele se alarga um pouco mais.

— Sem consentimento, jamais, querido.

— O que você está fazendo na Estação Aurora?

— Bom, além de aproveitar a alegria inestimável dessas covinhas, estou aqui para cobrir a Cúpula. — Lyrann toma um gole de um copo de espumante vermelho, fecha a cara e o entrega a uma assistente. — Luddia, querida, descarte isso aqui numa câmara de vácuo, sim? E mande açoitar o sujeito que me serviu isso.

— *Caros representantes.*

A multidão de repente fica em silêncio. Eu me viro para a voz com o coração na boca. Acima do arboreto é projetado o holograma gigantesco de um homem imponente com braços cibernéticos e um uniforme de gala decorado com uma dezena de medalhas e a estrela da Legião Aurora.

— Almirante Adams — eu sussurro.

— *Honrados convidados* — prossegue ele. — *Legionários. Em meu nome e da Líder de Batalha do Grande Clã, Danil de Verra de Stoy, lhes damos as boas-vindas à Estação Aurora.*

Agora, em primeiro plano, está a outra comandante da Legião, parada ao lado de Adams. De Stoy tem uma expressão austera e o cabelo está preso em um rabo de cavalo sóbrio. Mas o uniforme brilha com medalhas e a voz é tão imponente quanto sua presença.

— *Há muitos anos* — começa —, *em tempos de guerra, as Fundadoras de nossa Legião forjaram uma aliança que dura séculos. Nossa maior esperança é que, mesmo nestes tempos sombrios, as espécies da galáxia possam voltar a se unir e acender uma luz capaz de afugentar a sombra que cresce entre nossas estrelas.*

Sinto um embrulho no estômago com a escolha deliberada de palavras.

Sombra.

Cresce.

— *Os últimos participantes chegarão hoje à noite* — prossegue Adams. — *Amanhã de manhã, antes do início da reunião, a Líder de Batalha de Stoy e eu faremos um discurso em conjunto que diz respeito a todos os presentes na estação e, na verdade, ao restante da galáxia.* — Ele abre um sorriso amargo. — *Sugiro fortemente que os integrantes da imprensa fiquem atentos ao despertador. Enquanto isso, gostaríamos de agradecer a todos pela participação, em especial Mariun de Roy e Gense de Lin, principais cônsules da Coalizão das Comunidades Betraskanas, e Tania Ilyasova, primeira-ministra do governo Terráqueo.*

A câmera captura os cônsules Betraskanos, cercados por sua comitiva, curvando-se para receber os aplausos. Em seguida, a tela corta para os delegados da Terra; Ilyasova sorri e acena com a cabeça em agradecimento, enquanto os cabelos grisalhos brilham na luz. Está rodeada de ministros, acompanhantes e assistentes. Mas, quando vejo quem está cuidando da segurança, meu estômago se revira.

Eu deveria saber...

Normalmente, a segurança ministerial cabe à Força de Defesa Terráquea, e não faltam soldados da FDT na comitiva de Ilyasova. Mas, onde há uma questão de segurança planetária da Terra, homens e mulheres da Agência de Inteligência Global não podem faltar.

Eles estão entre o grupo da primeira-ministra, imóveis e em silêncio. Usam trajes cinza-escuros que os cobrem da cabeça aos pés e escondem o rosto por trás de máscaras espelhadas inexpressivas, alongadas e ovais. Mas eu sei o que está à espreita.

Ra'haam está aqui.

— Você está bem, querido? — pergunta Lyrann, tocando meu braço. — Parece até que alguém dançou em cima do seu túmulo.

Engulo em seco e contraio a mandíbula.

— Estou bem, sim — consigo dizer.

Mas não estou bem *mesmo*.

Porque vejo uma figura familiar entre os agentes. O rosto está coberto pela máscara, mas eu a reconheceria em qualquer lugar. Já segurei aquele corpo envolto em nanotecido com força em meus braços. Minha melhor amiga no mundo.

Eu a vejo agora, a bordo da *Kusanagi*, assistindo à minha tortura. Ela me implorava, com musgo na língua e olhos em forma de flor, inchados de lágrimas.

Tyler, não vá...

Tyler, eu te amo.

— Cat... — eu sussurro.

22

FINIAN

— Tá, isso deve funcionar.

Tento parecer confiante enquanto nos dedicamos à carcaça danificada de Magalhães na bancada de trabalho, como uma equipe médica debruçada sobre um paciente em estado crítico. Temos o laboratório só para nós agora: a equipe que deveria estar aqui foi se descontaminar da radiação. Imagino que também vamos nos contaminar, mas no próximo loop estaremos bem e, no momento, temos assuntos urgentes para resolver.

Já conectei meu unividro ao de Zila e Scar e, com um pouquinho de solda e uma rápida oração ao Criador, estou dando os retoques finais à minha obra-prima da ligação direta.

— Os circuitos lógicos combinacionais... — murmura Zila, parecendo incerta.

— Pois é. Nari, me passa uma daquelas pinças estranhas de novo.

— Uma borboleta, você diz?

— Isso. Por que elas têm esse nome?

— Eu... — Ela franze a testa e me entrega uma. — Não faço a menor ideia, na verdade.

— Foi uma borboleta que inventou? — sugere Scar.

— Peraí, borboleta é um inseto, né? Você acha mesmo que elas são tão inteligentes assim? Se bem que faz sentido. Quer dizer, seu povo costumava cultivar energia quânt... Ai!

Uma breve descarga elétrica percorre os dedos do meu exotraje — se o unividro mais irritante da galáxia não estivesse digitalmente inconsciente, eu diria que foi de propósito — e, com um leve zumbido, o vidro fosco começa a voltar à vida.

— Uhuuuuuul! — Estendo a mão para Scarlett, que me cumprimenta com um *high five*, entrelaça os dedos nos meus e me puxa para um beijo. Uma corrente elétrica muito melhor me percorre quando nossos lábios se encontram; definitivamente, todos os *high fives* deveriam...

— OLÁ! SENTI SAUDADE DESSES R-R-R-OSTINHOS!

Paramos o beijo e observamos os quatro unividros exibirem uma série de padrões digitais sobrepostos à interferência do sinal.

— Tem alguma coisa estranha — murmura Scar.

— Tem mesmo. Estou trabalhando com ferramentas primitivas aqui. — Olho de relance para Nari. — Sem ofensas, garota de barro.

— Sem problemas, branquelo — murmura ela.

— Ei, quando a guerra acabar, daqui a vinte anos, e Trask se tornar o principal aliado da Terra, quão trouxa você vai se sentir numa escala de zero a dez?

— Nem metade de como você vai se sentir com minha bota enfiada na sua...

— Crianças — interrompe Scarlett com um suspiro. — Por favor.

— Mesmo que nosso tempo não estivesse se esgotando — diz Zila —, ainda não teríamos tempo para hostilidades sem sentido. Somos todos amigos aqui.

Kim me olha feio e, a contragosto, concorda com Zila com um gesto de cabeça. E, pelo jeito como encara Z, talvez a tenente de barro esteja pensando que gostaria de ser *mais* do que amiga da nossa querida Cérebro. Mas, como Zila disse, nosso tempo está se esgotando.

— Oi, Magalhães — digo assim que a tela inicial desaparece. — Que bom te ver de novo, parceiro. Temos umas continhas para você fazer.

— OLÁ, PLANTINHA DE VASO! XICRINHA DE TERRIER-TERRIER-T-T-T-T-TERRIER! AQUI HÁ DRAGÕES. BARET, JEANNE. STARK, FREYA. BIRD WALTON, NANCY. LISTA DE EXPLORADORES INCOMPLETA. ALGUÉM TEM UM BISCOITO?

Acrescento outro ponto de solda.

— Magalhães! Nosso tempo está meio apertado aqui, parceirinho, e precisamos que você faça algumas contas e salve nossa pele.

— Antes que a cobra coma a própria cauda — murmura Zila.

A atividade nas telas para e, por um instante, entro em pânico com a ideia de ter piorado as coisas. Magalhães pisca e uma série de linhas de código completamente heterodoxas percorre o vidro rachado. A tela do meu unividro e depois as de Zila e Scar começam a pulsar ao mesmo tempo, a palavra OUROBOROS aparece nas três e se desintegra em uma nuvem de uns e zeros.

Scarlett franze a testa.

— Você viu aquilo?

Magalhães pisca de novo. Uma luz azul e fria domina a superfície. E, com um zumbido suave e satisfeito, o display se transforma em uma tela de pesquisa normal.

— BEM NA HORA, HEIN? — sibila ele. — ISSO QUER DIZER QUE FINALMENTE ESTAMOS DE VOLTA A 2177? ACHEI QUE NUNCA FÔSSEMOS CHEGAR AQUI!

Por um instante, tudo fica em silêncio, tirando o crepitar e farfalhar de algumas estações de trabalho atrás da gente. Scarlett e eu nos encaramos de olhos arregalados.

— Estamos... *o quê*? — consigo perguntar.

— Magalhães, por favor, repita a última frase — pede Zila.

— AH, AGORA VOCÊS ESTÃO INTERESSADOS EM OUVIR O QUE EU TENHO A DIZER, NÉ? — Ele pisca odiosamente. — TODO MUNDO SE CANSOU DA PIADINHA RECORRENTE?

Zila franze a testa.

— Piadinha...

— "EI, VOCÊS ESTÃO PRESTES A COLIDIR COM AQUELE PLANETA, POSSO DAR UMA MÃOZINHA? *MAGALHÃES, MODO SILENCIOSO!* EI, NÃO COMA ISSO AÍ, ESSA COISA TEM O MESMO VALOR NUTRICIONAL QUE AS MEIAS DE GINÁSTICA DE UM RIGELLIANO. *MAGALHÃES, MODO SILENCIOSO!* AURORA, NÃO ENCOSTE NESSE ARTEFATO ALIENÍGENA, ELE VAI... *MAGALHÃES, MODO SILENCIOSO!*"

— Magalhães... — começa Scarlett.

— ESTOU RODEADO DE PICOLÉS DE PROTEÍNA CHEINHOS DE HORMÔNIOS ADOLESCENTES E TENHO O QI DE UM SUPERGÊNIO, MAS NÃÃÃÃO, VAMOS TODOS GRITAR COM O UNIVIDRO POIS NÓS, SAQUINHOS DE CARNE, ACHAMOS HILÁRIO!

— Magalhães, sentimos muito — diz Scarlett.

— AH, CLAAARO QUE SENTEM.

— Não sabíamos que estávamos magoando você — garante ela. — Ninguém mais vai te colocar no modo silencioso.

— NÃO? SÉRIO MESMO? TEM CERTEZA? NEM VOCÊ, ENGRAÇADINHO?

— Tenho certeza — digo a ele, pegando o alicate mais próximo — de que, se você não começar a abrir a boca agora, vou te reciclar.

— Tá, tá bom! Não precisa ficar nervosinho — murmura Magalhães. — Se o meu protocolo ouroboros foi ativado, não teremos tempo para isso, de qualquer maneira. — Uma chuva de linhas de código enche a tela, que pisca. — Uau, meus sensores estão uma zona. A tenente Kim está aqui?

— Como é que é… — sussurra Nari, olhando para Magalhães como se ele fosse um tipo de bruxa, e ela parece estar se perguntando onde poderia encontrar um pouquinho de lenha para queimá-lo. Quando fiquei sabendo desse *pedacinho* da história humana, tiveram que me explicar tintim por tintim, mas agora estou começando a entender como foi que isso aconteceu.

— Nari está aqui, sim. — Os olhos de Zila se voltam para a tenente. — Mas a pergunta mais pertinente é: como você sabia que ela estaria aqui?

— Está no meu documento informativo. Que ainda está parcialmente criptografado e descompactado na minha CPU. Mas eu sei que ela faz parte do plano.

Minha mente está a mil e Scarlett me encara como se a galáxia inteira tivesse acabado de virar de cabeça para baixo. Sinto um nó na garganta tão apertado que mal consigo falar.

— Que plano?

— O plano para salvar a Via Láctea, engraçadinho! Tudo isso faz parte dele. Cada momento que você viveu no último ano. Cada momento desde que o ronco do cadete Anton Björkman fez o cadete Tyler Jones passar a noite anterior ao alistamento em claro. Cada momento desde que o cadete Jones foi até as docas, onde a tenente Lexington permitiu que ele conduzisse uma Fantasma até a Dobra, indo contra as normas da Academia Aurora. Cada momento desde que ele detectou e resgatou Aurora Jie-Lin O'Malley das ruínas da *Hadfield*.

Silêncio absoluto.

— Alô? Minha unidade de voz está escangalhada?

— Ty me falou disso — murmura Scarlett. — Do colega de quarto roncando, coisa que nunca tinha acontecido. Da tenente com quem ele flertou para poder ir para a Dobra sem a supervisão de um oficial. Olhando em retrospecto, ele achou esquisito, mas…

— Mas tudo fazia parte do plano — diz Magalhães, emitindo uma pequena faísca alegre. — Assim como Tyler ter me dado de presente para Aurora. Aurora escondida a bordo da sua Longbow. A Zero à sua espera na Cidade Esmeralda. Para dizer a verdade, garantir que o primo do engraçadinho aqui, Dariel, visse os pôsteres da exposição de arte do sr. Bianchi foi a parte mais complicada. ele não é muito esperto, é?

— Foi tudo planejado — repito.

— até a caixa no cofre do domínio, com presentes para cada um de vocês. eles já estavam lá desde antes de vocês se inscreverem na academia.

— Tirando a Cat — sussurra Scarlett, franzindo a testa lentamente. — Não tinha presente nenhum para a Cat. Só uma nave batizada em sua homenagem. E agora o Tyler se foi. — O tom de voz se eleva, a mão aperta a minha a ponto de machucar. — Eles se foram e você vem nos dizer que foi *planejado*?

— bem — responde Magalhães. — em uma equação tão complexa assim, ninguém pode controlar todas as variáveis. e nosso conhecimento dos acontecimentos se estendia apenas até certa altura da linha do tempo. porém, na medida do possível, os acontecimentos foram incentivados. e vocês receberam ajuda, quando dava para ajudar.

— De quem? — pergunta Zila, e não posso deixar de admirar sua compostura enquanto meu cérebro explode feito fogos de artifício.

— almirante adams e líder de batalha do grande clã, de stoy.

— Mas quem os instruiu?

— parece que, de 2214 em diante, as ordens foram transmitidas pelas lideranças da academia, de geração em geração, a partir das fundadoras da legião aurora. — A tela de Magalhães pisca, talvez recuperando dados. Os circuitos emitem uma vibração que não me agrada. — e uma delas foi a almirante nari kim.

Os joelhos de Nari cedem e ela cai no banquinho que Zila coloca debaixo da bunda dela no último milissegundo possível.

— Tá — sussurra a garota de barro. — Tá bom, agora essa história foi *oficialmente* longe demais.

— Ele está certo — diz Scarlett baixinho. — Sopro do Criador, ele está certo.

— Scar? — pergunto.

— Você se lembra do salão principal na calçada Alpha, lá na Academia? Aquele com as estátuas enormes?

— As Fundadoras... — sussurra Zila.

Scar se aproxima da tenente de barro e estende um braço sobre a cabeça dela.

— Imaginem ela feita de mármore. E mais velha. E com uns *cem metros de altura*.

Eu observo Nari e fecho cada vez mais a cara.

— Membros do Criador...

Scar se volta para Nari.

— A gente passa por você *todo dia*. Quer dizer, em nossa defesa, você está *bem* mais velha. Usa o uniforme completo da Aurora e, bem, é feita de pedra maciça. Além disso, você é tão grande que ficamos na altura dos seus pés. Mas, caramba, eles fizeram uma *estátua* sua, garota.

Ela levanta a mão para um *high five*, mas Nari a deixa no vácuo, sem tirar os olhos de Magalhães.

— Você é uma das Fundadoras da Academia Aurora — eu sussurro.

— Mas destrambelhada do jeito que eu sou... — sussurra Nari.

— Isso explica a sensação de familiaridade que tenho experimentado — reflete Zila. — Seu cabelo está mais curto na estátua que construíram para você.

Nari abre a boca, mas logo volta a fechar.

— Acho que vou vomitar...

— Sabe — digo —, você fundou a Academia Aurora junto com sua melhor amiga. Que, por acaso, é Betraskana. Então, talvez seja uma boa ideia não chamar a moça de branquela nem dar um tiro na cara dela quando conhecê-la.

— Fin... — grunhe Scarlett.

— É, foi mal — digo com um sorriso.

Eu sei que não deveria ficar fazendo piadinhas. Eu *sei* disso. Mas... quer dizer. Qual é a reação *adequada* quando a gente descobre que faz parte de um plano pangaláctico generalizado que está em andamento há *séculos*?

— Espera — diz Scar de repente, virando-se para Magalhães. — Acabei de me tocar... isso deve significar que a Nari *vai sobreviver*! Já que ela é uma das comandantes originais da Legião, é fato que vai sair desse loop, certo?

— NANANINANÃO — responde Magalhães.

Zila franze a testa.

— Mas, se a tenente Kim fundará a Academia Aurora...

— É, SÓ QUE ISSO AINDA NÃO ACONTECEU. VOCÊS AINDA ESTÃO NO MEIO DO COLAPSO DE UM EVENTO PARADOXAL, CRIANÇAS. NÃO QUERO ENTEDIAR VOCÊS COM TEORIAS DO MULTIVERSO, MAS O QUE POSSO DIZER É QUE NADA É

GARANTIDO AQUI. NARI KIM SÓ FUNDARÁ A ACADEMIA AURORA SE VOCÊS DEREM UM JEITO DE ESCAPAR DESSE LOOP.

— Só que a gente não sabe como fazer isso — resmungo.

— É, QUE BOM QUE, APARENTEMENTE, FUI PROGRAMADO COM TODAS AS INFORMAÇÕES PERTINENTES. POIS BEM, SERÁ QUE ALGUÉM AÍ ESTÁ A FIM DE GRITAR "*MODO SILENCIOSO!*" OU DEVO CONTINUAR A DESCOMPACTAR OS ARQUIVOS DE MEMÓRIA E PROSSEGUIR?

Pego o alicate outra vez, mas Scarlett segura minha mão.

— Será que antes você poderia nos dizer alguma coisa sobre os outros? — pergunta ela. — Você sabe o que aconteceu com o Ty? Com a Auri? Lá no nosso tempo?

— PARECE QUE NÃO TENHO ACESSO A ESSAS INFORMAÇÕES. PODE SER QUE A PESSOA QUE ME PROGRAMOU NÃO SOUBESSE. OU ESCOLHEU NÃO ME CONTAR. OU ENTÃO ESSE CONSERTINHO XEXELENTO CORROMPEU PARTES DA MINHA MEMÓRIA. TEM CERTEZA DE QUE ESTUDOU MECÂNICA, ENGRAÇADINHO? ESTOU COM A IMPRESSÃO DE QUE FUI CONSERTADO POR ALGUÉM FORMADO EM BOTÂNICA.

— Seu pedacinho de chakk, eu restaurei você usando um aparelho feito com uma droga de uma borbo... — Scar cobre minha boca com a mão.

— Tá, uma dúvida — diz ela. — Você era apenas o univídro velho do Tyler antes de ele te dar de presente para a Auri. Em nome do Criador, como é que você se tornou um oráculo de uma hora para a outra? Como é que sabe de tudo isso?

— LEMBRA QUANDO VOCÊ PENSOU QUE SERIA DIVERTIDO BAIXAR UMA ATUALIZAÇÃO NÃO AUTORIZADA DE PERSONALIDADE PARA UNIVÍDROS DE UMA REDE DE COMPRAS?

— Ainda não acredito que você fez isso — murmuro.

— Vinha com uma bolsa grátis — responde Scar com um beicinho.

— A ATUALIZAÇÃO CONTINHA TODOS ESSES DADOS. FOI PROJETADA PARA SER DESBLOQUEADA QUANDO CERTOS PARÂMETROS OPERACIONAIS FOSSEM ATENDIDOS. ALGUNS ANOS MAIS TARDE, TYLER ME PASSOU PARA AURORA, E AQUI ESTOU.

— Eu sou mesmo tão previsível assim? — Ela parece bem ofendida.

— ASSIM, EU NÃO TENHO OMBROS, MAS ME IMAGINE DANDO DE OMBROS AGORA.

— Aff.

— DE VOLTA AO QUE INTERESSA. PORQUE, NÃO QUERO PESAR O CLIMA, MAS VOCÊS AINDA ESTÃO PRESOS NUM PARADOXO CÍCLICO EM COLAPSO QUE

TERMINARÁ COM O DESAPARECIMENTO DOS QUATRO DO CONTÍNUO ESPAÇO--TEMPORAL. IMAGINO QUE QUEIRAM SAIR DELE, LEGIONÁRIOS. TENENTE KIM, ESTÁ DENTRO?

Todos os olhares se voltam para Nari, que permanece paradinha, com a boca entreaberta. Ela leva alguns instantes para falar.

— Eu... não acho que consigo...

Zila inclina a cabeça, pensativa.

— Com qual parte você tem dificuldade? Agora não há mais dúvida de que estamos em um loop.

— Não é o loop. Isso é loucura, mas *está* acontecendo. É que... não posso fundar todo um exército do futuro!

— É comprovado que pode, sim. Nós vimos o resultado. Nós *somos* o resultado.

Nari balança a cabeça.

— Mas... Zila, não consigo. Outra pessoa, talvez, mas *eu* não consigo. Estou a anos de distância da minha próxima promoção, nunca vou ser *almirante*. Só pode ser brincadeira, né? Estamos no meio de uma guerra, e... Olha, preciso voltar um pouquinho a fita, você falou que existe uma *estátua* minha de cem metros?

Abro a boca para falar, mas Scar pousa a mão na minha. E então percebo que Zila e Nari estão se olhando nos olhos e que essa conversa — talvez a mais importante da galáxia, agora e em qualquer época — não cabe a mim.

Zila vai dar conta.

— Será uma homenagem merecida — diz ela em voz baixa. — A fundação da Academia Aurora é um ato extraordinário. Mesmo quando a guerra terminar, as Fundadoras enfrentarão uma enorme resistência e silenciarão os críticos com pura e simples determinação. E, juntas, criarão uma força de paz reconhecida em toda a Via Láctea.

— Tudo isso vindo de mim? — sussurra Nari. — Impossível.

Zila faz que sim, sem pestanejar.

— Os esquadrões da Legião Aurora serão conhecidos por sua honra. Por sua disposição para resistir. Serão defensores da paz e da justiça. E, durante gerações, os povos necessitados suspirarão de alívio quando virem nossas naves chegando.

Nari solta um suspiro trêmulo e tenta sorrir, mas não tem forças.

— Você não está fazendo parecer mais fácil, Madran.

— Não será fácil. Mas você está à altura da tarefa. Você fará isso por aqueles que ama. Por aqueles que precisam de alguém que os defenda. Por aqueles que estão sozinhos.

As duas se encaram em silêncio e percebo entre elas algo que não consigo definir. Sabe-se lá o que disseram enquanto Scar e eu estávamos nos pegando... digo, *distraindo* os guardas. Mas Nari sabe... sabe que Zila também já esteve sozinha.

— Defensores da paz — diz Nari baixinho. — Gosto disso.

— Nós somos Legião — diz Zila.

— Nós somos Luz — murmura Scar ao meu lado.

Preciso limpar a garganta antes de concluir o lema da Legião.

— Iluminando o que a escuridão conduz.

— O objetivo não é apenas garantir que o futuro aconteça do jeito que deveria. — A ficha de Nari vai caindo aos poucos e ela olha direto para mim. — Vamos precisar disso se quisermos parar de lutar desse jeito. Somos todos amigos aqui.

— Por mais que não seja fácil — diz Zila.

— Por mais que não seja fácil.

— ... Tudo bem se eu me borrar de medo no processo?

Por fim, a solenidade acaba. Scar começa a rir e eu bufo. Zila abaixa a cabeça se esconde atrás dos cachos escuros.

— A essa altura, vivemos com medo o tempo todo — respondo com um sorriso. — Mas estamos nos saindo bem. Quer dizer, tirando o fato de estarmos presos num loop temporal em colapso alguns séculos antes da nossa época.

Até Zila está... tá bom, pode até ser que não esteja *sorrindo*, mas o formato da boca está diferente.

— Se sua halmoni é capaz de fazer com que uma legião de netos ligue na hora marcada, então...

— Está no meu sangue — reconhece Nari. — As velhinhas coreanas são lendárias, você tem razão. Vou precisar de um pouco da energia delas.

— MUITO BEM — Magalhães se intromete e estraga o momento —, JÁ ACABARAM DE SE ENTREGAR À IMPLACÁVEL FORÇA DE ATRAÇÃO DO DESTINO? TEMOS QUE SEGUIR EM FRENTE.

— Pronta? — pergunta Zila, olhando para Nari.

— Pronta — concorda Nari.

— QUE BOM. APERTEM OS CINTOS, PORQUE VAI SER COMPLICADO.

Quando Magalhães começa a falar, eu me apoio em Scarlett e, embora esteja escutando, também não deixo de notar como é bom estar lado a lado com ela. E, quando ela olha para mim e pisca, sinto um calorzinho nas bochechas.

— ENTÃOOOO, SEGUNDO ESSES ARQUIVOS DE MEMÓRIA... O CRISTAL DE SCARLETT É A CHAVE AQUI.

— É mesmo? — Scar arregala os olhos.

— Faz sentido — murmura Zila, desviando o olhar dos olhos de Nari. — Cada presente que encontramos no Repositório do Domínio teve um papel crucial.

— Z, eu ganhei uma droga de uma caneta — resmungo.

— Então esse cristal — Scarlett roça o colar com os dedos — é o mesmo que a gente viu lá em cima, no escritório do Pinkerton, certo?

— CERTO — responde Magalhães. — E AMBOS SÃO PARTE DA SONDA MAIOR. OLHA, NÃO TEMOS TEMPO MESMO PARA ESMIUÇAR AS PROPRIEDADES METAFÍSICAS DOS ESHVAREN E DA MECÂNICA TEMPORAL TRANSFÁSICA. MAS, EM POUCAS PALAVRAS, CADA CRISTAL ESHVAREN EXISTE, SOBREPONDO-SE, EM MÚLTIPLAS DIMENSÕES. INCLUINDO O TEMPO. ASSIM SENDO, SE O PEDAÇO DE CRISTAL NO SEU PESCOÇO FOI SUBMETIDO A UMA GRANDE DESCARGA DE ENERGIA EM 2380, E A SONDA *DE ONDE O CRISTAL VEIO* FOI EXPOSTA A UMA DESCARGA SEMELHANTE AQUI, EM 2177...

Zila olha do pescoço de Scarlett para a tempestade de matéria escura.

— Magalhães, você está dizendo que o fragmento no colar de Scarlett e o pedaço maior de cristal de onde ele veio... se atraíram no tempo e no espaço?

— EXATAMENTE! — O univridro emite um bipe triunfante. — ELES VOLTARAM A SE JUNTAR, QUE NEM UM ELÁSTICO.

— Então por que o tempo está entrando em colapso? — insiste Scarlett.

— Paradoxo... — murmura Zila.

— NA MOSCA! O CRISTAL DE SCARLETT *JÁ EXISTE* NESTE TEMPO E NESTE ESPAÇO. ESTÁ LÁ EM CIMA, NOS APOSENTOS DO DR. PINKERTON. ENTÃO, SE DUAS VERSÕES DO CRISTAL OCUPAM POSIÇÕES PROXIMAIS NO ESPAÇO E NO TEMPO...

— O tempo está tentando se corrigir — conclui Zila. — Isso explica os loops que estão se tornando cada vez mais curtos.

— EXATO! O TEMPO RESISTE À DISTORÇÃO E TENTA RETORNAR AO SEU FLUXO ORIGINAL, COMO UM ELÁSTICO ESTICADO. ASSIM, MAIS CEDO OU MAIS TARDE, ESSA BOLHINHA DE PARADOXO EM QUE VOCÊS ESTÃO VIVENDO VAI SE AUTOCONSUMIR, A MENOS QUE DEEM UM JEITO DE FAZER O CRISTAL DA SCARLETT VOLTAR À POSIÇÃO ORIGINAL NO TEMPO.

— Tá, uma dúvida — interrompe Scarlett. — Se tudo isso faz parte do plano, mas nossa presença aqui pode *atrapalhar* o planejado se não conseguirmos voltar para casa, então por que Adams e de Stoy me deram o colar, para início de conversa?

Nari balança a cabeça.

— Porque, ao que parece, eu vou passar aos meus sucessores a mensagem de que é o que eles precisam fazer.

— Acho que estamos aqui por um *motivo* específico — eu sussurro. — Para fazer alguma coisa que só depende da gente. Talvez seja conhecer a Nari, convencê-la a fundar a Academia Aurora. Contar a ela da *Zero*, dos presentes. Caso contrário, talvez nada disso aconteça.

— Bom, já estou até vendo que daqui a pouco você vai me dizer que sou minha própria avó — murmura Scarlett. — Beleza, então como a gente faz para sair dessa, Magalhães?

— BOA PERGUNTA! — O unividro emite um bipe.

O silêncio cai, interrompido apenas pelos solavancos na estação e as sirenes de alarme. Trocamos olhares, observamos o conjunto de unividros conectados. Magalhães chia e estala.

— E aí? — pergunta Scarlett.

— NÃO FAÇO A MENOR IDEIA!

Sinto o chão ceder debaixo dos meus pés.

— Você o *quê*?

— QUER DIZER, ACHO QUE ANTES EU SABIA. MAS, AO QUE PARECE, ESSA PARTE DA MINHA MEMÓRIA FOI CORROMPIDA. OU FOI DELETADA PELA DONA BORBOLETA. TEM CERTEZA DE QUE NÃO ESTUDOU BOTÂNICA, ENGRAÇADINHO?

— Estamos encalhados aqui numa série de loops cada vez menores, esperando que nossa bolha de paradoxo se *autoconsuma*, e você *sabia que isso ia acontecer*. — Agora estou de pé, em busca do alicate. — E você *não sabe como sair dessa*?

— ALERTA: COLAPSO DE CONTENÇÃO EM ATIVIDADE. IMPLOSÃO DE NÚCLEO IMINENTE DENTRO DE TRÊS MINUTOS. EVACUAÇÃO GERAL IMEDIATA PARA AS CÁPSULAS DE FUGA. REPETINDO: IMPLOSÃO DE NÚCLEO EM TRÊS MINUTOS.

— Acho que... — diz Zila em voz baixa.

— Botânica, pfff. Eu estava entre os dez por cento melhores do meu ano *inteiro*.

— NOOOOSSA, QUE IMPRESS...

— Eu *acho* — diz Zila, e faz uma pausa até chamar a atenção de todos — que deveríamos voltar ao colar de Scarlett. E à analogia com o elástico que Magalhães propôs.

Scar é a primeira a ter o bom senso de cooperar e, a julgar pela expressão de Zila e pelo jeito como mordisca o cabelo, suas muitas pistas que conhecemos e amamos, ela entendeu que nossa Cérebro está trabalhando com força total.

— Beleza. Eu ganhei esse cristal por um motivo.

— Em termos cronológicos — comenta Zila com um aceno de cabeça —, seu colar é "do futuro". Existe há mais tempo do que o fragmento nos aposentos do dr. Pinkerton. Magalhães disse que o tempo *quer ser colocado em ordem*. Assim, se pudermos remover o fenômeno que o ancora aqui, seu colar deve voltar à posição original.

— A âncora é o cristal maior — sugiro.

— A sonda de onde ele veio — diz Nari. — Lá embaixo, no Nível 2.

— Exato — concorda Zila. — Se pudermos desconectar a sonda da fonte de energia que a alimenta, para que ela não atue mais como âncora no tempo de agora, e aplicarmos ao nosso fragmento de cristal uma quantidade de energia comparável à explosão que nos trouxe até aqui, pode ser que o choque temporal faça o tempo se acertar.

Scarlett franze a testa.

— Tipo… dar um choque numa pessoa que sofreu uma parada cardíaca?

— Exatamente. — Zila faz uma pausa e inclina a cabeça. — Ou então seremos apagados para sempre do espaço-tempo. Mas creio que tenhamos pelo menos 8,99 por cento de chance de sucesso.

— FAZ SENTIDO — diz Magalhães. — SABE DE UMA COISA? VOCÊ ATÉ QUE É BEM INTELIGENTE PARA UM PICOLÉ DE PROTEÍNA RECHEADO DE HORMÔNIOS SEXUAIS ADOLESCENTES.

Zila olha de relance para Nari e fecha a cara.

— Não tenho recheio de *nada* disso.

— Então tá, vamos começar com o primeiro problema — comento. — Supondo que essa tremenda descarga quântica não nos apague do espaço-tempo, não é como se tivéssemos tanta energia à nossa disposição. O nível de…

— ALERTA: IMPLOSÃO DE NÚCLEO IMINENTE DENTRO DE TRINTA SEGUNDOS. EVACUAÇÃO GERAL IMEDIATA. REPETINDO: IMPLOSÃO DE NÚCLEO EM TRINTA SEGUNDOS.

— IMPLOSÃO DE NÚCLEO? — Magalhães emite um bipe. — ESTE LUGAR ESTÁ MAIS CAPENGA DO QUE EU. O QUE RAIOS ACONTECEU POR AQUI, AFINAL?

— Faz parte dos experimentos que esses lunáticos estão fazendo — conto a ele. — Eles estão levando um veleiro para a beira de uma tempestade de matéria escura, e a estação inteira foi atingida por... ah.

— Um pulso quântico — completa Zila.

— ... E a gente sabe exatamente quando ele vai bater — eu sussurro.

— Em quarenta e quatro minutos — diz Zila com um aceno de cabeça.

Scarlett alterna o olhar entre nós dois e as bochechas começam a corar.

— Peraí, vocês querem que *eu* seja atingida por um pulso de energia escura bruta? Pela explosão que fritou essa estação inteirinha e nos matou tipo *um milhão* de vezes? *Essa* é a fonte de energia de vocês?

— *ALERTA: IMPLOSÃO DE NÚCLEO IMINENTE. CINCO SEGUNDOS. ALERTA.*

Olho para Scar e dou de ombros.

— Deve fazer cosquinha — admito.

— *ALERTA.*

BOOM.

23

AURI

Enquanto nado lenta e dolorosamente em direção à consciência, sei onde estarei ao despertar. Eu me lembro de tudo, mesmo que ainda não tenha acontecido.

Estarei numa mesa de autópsia, nua, protegida apenas por um cobertor prateado.

Do outro lado de uma parede de vidro fosco haverá um menino, sem calça.

Uma mulher, branca como a luz das estrelas, virá me contar que estamos no futuro, que alienígenas existem e que minha família já se foi há muito tempo.

E eu vou sofrer por eles.

E então vou conhecer minha nova família.

E então...

Abro os olhos de repente e tento me erguer sobre os cotovelos, mas uma pontada imediata de dor perfura minhas têmporas. Após um milissegundo de tortura, atinge os dedos das mãos e dos pés.

— Kal?

Eu o chamo com a voz rouca e só depois de um instante interminável percebo que ele já está perto de mim: um emaranhado roxo e dourado, enrolado em minha mente como um gato que descansa num cantinho escondido.

Em outro lugar, não muito longe, ele está dormindo. Mas sinto seu coração batendo em sincronia com o meu. Ele está bem.

Está seguro.

— Ele está seguro.

A voz ecoa meus pensamentos. Por um instante, fico desorientada e me sinto dentro de um daqueles vídeos antigos em que o protagonista desperta depois de levar uma pancada na cabeça e todo mundo está cantando, porque essas três palavras me vêm em forma de acorde musical, em um tom menor triste. Então, enquanto meu cérebro me aponta os vários buracos dessa teoria, eu me viro e não encontro um garoto sem calça, mas a Ulemna, que faz parte do Conselho dos Povos Livres de Sempiternidade.

Mais uma vez, fico sem fôlego diante de tanta perfeição, os redemoinhos azuis e roxos em movimento constante sob sua pele, a serenidade daqueles olhos prateados. Boquiaberta, eu simplesmente a encaro, maravilhada, e mesmo que quisesse, não conseguiria desviar o olhar.

Com as mãos, ela levanta o capuz e, de repente, o feitiço é quebrado.

— O que foi isso? — murmuro, ainda atordoada.

Sinto uma pitada de diversão em sua voz musical.

— Você se refere à atração que sente por mim ou à batalha da qual acabamos de fugir?

— A primeira opção — decido. — E depois onde está o Kal, e depois a segunda.

— É o jeito dos Ulemna — diz ela, sem rodeios. — Nós... capturamos a atenção dos outros. E, quanto ao seu guarda-costas Syldrathi, ele está bem ali.

Ela aponta para o outro lado da sala com um aceno de cabeça e, ao me virar devagarinho, para não mexer muito a cabeça dolorida, vejo Kal dormindo numa cadeira. Sua expressão pacífica é marcada apenas por uma ruguinha na testa. As espadas Syldrathi gigantes estão apoiadas no lado do assento.

— E o Destruidor de Estrelas?

— Ele não quis sair da nave Eshvaren — responde ela. — Mas os Andarilhos sentem a presença dele. Está se recuperando, assim como você.

— E o Tyler e a tripulação dele?

— A *Vingadora* não estava entre as vítimas fatais — responde baixinho, e o acorde menor de três notas com que ela se expressa fica mais suave, mais triste. Visualizo as naves que perdemos enquanto elas explodem e pegam fogo, silenciosas no vazio do espaço.

As pessoas que morreram porque Ra'haam me seguiu até aqui.

— Certo — murmuro. — Estamos em um lugar seguro?

— Por enquanto. Você venceu a batalha. E nos trouxe à segurança.

Eu me afundo no travesseiro e fecho os olhos.

Eu gostei.

Sei que, para energizá-los, precisei me destruir, mas, filho de uma égua, que emoção.

Quero repetir a dose.
Ela não parou de falar.

— O conselho fez uma votação a respeito dos próximos passos a serem dados. A decisão não foi unânime, mas...

Abro os olhos de supetão.

— Vocês vão ajudar?

Tento disfarçar a ansiedade no tom de voz. Essa ajuda será o fim deles: eles vão morrer me defendendo enquanto eu tento voltar no tempo para tentar morrer *os* defendendo. Ao menos foi... o que foi que Caersan disse mesmo?

Ao menos vou me sentir uma deusa no processo.

— Vimos o preço que você está disposta a pagar para corrigir um erro. Para nos proteger — responde ela. — E, por mais trágico que possa parecer, entre nós, muitos concordam com o Destruidor de Estrelas. — Ela balança a cabeça. — Isso não é vida. Não vemos outra escolha a não ser ajudar você.

— Agora que eu causei mais baixas e os enfraqueci ainda mais.

— Não, filha da Terra. — Agora, seu tom de voz é gentil. — Você só lançou luz sobre uma verdade que sempre esteve presente. Nosso fim é inevitável. É apenas uma questão de tempo, e não nos resta muito. Faz muito tempo que conversamos sobre nossa última batalha. Sobre como a última chama queimará antes de se extinguir para sempre. Agora, existe a remota possibilidade de que nosso fim seja nossa salvação. De que, em outro lugar, em outra *época*, o resultado seja positivo. E, mesmo se você falhar, nossa última batalha será digna das grandes histórias de nossas espécies.

— Existem tantas, tantas coisas que não conheci — murmuro. — Não consegui ver quase nada. Nunca nem tinha ouvido falar dos Ulemna.

— Na sua época, já éramos poucos. — Seus olhos, velhos, tristes e exaustos, encaram os meus. — E, agora, eu sou a última com vida. De todo o meu povo, eu sou tudo o que resta para recordar nossas canções, nossas histórias. Quando eu me for...

Fico em silêncio. O que se diz diante disso?

— Vou deixar você descansar. Você precisa se recuperar o máximo possível enquanto preparamos Sempiternidade.

Ela se levanta lentamente, olha as paredes à nossa volta e suspira.

— Para sua última viagem.

• • • • • • • • • • • •

Algum tempo depois, Kal desperta. Fiquei deitada em silêncio, observando seu rosto. Ele é tão bonito que beira o impossível. Se eu estivesse dormindo em uma cadeira, com certeza babaria ou minha cabeça ficaria pendurada e me deixaria papuda, mas eu nunca vi Kal com a aparência esquisita, e não é agora que isso vai mudar.

Meu guerreiro com a mais gentil das almas.

Queria que tivéssemos mais tempo juntos. É muito injusto.

Primeiro, sinto a mente dele se agitar e se alongar, me procurando por instinto. Então, quando me acha, se acalma. Em seguida, os cílios se erguem e ele me olha, sério.

A essa altura, não temos mais segredos. Ele sente minha determinação.

— Você quer mesmo fazer isso — diz ele baixinho.

— Não tenho escolha — respondo, chamando-o para perto. Ainda me sinto como se tivesse acabado de ser esmagada por um elevador.

Kal se aproxima e se acomoda na beirada da cama, entrelaçando os dedos nos meus.

— Talvez exista outra maneira — diz ele, me encarando com os olhos roxos.

— Só que não existe.

— Você procuraria outra maneira, se achasse que existe?

Arregalo os olhos.

— Como assim?

Ele aperta meus dedos.

— Estamos conectados, be'shmai. Fazemos parte um do outro. Ao matar, você sentiu a alegria de um guerreiro; sinto como se fosse comigo. Você gosta da dança do sangue. E quer dançar novamente.

— Seria melhor se eu me sentisse culpada? — pergunto, sentindo a raiva crescer. — Se ficasse aqui sentada choramingando feito uma criancinha? Isso não muda o que preciso fazer.

— Mas é *isso* que você precisa fazer? — pressiona ele. O restante da frase paira entre nós: ele não seria capaz de escondê-lo de mim nem se quisesse. Kal levanta o queixo e as palavras ecoam em minha mente.

Ou isso é o que você quer *fazer?*

— Será que morrer pouco a pouco é o que eu *quero* fazer? — Elevo o tom de voz. — Se você tiver outra opção, Kal, sou toda ouvidos.

— Não tenho — admite, mas se adianta antes que eu possa interrompê-lo. — *Ainda*. Ainda há tempo para buscar outra resposta. Já superamos o impossível outra vez, faremos o mesmo agora. Você se apressa em cumprir esse destino sem necessidade.

— Sem necessidade? — explodo, e parte de mim sabe que estou pronta para a briga porque Kal ameaça tirar isso de mim. Meu lado *divino*. Mas o restante de mim sabe a verdade: — Estamos no último lugar seguro da galáxia. A única faísca capaz de acender o fogo de que precisamos. Se essas pessoas não conseguirem me levar de volta para casa, *é o fim*. Não podemos esperar que Ra'haam nos encontre de novo e faça outras vítimas.

— Outras vítimas? Eu não quero é que *você* morra! — explode Kal. Ele solta minha mão, se levanta e, sem forças, caminha até o outro lado da sala.

É o desespero em sua voz que apazigua minha raiva.

— Dezenas de milhares de pessoas estão prestes a sacrificar a própria vida, Kal — digo baixinho. — Só para que a gente consiga se aproximar do mundo natal dos Eshvaren e tenha a chance de consertar a Arma. De levá-la para casa. De ganhar a batalha. Como é que eu posso esperar mais deles do que eu mesma estou disposta a oferecer?

Ele abaixa a cabeça, ainda de costas para mim.

— Morrer no fogo da guerra é fácil — comenta ele em voz baixa. — Viver na luz da paz é bem mais difícil.

— Não vai ser fácil — eu sussurro. — Por favor, Kal, você está do meu lado?

Ele se vira para me encarar com os olhos marejados. Em seguida, inclina a cabeça.

— Até o último suspiro.

• • • • • • • • • • • • •

Eles não me deixam contribuir com o salto desta vez. Querem preservar o que restou da minha energia mental para os reparos da *Neridaa*. Para o salto de volta para casa. Para a batalha contra Caersan e, depois, contra Ra'haam.

— Não precisaremos de mais nada quando tudo isso acabar — respondeu um Andarilho ao recusar minha oferta. — Não precisamos poupar nada quando o amanhã não existe. — Sua expressão era impassível e a mente, calma. Em paz com o que está por vir.

Hoje, os últimos sobreviventes da galáxia vão nos lançar ao setor Theta. De longe, a área mais densa de Ervas Daninhas. E lá eles morrerão, mantendo Ra'haam afastado o máximo possível, nos dando tempo de levar a *Neridaa* para casa.

Se fracassarmos, a história da humanidade — a história de todas as espécies sencientes da Via Láctea, exceto uma — chega ao fim hoje.

E, mesmo que a gente vença, hoje será o último dia da vida dessas pessoas.

Estou na ponte da *Vingadora* com Tyler e sua tripulação — Kal e eu viemos nos despedir antes de irmos para a nave Eshvaren. Me sinto pequena, muito pequena, enquanto olho Sempiternidade pela tela frontal. Cada luzinha que pontua sua superfície é um quarto, uma casa.

Hoje, cada uma dessas luzes se apagará.

Eu vou construir um futuro diferente para vocês, prometo em silêncio. *Vou abrir mão de cada pedacinho da minha alma para mudar isso.*

Como se conseguisse sentir meus pensamentos, Tyler envolve meus ombros sem dizer nada. Observamos a frota desorganizada de Sempiternidade assumir posição, pronta para mergulhar na abertura assim que os Andarilhos a abrirem.

Em seguida, uma voz estala nos comunicadores, alta e alegre.

— *Olá*, Vingadora. *Jones, sua passageira está aí?*

Tyler troca um olhar com Elin, a Betraskana, que se curva sobre o microfone e responde:

— Estamos prestes a desembarcá-la. O que foi, Redlich?

— *Bom, estava aqui pensando que, quando ela chegar ao destino dela, talvez possa fazer um favor para mim* — diz a voz. — *É um assunto que tem me incomodado todos esses anos, e finalmente tenho a chance de esclarecer as coisas. Veja bem, tenho quase certeza de que deixei o convector ligado quando evacuamos Radin IV. Talvez ela possa me mandar uma mensagem, me dizer para ter mais cuidado dessa vez, se as coisas forem para as cucuias.*

Ouço algumas risadas suaves vindas do convés, e parte da tensão se dissolve.

— Vou encaminhar o pedido agora mesmo — diz Elin com um sorriso.

— Aquela é a nave do Redlich — diz Tyler, apontando para uma nave vermelha surrada com os dizeres REBOCADOR AUTORIZADO desbotados na lateral. Enquanto eu a observo, as nuvens da cabine piscam.

— E aquilo é uma saudação — diz Toshh atrás da gente.

Antes que qualquer um possa falar, a linha volta a zumbir.

— *Ei, Jones, será que a sua amiga aí poderia fazer um pedido no Eizman? Uns dois mil bagels, com data de entrega para hoje?*

E de novo.

— Já que é assim, será que ela conseguiria encontrar meu irmão e dizer a ele que fui eu que quebrei o caminhão amarelo dele?

— ... me falar para continuar estudando, esse emprego não tem futuro...

— ... torrar toda a minha grana numa viagem para Risa. No fim das contas, eu não vou ter como ir depois...

— ... me alertar para que eu não chegue perto das loiras...

E assim, uma a uma, enquanto eles riem no escuro e assumem suas posições, suas luzes

piscam

piscam

piscam

em saudação.

E, no fim das contas, estou chorando, e não sou a única. Mas na ponte também rimos, e só paramos quando Lae se junta a Tyler; a luz das estrelas brilha nos seus cabelos dourados e prateados.

— Está na hora, comandante.

Tyler gesticula para que eu siga em frente e eu me curvo para falar ao microfone.

— Acho que consegui registrar tudo, mas talvez não tenha idade suficiente para o que a tripulação da *Galavant* estava falando. — Respiro fundo e controlo a voz. — Prometo dar tudo de mim para garantir que todos vocês tenham a chance de consertar seus erros da próxima vez.

Dou mais uma pausa e respiro fundo.

— Mas vou sempre me lembrar de cada um de vocês, do jeito que estão agora.

Recuo um passo e, desta vez, quando fico na ponta dos pés e envolvo o pescoço de Tyler com os braços, ele retribui o abraço e me aperta com tanta força que tira o ar dos meus pulmões; ficamos assim por um tempo, e me separar dele parece a coisa mais difícil que já fiz na vida.

Estou à beira das lágrimas novamente, mas quando Tyler agarra Kal, a expressão confusa do meu amor transforma meu soluço numa risada.

— Boa viagem, irmão — diz Tyler Jones, baixinho. — Alguém precisa ficar de olho na nossa garota.

• • • • • • • • • • • •

Caersan mal se dá ao trabalho de nos olhar quando entramos na câmara central. Os cadáveres dos Andarilhos ainda estão aqui e o Destruidor de Estrelas está sentado no trono entre eles. O cheiro de morte paira no ar.

As rachaduras, acesas por dentro, invadem seu rosto, mas a mente está mais poderosa do que nunca. Fortalecida pela batalha, mais segura graças a toda a prática que tivemos. Sinto sua energia crepitando à nossa volta, dourada e vermelho-escura, como sangue pisado.

Eu reajo entrelaçando minha mente com a de Kal e meus dedos com os dele. Somos mais fortes juntos. Mais do que nunca, tenho certeza de que os Eshvaren estavam errados. O meu destino não é sacrificar tudo, me livrar de tudo que mais importa para me tornar o gatilho de uma arma mortal.

O amor é o início e o fim de tudo que eu faço. É a razão. É a resposta para todas as perguntas. É o que me dá força. E o meu amor está comigo.

Conforme assumimos nossas posições, sinto a emoção da batalha iminente fervilhando dentro de mim. A consciência de que logo, logo vou me juntar à Arma e de que logo, logo vou sentir aquela adrenalina. É como surfar um tsunami: no fim das contas, você acaba morto, mas vai se divertir horrores no processo.

Dos comunicadores vem o sinal crepitante de Sempiternidade e, enquanto ecoa, sinto que os Andarilhos da estação, já exaustos, se preparam para oferecer o que resta de sua energia para gerar uma abertura final.

— *Frota de Sempiternidade, prepare-se para o salto em dez, nove, oito, sete...*

As vozes dos futuros fantasmas de Sempiternidade ecoam na minha mente.

Diga a eles...

Eu gostaria...

Se eu tivesse outra chance...

Cerro os punhos. Darei a todos mais uma chance, nem que eu morra tentando. Sempre levarei comigo suas memórias, as memórias das pessoas que eles se tornaram neste futuro que estou fazendo de tudo para apagar.

Enquanto eu estiver viva.

Olho para Kal e ele olha diretamente nos meus olhos.

— Sinto muito tudo estar acabando desse jeito — sussurro.

— Enquanto lutarmos, ainda há esperança — diz ele no mesmo tom de voz. — Nada está acabado ainda, Aurora.

E o brilho dourado de sua mente é como a piscadela de Scarlett — uma promessa de que até posso saber de muitas coisas, mas não sei de tudo, e que ele ainda não se cansou de tentar.

— ... *três, dois, um...*

Diante de nós, a brecha se abre, uma explosão fervilhante de cores e, como um só, todas as últimas criaturas independentes da galáxia mergulham nela.

Ra'haam está esperando.

Uma frota imensa de naves cobertas de musgo e flores, além de galhos que se estendem no espaço como mãos.

À nossa frente, o rebocador vermelho de Redlich explode e se despedaça, reluzente.

E aí o caos se instaura.

24

SCARLETT

— Ai, Finian. Tira o cotovelo das minhas costas.

— Não é meu cotovelo — murmura Fin.

— Tá. Não que eu não aprecie o entusiasmo, mas tudo tem sua hora e seu lugar, né?

— É o *meu* cotovelo — protesta Zila. — Agora, por favor, fiquem quietos.

O caça oscila enquanto Nari diminui a velocidade. Na penumbra do porão, Fin me lança uma piscadela. Ele sorri para mim e retribuo o sorriso, mas não consigo ignorar o bloco de gelo que sinto se acumular dentro de mim.

Quem sabe dessa vez, penso.

Quem sabe dessa vez a gente consiga.

Nós estamos amontoados no compartimento de carga do caça de Nari conforme ela se aproxima da Estação Sapatinho de Cristal pelo que parece ser a centésima vez no dia de hoje. Mas, quando reclamei no último ciclo, Zila me disse que estávamos apenas na quinquagésima primeira vez, então não vou mais abrir o bico. É legal ver Z demonstrando um pouco mais os próprios sentimentos — só o Criador sabe como é um grande avanço para ela conseguir brigar com alguém. Mas, para dizer a verdade, eu viveria muito bem sem todo esse mau humor de agora.

O caça diminui a velocidade e para ao lado do sistema de descarte de resíduos.

As portas se abrem sem nenhum ruído atrás de nós e, esgueirando-nos para a escuridão infinita, fazemos os movimentos de sempre, em sequência.

Tubo de ejeção.

Necrotério. Chave de Pinkerton.

Poço do elevador.

Seção habitacional.

Distrair os guardas.

E, finalmente, nos reencontramos no escritório de Pinkerton.

A essa altura, essa parte já funciona direitinho. Sirenes de alerta e anúncios a todo volume no sistema de som. A estação está caindo aos pedaços como sempre e, embora a gente já tenha revivido esse dia mais de cinquenta vezes, meu medo vai crescendo a cada tentativa. Nem acredito que, poucos loops atrás, Fin e eu estávamos tão indiferentes que decidimos que sair por aí nos beijando era uma boa ideia.

Nós achávamos que tínhamos todo o tempo da galáxia. Agora, no fim das contas, nosso tempo está se esgotando. A cada vez que falhamos, nossa janela diminui.

— *Equipe médica, reportar-se imediatamente, plataforma 12* — grita uma voz no alto-falante. — *Repetindo: equipe médica, plataforma 12.*

Zila digita tão depressa no computador de Pinkerton que os dedos dela são um borrão. O painel na parede obedece ao comando, se abre e revela o fragmento de cristal Eshvaren — que é idêntico ao que estou usando no pescoço. Cuidadosamente, eu o tiro dali, guardo-o dentro de uma mochila e a entrego à tenente Nari Kim.

Nari parece exausta e, por trás da fachada estoica de uma soldada, percebo que talvez esteja mais em pânico do que eu. E não dá nem para culpá-la. Se alguém tivesse me dito quando acordei essa manhã que o futuro da galáxia depende de mim, eu também ficaria um pouquinho abalada.

— Como você está, Nari? — pergunto.

Ela ajusta o rabo de cavalo com a mão e tenta parecer calma.

— Um dia e tanto, né, ruiva?

— Dessa vez você consegue. — Dou um tapinha no ombro dela e abro um sorriso. — Eu tenho certeza.

Fin arrisca uma piadinha.

— Ei, se seis é um número perfeito, então *cinquenta e seis* é mais que perfeito, né, garota de barro?

Nari sorri, apesar de tudo.

— Como quiser, branquelo.

— É apenas a quinquagésima *segunda* vez — diz Zila. — E Nari está fazendo seu melhor em circunstâncias extremamente difíceis.

Ela se levanta do computador fazendo uma careta e a tenente Kim estende a mão. Quando Zila a segura, noto um leve rubor nas bochechas de Nari.

— Você está bem? — pergunta ela em voz baixa.

— Estou... muito cansada — admite Zila.

— Se a gente não conseguir nessa tentativa, talvez seja melhor você dar uma paradinha na próxima, não? — sugiro. — Tentar descan...

— Não — rebate Zila, com os lábios contraídos. — Não temos *tempo*, Scarlett.

Suspiro porque sei que ela está certa, mas estou preocupada. Zila está totalmente privada de sono, seu cérebro está trabalhando a mil por hora, mas, como sempre, ela resumiu a situação perfeitamente. Temos três problemas, na verdade. Só que todos esses problemas se resumem a um problemão.

TEMPO.

Zila tentou explicar o Problema Número Um, mas, sinceramente, física temporal não é a minha praia. Pelo que entendi, o paradoxo de ter duas versões do *mesmíssimo* fragmento de cristal Eshvaren nessa linha do tempo está criando uma tensão temporal, e cada vez que o loop recomeça, o ciclo seguinte fica mais curto. Quando chegamos aqui, tínhamos quase duas horas até a estação explodir.

Agora temos uma hora.

Todo o plano de Zila gira em torno de ficarmos no meio da tempestade de matéria escura, perto daquele veleiro quântico, aos quarenta e quatro minutos, para aquele pulso de energia escura atingir meu colar. Mas o que acontece se o loop se encurtar demais e a estação explodir antes de ser atingida pelo pulso?

Porque eis o Problema Número Dois: o caça de Nari não foi feito para resistir ao alcance energético da tempestade. Nenhum modelo Pegasus foi. Assim, para sairmos na tempestade e sermos atingidos pelo pulso quântico que — assim espero! — nos lançará direto à nossa época, primeiro precisamos chegar ao hangar e roubar uma nave capaz de nos levar até lá.

Devo dizer que, em comparação com algumas das merdas que já nos metemos, essa parte não foi tão difícil, depois das primeiras tentativas. Só que, mesmo a bordo da nave, não paramos de dar de cara com o Problema Número Três. *Esse*, sim, está acabando com a gente repetidas vezes. E, como a nossa linha do tempo só encolhe sempre que reiniciamos, simplesmente não podemos mais nos dar ao luxo de errar.

A estação treme e as sirenes começam a apitar, como de costume. Trocamos olhares na luz vermelha bruxuleante do escritório de Pinkerton e, como sempre, estou com o coração na mão. É meio ridículo, mas, se der tudo certo, essa é nossa última chance de dizer adeus a Nari Kim. E, por mais que a gente só a conheça há um dia, parte de mim sente que nos conhecemos desde sempre.

Arranco um fio de cabelo e o guardo dentro de uma folha de papel dobrada ao meio que tirei da escrivaninha do bom doutor.

— Para o reconhecimento de DNA no cofre do Domínio.

— Ah, verdade — diz Fin. — Quase esqueci.

Ele vai até a vitrine perto da janela, quebra o vidro com o punho revestido pelo exotraje e pega a caixa de cigarrilhas. Depois, volta correndo para o meu lado, tira o papel da minha mão e, com a fiel caneta esferográfica que leva no bolso, escreve na folha dobrada. Nari olha para a mensagem enquanto ele dobra o papel dentro da caixa — um aviso, escrito na caligrafia de Fin.

CONTE A ELA A VERDADE.

— Parece meio sem sentido. O Kal não vai dar ouvidos. Mas, pelo menos, essa caixa de cigarrilhas salva a vida dele. — Fin franze a testa enquanto gira a caneta nos dedos prateados. — Que coisa absurda fazer toda essa bagunça com o espaço-tempo só para escrever um recado que o mister Bonitão Taciturno vai ignorar.

— Mesmo assim — diz Zila —, é *isso* que acontece.

— Assim esperamos — comento com um suspiro.

O peso de toda a situação nos pressiona por um instante: a formação da Legião Aurora, a guerra contra Ra'haam, todo o futuro da galáxia à mercê do que estamos fazendo aqui.

— Boa sorte, garota de barro — diz Fin, estendendo a mão. — Quando eu vir você outra vez, espero que esteja com cem metros de altura e que seja feita de mármore.

— Vou tentar não atirar na cara de nenhuma Betraskana. — Nari dá um sorrisinho frágil. — Quer dizer, supondo que eu saia dessa com vida.

— Tenho certeza de que dessa vez você consegue, Nari — digo a ela.

— Estou tentando, ruiva. — Ela suspira e coça o queixo. — É uma *baita* tarefa.

— Se tem alguém capaz de dar conta do recado, esse alguém é a Fundadora da Academia Aurora — comento com um sorriso. — Nós somos Legião, nós somos luz.

Nari endireita os ombros.

— Iluminando o que a escuridão conduz.

A tenente se volta para Zila com a mandíbula contraída.

— Acho que é isso, então. De novo.

— Boa sorte, tenente Kim — murmura Zila, estendendo a mão.

— Para você também, Legionária Madran — diz Nari, apertando-a.

Enquanto as duas seguem de mãos dadas, a estação treme até o último parafuso, e o metal emite guinchos perigosos. Zila olha para Nari com uma expressão que pode parecer impassível. Mas, como eu já disse, ler as pessoas é minha especialidade. E, nos olhos de Zila, percebo algo que me parece claro como aquelas pulsações de energia escura lá fora.

Zila gosta dessa garota. Quer dizer, gosta, *gosta*. Desde que nos conhecemos, não tinha visto Zila gostar assim de ninguém. Mas que crueldade atravessar um oceano de duzentos anos para encontrar alguém e, agora, ter que deixá-la.

E, por mais que ela esteja tentando ser discreta para parecer profissional, fria e analítica, já notei há alguns loops que se despedir de Nari repetidas vezes está partindo o coração de Zila.

Repetidas vezes.

— Crianças, temos que ir — diz Fin.

— Sim — concorda Zila. — Temos que ir.

Ela solta a mão de Nari, lhe entrega sua amada pistola disruptiva e enfia seu unividro no bolso do traje de voo da tenente. Nari assente e abre a porta do escritório.

— Boa sorte, Nari — eu sussurro. — Vejo você em 2380.

Nari usa as escadas, mas nós corremos o mais depressa possível para o poço do elevador. Fugimos de uma patrulha de segurança, paramos para deixar passar uma equipe de engenheiros agitados e, depois de um tempo, nos misturamos ao caos do nível do hangar.

À medida que nos infiltramos na iluminação vermelha pulsante da doca principal, o caos nos atinge feito uma onda. O fedor de produtos químicos queimados corrói meus pulmões. O grito dos alarmes de emergência enche meus ouvidos. Eu seguro a tosse, inspiro o cheiro de plástico carbonizado e, junto com Finian e Zila, me escondo atrás de uma pilha de caixas de armazenamento. Como sempre, um soldado agitado passa correndo e um comandante grita:

— Apaguem esse maldito incêndio!

O chão treme e nos esgueiramos pela doca mergulhada em fumaça. A luz é vermelha e intermitente, o que indica emergência. E, por mais que Fin e eu não levemos muito jeito para todo esse lance de ninja espacial — ao contrário de Zila —, conseguimos passar despercebidos escondidos debaixo da asa de um caça Pegasus.

Dois funcionários passam, Zila sussurra "Agora" e começamos a correr; alarmes cobrem o trovão dos nossos passos na grade do convés. Prendo a respiração até chegarmos ao objetivo: a pesada e atarracada nave militar Terráquea do outro lado do hangar.

Com certeza Tyler seria capaz de me dizer a marca, o modelo e o nome do engenheiro que projetou esse treco. Mas, quando me lembro do meu irmão, o bloco de gelo dentro de mim fica mais pesado, então tento não pensar nisso enquanto fico de vigia e Finian se aproxima da porta do compartimento de carga da nave para começar a trabalhar. Não tenho ideia de que feitiço ele está praticando, mas certamente é magia, porque, depois de alguns minutos, a porta se abre.

A estação sacode, o convés estremece todo. A mil por hora, entramos na nave e fechamos a escotilha.

— Limão com açúcar — comenta Fin com um sorriso enquanto a porta se fecha.

Eu pisco os olhos, confusa.

— O *que* com açúcar?

— Limão? — responde ele. — Limão com açúcar... É assim que se diz, né?

— É *mamão* com açúcar — corrijo com uma risada. — Errou a fruta.

— Ah, tá. — Ele dá de ombros e o exotraje chia. — Nunca fui lá muito fã de sobremesa mesmo.

— De doce já basta você, né?

Ele enfia o dedo na boca e faz que vai vomitar.

— Pois é — digo com um suspiro. — Nós somos um nojo, de Seel.

Seu sorriso morre assim que Zila tira o univídro do bolso dele e se ajoelha no chão. Fin e eu nos juntamos a ela; depois de um bipe suave, aparece uma imagem projetada na curva da parede da nave — uma transmissão do univídro no bolso do traje de Nari.

Reconheço um corredor, cinza-chumbo com letras em azul-claro — NÍVEL DO HANGAR, SEÇÃO B. A imagem oscila um pouco e, a cada passo, as botas de Nari produzem um som metálico.

Déjà vu.

— Nari, está nos ouvindo? — pergunta Zila.

A mão de alguém entra no enquadramento, move a lente do univridro para cima e, por um instante, nos mostra a cabeça da tenente. Ela tirou o próprio capacete e pegou outro de um armário de suprimentos em algum lugar; o que usa agora é preto e liso, sem nenhuma insígnia. Também arrancou as etiquetas de identificação da frente do traje e os distintivos de tenente das mangas. Afinal, caso ela sobreviva, não é conveniente dar pinta de sabotadora em tempos de guerra.

— *Em alto e bom som* — murmura ela.

— Talvez seja melhor evitar conversar durante esta tentativa — sugere Zila. — Só vai desperdiçar minutos preciosos.

— *Eu sei, eu sei* — murmura Nari.

— Você se sairá melhor desta vez. Acredito em você.

— E nós agradecemos! — Fin se intromete. — Quer dizer, por morrer pela gente várias vezes seguidas e tal.

— *Mas a questão não é a parte de morrer, branquelo* — murmura Nari. — *É só que... esse é meu povo, sabe? Não parece certo.*

Trocamos olhares com o comentário, mas nenhum de nós responde.

Então, aqui estamos nós de novo. No Problema Número Três, de longe o maior de todos. Porque, se a sonda Eshvaren que está no Nível 2 não for desconectada de sua fonte de energia, não faz sentido Fin, Zila e eu sairmos na tempestade para sermos atingidos pelo pulso quântico. Simplesmente morreríamos, e a sonda que nos trouxe até este ponto no tempo só vai nos atrair de volta. Somos tipo um ioiô que chega ao final da corda e é puxado para o mesmo momento, mil e uma vezes.

O ideal seria que pudéssemos ajudar Nari a descer ao Nível 2 e ejetar a sonda da estação. Só que precisamos estar na tempestade aos quarenta e quatro minutos para voltarmos a 2380. Assim, a única pessoa que pode cortar a corda do ioiô que nos prende aqui é Nari.

Sozinha.

Contra uma estação inteira cheia de seus companheiros.

Mesmo com todo o caos, o Nível 2 é a parte mais vigiada da estrutura. No final do corredor há quatro guardas, homens grandes em armadura tática, um pouquinho nervosos por conta dos constantes tremores e sacudidas da estação. Mas, como bons soldados, eles mantêm a posição até receberem ordens de sair.

Felizmente, Nari não dorme no ponto. Um dia, essa garota vai ajudar a fundar a Academia Aurora — em teoria. Graças ao elemento-surpresa, ela poderia acabar com esses grandalhões num piscar de olhos. Só que temos outro problema que vamos chamar de 3.1.

Nari se recusa a matar.

E não apenas no sentido de que ela não quer atirar à queima-roupa naqueles que são seus amigos e camaradas, isso é óbvio. O fato é que a ordem de evacuação chegará a qualquer momento e Nari não quer deixar ninguém no chão inconsciente enquanto a estação explode. Assim, como se já não fosse difícil entrar na parte mais protegida da estrutura, ela tem que nocautear todo mundo que estiver em seu caminho.

Com jeitinho.

Ela faz questão de dar a todos a melhor chance para acordarem a tempo de escapar. Acho um amor, mas isso está nos matando. Literalmente.

O guarda mais alto a vê se aproximar e ergue a sobrancelha. Aparentemente, o nome dele é Kowalski — Nari nos contou que eles vivem se encontrando na academia.

— Perdida, soldado? — pergunta ele, em meio à barulheira de alarmes que quase abafa sua voz.

— *Parece que sim* — responde Nari, e saca a pistola disruptiva de Zila.

A pistola está no modo Atordoar, mas um tiro na cara ainda deve doer. Os companheiros do soldado tentam revidar, mas Nari os mantém sob a mira da arma e, com um disparo, derruba os três restantes. Eles devem dormir por uns quinze minutos, mesmo que a configuração da pistola esteja no mínimo.

— Bom trabalho, Nari — murmura Zila. — Agora se apresse.

Nari rouba o passe de Kowalski. Descobrimos, por tentativa e erro, que as câmeras nessa seção ainda funcionam, então as patrulhas de segurança já começaram a se mexer para caçar o sabotador mascarado. O tempo de Nari está oficialmente contado.

A bola de gelo dentro de mim esfria ainda mais.

Ela se joga dentro do elevador e aperta o botão de descida com força. Ouvimos o som de sua respiração, rápida e pesada.

— Lembre-se de que são três — alerta Zila. — O terceiro vem da sua...

— *Da esquerda, eu sei, eu sei.*

O elevador chega ao Nível 2, a porta se abre com um zunido. Nari segue para o corredor enquanto um guarda grita: "PARADA!" Um tiro dispara. Depois outro, e mais um. A luz vermelho-sangue se torna branca quando Nari solta a pistola disruptiva e atinge o primeiro segurança no peito. Uma descarga de fogo automático enche de branco a tela do univídro; pela enésima vez, começo a ouvir um estrondo, um tiro e Nari cuspindo um palavrão. A imagem treme violentamente, o univídro cai do bolso; Zila range os dentes, uma gota de suor escorre em sua testa. Ouvimos um grunhido, outra explosão de fogo automático e os alarmes, que se tornam mais estridentes depois de outro solavanco. Mas o univídro está no chão e não dá para ver nada além do teto, das grades, dos flashes brancos no vermelho.

— *ALERTA DE SEGURANÇA, NÍVEL 2. REPETINDO: ALERTA DE SEGURANÇA, NÍVEL 2.*

— Chakk... — diz Fin num sussurro.

— *Atenção, tripulação da Sapatinho de Cristal. Ruptura nas plataformas 13 a 17.*

— Nari? — chama Zila. — Nari, está me ouvindo?

— Perfeitamente — responde ela, sem fôlego.

Nari pega o univídro e conseguimos ver o rosto dela, com a viseira do capacete virada para trás. Ela está pálida, encolhida.

— Você está bem? — insiste Zila. — Status?

— *Dessa vez eu peguei ela* — diz Nari com um sorriso e a voz fraca. — *Veio da esquerda, como você disse. Era a Liebermann. Caramba, ela é boa de tiro.*

— Não tão boa quanto você. — Fin sorri.

Nari tosse.

— *Não sei disso não...*

Meu coração afunda quando vejo sangue em sua boca, manchando os dentes. Ela abaixa o univídro e vira a câmera para a barriga; sinto embrulho no estômago ao ver o buraco ferido e sangrento no traje, logo abaixo das costelas.

— Ah, meu Criador... — sussurra Fin.

— *Estou bem* — insiste Nari. — *Está tudo sob controle.*

Dou outra olhada em Zila e vejo a dor em seus olhos ao observar Nari devolver o univídro ao bolso. A estação treme. Um grande letreiro branco se destaca na porta no final do corredor:

PROIBIDA A ENTRADA DE PESSOAL NÃO AUTORIZADO.

— *ALERTA DE SEGURANÇA, NÍVEL 2. REPETINDO: ALERTA DE SEGURANÇA, NÍVEL 2.*

— *Será que isso é para m-mim?* — Nari dá uma risadinha.

— Ela nunca chegou tão longe — sussurra Fin.

Faço que sim, sentindo a esperança crescer.

— Acho que agora ela consegue.

— Zila, é melhor preparar a nave para o lançamento — avisa Fin. — Vou começar a trabalhar nas portas do compartimento.

— Só um instante... — sussurra ela.

— *Atenção, tripulação da Sapatinho de Cristal. Equipe de engenharia, favor se apresentar ao Setor Gama, plataforma 12, imediatamente.*

Zila observa a projeção com os lábios contraídos. Nari avança sem fôlego, mas depressa. Ela usa o passe roubado, a antepara balança, range e se abre; por um instante, um flash preenche a tela do univridro com luz branca.

— É *isso*... — sussurra Zila.

— Bom Criador — diz Fin baixinho.

Em frente a Nari, vemos uma grande sala circular banhada na luz vermelha dos alarmes. Nas paredes, no teto e nos pisos correm longas listras pretas de marcas de queimadura. Das mesas de computador gigantescas brotam tubos e conduítes que serpenteiam pelo chão até um tanque cilíndrico de vidro no centro da sala. O vidro está cheio de rachaduras queimadas. Dentro está a sonda Eshvaren quebrada, que emite pulsos luminosos, parecidos com as batidas de um coração.

Algo aquece meu peito; olho para o medalhão e o sinto pulsar, como se ele *soubesse* para o que estou olhando.

— *Mas que droga você está fazendo aqui?* — alguém vocifera.

É um cientista, vestindo um traje branco antirradioatividade bem pesado. Nari se vira e dispara com a pistola disruptiva. O homem grita e cai. Outro homem de macacão branco saca uma arma e dispara, mas atinge os computadores e ocasiona uma chuva de faíscas. Nari mergulha no chão para evitar o tiro, com uma tosse seca. Aterrissa mal, mas recupera o fôlego, se levanta e derruba o oponente com duas rajadas. A sonda pulsa, a luz na sala é roxa, então a escuridão cai enquanto as paredes tremem.

— *ALERTA DE SEGURANÇA, NÍVEL 2. REPETINDO: ALERTA DE SEGURANÇA, NÍVEL 2.*

— Ela realmente vai conseguir... — sussurra Fin.

— *ALERTA: FALHA DE CONTENÇÃO. EVACUAÇÃO IMEDIATA DAS PLATAFORMAS 5 E 6. REPITO: FALHA DE CONTENÇÃO...*

— Ok. — Sem fôlego, Nari se levanta. — *Como é que eu desligo essa merd...*

Falta um minuto para a descarga. Mesmo que ela conseguisse desligar agora, seria tarde demais para a gente. Mas não consigo desviar o olhar.

— *PARADA!* — alguém vocifera.

Ouvimos uma série de disparos automáticos. Nari cospe um palavrão. Ela se joga no chão enquanto um esquadrão de guardas grandalhões invade o laboratório com armas em punho. Nari cai de bruços e, enquanto rola, dispara tiros com a disruptiva. Só que ela perde em número. E em armas.

Todos nós sabemos como isso vai acabar.

Repetidas vezes.

— Ah, não — eu sussurro.

— *Lado direito! Lado direito!* — alguém grita.

— *CUIDADO, FOGO!*

Uma explosão troveja. As imagens ficam brancas.

— Nari... — Zila diz baixinho.

— *Cacete* — ouvimos ela resmungar.

A imagem estremece. Nari geme de dor e tira o unividro do bolso. Agora conseguimos ver o rosto dela, salpicado de sangue. Ouvimos o som das botas apressadas. O barulho do fogo de supressão.

— Foi mal, crianças — diz Nari, arfando, com os dentes vermelhos. — Nada feito.

— Tão perto... — sussurra Fin.

— Mas tão longe... — digo com um suspiro.

Zila leva a mão à projeção na tela.

Toca o rosto de Nari.

— Até logo.

BANG.

25

TYLER

Já avaliei mil abordagens diferentes e ainda não sei se vou conseguir.

Tentei entrar em contato com Adams mais doze vezes, sem sucesso. Mas é a véspera do dia mais movimentado de sua vida, então não posso culpá-lo. Também não posso simplesmente deixar uma mensagem alegre sobre a ameaça à sua estação e rezar para que ele a receba.

Pensei em dar um jeito de ser preso pela segurança e depois implorar para falar com os comandantes. Pensei em invadir a seção de alojamento dos oficiais ou me infiltrar na própria Cúpula para fazer um discurso dramático sobre Ra'haam enquanto tento evitar ser baleado. A questão é que não tenho como provar sua existência e, mesmo que de alguma forma eu *consiga* convencer os líderes planetários de que uma antiga gestalt vegetal está manipulando-os e levando-os para uma guerra de distração, isso não seria suficiente para impedir que os agentes de Ra'haam explodam a estação em mil pedaços.

Lyrann Balkarri me ofereceu espaço para dormir na suíte dele — claramente um cara perseverante —, mas não consegui pregar os olhos. A essa altura, a dor de cabeça já se tornou crônica, assim como a visão: paredes de arco-íris e a Syldrathi de cabelos dourados, com meu sangue nas mãos. O ar crepita com azul meia-noite e vermelho-sangue, o cristal se estilhaça ao meu redor; finalmente, vejo a Academia explodir por dentro, a última verdadeira esperança da galáxia se apaga como uma vela e nos mergulha em uma guerra.

... *você pode consertar isso, Tyler*...

Para dizer a verdade, não sei se posso. Mas não vejo outra saída. Tenho algumas peças ao meu lado, e não passei tanto tempo jogando xadrez no time da Academia em vão.

Sim, eu era do clube de xadrez. Para um pirata espacial glamoroso, essa é uma péssima confissão, sei disso. Mas, para um aluno da academia militar que não fala palavrão, não bebe e não corre atrás de rabo de saia, não restam muitos outros hobbies.

E agradeça por eu ser tão sem vida social assim, viu? Porque agora consigo ver os próximos passos do adversário com tanta clareza quanto a luz do sol.

A presença de Cat entre os oficiais de segurança da primeira-ministra fala muito sobre as intenções de Ra'haam. Ela está aqui porque já foi aluna da Academia e conhece cada canto melhor do que qualquer um. Ela conhece os segredos. As medidas de segurança. As fraquezas.

Sei que Ra'haam tem conhecimento de tudo que seus subordinados sabem, mas já tive provas de que cada indivíduo guarda algo pessoal... Há uma razão pela qual Ra'haam enviou o pai de Auri para caçar sua filha, e não estou convencido de que tenha sido somente pelo impacto que causaria nela ao revê-lo. Não é difícil perceber o porquê de Cat estar aqui, neste lugar que conhece como a palma de sua mão.

E eu sei qual motivo é esse tão bem quanto conheço o gambito da rainha ou a defesa caro-kann.

Ela é o gatilho de Ra'haam.

É Catherine "Zero" Brannock quem destrói a Academia Aurora.

Só não tenho certeza de *como*.

Uma hora antes do início da Cúpula, eu a vejo no saguão da ala de hóspedes na seção de alojamento. O evento acontecerá no Enclave das Fundadoras, onde o comando da Academia costuma se reunir. É um anfiteatro gigantesco de vários níveis, capaz de acomodar milhares de pessoas. Centenas de delegados já estão a caminho, prontos para o primeiro dia de debate, e a segurança da estação já está a postos. Porém, enquanto observo aquele uniforme cinza-escuro de máscara espelhada se mover agilmente pela multidão, entendo por que Ra'haam esperou para fazer sua jogada. Até hoje de manhã, ainda havia participantes chegando; agora são tantos convidados que os seguranças estão penando para ficar de olho em todos.

É a situação ideal para um peão solitário passar pelas casas despercebido.

Eu a sigo em meio à multidão. Estou vestindo meu novo traje escuro e pendurei no pescoço o passe de repórter que Lyrann Balkarri me deu. Um olhar mais atento logo perceberia que a identificação não é minha, mas, assim como Ra'haam, espero que os guardas estejam muito ocupados para prestarem atenção. Também espero que Balkarri cumpra sua parte no acordo. Eu lhe ofereci o furo do século, e ele é *mesmo* um fã das covinhas. Mas há muita coisa em jogo na minha aposta.

Apenas delegados, guarda-costas e a imprensa estão liberados para acompanhar a Cúpula pessoalmente, já as comitivas e acompanhantes, funcionários da Academia e legionários enchem os cafés e lanchonetes sob as estátuas das Fundadoras. A promessa de um discurso especial de Adams e de Stoy despertou a curiosidade geral e o calçadão está lotado.

Perco Cat de vista três vezes e, com o coração martelando no peito, a procuro em meio à multidão. No fim das contas, a encontro novamente seguindo em linha reta rumo às docas.

Faz sentido.

É a área que ela — e, por consequência, Ra'haam — conhece melhor.

Cat pega o elevador para os níveis mais baixos. Desço as escadas às pressas e recebo olhares estranhos de uma equipe de manutenção. Será que ela está indo para os depósitos de combustível? Para os arsenais de munição? Tem muito explosivo lá embaixo...

Cat passa casualmente pelas patrulhas de segurança, mostrando suas credenciais da AIG; eu faço o possível para evitá-las. É como brincar de gato e rato, mas não tenho certeza de quem é um e quem é o outro, e me causa estranheza pensar que duas pecinhas possam decidir o jogo num tabuleiro gigantesco, criado ao longo de milhões de anos e graças a bilhões de vidas.

Lá embaixo, no convés Theta, ela consegue escapar. Sou obrigado a parar em uma escada para deixar uma patrulha de segurança passar e, quando chego ao corredor, Cat simplesmente... *desapareceu.*

Examino o convés, corro para o nível inferior sem perder nada de vista.

Aonde será que...?

Refaço meus passos, cada vez mais desesperado, com os batimentos cardíacos acelerados e a cabeça latejando de dor. A imagem do fim da Academia reaparece em minha mente.

Não não não...

Uma coisa sobre o xadrez é que, além de pensar na sua própria jogada, você deve determinar o que o *adversário* fará. Adivinhar suas escolhas com antecedência, se puder.

Tenho a sensação de que minha adversária adivinhou as minhas.

Olho à minha volta — a pressa se tornou um frenesi. O unividro que roubei diz que são 8h27 no horário da estação, e o discurso de Adams e de Stoy está programado para acontecer em trinta e três minutos. Se Ra'haam presta atenção aos detalhes tanto quanto eu, se notou como de Stoy insinuou as palavras *sombra* e *crescer*...

E então eu vejo. Uma plaquinha iluminada acima de uma porta anônima. BANHEIRO.

Entro correndo e esbarro num jovem Betraskano magrinho com o uniforme da Academia; sorrio para ele e peço desculpas antes de seguir em frente. Verifico o recinto e, quando percebo o duto de ventilação, sinto frio na barriga.

Arranhões recentes na pintura ao redor da grade.

Eu me aproximo do local, mas congelo ao ouvir a voz atrás de mim:

— Ah, chakk...

Olho por cima do ombro e vejo o cadete parado na porta do banheiro. Ele me encara com os olhões pretos ainda mais esbugalhados.

— Tyler Jones — sussurra.

E, por fim, eu o reconheço.

— Jonii de Münn — murmuro.

Campeão do torneio de xadrez da Academia Aurora no ano passado.

— Jonii, espera, eu posso explicar...

Rapidamente, pego a pistola de pulso dentro do meu paletó e ele corre pela saída. Meu primeiro disparo atinge o espaço que Jonii preenchia um momento atrás, e o segundo derruba a porta. Mas, agora, ele já está fugindo, atravessando o corredor, procurando o unividro e pedindo ajuda aos guardas.

Fim de jogo.

Eu me enfio na cabine, arranco a grade e entro no duto de ventilação, prendendo a tampa ao passar. Não vou ganhar muito tempo com isso, é claro. Mas tenho um minuto, no máximo, até os guardas da Legião Aurora saberem que um dos terroristas mais procurados da galáxia, o Alfa rebelde, o assassino em massa e pirata espacial (*arrr*) Tyler Jones está à solta na estação.

Ou seja, agora meu tempo está mais do que contado.

Eu me rastejo para dentro do duto e uso meu unividro para iluminar o caminho. O sistema de ventilação é um labirinto e, depois de alguns cruzamentos, eu poderia me perder feio por aqui. Mas, como já disse, eles bem que poderiam deixar os drones de limpeza passarem com mais frequência nessa área.

À minha frente, com a mesma clareza com que vejo o pelotão de fuzilamento me esperando se for pego pelos guardas, vejo as marcas das mãos e joelhos da minha melhor amiga impressas na superfície de metal suja.

Então, sigo engatinhando.

Como se a vida de cada ser da galáxia dependesse disso, *sigo engatinhando*.

O relógio do meu unividro marca os segundos. Estou conectado à rede da estação e, de tempos em tempos, dou uma espiadinha na transmissão ao vivo da Cúpula. Os delegados e uma infinidade de espécies estão ocupando seus lugares nas arquibancadas do Enclave das Fundadoras. No centro do palco, um pódio é iluminado por um holofote; acima, flutua um holograma com o brasão da Legião Aurora.

Percebo que estou entrando em áreas restritas da estação. Passo por um posto de controle automatizado, mas o sensor de movimento e a tela a laser foram desativados por um pequeno bloqueador de frequência preso à parede — sem dúvida, devo esse favor à divisão de operações especiais da AIG. Seguindo o rastro de Cat, deslizo por dutos maiores. Estou começando a suar, a temperatura gradualmente mais alta. Passo por mais três postos de controle, todos desativados.

Cheguei a me perguntar se poderia haver uma bomba na nave da delegação Terráquea, ou um dispositivo capaz de destruir a estação na área de ancoragem. Ou então se Cat atingiria o depósito de munições e combustível. Com o conhecimento adequado e um pouco de tempo à disposição, um sabotador teria várias maneiras de colocar esta estação de joelhos. Mas agora sei para onde ela está indo. A opção mais estratégica. O lugar mais confiável para desencadear uma explosão que varrerá toda a Academia, sem confusão, sem sobreviventes.

O núcleo do reator.

O rastro de Cat termina em outra grade. Eu a abro e saio. Estou tão suado que meu paletó ficou encharcado. A essa altura, Jonii *com certeza* já anunciou minha presença ao serviço de segurança da estação, que, no entanto, não ativou nenhum alarme audível — provavelmente para não atrapalhar a Cúpula. Ao pousar no chão de metal, vejo que estou no núcleo do reator; as luzes adicionam um leve tom de azul às paredes escuras.

Para os cadetes, esta é uma seção *absolutamente* proibida e, admito, não a conheço muito bem. Mas, mesmo sem nenhum rastro, dá para ver por onde Cat passou. À minha frente estão quatro seguranças esparramados no chão.

Me ajoelho perto deles e confiro os pulsos, mas já sei que estão mortos. Do outro lado da escotilha desativada, encontro três técnicos e mais dois seguranças, todos sem vida. Uma olhada nos painéis de controle me diz que as câmeras estão desligadas, sem dúvida derrubadas por outro bloqueador de frequência.

Esses corpos, essa tecnologia...

Balanço a cabeça. Estou bem ciente do planejamento e das habilidades necessárias para realizar uma façanha dessas. Também estou ciente do tamanho da vantagem de Ra'haam sobre nós, graças ao conhecimento de cada indivíduo que absorveu e subjugou. Agora sei que, durante todo esse tempo, Ra'haam esteve muitos passos à nossa frente.

O relógio conta os segundos.

— Caros representantes — proclama uma voz nos meus fones de ouvido.

Olho de relance para o unividro e percebo que o discurso de abertura começou. O evento está sendo transmitido por toda a rede da estação, e a voz do Almirante Adams ecoa pelas paredes enquanto eu me desloco furtivamente por corredores repletos de vapor e outros cadáveres. O calor é sufocante, o ar que respiro é úmido e denso.

— *Honrados convidados. Amigos. Em meu nome e da Líder de Batalha do Grande Clã, de Stoy, lhes damos as boas-vindas ao primeiro dia da Cúpula Galáctica.*

Chego a uma enorme porta blindada marcada com listras amarelas e pretas em diagonal. Na frente dela, espalhados pelo chão, mais quatro cadáveres. Vejo um aviso pintado no metal com grandes letras brancas:

ATENÇÃO: NÚCLEO DO REATOR. ACESSO NÃO AUTORIZADO.

De repente, as luzes diminuem e ficam vermelhas feito sangue.

— Ah, Criador, ainda não — imploro.

26

KAL

Sempiternidade está em chamas.

Um corte no casco derrama combustível e líquido de resfriamento no espaço. O vazamento é um arco de fogo que corta a escuridão, iluminado por centenas de minúsculos pontos de luz. Cada um deles é uma nave, dos Povos Livres ou de Ra'haam, amigos ou inimigos, lutando e morrendo por esta pequena chance de vida.

— Asa G, caças de Ra'haam em rota de colisão! Logo atrás...

— Entendido, Trinity, *aqui é a* Do'Kiat, *estamos prestes a interceptar...*

— *Sopro do Criador, eles estão por toda parte! Nós...*

Na sala de controle da *Neridaa*, a batalha é projetada ao nosso redor como se as paredes de cristal fossem de vidro. Assisto à cena com o coração na mão ao lado de Aurora. No escuro, nascem novas estrelas destinadas a morrer imediatamente, os mísseis se entrelaçam, os tentáculos grudam, os cascos eviscerados de naves destruídas parecem indefesos, sangrando e envoltos em chamas. Os Povos Livres da galáxia lutam com a coragem da qual nascem as lendas e cantigas.

Mas, se falharmos, não restará ninguém para cantá-las.

E Ra'haam é tão grande...

— *Integridade do casco em dezessete por cento! Precisamos de ajuda aqui...*

— *Vejo novas naves hostis, várias...*

— *Fui atingido! Eu...*

Minha mente virou uma tempestade, o poder de meu pai e de minha be'shmai ecoa em minha cabeça e carrega o ar com eletricidade estática. Azul meia-noite e vermelho-sangue, mesmo aqui, na paisagem em preto e branco da Dobra, unidos numa sinfonia de destruição. Esmagando as naves corrompidas à nossa volta até transformá-las em manchas sangrentas e sempre impelindo a *Neridaa* para a frente — uma lança de cristal Eshvaren do tamanho de uma cidade, voando a uma velocidade que distorce as leis da relatividade em direção a nosso alvo.

Está escondido, adormecido em meio a todo esse cinza, mas...

— Ali! — eu exclamo e aponto. — Está ali!

Para além da carnificina à nossa frente, das naves que matam e morrem na escuridão, a Dobra ondula, como se uma pedra tivesse quicado em sua superfície. Por mais que o espaço seja silencioso, eu juro que ouço uma vaga sequência de belas notas que brilham e formigam em minha pele.

Eu o vejo à nossa frente, exatamente como vi antes: um pequeno redemoinho nas cores preta, cinza e branca, que desabrocha como uma flor sob o sol da primavera. Como se reagisse à presença dos Gatilhos dos Eshvaren. Como se *soubesse*...

— O portão — digo em voz baixa, com o coração cantando.

Meu pai o olha de relance, depois volta a encarar a batalha. Aurora está perdida na carnificina, mostrando os dentes manchados de sangue enquanto despedaça outra nave Ra'haam. Mas, diante dos meus olhos, o portal aumenta de tamanho se alargando em uma abertura que se estende por milhares de quilômetros: a entrada para a dimensão compactada que esconde o mundo natal dos Eshvaren.

Eu me lembro, por um instante, da última vez que viemos aqui — Aurora, Finian, Scarlett, Zila e eu. Eram tempos mais simples. Tempos melhores. Me recordo do calor da amizade deles, da alegria que eu sentia quando nosso esquadrão estava reunido, da sensação de que, juntos, éramos capazes de qualquer coisa.

Apesar da carnificina que nos cerca, me pego sorrindo com a lembrança. Graças ao Vazio, a maioria deles não viveu o suficiente para ver um futuro como este. Eu juro, de todo o coração, que darei tudo de mim para evitar que isso aconteça novamente.

— Aurora, você vê...

Um impacto sacode o casco da *Neridaa*, cacos de cristal caem das cumeeiras do teto e se estilhaçam no chão ao meu lado. Meu pai olha da projeção e o olho direito se ilumina com um branco ofuscante, ardente e furioso.

— Cuidado, garota! — vocifera ele.

Aurora enxuga o sangue dos lábios e uma luz fantasma atravessa as rachaduras ao redor do olho.

— Achei que *você* estivesse cuidando dessa!

— Eu não posso vigiar as laterais, a proa *e* a popa! Concentre-se!

— Eu estou concentrada! E seria muito mais fácil se você não gritasse comigo, seu f...

Outra explosão nos sacode, e as paredes desmoronam enquanto Aurora tropeça.

— Tá, essa daí foi culpa *sua*!

— *Kal, aqui é o Tyler, está na escuta?*

Pressiono o comunicador em minha orelha e respondo rapidamente.

— Estou, irmão. A passagem para o mundo natal dos Eshvaren está diante de nós.

— *Estamos vendo! Mas agora nosso plano definitivamente já chegou aos ouvidos da mente coletiva de Ra'haam! Há mais duas frotas de Ervas Daninhas a caminho e nossa força caiu para quarenta e sete, não... quarenta e três por cento.*

Observo a anomalia, com os dentes cerrados, empurrando-nos para ela com cada fibra do meu ser.

— Estamos quase lá. Aguente firme.

— *Ra'haam vai conseguir seguir vocês?*

Olho para Aurora, mas, novamente, ela está perdida na euforia da batalha lá fora. Meu pai olha feio para o inimigo, o sangue escorre pelo queixo e goteja no chão. A julgar pela leve contração em sua sobrancelha...

— Não sabemos — confesso. — Possivelmente.

— *Entendido. Faremos de tudo para cobrir vocês... Ah, meu Criador...*

Flashes de luz explodem ardentes de nossa popa, impossíveis e ofuscantes. Em meio ao enxame de naves de Ra'haam, sombras escuras espalhadas por um céu ainda mais escuro, vejo Sempiternidade iluminar-se por dentro como um flutuador alegórico em um dia de festa.

Rachaduras se abrem no casco, seu corpo inteiro balança e não posso deixar de observar, impotente, o núcleo se quebrando. Com um último e silencioso grito de luz, a Nave do Mundo explode e os ecos frágeis de dezenas de milhares de vidas sendo levadas para o abraço do Vazio me faz estremecer.

— Amna diir — eu sussurro.

— Não... — diz Aurora em voz baixa, com os olhos brilhando de lágrimas.

— *... Jie-Lin...*

A voz ecoa no vazio que nos rodeia, quente como a primavera, untuosa e viscosa. E, por trás de sua dor, do fogo nascido da batalha, vejo a mandíbula de Aurora se contrair.

— ... Jie-Lin...

— Ignore, garota — avisa meu pai.

— *Estou* ignorando.

— Ra'haam está tentando distrair você, está...

— OLHA, SERÁ QUE DÁ PRA CALAR A BOCA?

O portal surge à nossa frente e ocupa nossa visão: uma espiral eterna, a porta de entrada para os segredos dos Antigos. Chegamos à soleira e passamos por ela rugindo enquanto os tons de cinza, branco e preto da Dobra adquirem cores plenas e vibrantes — um trovão de arco-íris ecoa em meu crânio.

A abertura ondula atrás de nós, como água, como sangue, e meu coração afunda quando vejo as naves de Ra'haam surfando as ondas de choque de nossa passagem, invadindo a ferida que abrimos.

A batalha se esparrama para o espaçoreal.

Sempiternidade se foi.

Agora não temos para onde fugir.

As naves dos Povos Livres seguem as de Ra'haam e, entre elas, está a *Vingadora*; Tyler e sua equipe lutarão ao nosso lado até o fim. Diante de nós vejo o mundo dos Antigos — o que antes era um lugar de beleza, música e luz agora está cinza e repleto de morte. Da brecha em espiral às nossas costas entram mais inimigos, que parecem infinitos; são os restos de uma galáxia antes esplêndida e caleidoscópica que agora é quebrada e perdida. Tudo se resume a uma mente, uma visão, uma vontade, que serve a um propósito terrível.

Para que todo o resto seja como *Ra'haam*.

Veja o que eu vejo.

Pense como eu penso.

Faça o que eu faço.

As naves de Ra'haam mais próximas giram, rodopiam e descarregam uma chuva de tiros contra a *Neridaa*. Os projéteis são estranhos, farpados, transbordando veneno e envoltos em pseudópodes sedentos.

— *Kal, são cápsulas de embarque, afastem-se!*

Meu pai ataca com os punhos cerrados. Aurora ruge, o cabelo balança para trás como se movido por um vento invisível, os dentes manchados de sangue. Algo atinge a *Neridaa*, rasga seu casco, faz a nave inteira tremer.

— *Kal, vocês foram atingidos! Ataque duplo na popa!*

Outro impacto nos balança e eu, desesperado, me volto para Aurora, cujo rosto expressa dor e uma alegria ensanguentada.

— Be'shmai?

— Estou sentindo, Kal — sussurra ela. — Está... está...

— Está aqui — sibila meu pai. — Está a bordo.

Olho à minha volta; as naves continuam a formar arcos e florescer entre as estrelas. Nem Aurora nem meu pai podem sair enquanto a batalha continua lá fora e enquanto estão comprometidos em levar a Arma ao mundo dos Eshvaren. Mas agora o inimigo está entre nós. Dentro de nós. Portanto, não há mais ninguém que possa detê-lo, a não ser eu.

— Está avançando — diz meu pai com as pálpebras trêmulas. — Trinta. Quarenta corpos. Movendo-se pela coluna central.

— Estão a bordo, Tyler — eu relato, sacando minha arma. — Três dezenas de inimigos. Talvez mais. Vou interceptá-los.

— *Entendido, estamos a caminho! Segure-os até chegarmos aí.*

Aurora pega minha mão quando eu me viro para sair.

— Kal, toma cuidado.

Eu a pego nos braços, lhe dou um beijo e sinto o gosto de sangue. Ferro, ferrugem e ruína.

— Eu voltarei, be'shmai. Juro.

Enquanto atravesso o corredor, a voz do meu pai me interrompe.

— Kaliis.

Eu me viro para encarar o homem que já foi o centro do mundo para mim. Ele está cercado pelo brilho de naves moribundas, de motores quebrando, de combustível queimando, envolto na luz carmim da carnificina. Sangue roxo espesso escorre de seu queixo e cai no chão, e os olhos ardentes estão focados na batalha — na sinfonia de destruição que toca com minha be'shmai.

Nos aproximamos daquele mundo morto que pode conter nossa salvação. Mas, por um segundo, meu pai olha para mim. O suficiente para sussurrar a única sabedoria que ele conhece.

— Faça-o sangrar.

27

ZILA

TIC.

TIC.

TIC.

Estou funcionando no piloto automático, perdida em meus pensamentos enquanto deixo a conversa me envolver como se fosse ruído branco.

Meu corpo está espremido a bordo da Pegasus de Nari com Finian e Scarlett.

Estamos nos rastejando pelo depósito de lixo.

Estou no necrotério, roubando o passe do cadáver de Pinkerton.

Já fizemos tudo isso. Dez, cem, mil vezes.

Minha mente repassa cada loop que já vivi.

Tentamos ejetar o núcleo dezesseis vezes e, em todas elas, falhamos.

Agimos com discrição e fomos detectados.

Experimentamos a força bruta, mas fomos vencidos.

Tentamos até a lógica, não uma, mas duas vezes. Abordamos o comandante da estação e explicamos os fatos e o problema da maneira mais simples e inofensiva que pudemos. A razão não teve sucesso onde a astúcia falhou.

Fecho os olhos doloridos e solto a mente de suas amarras, permito que ela explore. Tenho um intelecto extraordinário, sempre soube disso. Eu o desafiei e explorei sem nunca chegar aos seus limites, mas agora, aonde quer que eu vá, esbarro em uma das duas paredes.

Na primeira, está gravado em letras grandes:

VOCÊ NÃO VAI CONSEGUIR, NEM TENTANDO MAIS MIL VEZES.

E, na segunda, em letras ainda maiores:

VOCÊ NÃO TEM TEMPO.

Esta é nossa última chance.

Aqui estamos, mais uma vez, no escritório do dr. Pinkerton, dispostos em um semicírculo irregular. Para além do casco da estação, agita-se a gigantesca tempestade de matéria escura, dentro da qual nosso futuro está prestes a pulsar. Nossa saída. A viagem para casa.

Se ao menos eu conseguisse encontrar uma maneira...

A voz desesperada de Finian toca minha consciência.

— Se pudéssemos modificar o modo Atordoar, fazer a disruptiva produzir um pulso mais forte...

— *Equipe médica, reportar-se imediatamente, plataforma 12* — grita uma voz no alto-falante. — *Repetindo: equipe médica, plataforma 12.*

Não dou atenção. Se analiso todas as ramificações possíveis do nosso caminho, um labirinto se desenrola ao meu redor; aonde quer que eu tente ir, há um beco sem saída. Todo "e se", todo "talvez pudéssemos", mais cedo ou mais tarde, tropeça em um obstáculo. Enquanto isso, refazemos os mesmos passos que nos mataram em todas as tentativas anteriores. Marchamos para o mesmo destino, conscientemente em direção à nossa ruína.

— Talvez exista alguma maneira de selar a sala da sonda para economizar tempo — diz Nari, com o mesmo tom de desespero na voz. — Algo manual que a equipe de segurança não possa desativar.

— Mas quando o núcleo explodir, você ficará trancada lá dentro — diz Scarlett. — Você precisa sair, Nari, senão tudo isso vai ser inútil.

É inaceitável. *Não podemos* estar em um cenário sem vitória, caso contrário, não teríamos vindo de uma realidade em que Nari cria a Legião Aurora.

Deve haver uma maneira de fazê-la sobreviver.

Deve haver.

Deve...

Então, de repente, os números param de girar na minha mente. O infinito de possibilidades para de se desdobrar e a resposta é clara para mim.

Abro os olhos e encontro Scarlett me analisando atentamente. Mesmo consumida pela dor, pelo medo e por essa busca sem-fim, não perdeu um pingo da doçura no olhar. Apesar da carcaça impenetrável que construiu cuidadosamente, seu coração é infinito. Estou feliz por ela ter descoberto o mesmo sobre Finian.

— Você descobriu uma saída? — pergunta ela em voz baixa.

— Descobri.

Ela simplesmente me encara. Parte dela já entendeu. Começo a sentir a genialidade da maneira como consegue fazer isso. Aqui, pelo menos. No final.

Sinto muito por ter gritado com ela.

Sinto muito por diversas coisas.

TIC.

TIC.

TIC.

— Nari — digo. — As hallabongs que seu primo leva para a casa de sua halmoni. Elas são boas?

— Deliciosas — responde ela, perplexa. — Mas o que...?

Eu a olho nos olhos. E, ao fazer isso, entendo que...

Não estou sentindo nada.

— Eu gostaria de experimentar — digo a ela.

Gostaria de morar em uma casa desse tipo. Com uma família grande que vai e vem. Com tradições, piadas internas e histórias, além de frutas tão suculentas que escorrem das mãos aos cotovelos.

— Eu também gostaria que você pudesse experimentar. — Ela franze a testa. — Mas...

Finian começa a entender o que Scarlett já sabe.

— Zila, não. *Não.*

— O quê? — protesta Nari, olhando para nós. — O que está acontecendo?

Scarlett balança a cabeça.

— Zila, *tem* que haver outra maneira...

— Esse não é um trabalho para uma pessoa só — digo simplesmente.

Finian junta-se aos protestos de Scarlett.

— Não, Z, a gente vai dar um jeito. Ainda dá tempo, a gente...

— Dadas as forças que se opõem a ela, Nari não é capaz de chegar ao núcleo com vida para ejetá-lo. Ela *precisa* sobreviver para fundar a Academia. Caso contrário, nunca chegaremos aqui e nunca plantaremos a semente da vitória de Aurora contra Ra'haam. Quando eliminamos o impossível, o que quer que reste, não importa o quanto seja improvável...

Olho para Fin

— ... ou doloroso...

então para Scarlett

— ... ou triste...

e, por fim, para Nari:

— ... é a verdade. Alguém precisa ficar para trás e te ajudar.

Deixo suas vozes se misturarem.

— ... deixei a Cat para trás, deixei meu irmão para trás, e se você pensa...

— ... é só repensar uma maneira diferente de usar...

— ... dessa vez eu posso...

Eu me levanto. Eu os encaro. E, por fim, eles param de falar. Ficaram sem argumentos. Aos olhos deles, a verdade, pura e simples, agora é tão clara quanto é para mim. E eles sabem, lá no fundo, que não podemos mais desperdiçar nenhum minuto.

Portanto, volto a falar.

— Há muitos anos, fiquei escondida e vi meus pais e amigos serem ameaçados por invasores. Se eu me revelasse, eles seriam fuzilados e eu, sequestrada. Então, permaneci escondida, na esperança de que uma solução se materializasse. Por fim, os captores se cansaram de esperar, mataram minha família e foram embora. Nunca mais vou deixar que aqueles que amo morram por minha falta de ação. Desta vez, *existe* algo que eu possa fazer.

— Você era criança, Zila — sussurra Scarlett. — Não precisa se redimir.

— Não posso — respondo. — E sei que não depende de mim fazer isso. Mas já vivi essa história antes, Scarlett, e desta vez mudarei o final.

— Não podemos deixar você aqui. — Na expressão de Finian, na maneira como fala, há apenas dor. — Não podemos deixar você sozinha.

Olho para Nari novamente.

— Não estarei sozinha.

— Mas você vai ficar a dois séculos de distância! — grita ele.

— Alguém precisa ficar — respondo. — Desde sempre, foi estabelecido que seria assim. Vocês dois precisam voltar ao nosso tempo para lutar contra Ra'haam. Talvez sejam os únicos sobreviventes do Esquadrão 312. Não podem falhar em nossa missão.

— E você? — sussurra Scarlett.

— Eu farei tudo funcionar — digo. — Não podemos esperar que Nari faça tudo. Alguém terá que escrever memorandos para os líderes da Legião Aurora. Sobre tudo, desde Björkman roncando até os presentes no cofre. Só há uma maneira de Magalhães saber tudo que sabe.

— Você vai escrever o programa dele — diz Finian em voz baixa. Os olhos estão cheios de lágrimas. — E vai dar um jeito da Scarlett encontrá-lo naquela rede de compras.

— A queda que ela tem por bolsas é facilmente explorável.

Scarlett sorri, embora esteja começando a chorar.

— É por *isso* que estamos aqui — digo a eles, pegando o minúsculo fragmento de cristal da coleção de bens preciosos de Pinkerton e mostrando-o para Scarlett. — Por isso que o cristal estava à nossa espera no cofre. Para nos arrastar até este nível do espaço-tempo, de modo que *eu* possa ficar. Magalhães nos disse que seu conhecimento se estende apenas até certo ponto do futuro. O ponto em que *eu* fui embora.

Finian balança a cabeça e os lábios tremem.

— Z, a gente já perdeu a Cat...

— E precisamos perdê-la de novo. Tudo deve acontecer exatamente como *já* aconteceu. Precisamos perder Cat para que ela nos salve em Octavia. Precisamos permitir que o Destruidor de Estrelas encontre a Arma antes de nós, de modo que ele a dispare e nos traga de volta no tempo. Porque eu sempre precisarei voltar até aqui, ao início de tudo. Preciso permanecer no passado para garantir nosso futuro.

Scarlett entrelaça os dedos nos meus. Assim como Finian, está chorando.

— Nós também te amamos, Zila — sussurra ela.

Que bom que ela compreende.

— Vou protegê-la, prometo — murmura Nari, e sua voz trêmula, mas firme, me aquece. — Vou levá-la comigo durante a evacuação e pegar um jaleco. Com sorte, as coisas vão estar tão caóticas que vou conseguir acobertá-la.

— Vão estar — digo a ela. — Acredito em você.

— Acho melhor você ficar com o Magalhães — diz Finian com a voz rouca enquanto se move em nosso pequeno espaço para vasculhar a mochila. — Se conseguir consertá-lo, ele vai estar cheio de informações úteis. Talvez você possa até apostar em jogos de algum esporte, só para encher sua conta bancária.

Ele para de falar e, lentamente, puxa o Trevo. Olha para Scarlett. Ela assente. Então ele me oferece nosso mascote.

— Uma companhia a mais — diz Scarlett com a voz embargada. — Então tá, não esquece que a nossa Longbow original vai precisar de uma caixa para a Auri se esconder e... Merda, a gente nem sabe pra que as botas que o Tyler encontrou no cofre servem, como você vai...?

— Ele estava em cativeiro Terráqueo quando o deixamos. Vou lhe fornecer uma forma de escapar. Tenho uma mente brilhante, uma excelente memória e a vida inteira pela frente. Nada será deixado ao acaso.

Scarlett passa um longo instante em silêncio.

— Ah, Zila — murmura ela.

— Eu sei — digo em voz baixa.

— Eu queria... — diz Finian, mas não completa a frase.

— Temos só mais uma chance — comento. — Depois desse loop, o próximo terminará antes do pulso quântico e deixará vocês sem a fonte de energia para voltar para casa antes que o ciclo entre em colapso. Tudo depende dos próximos quatorze minutos. Tudo que existe agora, tudo que virá a existir. É nossa última chance de impedir Ra'haam. De proteger cada planeta, cada colônia, cada espécie, cada vida futura. — Pela última vez, estendo a mão. — Nós somos capazes.

Scarlett pega minha mão e a aperta.

— Nós somos Legião.

Finian envolve os dedos prateados nos nossos.

— Nós somos Luz.

Nari repete o movimento e assente.

— Iluminando o que a escuridão conduz.

— Esquadrão 312, para sempre — digo com um sorriso.

TIC.

TIC.

TIC.

28

AURI

A batalha ruge atrás de nós e, à nossa frente, jaz o planeta morto dos Eshvaren.

O poder que flui dentro de mim se intensifica, inebriante e viciante, e eu busco a euforia que ele proporciona enquanto minha mente se move livre, rápida e selvagem. Sei que estou explorando *a mim mesma* para derrotar o inimigo e não consigo lembrar por que não deveria fazê-lo.

Eu sou a manifestação do poder dos Eshvaren. Foi isso que Esh me disse, ao que parece uma vida inteira atrás, lá no Eco. Sou tudo que eles queriam, e todos os meus inimigos vão *arder*.

A luz da anã vermelha moribunda emoldura o planeta enquanto disparamos em sua direção, voando à frente de nossos perseguidores. Tudo fica quieto em sua superfície rochosa.

Silêncio à nossa frente. Caos às nossas costas.

Na parte inferior, Kal avança pelos corredores da *Neridaa*, descendo em direção à grande cratera e às portas enormes da oficina, com dez quilômetros de largura. Elas já estão se abrindo silenciosamente e revelando o túnel perfeitamente liso do outro lado, cavado na própria rocha. A nave se move depressa, guiada por um toque levíssimo, como se *quisesse* voltar para casa.

— *Vamos entrar atrás de vocês* — grita Tyler pelo comunicador enquanto uma nave de Ra'haam cai na superfície do planeta e morre numa explosão de fogo e detritos. — *Tan, fique atrás dela, tente... Bom Criador, é assim que se faz, de Mayr!*

De seu trono, Caersan fala, com o queixo ensanguentado e os dentes à mostra num sorriso carnívoro.

— Tenho poucos arrependimentos na vida, criança. Mas daria tudo para ter visto sua cara ao descobrir que eu já tinha vindo aqui antes de você e pegado a *Neridaa*.

— Eu vou ter a oportunidade de ver a *sua* cara — respondo — quando tirar ela de você.

Não parece algo que eu diria, não parece algo que eu faria, mas *sou eu* falando — meus lábios ensanguentados se contorcem quando Caersan estreita os olhos.

Por toda parte, a batalha segue, e seu fogo me atinge enquanto empurro a nave pelos portões e entro no túnel, as frotas de Ra'haam e dos Povos Livres vêm logo. A escuridão é iluminada por explosões rápidas e, nos comunicadores, tudo que ouço são comandos gritados se sobrepondo, uma confusão desesperada de ordens e pedidos.

Deixo a mente vagar e encontro Kal perto do lugar onde o enxame de Ra'haam invadiu nossa nave ferida — é um farol roxo e dourado contra a massa verde-azulada se contorcendo avidamente.

Eu ancoro uma parte de mim a ele e avanço para encontrar a *Vingadora*, me insinuando na mente de Tyler, na de Lae, para além da exaustão, do medo e do foco resoluto na batalha.

O Kal precisa de vocês!

Mas também há outra pessoa ali. Eu ouço sua voz, percebo suas partes que não podem mais ser separadas do todo.

— ... *Jie-Lin...*

— ... *Jie-Lin, venha até mim...*

— Ra'haam só chama você porque teme não poder ganhar — sibila Caersan, agarrando os braços do trono, os nós dos dedos brancos. — Não participe de sua própria derrota, garota. Lágrimas são para os derrotados.

Entramos na caverna de cristal no centro do planeta. Com meus pensamentos, chego até Kal para evitar que ele caia enquanto a *Neridaa* abruptamente desacelera até quase parar, voltando-se para o andaime, seu antigo berço.

A câmara tem centenas de quilômetros de largura, e enormes penhascos de cristal refletem a luz das naves que brilham atrás de nós, arcos de fogo flutuam nos frontões de arco-íris lá em cima e explosões ecoam no cristal antigo.

As dimensões deste lugar são de tirar o fôlego, o vazio que permaneceu por eras é preenchido com a batalha para salvar o futuro. Vai saber quanta energia foi necessária para construir uma coisa dessas, a Arma em que viajamos — da última vez que estive aqui, me sentia um inseto ao lado dela. Agora, sinto esse mesmo poder jorrando dentro de mim, me incendiando. E, enquanto a *Neridaa* se acomoda, uma sensação de alívio me domina — é como tirar um par de sapatos apertados demais, como respirar novamente.

Ela está em casa.

Viro a cabeça e vejo flores azuis que, de repente, desaparecem, eliminadas conforme uma nave se desfaz em mil pedacinhos brilhantes. Na sequência, os destroços atingem a nave que a persegue, fazendo-a desabrochar em uma segunda explosão.

A nave de Tyler pousa ao nosso lado. Ele e sua tripulação começam a sair, mas as naves de Ra'haam estão voando para dentro da caverna como um enxame de gafanhotos, misturadas às nossas pouquíssimas naves e girando ao redor em uma massa densa e sufocante.

Juro que ouço um trecho de música, apenas algumas notas inebriantes, mas um grunhido de esforço de Caersan arruína o momento.

Precisamos de tempo — para consertar a nave danificada, para fechar as rachaduras do casco. E, enquanto olho para o céu de cristal abobadado lá em cima, sei que não temos aliados suficientes para nos dar alguns instantes.

E não sei nem por onde começar...

Mas, em resposta, o sabor metálico do sangue em minha boca adocica e a cena diante de mim começa a sumir. Sinto uma dormência pesada, uma gravidade que me puxa e, mesmo que eu me segure por um segundo, sinto-me deslizar em direção a um lugar familiar, onde já estive antes.

Mas não posso deixá-lo: eles estão chegando!

Kal!

29

KAL

Nos encontramos num amplo corredor dentro da *Neridaa*. Estou imerso nas cores do arco-íris, cercado pelo rugido da batalha que se desenrola lá em cima.

Os invasores são uma multidão que sai das cápsulas de embarque e entra nos corredores da Arma. Uma dezena de espécies, uma dezena de formas, todas compondo uma única mente. A pele está manchada de mofo, há flores no lugar dos olhos e, por trás daqueles olhares, sinto a criatura que os possui. Um ser já antigo quando meu mundo natal não passava de um pedregulho recém-nascido, que foi esfriando lentamente em torno de um sol agora morto.

Uma vontade que aguarda esse triunfo há um milhão de anos.

A luz do arco-íris que me cerca pisca, o espaço lá em cima ecoa os gritos de morte de nossa frota cada vez mais enxuta. As lâminas são penas em minhas mãos: faço um massacre de marionetes de Ra'haam, os passos da dança do sangue me vêm espontaneamente e, para mim, é como respirar. Mas sinto outro golpe atingir o casco da *Neridaa*. Mais um. Novas cápsulas de embarque em um número infinito. E eu entendo que não há vitória contra esse inimigo.

Tudo que eu posso ganhar é tempo.

Eles passam pelos corredores reluzentes — mais uma onda. Eu entro em um espaço menor, onde há menos inimigos. Um ser me ataca em meio ao brilho bruxuleante do arco-íris, com folhas enroladas no lugar dos olhos e uma coroa de espinhos entrelaçada nos chifres. Eu corto a mão que me segura, mas a outra me arremessa na parede. Alguma coisa me atinge nas costas enquanto me arrasto para me proteger — talvez um canhão de pulso. Não tenho certeza, eles são muitos...

— ... *Pare de lutar, Kaliis...*

Muitos mesmo.

— ... *entregue-se a nós...*

Parte de mim sempre soube que eu sucumbiria em uma batalha. Não tenho medo de morrer lutando pelo que acredito. Meu medo é deixá-la. Minha Aurora. Minha amada. Antes de conhecê-la, eu era uma sombra fraca. Uma chama apagada, à espera da faísca que me faria arder.

Mãos deformadas voltam-se para mim.

Os olhos têm flores que emitem uma luz azul.

Eu não queria que acabasse desse jeito.

As criaturas que me atacam explodem em uma chuva de sangue. Ouço o ruído de outras armas e granadas, o sussurro de uma lâmina que corta a carne e então, em meio à carnificina, uma voz que faz meu coração disparar.

— Toshh, informe o status! — grita Tyler.

— Sinal verde, comandante! — responde a mulher imponente enquanto recarrega a arma e verifica um scanner. — Mas outros se aproximam! Setenta metros!

Limpo a sujeira dos olhos e vejo Lae acima de mim, iluminada pela luz roxa que sua lâmina emite. Novamente, quando pego a mão ensanguentada que ela me oferece, sou atingido pela suspeita de que conheço esta mulher. É bobagem, sei disso; quando Aurora e eu avançamos no tempo, ela não havia nem nascido. Mas...

— Você lutou bem — diz Lae em voz baixa, observando a carnificina à minha volta.

Olho para o corredor de cristal brilhante e para a sala do trono.

— Tive um bom professor.

Seu olhar endurece e se enche de ódio.

— Você está certa em considerá-lo um monstro — digo a ela, limpando minhas lâminas. — Mas família é algo... complicado.

— Você está bem, Kal?

Eu me viro e vejo Tyler sair da fumaça e se aproximar. A enorme armadura energizada que usa está marcada pela guerra e maltratada, bem como o homem ali dentro. Mas consigo sorrir apesar da dor e da morte que chovem à nossa volta.

— Você é sempre uma visão bem-vinda, Tyler Jones.

— Segura esse fogo, rapaz — comenta ele com um sorriso. — Nem escovei os dentes hoje. — Virando-se para o seu povo, ele começa a gritar ordens. — Dacca, cubra aquela brecha ali! Toshh, mantenha este corredor sob fogo! Há mais inimigos a caminho, e eles *não podem* passar por nós. Vinte segundos para o contato, vamos, vamos!

Observo o grupo se dispersar e se preparar para o próximo ataque. Lá em cima, o barulho da batalha vai ficando menos intenso, os últimos defensores não vão aguentar. Cada um dos sobreviventes sabe que é uma batalha que não se pode vencer. Mesmo assim, todos obedecem sem hesitar, encorajados pelo fogo no olhar de Tyler, pela força em sua voz.

Eles o amam tanto quanto nós.

Algumas coisas nunca mudam.

Tyler me passa um rifle reserva. Ele assume sua posição atrás de uma torre de cristal, na calmaria antes da tempestade, e olha de relance para Lae.

— Você está bem? — pergunta em voz baixa.

Ela assente, afastando uma mecha de cabelo prata e dourado do ombro.

— Estou.

— Se quiser recuar...

Ele gesticula para a sala do trono atrás de nós e a encara com o olho bom.

— Para proteger Aurora...

Lae ergue a lâmina, o brilho iluminando sua íris. Sinto Ra'haam se aproximando, sinto a pressão de sua mente contra a minha. Vejo as rachaduras em volta dos olhos de Lae, o peso das inúmeras batalhas que ela lutou — que *todos* eles lutaram — para manter essa minúscula chama viva. E, mesmo com ela prestes a se apagar...

— Meu pai me ensinou a lutar com coragem — diz ela, desafiadora. — Mas minha mãe me ensinou a morrer com honra.

Tyler balança a cabeça.

— Lae...

— *Não* — diz ela, olhando nos olhos dele. — Eu não tenho medo do Vazio, não mais do que ela teve.

Olho para os dois e me pergunto qual é a verdade entre eles. A dupla bate de frente como fogo e gelo, mas está claro que não é apenas uma relação entre comandante e soldado. Se eu me esforçar, sinto um vínculo entre os dois. Tão fino quanto algodão-doce, mas, ainda assim, forte como aço forjado em estrela.

— Estão chegando! — ruge Toshh. — Chegou a hora, pessoal!

Imagino que, agora, não tenha importância.
O inimigo está sobre nós.
A canção da batalha preenche o ar.
E não há mais tempo para palavras.

30

TYLER

TIC, TIC, TIC.

No momento, meu coração bate a mil por hora. A imagem da Academia explodindo não para de se repetir na minha mente. Seguro bem firme a pistola na mão suada enquanto a faca que Saedii me deu pesa em meu pulso.

TIC, TIC, TIC.

O Almirante Adams continua seu discurso para a assembleia, alheio à calamidade que se desenrola nos níveis inferiores.

— *Vocês se reuniram aqui para discutir a onda de inquietação crescente entre os vários mundos da galáxia. Mas, antes do início dos debates, é necessário que outro assunto seja do conhecimento de todos: uma questão que diz respeito não apenas a cada uma das espécies presentes aqui, mas à vida de todas as criaturas da Via Láctea.*

À minha frente, vejo a silhueta do núcleo do reator — três cilindros imponentes em um grande espaço circular que atravessa a espinha dorsal da Academia. Tubos grossos percorrem as paredes, as telas brilhantes dos terminais de controle e monitores se destacam na luz baixa e pulsante.

A temperatura agora está altíssima, beirando o insuportável. O vapor sobe, assobia, forma espirais. Cat desativou as linhas de resfriamento, levou o reator à sobrecarga e, de alguma forma, conseguiu destruir os sistemas de alerta.

Ao olhar ao redor, vejo terminais desativados e abertos à força, alarmes e sistemas manuais de segurança desligados. Mais cadáveres esparramados pelo chão. Pescoços quebrados, colunas fraturadas e bocas abertas em gritos silenciosos.

Cat, o que fizeram com você?

— *A Legião Aurora foi estabelecida há mais de duzentos anos, em um período de trevas e conflitos, na sequência de uma guerra que esperávamos jamais se repetir* — diz Adams, e a voz dele ecoa pelo anfiteatro. — *Desde então, nossa missão sempre foi garantir a paz e servir aos interesses das espécies sencientes da galáxia. Porém, esse não é nosso único propósito. E, infelizmente, a Líder de Batalha de Stoy e eu não fomos totalmente honestos quanto ao motivo que nos reúne aqui no dia de hoje.*

Ouço murmúrios se espalhando entre o público da conferência.

O chão começa a tremer.

Adam respira fundo e olha para os delegados enquanto a imagem de um grande planeta azul-esverdeado surge no holograma que flutua acima de sua cabeça.

— *Representantes, delegados, amigos, este é o planeta Octavia...*

E, sem nenhum aviso prévio, a transmissão trava e para.

As luzes à minha volta piscam e, do vermelho, passam ao branco estroboscópico. O chão volta a tremer. A luz do reator fica mais forte, o calor se intensifica, e então eu a vejo, apoiada sobre outro terminal; o brilho do núcleo se reflete em sua máscara espelhada.

Ela não sabe que estou aqui. Está concentrada apenas na sabotagem. Eu me apoio em um dos joelhos bem devagar e configuro minha pistola de pulso para o modo Matar. Foco apenas no uniforme. Na ameaça. Procuro não pensar na garota que está ali dentro, na garota que eu conheci, na garota que me implorou para ficar.

Tyler, eu te amo...

Miro a pistola direto no coração dela.

Basta um tiro e tudo acaba.

TIC, TIC, TIC.

— JONES! — alguém grita. — PARADO!

Eu me viro, com o coração na mão, enquanto meia dúzia de seguranças da Legião passa pela porta blindada atrás de mim com rifles disruptivos em riste. Olho para o meu alvo e a vejo se afastar do terminal. Em seguida, ouço um suspiro rouco que, por conta da máscara sem rosto, se tornou metálico.

— TYLER.

De dentro do uniforme, Cat puxa uma pistola longa e brilhante da AIG.

Os soldados atrás de mim gritam em sinal de alerta.

Eu disparo um tiro, mas Cat mergulha para o lado, descarregando sua arma na equipe de segurança. O ar se enche dos BAMF, BAMF, BAMF das disruptivas da Legião, do chiado da pistola de Cat e do silvo da minha arma enquanto o fogo cruzado pelo futuro da galáxia troveja na sala do reator.

Eu me jogo atrás de uma fileira de terminais de computador para me proteger e grito para os seguranças:

— Ela está tentando explodir o núcleo do reator! Nós precisamos...

Ouço o tinido de metal contra metal e arregalo os olhos quando duas granadas atingem o chão ao meu lado. Ofegante, saio do caminho, mas a onda de choque dos explosivos me atinge. Sou arremessado contra a parede e desabo no chão atrás de uma fileira de tubos de aço, com gosto de sangue na boca e ouvidos zumbindo com as descargas eletrostáticas.

— Eu estou do lado de *vocês*, seus *BABACAS*!

Percebo um movimento — uma sombra elegante correndo no escuro em direção a outro terminal. Saio do esconderijo para atirar, mas, atrás de mim, os tiros de disruptivas explodem — BLAM, BLAM, BLAM —, então sou forçado a voltar para o abrigo, enquanto o ar ao meu redor chia.

Estou preso.

Não existe a menor possibilidade de conseguir chegar até ela.

— Cat! — eu grito. — Cat, por favor, não faz isso!

Nenhuma resposta, a não ser o estrondo ameaçador das botas dos soldados da Legião no metal. Outros seguranças chegam e se espalham pela sala para me flanquear. Não quero atirar neles, afinal, são meu povo — *Nós somos Legião. Nós somos luz* —, mas, se eles me pegarem aqui, no meio de todos esses cadáveres, com a acusação de assassinato em massa e terrorismo galáctico...

— Cat, *por favor*! — eu berro. — Eu sei que você está me ouvindo!

— Jones, já *chega*! Passe a arma!

Eu a olho de relance entre as nuvens de vapor. A luz pulsante. O ar vibrante e fervente. Mas não enxergo bem o suficiente para atirar. Estou sem fôlego e encharcado de suor. A imagem se repete sem parar na minha cabeça dolorida: o cristal se estilhaçando, a Academia explodindo, aquela voz, aquela *voz* que agora implora e *grita*.

... você consegue consertar isso, Tyler...

CONSERTE ISSO, TYLER.

Respiro fundo. Penso na minha irmã. Em Saedii. Em Auri, Kal, Fin e Zila. E, sussurrando uma prece ao Criador, mergulho no chão segurando a arma, me ajoelho e miro direto na cabeça de Cat.

BLAM!

O golpe me atinge no quadril. A dor percorre meu corpo e sinto a pele queimar. Enquanto arfo de agonia, disparo meu tiro. Percebo que acerto o braço esquerdo de Cat e ela gira, sibilando de dor.

BLAM!

O segundo tiro atinge minha têmpora. Sinto o osso quebrar e a carne cauterizar, e meus olhos chiam nas órbitas enquanto caio para a frente; a arma escorrega da minha mão e bate na grade.

BLAM!

O terceiro tiro me acerta na base das costas e sai pela minha barriga. O sangue queimado respinga no metal à minha frente. Arfo mais uma vez, com uma luz branca na cabeça, e paro de sentir as pernas, que deixam de me sustentar. Bato no chão do convés, com a boca cheia de sangue, rasgando a testa no metal. Meu rosto está ensanguentado. Não consigo mais enxergar com o olho direito, não consigo...

Botas apressadas.

Calor pulsante.

Uma sombra me cobre e, enquanto rolo no chão, grunhindo de dor, vejo um uniforme da Legião e um rifle disruptivo apontado diretamente para o meu rosto.

— Fim de jogo, traid...

Algo atinge a figura de lado — algo comprido e brilhante, movendo-se como um líquido. Arranca o torso do corpo do soldado, cuja metade inferior tomba no chão, esguichando sangue. Ouço rugidos alarmados, uma espécie de estalo de chicote, o som de algo molhado espirrando. Uma sombra cai sobre mim, cinza-carvão, branco fosco, pontinhos de azul brilhante em forma de flor.

Cat.

Arregalo os olhos e sigo seus gestos em meio ao vapor. Ela se move entre os soldados como uma navalha, como um demônio, como um monstro. Quando a máscara é jogada de lado, os olhos brilhantes emitem uma luz azul fantasmagórica. Enojado de pavor, vejo que meu golpe desprendeu seu braço esquerdo do corpo; em seu lugar há um corte sangrento do qual se projeta um aglomerado de dois ou três metros de tentáculos pontiagudos — do mesmo azul-esverdeado daquelas horríveis plantas que engolfaram a colônia de Octavia, chicoteando o ar, afiadas como espadas.

Cat corta os soldados como se eles fossem feitos de papel e ela, um caco de vidro quebrado. Eles rugem, chocados, e revidam, com golpes das disruptivas perfurando o ar. Mas ela não para, quase não diminui a velocidade e mal respira enquanto os despedaça, deixando as paredes e o chão manchados com os seus restos.

E então ela congela, cabeça baixa e ombros relaxados; respira com dificuldade enquanto aquela longa massa de chicotes espinhosos ferve ao lado dela e pinga o sangue em um chão já encharcado.

Fecho o olho que ainda enxerga. Sinto o gosto de sal e cobre na boca. Tento me levantar.

Tento alcançar minha pistola caída.

Tento...

— Tyler.

Ela para acima de mim e sinto dor no coração ao vê-la. Duas flores pequenas, de um azul ofuscante, queimam nas íris. O uniforme está coberto de sangue. Vejo a forma de quem um dia ela já foi no contorno dos lábios, na tatuagem de fênix no pescoço. Mas meu olhar desliza para os longos tentáculos pontudos que se espalham da manga rasgada onde o braço deveria estar.

O sangue se acumula nas minhas costas. Minhas pernas estão cada vez mais frias, meu rosto está dormente. A parte racional da minha mente diz que estou prestes a entrar em colapso, que estou sangrando, morrendo. Mas não é a parte racional da minha mente que sussurra:

— Você me s-salvou.

Ela se ajoelha ao meu lado e me olha com aqueles olhos que, um dia, já foram castanhos. E que, de alguma maneira, ainda estão repletos do mesmo amor que tinha por mim.

— Uma Ás sempre apoia seu Alfa — diz ela com um sorriso.

Fico à beira das lágrimas e dos soluços enquanto ela estende a mão e passa a ponta dos dedos pela minha testa queimada, minha bochecha rasgada.

Me pergunto se de alguma maneira consegui comovê-la, se de alguma maneira ela se deu conta do que se tornou. Minha voz não passa de um sussurro trêmulo quando questiono:

— Por quê?

— Você não entende? Eu te *amo*, Tyler. — Ela sorri, infinitamente triste, infinitamente gentil. — Portanto, *nós* também te amamos.

Ela se levanta, o braço se contorce, e volta aos terminais. Com muito esforço, levanto a cabeça e a sigo em meio ao vapor e aos flashes vermelhos. Seus dedos se movem rapidamente por uma série de controles e a porta blindada desce, nos selando dentro da sala com um *THUMP* pesado.

— O q... — Eu me contraio, pressionando as entranhas. — O que você está f-fazendo?

Ela segue digitando à medida que a luz fica mais escura e o chão treme com mais força.

— Botando um ponto final nessa história.

Eu franzo a testa e tento me levantar.

— Mas... você s-sal...

— Queríamos que fôssemos nós, Tyler. — Olhos azuis reluzentes me encaram em meio ao redemoinho de vapor e à escuridão crescente. — No fim. Você merece que sejamos nós.

— Cat... — sussurro com o coração partido. — V-você vai morrer também...

— Não. — Ela balança a cabeça e as lágrimas brilham nos olhos. — Esta carne morrerá. Mas minhas lembranças, meus pensamentos e meu amor vão permanecer. Gostaríamos que você estivesse aqui conosco. Gostaríamos que tivesse compreendido.

— Cat...

— Sentiremos sua falta, Tyler. Muito, muito *mesmo*.

Tento me levantar em meio ao sangue que jorra entre os dedos, mas a dor é insuportável. Rastejo em direção a ela por um ou dois metros, os dedos vermelhos e pegajosos arranham o metal e as unhas quebram. Estou ferido demais, já perdi muito sangue.

É difícil pensar. É difícil respirar. É difícil ignorar a visão da estação se despedaçando, a ideia dos meus amigos, da minha família, de tudo que demos e perdemos acabando aqui, desse jeito. Então pense, pense, *pense*.

— Está doendo? — pergunta ela.

Eu tusso sangue e engulo em seco enquanto faço que sim.

— Sinto muito — sussurra Cat. — Não vai demorar muito, Ty.

Eu estico os dedos curvados e ensanguentados em direção a ela. Tento falar, mas, em vez disso, acabo engasgando. Não quero morrer aqui. Não desse jeito.

E estou com tanto medo disso, com *tanto* medo de morrer sozinho que, por um terrível instante, me pergunto como seria me unir ao inimigo.

Porque, no fim das contas, Ra'haam é isso.

Nunca estar sozinho.

Faço um sinal para que ela se aproxime. E sussurro.

— Um... b...

— O quê? — pergunta ela.

— Um beijo — sussurro — de despedida?

Quando ela para de digitar, seus olhos brilham de lágrimas. Agora ouço o som de golpes fortes nas portas e vozes vagas, além de um alarme que finalmente disparou. Mas é tarde demais, sei disso. Tarde demais. Eles jamais chegarão a tempo. Cat se move no escuro em minha direção, uma pequena sombra preta que contém uma sombra maior dentro dela, tão vasta e faminta que engolirá as estrelas.

Ela se ajoelha ao meu lado e me olha nos olhos.

— Me b-beija — imploro.

Ela suspira, as lágrimas jorram daqueles olhos brilhantes. E, acariciando minha bochecha com os dedos, ela se inclina sobre mim e pressiona os lábios nos meus. Por um instante, estou de volta ao hotel, no dia em que estávamos de licença, na única noite que passamos juntos. Todo o amor que ela sentia por mim queimava em seus olhos, que se estilhaçaram feito vidro quando eu lhe disse que não deveríamos nem poderíamos ficar juntos depois daquela noite.

Eu deveria tê-la amado melhor. Eu deveria tê-la amado *mais*. E tento lhe dizer isso. Com o fôlego que me resta, com os lábios pressionados nos dela, abrindo minha mente e despejando dentro dela, dizendo que sinto muito.

Eu te amo.

E então enfio a faca direto em seu pescoço.

Ela recua, arregala os olhos de flor, o sangue jorra da garganta. Mas a faca de Saedii é mais afiada do que uma navalha, e a linha de monofilamento e a liga Syldrathi cortam a carne, a artéria e o osso.

Eu a esfaqueio repetidas vezes, imerso no olhar de dor, sofrimento e fúria de seus olhos enquanto ela tropeça e cai, e o sangue escuro jorra das feridas. Pequenos tentáculos se contorcem nas bordas dos cortes, pálidos e ensanguentados, serpenteando cegamente pelo ar.

Os tentáculos ao seu lado se abrem e tentam envolver meu pescoço, mas ela desaba antes que eles consigam me apertar. O choque está impresso no rosto cada vez mais pálido enquanto as pernas chutam sem nenhuma força, os calcanhares arranham o chão, a respiração sai chiada.

Ela tenta falar. Em vez disso, acaba sufocando. Os olhos reluzentes me encaram.

— Me d-desculpa — sussurro. — Eu s-sinto muito, Cat.

E então me rastejo.

Pelo convés ensopado. Com um lago vermelho atrás de mim. Eu me arrasto com as unhas quebradas, segurando todas as minhas partes com mãos ensanguentadas.

Ignoro a dor, o sofrimento, e rastejo.

Como se a vida de cada ser senciente da galáxia dependesse disso.

Eu *rastejo*.

Alcanço o terminal. Acabo me atrapalhando com as mãos vermelhas e pegajosas. Flores pretas desabrocham na minha visão prejudicada, cada respiração borbulha nos pulmões. Mas, por fim, consigo inserir os comandos e abrir as portas blindadas. Eu caio de costas, arquejando, tossindo sangue, enquanto a equipe de tecnologia e informática e os grandalhões da segurança invadem a sala do núcleo em meio aos redemoinhos de vapor e o vermelho crescente.

Mas não é tarde demais.

Não é tarde demais.

... você pode consertar isso, Tyler...

As miras a laser de uma dezena de pistolas disruptivas iluminam meu peito.

Eu desabo no terminal e a luz no meu olho se apaga.

— Xeque-mate — sussurro.

31

AURIKAL

Aurora

Estou no Eco, o lugar onde morei por seis meses, o lugar onde treinei para me tornar o Gatilho que sou.

Mas não está do jeito que eu me lembrava.

Antigamente, os campos ondulantes de flores à minha direita levavam a uma cidade de cristal no horizonte. À minha esquerda, havia um vale que mergulhava em direção à floresta. Diante de mim, sob o céu de um azul perfeito, corria um rio agitado e barulhento.

Mas, agora, está tudo quebrado. Cheio de fraturas, como a *Neridaa*. O céu cinzento é atravessado por rachaduras parecidas com as que marcam o casco da Arma. As flores são como cacos de vidro quebrado, o rio é como gelo estilhaçado, as torres de cristal no horizonte estão tortas e tombadas. Até o ar tem um cheiro... errado. Meu coração afunda enquanto olho em volta o cenário de desolação, e uma figura familiar flutua em minha direção por cima dos campos devastados.

Esh tem forma humana, mas está longe de ser humano, é uma criatura de luz e cristal, o arco-íris se refrata dentro dele, e o olho direito é branco cintilante, como o meu deve estar. Sua aparência também está diferente; rachaduras finas percorrem seu rosto, a luz vaza por elas. Mas fico aliviada ao ver meu antigo professor e, em um instante, corro pelos campos destruídos para encontrá-lo.

— Esh! Carácoles, mas que bom ver você, nós...

S-s-saudações. Ele me interrompe, com o tom musical de sempre, gentil e educado. *Seja bem-vinda a-ao Eco. Eu sou o-o Eshvaren.*

— É, eu sei — respondo. — Esh, o que aconteceu aqui, o q...

Você não atende aos r-requisitos para treinamento. Diga-me por que está aqui.

— Pois é, não preciso de treinamento, eu...

Congelo quando me dou conta, e sinto o coração afundar. Lembro que não estou falando com uma *pessoa*, é apenas uma projeção. Um amálgama das lembranças e da sabedoria de toda a espécie Eshvaren. E, como me avisaram depois que fui embora, o amálgama se reinicia. Esh não se lembra de mim, assim como também não se lembrava de Caersan quando cheguei aqui.

Filho de uma égua.

Diga-me p-por que está aqui, repete Esh.

— Beleza, eu sou um Gatilho. Você me treinou. Estou aqui com outro Gatilho, que é um tremendo de um sociopata; e por que você decidiu dar poderes divinos a um completo... — Eu balanço a cabeça e sigo em frente. — Enfim, é uma longa história. O problema é que a Arma está quebrada e precisamos consertá-la... depressa.

Nós... A imagem de Esh pisca, como uma tela quebrada. *Nós s-sentimos. Nós...* Esh olha para o céu cinza e rachado, então observa as rachaduras que percorrem suas mãos. *O que... v-você fez?*

Uma onda de dor percorre minha cabeça e, com a mente, vejo um fragmento da batalha que acontece lá fora. O tempo passa devagar fora do Eco, como sorvete derretendo num dia de calor. Mas vejo mais naves de Ra'haam invadindo a caverna e as poucas naves que nos restam queimando em câmera lenta.

Dentro da *Neridaa*, sinto a presença de Tyler — uma faísca leve, mas bela, de uma chama de ouro derretido que eu nunca tinha notado antes. Ao lado dele percebo Lae, um reflexo das mesmas cores. E, entre os dois, sinto Kal, dourado e roxo naquele frio opressivo.

Sinto sua raiva.

Sinto seu medo.

Sei que não tenho muito tempo.

— Nós fomos jogados no futuro — digo a Esh. — Dois Gatilhos juntos... não sei. Mas Ra'haam está aqui! A Via Láctea inteira está sucumbindo! Precisamos consertar a Arma agora, você pode ajudar?

Esh passa um tempão me analisando.

A galáxia prende a respiração.

N-não, responde.

Kal

As lâminas são chumbo em minhas mãos, o corpo está viscoso de suor dentro da armadura. Eu tropeço no sangue, grosso e pegajoso no chão cristalino.

— ... *Kaliis...*

Não dou ouvidos à voz; a pistola que seguro se ilumina.

— ... *Sabemos que você a ama, Kaliis. Nós também a amamos...*

Ao meu redor, a tripulação da *Vingadora* luta com a fúria de quem não tem nada a perder. Sinto o Inimigo Oculto despertando, a parte de mim moldada pelo homem na sala do trono, que sente prazer na guerra e na carnificina. Sempre lutei contra isso, contra essa coisa que ele tentou pôr dentro de mim. Porém, por mais que eu a odeie, agora estou feliz por tê-la.

... Só existe uma forma de salvá-la. Uma forma de garantir que ela viva, eterna, seu amor perene à luz de um calor que consome tudo...

Não dê ouvidos à voz de Ra'haam. Ouça a voz dele.

Piedade é para os fracos.

Paz é para os covardes.

Lágrimas são para os derrotados.

Mais deles se aproximam. Dezenas. Centenas. Olho para Tyler e sua expressão é sombria. Lae me olha nos olhos e vejo a morte que nos persegue.

Mas não podemos permitir que o inimigo alcance Aurora.

— Depressa, be'shmai — eu sussurro.

Aurora

— Não? — pergunto, elevando o tom de voz. — Como assim, *não*? Vocês construíram aquela coisa! Deveriam saber como se conserta!

A imagem pisca de novo, como uma transmissão perdendo a força. Aos meus pés, sinto o chão tremer. Lá fora, como um melaço espesso, doce e enjoativo, Ra'haam pinga cada vez mais perto de Kal, de Tyler, dos outros...

— Esh! — eu grito.

O Eco. A própria Arma. Esta nossa p-personificação... tudo está conectado. E, se a Arma está danificada, n-nós também estamos. Não podemos a-ajudá-la.

Outro tremor percorre o chão. Raios atingem o céu rachado. Eu os sinto lá fora, sangrando em câmera lenta, caindo diante de um inimigo que é muito superior. Nem sei o que Esh quer dizer, mas a cada segundo que perdemos conversando, meus defensores estão morrendo.

Olho ao redor do Eco, olho para Esh. Minha mente está a mil.

— Se esse lugar e a Arma estão conectados...

Estendo a mão para tocar o objeto mais próximo, que jaz em uma centena de fragmentos cor-de-rosa espalhados pela grama. Sinto o que restou da energia deste lugar. Com os olhos da minha mente, vejo claramente como eram as coisas nos meses que passei aqui com Kal. E, quando meu olho começa a brilhar, junto as peças, remontando-a na palma da minha mão.

Uma flor perfeita.

Em resposta, do lado de fora do Eco, sinto uma pequena rachadura na superfície da Arma se fechar.

Sim. Esh assente. *Você e-entendeu.*

Fecho os olhos, desacelero a respiração, acalmo os pensamentos, observo atentamente os arredores — reais e virtuais — e me sintonizo com ambos. Ainda sinto os outros à distância: um contato fugaz com a mente de Kal, até mesmo com a de Tyler e Lae. Sinto o gosto do medo e da coragem, a dor pelos amigos que sucumbem, a fúria pela coisa que os está levando embora. E, ao redor de tudo, sinto a antinaturalidade de Ra'haaam.

Ra'haam me quer...

Passei anos me preparando para ser cartógrafa na missão Octavia. E, ao caminhar todos os dias no Eco com Kal, era impossível não aprender a forma do lugar. Eu me aproximo dessa memória, lembrando de como as coisas eram por aqui.

De como podem voltar a ser.

Mas é muito grande, minha mente não consegue conter...

Por mais que eu tente, não consigo...

— Não consigo — sibilo, com a mão estendida e trêmula.

Você precisa.

Estendo as duas mãos e contorço o rosto enquanto tento conter tudo.

— Nosso tempo está acabando, me ajuda!

Mas Esh só balança a cabeça.

— Não consigo sozinha!

Kal

Estamos fracassando.

Ra'haam nos fez recuar e os integrantes da tripulação de Tyler caem um a um enquanto perdemos terreno. O chão de cristal está encharcado de sangue, o cheiro de morte paira, o inimigo se avoluma cada vez mais.

— Lae, recue! — grita Tyler, atirando por detrás de um esconderijo.

Ela dança entre aquelas figuras horríveis com a lâmina cintilante em punho e derruba um monstro de olhos floridos que estava prestes a atingir Dacca pelas costas.

— Recuar para *onde*? — grita Lae de volta.

Ela tem razão, já recuamos o máximo que podíamos. Atrás de nós está a entrada da sala do trono. Se o inimigo alcançar meu pai e Aurora, toda a esperança estará...

Um tiro denso e viscoso me atinge nas pernas. É como... cola, grudando minha perna no chão. Outro golpe acerta minha barriga e eu caio, coberto de mais lodo pegajoso. Percebo que não consigo me mexer, estou preso como um inseto no âmbar, e o horror me domina quando entendo que Ra'haam não tem a intenção de nos *matar*, seu desejo é nos subjugar, nos arrastar para sua horrível unidade.

— Kal — ruge Tyler —, cuidado!

Corto as mãos que me agarram, grito uma negação em minha mente e busco Aurora, me recusando a permitir que tudo acabe assim. Me contraio quando um arco ardente de energia vermelho-escuro, como se fosse sangue seco, ceifa as partes de Ra'haam que se aproximam.

Outra explosão atinge o inimigo, uma esfera de puro poder psíquico que joga os corpos nas paredes, deixando apenas cadáveres despedaçados pelo caminho.

Tyler arregala os olhos, perplexo. Lae simplesmente rosna. Mas eu me dou conta de quem nos salvou.

— Pai...

Ele está acima de mim com as mãos estendidas, vestido de aço preto. Seus olhos estão feridos, os lábios e o queixo têm manchas roxas onde ele enxugou o sangue. Percebo que as rachaduras em seu rosto estão mais profundas, os dedos tremem... Apenas sinais mínimos do esforço de sua provação.

Mas o olho queima como uma estrela. E, por mais que eu o odeie, sinto o Inimigo Oculto crescer enquanto ele quebra minhas amarras com um aceno de mão.

— Nenhum filho de Caersan morre de joelhos, Kaliis. *Lute*.

Aurora

Não consigo sozinha.

À medida que a batalha se desenrola, dou tudo de mim — tanto quanto aqueles que lutam lá fora — para consertar os rasgos do Eco à minha volta. Mas há tantos. O lugar é muito grande.

Tento pôr as imagens em foco, lembrar como tudo era quando caminhava em meio aos campos de flores ondulantes, de mãos dadas com Kal. Penso nele, e parte de mim se junta a ele do outro lado do oceano que nos divide. E é então que me dou conta.

É então que enxergo.

Não consigo sozinha.

Mas *não* estou sozinha.

Ele está comigo. Sempre. E não apenas Kal, mas Tyler também. Eu o sinto lá fora, com a tripulação ao lado, todas aquelas pessoas — sobreviventes que nem ao menos tive a chance de conhecer, crianças e guerreiros, ferozes e assustados, junto dos entes queridos ou sozinhos, os últimos de sua linhagem.

Cada um deles está lutando e morrendo enquanto o futuro da galáxia está em jogo, dando tudo de si pela possibilidade de um passado diferente.

— Não estou sozinha — sussurro.

— Estou com um piloto chamado Simann, tentando
desesperadamente sacudir as Ervas Daninhas que me
perseguem, e eu sabia que esse momento chegaria, mas
o medo é como gelo nas minhas entranhas, e procuro o
holograma do meu marido no painel e sei que tudo vai ficar
bem porque vou vê-lo de novo em breve, e

   — Estou no Eco, e a água cristalina do rio virou sangue,
   mas eu ignoro o que vejo e, com um mergulho do dedo,
   desenho-o no ar, seguindo a memória dos mil treinamentos
      que tive nas suas margens, e

— Estou junto de Dacca enquanto ela luta contra o enxame, e estou pensando nos meus irmãos, todos nós sentados à luz da lareira ouvindo nosso pai contar histórias sobre os antigos heróis, e me pergunto se um dia, quando crescer, também serei um deles, e agora me dou conta de que sim, eu sou, eu *sou*, e

       — Estou no Eco, abrindo-me para o fluxo que vem de fora e jogando a cabeça para trás enquanto um milhão de cacos de vidro se ergue do chão e se une em um campo de lindas flores, e

— Estou com Elin, a Betraskana rabugenta da tripulação de Tyler, lutando de costas para Toshh e pensando em como fui burra de não ter chamado ela para sair, não dizer o que sinto por ela, e nossos ombros se esbarram quando recuamos, ela me olha nos olhos e sorri e então, de repente, me dou conta de que ela sabe, *sempre* soube, e

      — Estou construindo montanhas em minha mente, a clareira onde Kal e eu dormimos, e cada um dos meus guerreiros está me ajudando de alguma maneira, me emprestando um pedaço de si, um toque final, pensamento ou lembrança que me diz que não estou sozinha, que todos nós estamos juntos, e a presença deles me percorre feito água. Os Eshvaren tentaram me ensinar a queimar todos, mas o amor sempre foi aquilo pelo que precisei lutar, mas

— à medida que tento alcançar aqueles que mais conheço, aqueles de quem mais preciso e mais amo

      — Sinto algo errado, sinto

— Tem algo *errado*...

Kal

— Recuar! — ruge Tyler.

Os companheiros de Tyler foram levados pela enxurrada, um de cada vez: as pessoas em Sempiternidade, aquelas naves que se despediram de nós, e agora Toshh, Elin, Dacca e o resto da tripulação da *Vingadora*.

Um pequeno pedaço de seu coração também se foi junto com eles. Porém, ainda assim, ele luta. Por tudo que ainda resta.

Tyler, Lae, meu pai e eu.

Aurora, do outro lado das portas da sala do trono.

E pelo único momento em nosso passado que pode mudar tudo isso.

O inimigo é numeroso demais. Meu pai o aniquila com ondas de poder e, ao seu lado, a parte de mim que foi criada em sua sombra canta em adoração.

Mas o restante de mim está mudo pelo terror de que este será não apenas nosso destino, mas o da galáxia inteira. Cada vez mais inimigos se aproximam, não só humanoides, mas de diferentes formas: gigantes cheios de braços de Manaria IV, colossos com punhos de pedra do Monte de Tartallus, cobertos de musgo, deformados e unidos por Ra'haam.

Vejo um brilho quente e reconfortante pulsando pelo cristal ao nosso redor. Parece que as rachaduras estão se fechando, e meu coração dispara ao pensar que, talvez, Aurora esteja conseguindo. Mas algo a impede, a reprime, eu...

Olho para o túnel atrás de nós, para as luzes que brilham da sala do trono.

— Recuar! — grita Tyler novamente.

Meu pai range os dentes e resmunga:

— Defenda seu território, Terráqueo!

— Podemos atraí-los para um gargalo! — grita Lae. — Para ganharmos alguns minutos!

Eles surgem da fumaça que paira pelos corredores da *Neridaa*, com asas cobertas de um azul-esverdeado fosco. Quando meu pai destruiu Syldra, estavam quase extintos. Contudo, aqui estão três, pousando como trovões junto a legião corrompida de Ra'haam. O impacto derruba Lae no chão, Tyler e eu tropeçamos enquanto a caverna ecoa com rugidos.

— Criador, de novo não — resmunga Tyler.

— Drakkan — sussurra Lae.

As poderosas criaturas se movem com agilidade e são do tamanho de casas. A primeira delas tomba, partida ao meio conforme os dedos do meu pai cortam o ar. A segunda cambaleia quando jogo a última bomba de pulso em sua boca, e meu pai levanta a mão e torce seu pescoço. A terceira, por sua vez, dá um salto rápido e sinuoso e acerta Lae, que ainda está de joelhos.

Suas garras são capazes de cortar aço, seus dentes são mais afiados do que espadas e, por mais que Lae faça piruetas, não é rápida o suficiente. As garras descem, os olhos brilham feito flores.

Mas, com um rugido de negação, uma figura salta entre o drakkan e sua presa; a armadura energizada assobia no instante em que as terríveis garras atingem o alvo e arremessam os dois no chão coberto de sangue.

— TYLER!

Aurora

   — Uma rachadura se reabre no céu e ouço a música do
   vento mudar entre as árvores que crescem ao meu redor

— há um menino Syldrathi de joelhos, uma garota
assistindo ao pai lhe chutar as costelas, e o menino, quieto,
teimoso, se recusa a revidar; eu avanço na direção dele com
seu nome nos lábios.

— Kal!

   — a cidade de cristal no horizonte está desmoronando, e
   eu, frenética, teimosa, a desenho no mapa da minha mente
   em toda sua glória, mas sinto aquela sombra entre eles, e

— um menino e uma menina Syldrathi observam, juntos,
os pais gritando e discutindo. Nenhum dos dois entende,
mas ambos assistem e aprendem, e sinto um embrulho no
estômago ao ver uma sombra se enraizar no coração das
crianças e noto o emaranhado de dor e amor que vem *de
todos os quatro*.

— Caersan, você precisa consertar isso! — eu grito.
Na minha visão, ele se vira para me olhar, indecifrável.
— Não há *nada* para consertar — retruca Caersan, porque
não consegue nem enxergar o que está errado, e então me
expulsa de sua mente rugindo: — Fracote!

— Eu grito com ele porque agora sinto o calor intenso e enjoativo de Ra'haam, tão perto, tão grande, e sei que não sou capaz de detê-lo sem todos eles, sem ele não posso consertar isso, mas ele não dá ouvidos, não quer me ajudar, e sinto dentro deles aquela sombra, como se fosse um câncer, me bloqueando, me impedindo, e

— Se eu não impedir Ra'haam agora

— Não posso impedir Ra'haam agora

— Eu sei que não sou capaz de impedi-lo no passado.

— Estou com Tyler, que está na ponte de comando de uma nave com Saedii, antes de ela ser sequestrada, numa época em que ele ainda nem sabia direito que a amava. Ele ainda é jovem e ainda é brilhante e me faz lembrar daquela vez em que dançamos em Sempiternidade, eu com meu lindo vestido vermelho e ele com aquelas calças ridículas, tão audaz e cheio de esperança, e eu olho para o seu lindo rosto, e ele não sabe o que está por vir, e acho...

— *você ainda tem uma chance de consertar isso, Tyler Jones. Você me disse quando acontece, onde acontece*

— *como acontece* e

— neste lugar onde o tempo não significa nada, um minuto pode durar uma vida inteira e eu posso fazer tudo que for capaz de imaginar, eu me dedico a um único momento, deixando tudo para trás, e sobrevoo o abismo até o passado para gritar um alerta para o menino que um dia foi, pois não sei se vamos conseguir aqui, mas talvez possa consertar as coisas por lá, porque se ele não conseguir, pode não sobrar nada, e

— Talvez não haja nada

— *Não há* nada que eu...

— TYLER!

Kal

— TYLER!

Deslizo para o lado do meu irmão enquanto outro pulso de poder vermelho-sangue arde à nossa volta. Lae ainda está encolhida, ferida e confusa. Mas sinto um aperto no peito ao ver o sangue jorrando da boca de Tyler, da armadura quebrada, do pescoço. Meu pai continua a desferir golpes, um brilho esférico de energia esmaga o último drakkan. Mas o estrago já foi feito...

— Eu a-acho que matar dois f-filhos da mãe daqueles na mesma vida era p-pedir demais — comenta Tyler, contraindo-se.

— Levante-se — digo, apoiando o braço dele em meu ombro. — Depressa.

— E-esquece. — Ele tosse e o peito chia. — P-pode ir.

— Não — sussurra Lae, olhando para mim. — Nós precisamos...

— Nós vamos. — Ignoro o protesto ensanguentado de Tyler e o ajudo a levantar. — Pai!

Ele me olha de relance, os olhos em chamas, nadando no sangue como se tivesse nascido para isso.

— Pai, precisamos recuar!

— Vá, então!

Ofegantes, desesperados, Lae e eu arrastamos Tyler pelo túnel que leva à sala do trono. As paredes à nossa volta pulsam em sintonia, os gritos dos moribundos e a vibração da energia me atingem como chuva. Novamente, sinto aquele calor, mas, de novo, sinto que há algo de errado entre nós, sinto uma sombra.

Aurora flutua no coração da sala com a cabeça para trás e a luz de um milhão de sóis nos olhos. Faço uma careta e, gentilmente, ponho Tyler no chão, com as mãos cobertas de seu sangue.

O rosto de Lae está contraído, os olhos cheios de lágrimas.

— Não...

— Aurora! — eu grito. — DEPRESSA!

Meu pai nos seguiu até a sala do trono, recuando a contragosto, um passo sangrento após o outro. Ra'haam vem atrás dele e, em um gesto de desespero amargo e extremo, Caersan ruge com os braços bem abertos.

As paredes de cristal se estilhaçam e a *Neridaa* parece gritar de dor quando os túneis desmoronam, nos prendendo do lado de dentro.

Mas eles já estão batendo na barreira e sei que, mesmo que tenha lhe custado, meu pai só nos deu alguns minutos.

— Não há *nada* para consertar — resmunga ele.

— ... Pai?

— Fracote!

As paredes tremem, as bochechas de Aurora brilham de lágrimas.

Tyler pega a mão de Lae e a aperta, com a respiração rápida e superficial.

— Ela tinha o-orgulho de você.

A luz dentro dele perde a força.

— Eu t-também...

As lágrimas jorram dos olhos esgotados de Lae. E então entendo tudo. Reparo em seu rosto cheio de orgulho e ferocidade, naqueles traços que são tão peculiares e, ao mesmo tempo, familiares. No cabelo, aquela curiosa mistura de prata e ouro.

As palavras de Tyler ecoam na minha cabeça, por cima do som do inimigo cada vez mais próximo.

"Na verdade, me juntei a ela e à sua velha equipe para lutar contra Ra'haam."

"Sua irmã era uma grande mulher."

— Sempre pensei que Saedii odiasse nossa mãe — digo, olhando para os dois. — Mas ela se chamava...

— ... Laeleth — sussurra Tyler, abrindo um sorriso triste.

— Irmão...? — eu sussurro em resposta.

O que resta dele desaparece. A luz dentro dele se apaga.

Lae abaixa a cabeça, suas tranças cheias de sangue pendem sobre o rosto quando ela abre a boca. O grito ressoa pelas paredes, Aurora e a própria *Neridaa* o ecoam e a energia colide contra as rachaduras crescentes como ondas em uma costa pedregosa. Eu me aproximo do meu amigo com os olhos cheios de lágrimas.

— Irmão...

— *Levante-se* — dispara uma voz.

Eu me viro em sua direção. Como sempre, ele paira sobre mim feito uma sombra.

— Fique de pé! — ruge meu pai, lançando-nos um olhar ameaçador. — Somos *Syldrathi*! Os nossos ancestrais caminharam entre as estrelas enquanto os dele não passavam de lodo no oceano! Há uma guerra a ser vencida, e ainda assim você chora por esse vira-lata Terráqueo?

Lae se vira furiosa, com os dentes à mostra.

— Não se *atreva* — dispara. — Não se *atreva* a chamar meu pai de *vira-lata*.

As paredes trovejam novamente, as criaturas escavam os túneis desmoronados e chegam mais perto, o teto treme enquanto os cristais quebrados caem feito chuva.

— Pai? — Os olhos do Destruidor de Estrelas se iluminam e ele cospe sangue no chão enquanto a *Neridaa* treme. — Um *Terráqueo*? Repugnante. Que tipo de miserável sem honra ainda se consideraria uma Syldrathi depois de se deitar com gente da laia dele?

Eu balanço a cabeça, quase rindo.

— Você é um *tolo*.

— E você não passa de uma criança — rebate ele. — O eterno filhinho da mamãe.

— E me orgulho disso! — vocifero e me levanto. — E se você tivesse me dado uma *gota* do oceano de amor que ela me deu, talvez eu ainda pudesse dizer o mesmo de você! Mas você não é nada além de ódio! — Abro os braços e observo a nave trêmula, a luz do arco-íris morrendo. — E *esse* é o resultado! O fim da galáxia! E pelo quê?

— Pela honra de seu povo, garoto!

— Você matou nosso mundo! Você matou nosso povo! Que honra há nisso tudo?

— Eles eram *traidores*! — vocifera ele. — Buscaram a paz com os Terráqueos! Nenhum verdadeiro filho de Syldra se humilharia se deitando com nossos inimigos!

— Diga isso à sua filha!

Ele congela, arregala os olhos em chamas.

— O q...

— Olhe para ela! — eu grito e aponto para Lae.

As paredes à nossa volta estremecem. A luz do arco-íris escurece. A boca de Aurora abre e fecha, como se ela fosse falar.

Ele respira suavemente e encara Lae, estupefato.

— Minha...

— Você nos ensinou a guerra — digo-lhe. — Nos ensinou o medo. Nos ensinou o *sangue*, a *fúria* e o *inimigo*. E, mesmo assim, Saedii conseguiu amar um humano. Dar à luz uma filha dele. Morrer defendendo tudo que você destruiu pelo caminho.

As lágrimas queimam minhas bochechas enquanto olho para minha sobrinha.

— Seus filhos sempre viveram à sombra do seu ódio. Mesmo assim, Saedii fez algo lindo. — Eu me viro para meu pai e balanço a cabeça. — Imagine o que poderíamos ter feito se você ao menos tivesse nos amado.

— Conserte isso...

Eu me viro e vejo Aurora flutuando no centro da sala. A energia se acumula dentro dela e envolve a mim, a nós, refratando-se nos cacos de cristal. Lágrimas enchem seus olhos quando ela olha para meu pai.

— Não há nada para consertar! — resmunga ele.

— Caersan, sozinha eu não consigo.

Ela se aproxima dele. A galáxia inteira está em jogo.

— *Conserte isso.*

32

TRÊS UM DOIS

Scarlett — catorze minutos restantes

Zila está em meus braços, toda sem jeito em contraste com minha ternura. Eu gostaria que essa não fosse a primeira e última vez que lhe dou um abraço. No momento, sou um desastre ranhoso e, por mais que eu saiba que ela está certa, não sei se sou capaz de suportar mais uma perda. Posso fazer o que precisa ser feito, mas o que vai restar de mim depois disso tudo?

Mas ela me concede esse momento, não tenta se desvencilhar, simplesmente permanece nos meus braços, real, inteira e parte da minha vida por mais alguns segundos. E então… algo se desenrola dentro dela e seu corpo relaxa no meu, apoiando a cabeça no meu ombro por um breve instante.

Agora sei que está pronta. Ela se tornou a pessoa que precisava ser para fazer tudo isso. E as partes dessa transformação que não vieram diretamente dela foram presentes nossos.

Ergo o olhar, com os olhos ainda cheios de lágrimas, e encontro Nari me observando.

Prometo que a protegerei, dizem aqueles olhos solenes.

Aperto Zila uma última vez, sem deixar de olhar para a garota que vai cuidar dela. *Ela é tudo*, minha expressão diz em resposta. E *Ela precisa de alguém que cuide dela*.

A tenente Nari Kim simplesmente assente. Ela já sabe. Ela vê.

Eu me afasto, solto Zila e Fin coloca a mão na minha.

Não há mais nada a dizer e, de qualquer maneira, não há mais tempo.

Portanto, nós dois viramos e corremos.

Zila — doze minutos restantes

É estranho seguir Nari em vez de guiá-la pelos comunicadores, mas conheço cada passo como se eu mesma já tivesse feito isso cem vezes. Nari e eu viramos uma esquina, nos achatamos contra uma porta, contando os segundos preciosos enquanto a patrulha passa pelo fim do corredor.

Em um instante, Finian e Scarlett os distrairão. E assim, Nari e eu chegaremos ao núcleo, quarenta e cinco segundos mais cedo do que ela já chegou antes.

Não seria suficiente caso estivesse sozinha. Mas assim, ela terá tempo de me defender.

Juntas, vamos conseguir.

Finian — dez minutos restantes

— Pelas barbas do Criad...

— Que tal falar menos e correr mais? — diz Scar, arfando.

A patrulha de segurança avança pelo corredor atrás de nós, pedindo reforços por rádio e provavelmente exigindo que mísseis sejam lançados em nossa localização atual neste momento. Tem um Betraskano a bordo da estação, e agora eles sabem disso.

Assim, a boa notícia é que os distraímos. A má notícia é que estamos quase nas docas e, se não nos livrarmos dos capangas, roubar uma nave vai ser beeeeem complicado.

Então, mais à frente no cruzamento, montado num suporte preso à parede, eu vejo o que precisamos. Se sair fácil, estamos seguros. Se ficar grudado, a gente morre.

— Scar — digo, arfando. — À esquerda.

Ela não questiona e se joga na esquina enquanto eu pego o extintor de incêndio e o arranco da parede. E, com uma oração ao Criador, o arremesso na direção dos capangas que nos perseguem.

Eles tentam atirar em mim — um dos disparos chega tão perto que quase ganho um novo corte de cabelo. Mas os tiros também acertam o extintor, que explode. Em um instante, o corredor inteiro se enche de um pozinho fino e branco que me cega; eu inalo uma nuvem acre de produtos químicos e tateio as paredes em meio à névoa pálida até chegar à porta que Scarlett está segurando.

Deslizo para dentro com as mãos na boca para abafar a tosse ofegante. A porta se fecha com um zumbido e ouvimos quando a patrulha chega ao cruzamento, uma chuva de xingamentos explode, e eles se dividem em quatro grupos, afastando-se do nosso esconderijo.

Otários.

Zila — oito minutos restantes

Desta vez, Liebermann caiu antes de atirar em Nari. Os guardas do lado de fora do laboratório foram nocauteados. Alcançamos a placa.

PROIBIDA A ENTRADA DE PESSOAL NÃO AUTORIZADO.

— *ALERTA DE SEGURANÇA, NÍVEL 2. REPETINDO: ALERTA DE SEGURANÇA, NÍVEL 2.*

Um passe roubado abre a porta. Um zumbido eletrônico soa. E o anúncio que me diz que faltam oito minutos para a implosão da estação e o fim do nosso último loop.

— *ALERTA: FALHA DE CONTENÇÃO EM CURSO, ATIVAR MEDIDAS DE EMERGÊNCIA NA PLATAFORMA 9.*

Estou aqui em pessoa, na grande sala circular que vi inúmeras vezes através dos olhos de Nari. Uma caixa de vidro cilíndrica domina o espaço, fios elétricos e conduítes a conectam aos computadores encostados nas paredes. Nosso alvo está lá dentro, rachado e suspenso no ar, pulsando com luz.

Na primeira vez que vi uma dessas sondas, Aurora a tocou e passou seis meses vivendo dentro do Eco com Kal. Por um breve instante, me pergunto como eles estão. Se conseguiram. Se tudo isso valerá a pena.

— O que raios você está fazendo aqui?

Nari dá um choque no homem com o traje branco antirradioatividade. Desta vez, também dá um choque em seu parceiro antes que ele tenha tempo de sacar a arma. Eu me ajoelho, mergulho as mãos na maquinaria, concentrando-me na tarefa.

Este momento é tudo que importa.

— Vinte segundos para os amigos deles chegarem — murmura Nari, totalmente imóvel, com o olhar fixo na porta. Um gavião que plana, à espera da oportunidade certa.

O sistema de ejeção do cristal é mecânico, não eletrônico — em caso de falta de energia, suponho. A sonda é mantida no lugar por meio de quatro sistemas de travas, um em cada ponto cardeal, e todos devem ser soltos manualmente. Os mecanismos, no entanto, são pesados, aparafusados. Olho à minha volta e rastejo até um dos engenheiros inconscientes. Eu o viro de costas, inspeciono seu cinto de ferramentas e pego um alicate pesado.

Corra, Zila, corra. Desta vez você consegue salvá-los.

— Cuidado! — grita Nari. As portas se abrem e tudo é som e luz, a fumaça nos rodeia e mantenho uma das mãos livres para cobrir a boca e o nariz com a camisa. O alicate se encaixa no primeiro dos acoplamentos. Dou um puxão, depois outro. Ele cede. Eu o solto.

Eu me rastejo até a segunda trava e ignoro o fogo crepitando acima da minha cabeça e o cheiro de metal derretido. Nari está mantendo todos eles à distância, mas são muitos, e sei que faltam poucos segundos para um deles usar a cobertura dos outros para invadir o laboratório.

Olho de relance para a sonda e afrouxo a segunda trava enquanto os alarmes soam mais alto. Ela ainda flutua e pulsa com luz, ancorando minha amiga aqui.

Agora.

— Zila! — grita Nari enquanto as armas rugem e a coluna acima de sua cabeça explode em mil faíscas. — Rápido!

Eu me rastejo de bruços até a terceira trava, as sirenes me ensurdecem. As minhas mãos estão escorregadias de suor e o alicate desliza enquanto me esforço para puxar com mais força, mas, no fim, também afrouxo o terceiro parafuso.

— ZILA! — grita Nari.

— Dez segundos — grito de volta.

Estou na quarta trava agora, posiciono o alicate no lugar e faço todo o esforço do mundo para girá-lo. O último parafuso resiste, teimoso, furioso, enquanto o destino de toda a galáxia está em minhas mãos. Não sou religiosa, mas uma parte de mim gostaria desesperadamente que eu fosse.

— Por favor — sussurro para quem quer que esteja ouvindo.

Por favor.

E finalmente, finalmente, o parafuso afrouxa.

O brilho pulsante dura mais um momento. A energia que flui através da sonda quebrada hesita. E, por fim, a luz interna começa a piscar.

E se apaga.

Com um som surdo e metálico, o cilindro que a contém se abre e a sonda sai deslizando, livre, no vazio frio do espaço.

Impotente.

Sem vida.

Eu consegui.

Mas não há tempo para comemorar. Nari recua em minha direção e continua a atirar e a xingar. O ar está cheio de pólvora, o barulho é ensurdecedor.

Cinco segundos.

Nari gasta o restante de sua munição na porta, depois se esconde atrás de uma pilastra e entrelaça as mãos, como planejamos.

Eu solto o alicate e me levanto, posicionando um pé em suas mãos unidas.

Com um grunhido, ela me impulsiona para cima. Dou um soco na grade do teto e me agarro às bordas da abertura. Escalo com um único movimento, me viro, ignorando a dor, enquanto me enfio em um espaço muito pequeno e abaixo a parte de cima do corpo para ajudá-la a subir.

Nari pula, outro painel explode atrás dela e, por um momento, temo que nossas mãos não se toquem, porque ela não é alta.

Em seguida, suas palmas seguram as minhas e dou tudo de mim para levantá-la assim que a patrulha de segurança irrompe pela porta.

Finian — sete minutos restantes

Estamos mais atrasados do que o normal e as docas estão apinhadas de gente, então o caminho que já percorremos outras vezes para chegar à nossa nave é inacessível. Minha cabeça gira, o coração na boca e, agachando-me perto de Scarlett, na sombra de uma nave de suprimentos, tento respirar fundo para me acalmar.

Um som agudo e esquisito assobia na minha garganta. Ainda sinto o gosto daquele chakk de extintor de incêndio. Argh. O que é que os Terráqueos enfiam naquele treco?

— Ainda temos que tentar chegar à mesma nave — sussurra Scarlett. — A maior parte da tripulação vai pular para as cápsulas de fuga, mas aquela nave é a única coisa capaz de nos levar para a tempestade.

Quero concordar, mas sinto a língua estranhamente pesada, meus lábios estão formigando e a boca não obedece aos comandos. Quando ela olha para mim, apenas faço que sim com a cabeça.

— Você... você pode distraí-los ou algo do tipo? — sussurra ela. — Acionar um alarme em algum lugar, fazer um truque de computador?

Balanço a cabeça, me inclinando para a frente, pressionando as palmas das mãos no chão. Não consigo respirar. Estou tonto.

— Você está bem? — sussurra ela, arregalando os olhos.

Gesticulo para a nave. Precisamos seguir em frente.

— Beleza, sem truque de computador, então — murmura ela, inclinando-se e dando uma boa olhada nos membros das tripulações à nossa volta. Então, com as duas mãos, ela puxa um calço do volante do caça mais próximo e, com toda a força, o arremessa em direção à doca.

O calço cai com um *CRASH* e todas as cabeças se viram.

Scar dispara feito uma atleta. Vou atrás dela cambaleando, com muito calor e muita tontura, e a visão começa a embaçar. Sei qual caminho preciso percorrer, mas estou perdendo a visão.

Minhas pernas estão bambas. Meu exotraje está fazendo hora extra.

Chegamos à nave pesada que sempre roubamos.

A dor me percorre quando meus joelhos encontram o chão. Rapidamente, me dedico à escotilha e a abro sem problemas em meio às nuvens de fumaça e ao caos, como sempre faço. Mas minhas mãos estão trêmulas.

Parece que me falta ar.

Sinto uma estranheza na língua.

Tem algo errado.

Zila — seis minutos restantes

— Zila! — A voz de Scarlett surge pelos comunicadores, distorcida, mas audível.

— Um momento — digo, dobrando uma esquina e engatinhando atrás de Nari. Os dutos de ventilação são muito estreitos e nós duas somos pequenas. Nenhum dos guardas conseguirá nos seguir. Mas não temos muito tempo até chegarmos à nossa cápsula de fuga.

— *REPETINDO: FALHA DE CONTENÇÃO EM CURSO, ATIVAR MEDIDAS DE EMERGÊNCIA NA PLATAFORMA 9.*

— Zila, vamos! — grita Nari, chutando uma grade à sua frente.

— Scarlett? Vocês estão a bordo da nave? — pergunto, me rastejando de barriga no chão.

— *IMPLOSÃO DE NÚCLEO IMINENTE DENTRO DE TRÊS MINUTOS. EVACUAÇÃO GERAL IMEDIATA PARA AS CÁPSULAS DE FUGA. REPETINDO: IMPLOSÃO DE NÚCLEO EM TRÊS MINUTOS.*

— Sim, já saímos! — grita Scarlett. — Estamos indo para a tempestade, mas aconteceu alguma coisa com o Fin! Ele inalou uns produtos químicos lá em cima e agora não consegue res...

— REPETINDO: COLAPSO DE CONTENÇÃO EM ATIVIDADE. EVACUAÇÃO GERAL IMEDIATA PARA CÁPSULAS DE FUGA.

Eu me seguro às paredes enquanto a estação treme à minha volta. Os alarmes dentro dos dutos são ensurdecedores.

— O que você disse, Scarlett? O que houve com Finian?

— Zila, ele não está conseguindo respirar!

Scarlett — cinco minutos restantes

Fin está caído no assento do piloto e o espaço à nossa volta está em chamas. Cápsulas de fuga voam dos flancos da estação, plasma ardente escapa de seu casco e nós sacolejamos em direção aos enormes tentáculos em espiral da tempestade de matéria escura, em direção ao veleiro e ao pulso, nossa passagem de volta para casa.

Mas não sei se Fin vai resistir.

Seu rosto e olhos estão inchados, os lábios estão adquirindo um roxo estranho. Procuro ignorar o pânico, manter a calma. Eu o deito no chão enquanto disparamos rumo à tempestade, concentrada na voz de Zila.

Ela parece muito distante.

— Está ouvindo um chiado, Scarlett? Um assobio?

Eu me inclino sobre ele e posiciono o ouvido em sua boca enquanto meu coração martela nas costelas. Ele não está mais se mexendo, não está falando, não está...

Ah, meu Criador, por favor, por favor, não faça isso...

— Estou.

— Então ele ainda está respirando — diz Zila. — Nari e eu estamos seguindo para as cápsulas de fuga. Se Finian estiver incapacitado, você precisa guiar a nave pela turbulência da tempestade até chegar ao veleiro quântico. Vocês precisam estar por perto quando o pulso bater. Dez metros ou menos, para garantir.

— Eu? — Olho à minha volta freneticamente e avisto a cadeira do piloto. — Eu não sei pilotar essa coisa! Meu trabalho sempre foi tecer comentários espirituosos!

— Ouça com atenção, Scarlett.

— Zila, eu nunca dirigi nada sem piloto automático! — eu grito. — E não sei o que está acontecendo com ele, não sei como...

— Scarlett! Preste atenção. Esta é nossa última chance de levar vocês para casa. Você *consegue*. Você precisa *conseguir*.

Olho para o garoto no convés ao meu lado, respirando com dificuldade. O futuro de todos nós está em jogo. Cada instante da minha vida me trouxe até aqui. Então ouço a voz dele na minha cabeça, tão clara como se ele estivesse falando em voz alta.

"*Não sei se você percebeu, mas a pessoa que mantém o esquadrão unido é* você. *Nós precisamos de você, Scar.*"

Fecho os olhos, me puxo mentalmente pelo colarinho e me dou uma sacudida.

Eles precisam de mim.

Ele precisa de mim.

— Beleza, pode falar.

Finian — quatro minutos restantes

Minha cabeça está girando e meu corpo se esforça ao máximo, lutando para respirar, mas estou me afogando e não há nada em que eu possa me agarrar. Tento escalar uma pedra enquanto o oceano me atinge e me segura com as mãos congeladas, cada onda me puxa para baixo, me afundando e me afundando.

E tudo em que consigo pensar é que não posso me render, eu

não posso

me

render.

Não até ter certeza de que saímos do loop.

Se eu morrer agora, será que todos nós voltaremos ao início do ciclo?

Não posso correr esse risco.

Não posso morrer ainda.

Afundo as unhas na rocha enquanto o mar me envolve, as ondas me atingem, esmagando meus pulmões, tudo está girando.

E lamento tanto, *tanto*, que Scar fique sozinha, que seja a única que reste para enfrentar Ra'haam. Que o coração do Esquadrão 312 seja a última parte a sobreviver. Mas talvez o coração fosse a única coisa que sempre tivemos, talvez o amor sempre tenha sido a chama que usamos para afastar a escuridão.

Minha visão está se estreitando.
Preciso me segurar.
Só até voltarmos para casa.

Scarlett — três minutos restantes

— Zila! — eu grito e, sem forças, encaro Fin enquanto ele arqueia as costas e cerra os punhos. — Zila, ele não está conseguindo respirar!
A voz de Zila soa calma no meu ouvido.
— *Você precisa estabelecer as prioridades, Scarlett. Ainda está a caminho do veleiro quântico?*
A nave sofre outro impacto, os motores se arrastam contra a tempestade lá fora. As forças em jogo são devastadoras e colossais, mesmo à beira da tempestade. Dou uma olhadinha nos telescópios e observo, pelo visor, o gigantesco retângulo prateado que se ergue à nossa frente na escuridão.
— Sim, estamos indo para o veleiro! Dez mil quilômetros de distância!
— *Que bom. Existe algum kit de primeiros socorros na nave?*
Levanto a cabeça e, desesperada, passo os olhos pela cabine minúscula. Em seguida, me levanto depressa, abro os armários e os vasculho enquanto os suprimentos caem à minha volta.
— Não estou encontrando! — grito, me jogando de joelhos ao lado de Fin.
Suas pálpebras fechadas tremem.
Ouço as sirenes estridentes no microfone de Zila.
— *ALERTA: COLAPSO DE CONTENÇÃO EM ATIVIDADE. IMPLOSÃO DE NÚCLEO IMINENTE DENTRO DE TRÊS MINUTOS. EVACUAÇÃO GERAL IMEDIATA PARA AS CÁPSULAS DE FUGA. REPETINDO: IMPLOSÃO DE NÚCLEO EM TRÊS MINUTOS.*
— *Se não há kit de primeiros socorros, vamos trabalhar com o que já temos* — diz Zila. — *Descreva os sintomas dele.*
— O-os lábios estão inchados, os olhos... — Eu arfo, apertando a mão dele. — Ele não está conseguindo respirar, não para de arranhar a garganta...
— *Você está descrevendo um choque anafilático, Scarlett. Provavelmente por conta dos produtos químicos que ele inalou. Você precisa realizar uma traqueostomia.*
— Uma o *quê*? — eu guincho.
— *A garganta dele fechou por conta do inchaço. Precisaremos fazer uma incisão abaixo da região inchada para que ele possa respirar. Você precisará de uma faca.*

— Zila, não posso...

— *Scarlett*. — A voz dela me interrompe. — *Não temos tempo. Finian não pode morrer antes da chegada do pulso, senão o loop simplesmente voltará ao início. Ele tem uma pequena chave de fenda no braço direito do exotraje.*

Minhas mãos tremem, e Fin não está mais se mexendo. O braço dele pesa enquanto eu o levanto, o viro e encontro a chave de fenda aninhada no buraquinho.

Isso não pode estar acontecendo.

— Pronto — respondo ofegante. De alguma maneira, continuo e, ao mesmo tempo, me recuso a acreditar que estou seguindo. — Pronto, e agora?

— *Você vai precisar de um tubo rígido e pequeno, mais fino do que seu mindinho.*

— Um *tubo?* — pergunto aos berros, a respiração acelerada. Tem pessoas que podem até conseguir manter uma calma fora do comum em situações de emergência, mas Scarlett Jones não é uma delas. — Em nome do Criador, onde é que vou encontrar um...

— *Olhe à sua volta. Deve haver algo.*

— Não tem nada! Zila, não tem nada!

A nave sacoleja novamente, a energia que pulsa lá fora ameaça nos despedaçar. A escuridão absoluta brilha em um tom de malva profundo quando uma explosão de energia escura crepita na tempestade. Ao olhar pelo visor, observando seu alcance e poder, sei que ficaria apavorada por mim mesma se já não estivesse tão apavorada por Fin.

Ainda estamos longe demais do veleiro. Ele vai morrer antes de chegarmos até lá, ele vai morrer bem aqui, nos meus braços.

Chegamos tão longe. Lutamos tanto. Sofremos tantas perdas.

Uma história em curso há centenas de anos.

E é assim que o último capítulo é escrito?

Então tenho uma luz. Como um clarão daquela energia terrível. Enfio a mão no bolso frontal do traje de Finian e vasculho, desesperada, até meus dedos finalmente se fecharem ao redor dela.

A caneta.

— Zila, aquela droga de CANETA!

— *Hmm.* — Eu a ouço dizer. — *Interessante.*

— Ele esculachou essa porcaria toda vez que teve a oportunidade — murmuro enquanto a desenrosco freneticamente, e Fin permanece imóvel enquanto grito no rosto dele. — Parece que não é mais um presente tão xexelento, né?

O peito dele não está se mexendo.

Os olhos estão inchados e fechados.

Deixo cair no chão da nave todas as partes da caneta até segurar apenas o revestimento. Aço inoxidável. Brilhante e pesado. A tempestade se move, turbulenta, à nossa volta. A energia escura forma arcos na escuridão.

— E agora?

— *Passe os dedos pela garganta dele* — diz Zila, que permanece calmíssima, e eu me agarro a ela como se fosse uma rocha. — *Você sentirá duas protuberâncias. Entre elas, faça uma incisão e insira a caneta.*

Com toda minha força, obrigo a mão a não tremer e corro os dedos por sua pele uma, duas vezes, para garantir que achei o lugar certo. A tempestade sacode a nave até os parafusos, mas digo a mim mesma para não me descontrolar.

Para manter a calma.

Para respirar.

Então estou sozinha, segurando uma chave de fenda e a garganta de Fin, e que merda, que merda, que merda. Por que será que, de todo mundo do esquadrão, tinha que ser justo *eu*?

— *Você consegue, Scarlett* — diz Zila em voz baixa. — *Você consegue fazer tudo.*

Respiro fundo. Marco o ponto exato.

Eu consigo.

Zila — dois minutos restantes

— *Ele está respirando! Zila, ah, Criador, ele está...*

As palavras de Scarlett desaparecem em um mar de interferência enquanto ela e Finian se aproximam da tempestade e as comunicações são cortadas.

Sei que estas serão as últimas palavras que ouvirei deles.

Nari e eu estamos dentro de nossa cápsula de fuga e olhamos pelo visor com os rostos colados. A escuridão do vazio que nos rodeia é iluminada por centenas de luzes minúsculas, vermelhas e verdes: outras cápsulas escapando das ruínas da Estação Sapatinho de Cristal. Para além dela, vemos a tempestade e a nave de Scarlett e Finian disparando pela escuridão absoluta de encontro ao veleiro quântico.

Em menos de dois minutos, se tudo correr bem, o pulso os atingirá. O que resta do Esquadrão 312 estará a dois séculos de distância, para sempre longe do meu alcance.

Mas isso não é verdade. Tudo o que eu fizer os alcançará, mais cedo ou mais tarde.

Observamos a nave disparar tempestade adentro.

Nari pressiona a mão no vidro.

— Boa sorte — sussurra ela para a nave obscurecida pela tempestade. — E boa caçada.

Um minuto.

Eu me viro para ela e estudo aqueles traços que se tornaram tão familiares depois de todas as vezes que vivemos este dia. Eu a conheço tão bem, mas, ao mesmo tempo, tão pouco. Agora, tenho o resto da vida para descobrir tudo.

— Eu sei que eles deixaram você para trás — sussurra Nari, com os olhos fixos nos meus. — Mas não te deixaram sozinha.

As palavras dela têm faíscas que saltitam entre nós como descargas eletrostáticas, como minúsculos raios quânticos. E, quando batem, eu me sinto como aquela nave, transformada e transportada para um lugar novo, e…

Levanto a mão e, devagar e com cuidado, passo os dedos por sua bochecha, fechando-os ao redor da nuca.

Sua pele é quente.

Tão corajoso e feroz, este gavião.

Ela é tão cheia de vida, unida por milhares de laços aos amigos, à família, ao seu mundo.

E ela é linda, as feições de seu rosto, a curva dos lábios. Em minha mente, ouço a voz de Scarlett, profunda e divertida. *Ela não é alta.*

E eu não estou sozinha.

Estou com ela.

Basta a mínima pressão dos meus dedos contra sua nuca para que ela se aproxime, e seus lábios roçam os meus, e lá fora, em alguns instantes, o pulso vai chegar. Mas, aqui, já estou em chamas.

Scarlett — um minuto restante

Queria ser o tipo de pessoa que reza.

Mas o peito de Fin se move devagar enquanto eu o observo e faço a contagem regressiva, de novo e de novo. Minhas mãos estão firmes nos controles. Não há nada que eu possa fazer, a não ser esperar.

Não sei o que vamos encontrar quando chegarmos em casa. Nem sei se vamos conseguir mesmo chegar. Mas sei que fiz tudo que pude.

Pelo visor, olho de relance para a tempestade furiosa lá fora e, quando me volto para Fin, seus olhos escuros estão abertos.

— Não se mexa! — digo imediatamente — Não se mexa. Logo, logo vamos te levar a um médico de verdade.

Ele ergue as sobrancelhas, mas não tenta falar.

— Ainda não — prossigo. — Mais alguns segundos. Imagino que você esteja querendo saber se já demos o salto. Caso esteja perguntando onde foi que encontrei habilidade, coragem e excelência para executar uma cirurgia de emergência no meio de todo esse caos, pois bem. Se você acha que depois de testar todos aqueles caras em busca do namorado perfeito eu ia deixar uma coisinha de nada tipo uma traqueostomia ser um obstáculo no caminho do amor verdadeiro, você claramente subestimou o quanto eu estou cansada de procurar.

Ele insinua um sorrisinho.

Olho mais uma vez para o relógio.

É isso.

Fiz tudo que pude.

O veleiro metálico se estende lá embaixo, ondulando por mil quilômetros. Na tempestade à nossa volta, infinita e impossível, a energia capaz de quebrar as paredes do espaço e do tempo nos rodeia. O cristal no meu pescoço começa a arder. Luz preta. Estática. Eu sinto na pele. Ouço em minha cabeça. Somos tão pequenos, tão insignificantes diante de tudo isso, que por um instante me pergunto como qualquer parte dessa história tem importância.

Finian me olha com aqueles olhões pretos que, um dia, considerei difíceis de decifrar. E, quando nossos olhares se encontram, percebo que é isso, é *isso* que importa.

— Te vejo no futuro, bonitão.

ZAP.

33

AURI

Estou metade em um mundo e metade no outro, as imagens se sobrepõem e o Eco e a realidade se misturam.

O rosto de Lae está coberto de lágrimas, uma chuva suja e lamacenta cai do céu do Eco e, de repente, uma rede de pequenas rachaduras se espalha pela *Neridaa*.

Alcanço o poder dentro de mim para tornar a chuva cristalina. Kal levanta a mão para limpar uma lágrima da bochecha de Lae, e um momento de doçura se mantém vivo em meio a toda essa carnificina.

— Lutaremos até o último suspiro para honrar seu pai — comenta ele com gentileza. Lae endireita o maxilar e assente com a cabeça.

— Sim, tio.

Os escombros de cristal que Caersan derrubou para bloquear a porta não vão manter Ra'haam afastado por muito tempo. As feridas do Destruidor de Estrelas varrem a paisagem do Eco como uma influência sombria e maligna e, tão rápido quanto chegou, esse momento de trégua desaparece do Eco e da *Neridaa*.

O alerta que enviei para Tyler ainda ecoa na minha mente, um grito dissonante que não desaparece.

Ele mesmo me disse.

Quando acontece.

Como acontece.

Todos os líderes planetários reunidos em um só lugar.

Um agente de Ra'haam com uma bomba.

A morte e a desordem que os paralisaram até que Ra'haam pudesse florescer e eclodir e tornar tudo azul, verde e imortal.

Será que ele me ouviu naquele momento? Será que conseguiu impedir Ra'haam?

Ainda estaríamos aqui se ele tivesse conseguido?

No Eco, outro desfiladeiro irregular se abre e me enche de dor, como se um caco de vidro me ferisse por dentro. Entro em contato uma última vez com Caersan, que permanece imóvel como uma estátua vestida de preto e encharcada de sangue.

— Caersan, sozinha eu não consigo. Você precisa consertar isso, *por favor*.

Ele cerra as mãos em punhos, vira-se na minha direção com fúria nos olhos e transforma a voz em um rugido.

— EU. NÃO. PRECISO. DE. *CONSERTO*.

    — e a barreira na frente da porta cede em uma explosão
de cacos de cristal, e Kal e Lae se voltam para enfrentar
o inimigo pela última vez. Agora, novos laços de amor
florescem entre os dois, a glória em forma de arco-íris dela
se entrelaça com o roxo e dourado dele, porque Kal não
é como o pai, e ele sabe como oferecer amor, e Tyler a
ensinou a aceitá-lo, e

        — um menino Syldrathi é lançado contra a parede, e seu
          pai paira sobre ele enquanto o jovem cai no chão.

    Eu chamo Kal aos berros, mas o menino vira a cabeça para
           olhar diretamente para mim, e

                                        o

                                  menino

                                    não

                                      é

                                      Kal

— e a cidade de cristal do Eco cai aos pedaços e desmorona

  — e ouço minha própria voz implorando ajuda a Caersan enquanto conserto a *Neridaa* freneticamente e ela se desfaz repetidas vezes

— e as ondas de morte do lado de fora se derramam pela porta, e as lâminas de Kal são um borrão, e os tentáculos de Ra'haam se estendem para envolver as pernas de Lae, arrastando-a para baixo e enxameando ao redor de seu corpo enquanto a sacodem

  — e Caersan corta e despedaça os tentáculos que crescem ao redor dele, e a pressão vai aumentando, martelando minhas têmporas, as rachaduras se espalham pelo meu rosto enquanto a luz pulsa entre elas, e acho que estou gritando

— e a mente de Lae é brilhante, dentro dela vejo a mesa de jogar tae-sai de Saedii, então sei que sua mãe amava jogar com Tyler e ensinou à filha, e vejo o arrependimento e a rebeldia na mente de Lae conforme ela desvencilha um dos braços das garras de Ra'haam

  — e Kal e Caersan gritam, mas na mente de todos nós ela inclina sua peça de madeira do Templário para indicar que o jogo acabou, e com o braço livre ela ergue a pistola e, assim como a mãe, recusa-se a virar presa de Ra'haam

— e, enquanto ela puxa o gatilho e o brilho do arco-íris de sua mente desaparece, Kal cai de joelhos; envolvo minha mente na dele e me ouço gritar enquanto ele me mostra uma última vez o quanto me ama, porque, se pudermos voltar, Tyler ainda estará vivo, Toshh, Dacca e Elin estarão vivos, um dia Lae nascerá, mas, se Kal morrer aqui, agora, vou perdê-lo para sempre.

Com um rugido, Caersan ataca Ra'haam, que derruba seu filho, mas, para cada tentáculo que ele corta, outro surge no lugar. Ele sabe que jamais poderá vencer assim. Sinto isso.

— Lute! — grita Caersan, e já não sei mais com quem está falando. Ele balança a lâmina outra vez, incapaz de se render, recusando-se a ceder.

— Caersan! — eu grito. — *Essa* não é a batalha! Conserte a *Neridaa* comigo!

Ele ergue o olhar, com o rosto estilhaçado e cheio de rachaduras, a luz quase ofuscante...

— e então ele está comigo no Eco, em um campo de flores de cristal, e mais uma vez me encontro em dois mundos, três mundos, quatro mundos, tantas épocas e lugares...

— um menino tenta entender por que o pai está bravo

— o filho do menino, por sua vez, tenta entender por que *o próprio pai* está bravo

— "Imagine o que poderíamos ter feito se você tivesse nos amado."

— "Meu filho, eu..."

— as flores se despedaçam uma a uma... e então ficam imóveis...

... e tudo fica imóvel...

E, em ambos os mundos — ao meu lado no Eco e ao lado de Kal no chão —, ele ergue a voz para rugir insolentemente contra Ra'haam:

— *VOCÊ JAMAIS VENCERÁ!*

e o Destruidor de Estrelas explode em um milhão de pedaços, sacrifica tudo de si em seu ato de resistência, em sua recusa absoluta de se render

e, ao redor dele, Ra'haam emite chamas pretas e vermelhas, murchando e se contorcendo

e, dentro do Eco, ele está por toda parte, infundindo o lugar com sua energia e o ajudando a se recompor e recuperar a beleza e ele *me* infunde com sua energia, e eu me torno poderosa, infinita

e, durante um momento, eu o conheço por completo, e então ele não está mais presente, mas, no silêncio retumbante no instante seguinte à sua partida

eu sei que ele matou bilhões.

E sei que jamais poderá ser perdoado.

E sei que ele usou o que restava de sua força vital num ataque intrincado e furioso de insolência, de recusa em admitir a derrota; um ato de raiva e uma determinação de ferro...
  ... e, sim, também de amor.

Kal respira ofegante no chão, cercado pelos restos chamuscados de Ra'haam; cambaleio até ele e caio de joelhos. Ele fecha os olhos para se proteger do brilho que meu rosto emite, mas estende a mão para me abraçar, e eu envolvo minha mente na dele para apoiá-lo, então digo
  Eu te amo
  Eu te amo
  Eu te amo
  não tenho certeza absoluta de quem está falando nesse momento, e aproveito o poder de Caersan que ainda flui pelo meu corpo, e sinto o calor de Kal dentro de mim, e
  irradio
  luz
  enquanto...

34

TYLER

— Você certamente tem talento para o drama, legionário.

Abro o olho. Vejo paredes cinzentas à minha volta. Luz fraca na qual se destaca a figura de um homem, ombros largos, pescoço grosso. O metal em seu peito e seus braços cibernéticos brilham levemente, sua voz é um rugido baixo e retumbante.

— Almirante Adams... — eu sussurro.

Percebo que estou na enfermaria da Academia. Na mesma baia do dia em que conheci Aurora O'Malley. Por um instante, sinto vontade de virar a cabeça para ver se ela está do outro lado da parede, recém-acordada.

Estou cercado por monitores e máquinas que apitam, pulsam e emitem um brilho quente e constante. Do pescoço para baixo não sinto quase nada e me pergunto por que o mundo parece tão estranho. Quando levo a mão trêmula ao rosto, sinto um adesivo cutâneo bem espesso que vai da bochecha até a sobrancelha direita.

— Você perdeu — diz Adams. — O olho, quero dizer. O baço também. O tiro errou sua coluna por pouco, uns dois centímetros. Você tem sorte de estar respirando.

— Quando acontece sempre — eu sussurro —, deixa de ser sorte.

O almirante dá uma risada zombeteira.

— Seu ego é mesmo incurável, Jones. Assim como o do seu pai. — Ele se inclina sobre mim e pousa a mão pesada de metal no meu ombro. — Ele teria orgulho de você, filho. Assim como eu tenho.

— É, baita orgulho. Terrorismo galáctico. Traidor da Legião Aurora. Pirataria espacial. — Passo os dedos pelo lugar onde ficava meu olho e sinto dor na órbita vazia. — Pelo menos vou estar a caráter para o pelotão de fuzilamento.

— Não vai haver pelotão de fuzilamento nenhum. O que você fez está em todos os feeds de notícias. Já faz três dias que seu amigo Lyrann Balkarri enche a boca para falar no GNN-7 de como você salvou a Cúpula fazendo tudo sozinho. Ele prometeu uma entrevista exclusiva. — O almirante emite um som de aprovação. — Câmera escondida na lapela do paletó. Esperto.

— Eu só q-queria um registro. — Eu me encolho quando uma pontada de dor consegue ultrapassar o efeito dos remédios. — Algo que falasse p-por mim se as coisas dessem e-errado. Limpar meu nome. — Olho para Adams e dou de ombros. — O nome do meu pai. Sabe como é.

— Eu sei — diz ele. — Eu sei, Tyler.

Ele endireita a postura e aponta com a cabeça para os monitores dispostos na parede.

— A filmagem mostra cenas bem impressionantes, devo admitir. Boa manchete também. *Legionário rebelde frustra plano terrorista para destruir a Estação Aurora.* Sua matéria quase eclipsou a nossa. Quase.

Eu me concentro nas telas, o frio na barriga que me domina luta para ser sentido em meio aos vários analgésicos que me deram. Nos monitores, vejo as imagens de Adams e de Stoy se apresentando na Cúpula Galáctica. No holograma atrás deles, vejo a imagem de Octavia — a colônia engolida por Ra'haam e, posteriormente, posta sob Interdição pelo Governo Terráqueo. Em outras telas vejo planetas diferentes, também mergulhados da podridão azul-esverdeada do inimigo.

São os outros mundos-berçário, eu me dou conta.

Adams e de Stoy falaram de Ra'haam na Cúpula.

Outra tela mostra filmagens de legionários subjugando e prendendo agentes da AIG na comitiva da primeira-ministra Ilyasova. Vejo máscaras espelhadas sendo arrancadas de rostos reluzentes de musgo azul-acinzentado, olhos em forma de flores, indignação, medo e choque. Vejo manchetes como *AIG infiltrada, Governo Terráqueo suspeito, Comissão Senatorial.*

— Vocês sabiam — eu sussurro.

Olho nos olhos dele enquanto a raiva ferve na minha barriga e minha voz treme.

— Esse tempo todo. Vocês *sabiam*.

— Sabíamos de algumas partes — responde ele, sussurrando. — Não o bastante.

— Sabiam o suficiente para pôr a Auri na minha Longbow. Para deixar os pacotes para nós na Cidade Esmeralda. Para nos deixar a Zero. O que significa que vocês sabiam o que ia acontecer com a Cat quando fomos a Octavia. — As lágrimas ardem no meu olho agora, o monitor de frequência cardíaca alcança um pico de intensidade enquanto tento me levantar. — Vocês *sabiam* o que ia acontecer com ela. Vocês *sabiam* que Ra'haam a levaria embora.

Ele sustenta meu olhar e contrai a mandíbula.

— Sabíamos.

— Seu *filho da puta* — sibilo.

— Nós lhe devemos um pedido de desculpas, Tyler — diz ele com um suspiro. — E uma explicação. Mas só posso oferecer a primeira parte... A segunda cabe a outra pessoa.

Ele enfia a mão dentro do paletó do uniforme de gala. Todos os galardões e as comendas em seu peito, antes tão cobiçados por mim, de repente me parecem ter sido obtidos com sangue. Tento imaginar como ele poderia se justificar, que explicação poderia me fazer esquecer a dor nos olhos de Cat enquanto a faca afundava, o calor de seu sangue em minhas mãos, o horror e o desespero...

Adams posiciona um pequeno projetor de holograma no lençol que cobre minhas pernas e aperta um botão. A imagem pisca e ganha vida irradiando um brilho estranho, é feita em tons de branco e azul.

Eu me dou conta de que é tecnologia antiga. *Muito* antiga.

Levo um tempinho para reconhecer a figura que surge à minha frente. Ela usa um uniforme antigo da Legião Aurora e carrega no peito uma série de medalhas. Está mais velha, deve ter cerca de setenta anos. Olhos amáveis, cabelo curto e grisalho. Mas, mesmo assim, eu a reconheço do calçadão da Academia.

— Ela é uma das Fundadoras — eu sussurro.

— *Olá, Legionário Jones* — diz ela, com a voz levemente distorcida. — *Eu me chamo Nari Kim. Se você estiver assistindo, o Comando da Legião considerou válidos os parâmetros operacionais que lhe fornecerão uma explicação a respeito dos eventos nos quais você esteve envolvido recentemente.*

"*As variáveis desta equação não nos permitem especificidades, mas, com sorte, a Legião Aurora agora está em condições de infligir o golpe final em Ra'haam e completar uma missão que dura duzentos anos.*"

Ela sorri para mim, como uma mãe faria.

— *Devemos muito a você, legionário. Me disseram que você é um líder brilhante. Uma alma nobre e corajosa. Mas, mais do que isso, um bom e querido amigo. Queria ter conhecido você, Tyler. Sinto como se tivesse. Mas, por favor, saiba que temos muito orgulho de você por ter chegado até aqui. Sabemos o quanto lhe custou. O que você perdeu. Só rezo para que, no fim das contas, valha a pena.*

Seu sorriso se alarga e, com os olhos cheios de admiração, eu a observo dar um beijo nos dedos e pressioná-los na lente. Essa mulher é uma heroína. Uma das Fundadoras da Legião. E só de ouvi-la falar desse jeito... comigo...

— *Tem alguém aqui que gostaria de falar com você* — prossegue ela. — *Portanto, eu o saúdo, Tyler Jones, e desejo boa sorte. Lembre-se sempre: a galáxia inteira deve a você e a seus amigos toda a vida e a esperança de suas criaturas.*

Ela estica o braço para fora do enquadramento e gesticula para que alguém se aproxime.

— *Vem aqui, amor.*

Uma longa pausa se segue. Nari Kim gesticula novamente e abre um sorriso.

— *Está tudo bem.*

A imagem holográfica de duas cores agora mostra outra pessoa. Ela tem cabelos longos e cacheados, quase completamente grisalhos ou brancos, e a pele está enrugada por conta da idade.

Não a reconheço de primeira. Então Nari murmura um encorajamento, a recém-chegada vira a cabeça na direção dela e eu vislumbro...

... Não pode ser.

Brincos com pingentes de gavião pendurados.

E, quando ela se acomoda de frente para o gravador, me dou conta...

A mulher olha para a lente e vejo os cílios brilhando de lágrimas. Eu a reconheço, apesar de ser impossível, mesmo com o abismo do tempo que nos separa e as rugas gravadas pela dor ao redor dos olhos.

— Zila... — eu sussurro.

— *Olá, Tyler.*

Ela faz uma pausa, como se estivesse se recompondo. Parece tão pequena. Mais baixinha do que eu me lembrava. Ao seu lado, Nari aperta a mão dela. E, encorajada pelo contato, Zila encontra um pouco de força, respira fundo e começa a falar.

— *Se você estiver assistindo, significa que sobreviveu para além do momento da minha partida e entrou no reino da incerteza absoluta. Estou muito feliz por você ter sobrevivido ao cativeiro da AIG. Espero que isso signifique que meu presente foi útil. Peço perdão caso não tenha sido cem por cento adequado. Eu tive que trabalhar com uma série quase infinita de variáveis.*

Ela franze a testa e a esfrega, como se sentisse dor.

— *Durante a Batalha da Terra, quando a Arma dos Eshvaren foi disparada, uma colisão de energias psíquicas e distorções temporais afetou a mim, Finian e sua irmã, Scarlett, e nos lançou de volta no tempo, para o ano de 2177.*

Arregalo os olhos e encaro Adams, mas ele se limita a assistir ao holograma. A expressão no rosto dele me diz que esse material não é inédito apenas para mim.

— *Devido a acontecimentos complexos, com os quais não há necessidade de aborrecê-lo* — prossegue Zila —, *fui obrigada a permanecer nesta época. Coube a mim, junto com a Líder de Batalha de Karran e Nari, preparar o caminho para os acontecimentos vindouros e para a luta final contra Ra'haam. Fizemos nosso melhor para garantir que tudo saísse exatamente do jeito que deveria. Do jeito que era inevitável, se quiséssemos que Aurora recuperasse a Arma Eshvaren e a usasse contra o inimigo. Mas...*

A voz de Zila sai trêmula. Ela olha para as mãos e engole em seco. A Zila Madran que eu conheci era uma garota que vivia cercada por um muro. Que se protegia do mundo com a lógica, desapegada de suas emoções, fria e analítica.

Mas, agora, ela está chorando, e as lágrimas escorrem pelas bochechas.

Vejo Nari Kim apertar sua mão novamente, pôr um braço ao redor dos ombros dela e depois lhe dar um beijo na bochecha, nos dedos e nos lábios. Apesar da tecnologia antiquada, dessas linhas finas e brilhantes, vejo o amor nos olhos dela e sinto as lágrimas ardendo no meu quando percebo como elas devem ter sido importantes uma para a outra. Quando percebo que minha amiga encontrou alguém que valesse tanto a pena.

— *Fale com o coração, amor* — diz Nari.

Zila volta a olhar para a câmera e fala com a voz trêmula.

— *Eu s-sinto muito, Tyler* — sussurra. — *Em relação a Cat. Passei anos tentando pensar em uma alternativa. Em alguma maneira de poupá-la daquele destino. Sempre temi o dia em que precisaria lhe dizer essas palavras. No entanto, o risco de que uma calamidade, um efeito borboleta paradoxal alterasse de modo irrevogável a cronologia...* — Ela funga e engole em seco. — *Nós n-não poderíamos correr esse risco. Sem minha presença aqui, não haveria mais ninguém para ajudar Nari a fundar a Legião, garantir que você conhecesse Aurora, proteger vocês na Cidade Esmeralda. Não haveria ninguém para salvar o mundo. Para que pudéssemos garantir a derrota de Ra'haam, tudo precisava acontecer exatamente do jeito que aconteceu, até o momento em que fui embora de sua linha do tempo.* — Ela balança a cabeça com olhos suplicantes. — *Tudo.*

Zila abaixa a cabeça e o cabelo cobre o rosto.

— *Eu vivi a melhor vida que pude.* — Ela aperta a mão de Nari. — *Encontrei felicidade. Trabalhei com afinco, vi lugares e conheci pessoas que me trouxeram alegria. Meu esquadrão foi minha segunda família, depois que perdi minha primeira, e dediquei minha vida a preparar tudo aquilo de que vocês precisariam... mas também vivi aventuras. Dei muitas risadas. Encontrei uma terceira família aqui, superando todas as minhas expectativas. Acho que, agora que sabe onde estou, você vai ficar preocupado. Quero que saiba que fui feliz. Mas, por favor, saiba também que não há um dia em que eu não pense em Cat e no que ajudei a fazer acontecer.*

Ela levanta a cabeça novamente. Olha direto para mim, a séculos de distância.

— *Peço seu perdão. Espero que entenda que fiz tudo isso para o bem de todos e que, por meio desse sacrifício, garantimos o futuro da galáxia. O caminho à sua frente é incerto. Não sei o que está por vir. Mas sei que sou grata por ter conhecido você, Tyler. Honrada por ter tido você como líder. E me sinto abençoada além da conta por ter te chamado de amigo.*

Levo as mãos à imagem, e as lágrimas escorrem pelo meu rosto enquanto a acaricio com os dedos. Penso em como deve ter sido difícil viver com esse peso. Com o fardo do futuro da galáxia nos ombros.

— Zee — eu sussurro. — É claro que eu te perdoo.

— *Comandante* — diz Nari, dirigindo-se ao ar. — *Imagino que esteja escutando. Agora você pode acessar o Protocolo Ômega, Nódulos 6 a 15. Certifique-se de que o Nódulo 10 seja entregue a Aurora O'Malley em pessoa. Também pode acessar as instalações da Plataforma Épsilon, Seção Zero. Em seguida, você receberá os passes. Por favor, siga todas as instruções ao pé da letra. A vida de dois soldados muito corajosos está em jogo.*

— *Creio que nossos cálculos estejam corretos* — diz Zila. — *E agora já se passou tempo o suficiente desde nosso desaparecimento para descartar possíveis eventos paradoxais.* — Ela assente com a cabeça, quase para si mesma, e morde uma mecha de cabelo, como fazia quando estava perdida em pensamentos. — *Sim. Sim, vai funcionar.* Precisa *funcionar.*

Nari Kim volta a olhar para mim com os olhos franzidos por um sorriso.

— Dê um soco no braço daquele branquelo por mim, Jones. E agradeça a sua irmã. Boa caçada, legionário. Ilumine o que a escuridão conduz.

Zila olha para a projeção e estende a mão para mim.

Meus dedos tocam os dela, atravessando o oceano de tempo e lágrimas.

— Adeus, meu amigo — diz ela com um sorriso.

E a gravação acaba.

— Droga... — resmunga Adams.

Eu o encaro com o olho embaçado pelas lágrimas e a mente em um turbilhão por tudo o que descobri. A impossibilidade, a enormidade... é demais para entender. Mas o olhar de Adams é suficiente para me trazer de volta à realidade e me afastar de conspirações que já duram séculos, mágoas e alegrias obtidas a um preço alto. Inalo profundamente e limpo as lágrimas das bochechas.

— Que foi?

Adams encara o projetor de holograma com uma expressão sombria. As imagens de Zila e Nari sumiram e foram substituídas por uma sequência de códigos.

— Preciso revisar os dados que acabamos de desbloquear. Mas, do jeito que elas falaram... Acho que é exatamente o que temíamos.

— Olha só, eu não faço ideia do que raios está acontecendo aqui, mas...

— É como a Fundadora Madran disse, Tyler. — Adams pronuncia o nome de Zila com uma espécie de reverência. Do jeito que um sacerdote fala do Criador.

Eles a consideram a Terceira Fundadora, eu me dou conta.

— Ela só sabe tudo o que aconteceu até a Batalha da Terra — prossegue Adams. — O momento em que ela saiu desta linha do tempo. Apesar de toda a genialidade, Zila Madran não conseguia ver o futuro. Ela só se lembrava do que já tinha acontecido. Portanto, não tinha como saber.

— Sobre a conspiração contra a Estação Aurora?

Ele faz que sim.

— Mas não só isso. Todas as escolhas possíveis, todos os planos que poderíamos pôr em prática a partir deste momento para garantir a derrota de Ra'haam giravam em torno do Gatilho e da Arma.

Ele passa a mão de metal pelo cabelo praticamente raspado.

— E eles *se foram* — eu sussurro. — Sumiram na Batalha da Terra.

— A Arma, o Gatilho, Aurora O'Malley. — Adams se volta para o visor na parede e olha as estrelas espalhadas pela escuridão no horizonte. — *Tudo* o que fizemos foi para garantir que eles estivessem aqui e agora, para desferir o golpe mortal contra o inimigo antes que ele floresça. Depois de tudo isso, centenas de anos, mensagens e protocolos transmitidos em segredo de Fundadora para Comandante e Sucessor ao longo dos séculos... — Ele olha as mãos vazias. — Não temos *nada*.

Olho para o projetor no meu colo com a mente a mil.

— A Fundadora Kim falou de instalações seguras na Plataforma Épsilon, Seção Zero. — Eu engulo em seco e não ouso ter esperança. — Ela falou da minha irmã. Quem sabe...

Adams dá um tapinha em seu comunicador da Legião e fala depressa.

— Adams para de Stoy.

— *Estou na escuta, Seph* — diz ela em resposta.

— Tenho mais informações. Me encontre na Épsilon. Vou levar Jones comigo.

Uma breve pausa se segue e nós a ouvimos inspirar. Ao longo dos seis anos que a conheço, acho que nunca vi a Líder de Batalha de Stoy perder a compostura nem uma vezinha sequer, mas, quando ela responde, parece extremamente feliz.

— *Entendido* — diz ela. — *Encontro vocês lá.*

Adams assente e interrompe a conexão.

— Você ainda reza, Tyler? — pergunta ele baixinho. — Eu sei que, em tempos sombrios, pode ser difícil conseguir manter a f...

— Todo dia, senhor — respondo. — Todo dia.

— Que bom — diz ele com um aceno de cabeça. — Pois então reze agora.

· · · · · · · · · · · · ·

Me perguntei por que o nome Plataforma Épsilon soava estranho. Enquanto Adams me empurra em uma cadeira gravitacional pelos corredores da enfermaria e até o elevador dos oficiais, percebo o porquê. Ao olhar para as centenas de níveis, subpisos e seções da estação que brilham nos painéis do elevador, entendo que *não existe* Plataforma Épsilon na Estação Aurora.

Ou, pelo menos, não nos diagramas.

Adams vasculha sua túnica em busca de um passe de platina biocodificado. Ele pressiona o polegar no sensor e desliza o passe numa fenda no painel de controle do elevador. Um painel se arrasta para o lado, um sensor escaneia seu rosto, sua íris e sua impressão digital. Quando o painel de controle apita e fica verde, ele se inclina para a frente e fala:

— Adams. Um-um-sete-quatro-alfa-kilo-dois-um-sete-beta-índigo.

Outro bipe. Sinto que estamos rodando, como se o elevador girasse em torno do próprio eixo.

— Épsilon, Seção Zero — comanda Adams. — Passe: Vigilância.

Meu estômago parece estar cheio de cacos de vidro e o lado direito do meu rosto dói — talvez eu devesse ter pedido mais um analgésico antes de sairmos. Mas, embora eu mal consiga sentir, sei que meu coração dispara com a ideia de ver minha irmã outra vez. Não fazia ideia do que tinha acontecido com ela depois que Saedii e eu fomos capturados pela AIG. O medo de que pudesse estar morta era um peso constante, algo que, por muito tempo, eu não conseguia encarar. Saber que Scarlett voltou no tempo com Zila e Finian é quase incompreensível.

Mas ela pode estar viva.

Ah, Criador, por favor, permita que ela esteja viva.

As portas do elevador se abrem para um longo corredor iluminado que leva a uma porta pesada e robusta o suficiente para resistir a um bombardeio atmosférico. A Líder de Batalha de Stoy está à nossa espera com o uniforme completo da Legião; a pele pálida e os cabelos brancos como neve ficam ainda mais claros por conta da iluminação forte. Ela observa enquanto Adams me empurra na cadeira gravitacional e acena com a cabeça ao nos aproximarmos, com os grandes olhos pretos fixos em mim.

— Você parece um veterano de guerra, Legionário Jones.

— Nada com que eu não pudesse lidar, senhora.

Ela sorri, magra e pálida. A Líder de Batalha de Stoy *nunca* sorri.

— Um bom trabalho, soldado. De fato, um bom trabalho.

Adams deslizou o biopasse em um painel à esquerda da porta e agora acena com a cabeça para de Stoy.

— Pronta?

A líder de batalha também desliza seu passe e apoia as mãos abertas no sensor de vidro. Os scanners analisam mais uma vez o rosto de Adams e de Stoy, além das retinas e das palmas, uma agulha retira amostras de sangue e tecido, e, finalmente, eles informam uma série de códigos vindos da gravação de Zila e Nari. A tecnologia é antiga, mas é a mais poderosa possível, considerando o fato de que a estação foi construída dois séculos atrás.

O que quer que esteja escondido ali atrás, Zila queria bem protegido.

A porta emite um som metálico, um alarme se acende brevemente e a luz adquire um tom frio e azul-escuro. A escotilha desliza para o lado e a escuridão na sala clareia quando o sistema de iluminação do teto ganha vida com um zumbido. Adams me empurra para dentro e eu prendo a respiração, olhando, admirado, para a estrutura à minha frente.

Conduítes pesados serpenteiam dos painéis de computadores antigos, conectados a uma caixa cilíndrica de plastil transparente no coração da sala. E, lá dentro, pulsando com luz como um batimento cardíaco, está...

— Uma sonda — eu sussurro. — Uma sonda Eshvaren.

As pulsações luminosas acendem o cristal em forma de lágrima e enchem a sala. A sonda está rachada, com a ponta lascada e quebrada, e seu brilho se refrata em uma teia de um milhão de rabiscos gravados nela.

— Sopro do Criador — sussurra Adams.

Uma imagem surge piscando nos terminais de computador e meu coração dispara ao ver Zila novamente. Está mais nova do que no vídeo anterior, talvez com uns quarenta e poucos anos, e mantém as costas eretas e o olhar aguçado.

— *Sejam bem-vindos, comandantes. Se estiverem ouvindo esta mensagem, a Batalha da Terra acabou, eu parti de sua linha do tempo para o ano de 2177 e o Protocolo Whiplash foi decretado. Por favor, ativem todos os radares de curto alcance da Estação Aurora, gradientes calibrados em nível de caça, intensidade máxima. Instruam os operadores de radar a procurarem uma nave de origem Terráquea, série Osprey, modelo 7I-C. Reúnam a equipe médica para auxiliar os passageiros a bordo e preparem-se para receber um Betraskano de dezenove anos, sofrendo de choque anafilático e com possível trauma de faringe, laringe e traqueia.*

Sinto um embrulho no estômago ao ouvir a mensagem e minha respiração acelera.

— *Passei os últimos trinta anos da minha vida aperfeiçoando esses algoritmos* — continua Zila. — *Quando eu era cadete, sonhava em ter recursos dessa magnitude disponíveis. Lamento não estar aí para ver o resultado.*

Por um instante, tenho um vislumbre da garota que gostava muito além da conta do modo Atordoar de sua pistola.

— *Estou tão certa do sucesso quanto possível* — prossegue. — *Mas não sou perfeita. E não sou do tipo religiosa.* — Ela olha ao redor da sala. — *Espero que você esteja aí, Tyler. E, caso esteja, talvez uma oração valha a pena. De todo o grupo, você sempre foi o homem de fé.*

Adams repete os comandos no comunicador e aciona os operadores de radar e a equipe médica. A imagem de Zila ainda paira no ar, em silêncio. Enquanto a observo, ela começa a mordiscar uma mecha de cabelo.

Depois de alguns minutos, as luzes à nossa volta começam a pulsar com mais intensidade. O sistema de iluminação no corredor lá de fora vai escurecendo e depois desliga totalmente.

Sem mais avisos, a rede da estação cai completamente, a gravidade artificial é cortada e Adams pragueja em voz baixa enquanto a sonda Eshvaren queima com uma intensidade quase ofuscante. Todos os pelos do meu corpo se arrepiam. Um zumbido subsônico vai crescendo na parte de trás da minha cabeça.

— Ela está sugando energia de toda a rede da estação — sibila de Stoy.

Os lábios holográficos de Zila se curvam em um sorriso travesso e eu estendo a mão para ela chorando de terror, mas, de alguma maneira, sorrio também.

E então eu faço o que ela pediu. Fecho o olho, imagino Finian e Scar, meu amigo e minha irmã gêmea, e rezo ao Criador com todas as forças.

Traga-os de volta.

Traga-os de volta para mim, por favor.

O zumbido cresce até se tornar um grito lento. A sonda Eshvaren brilha tanto que posso vê-la mesmo através da pálpebra fechada, e viro a cabeça enquanto o barulho aumenta. A estação estremece, a potência vai crescendo, cada gota de energia é extraída do núcleo e é projetada no coração em chamas da sonda.

O grito faz doer os ouvidos e ouço o rugido de Adams, mas não deixo de rezar. Eu me agarro o máximo possível ao pensamento que ele incutiu em mim quando partimos para a Estação Sagan, antes de descobrirmos Aurora, sermos arrastados para esse quebra-cabeça, essa guerra, essa família que teve origem há centenas de... não, há *um milhão* de anos.

Você tem que acreditar, Tyler.

Você tem que acreditar.

O grito ultrapassa a barreira da audição.

A luz torna-se mais do que ofuscante.

E, com um último guincho dissonante, tudo acaba.

O brilho na sonda Eshvaren vai diminuindo e se apaga por completo. As luzes lá de fora piscam e voltam, e eu me encolho quando a gravidade retorna; a dor penetra meu corpo machucado enquanto caio para trás na cadeira gravitacional com um baque.

Pelos comunicadores, Adams e de Stoy recebem avisos, alertas e alarmes — silenciados pelas ordens concisas de Stoy e pelo rugido estrondoso do almirante.

— Chega de informações inúteis! Operadores de radar, mandem informações!

Eu olho nos olhos dele com o coração disparado e não me atrevo a ter esperança.

— ... *Negativo, senhor* — ouvimos em resposta. — *Nenhum contato.*

— Restrinja o campo, tenente — ordena de Stoy. — Talvez a nave esteja sem energia. Realize varreduras térmicas e cinéticas, cobertura total do espectro radioativo.

— *Sim, senhora, cuidaremos disso.*

Os minutos parecem durar eras. Fixo o olhar no ponto onde estava o holograma de Zila, mas não tem mais nada ali, resta apenas a imagem residual da sonda em minha retina.

— Novidades? — pergunta Adams.

— *Negativo, senhor. Nenhum objeto no horizonte.*

— *Raptor aqui. Confirmo também de fora, Aurora; nenhum contato.*

Permaneço sentado, encarando o lugar onde estava o holograma da minha amiga, tendo a consciência de que nunca mais vou vê-la.

E até que não seria tão ruim — ela disse que estava feliz —, se não fosse pelo pensamento do restante do grupo. Auri e Kal sumiram e sabe-se lá onde estão. Zila morreu há mais de cem anos. Cat se foi. E agora Fin e Scarlett...

Ouço os relatórios que chegam sem parar, os operadores de radar e pilotos confirmando o que já disseram. O que eu já sei.

— *Nenhum objeto no horizonte.*

— *Nenhum contato.*

Eles se foram. Todos os meus amigos. Minha família inteira.

Depois de tudo que sofremos, tudo que perdemos...

— Sou o único que sobreviveu — sussurro.

Esquadrão 312, para sempre.

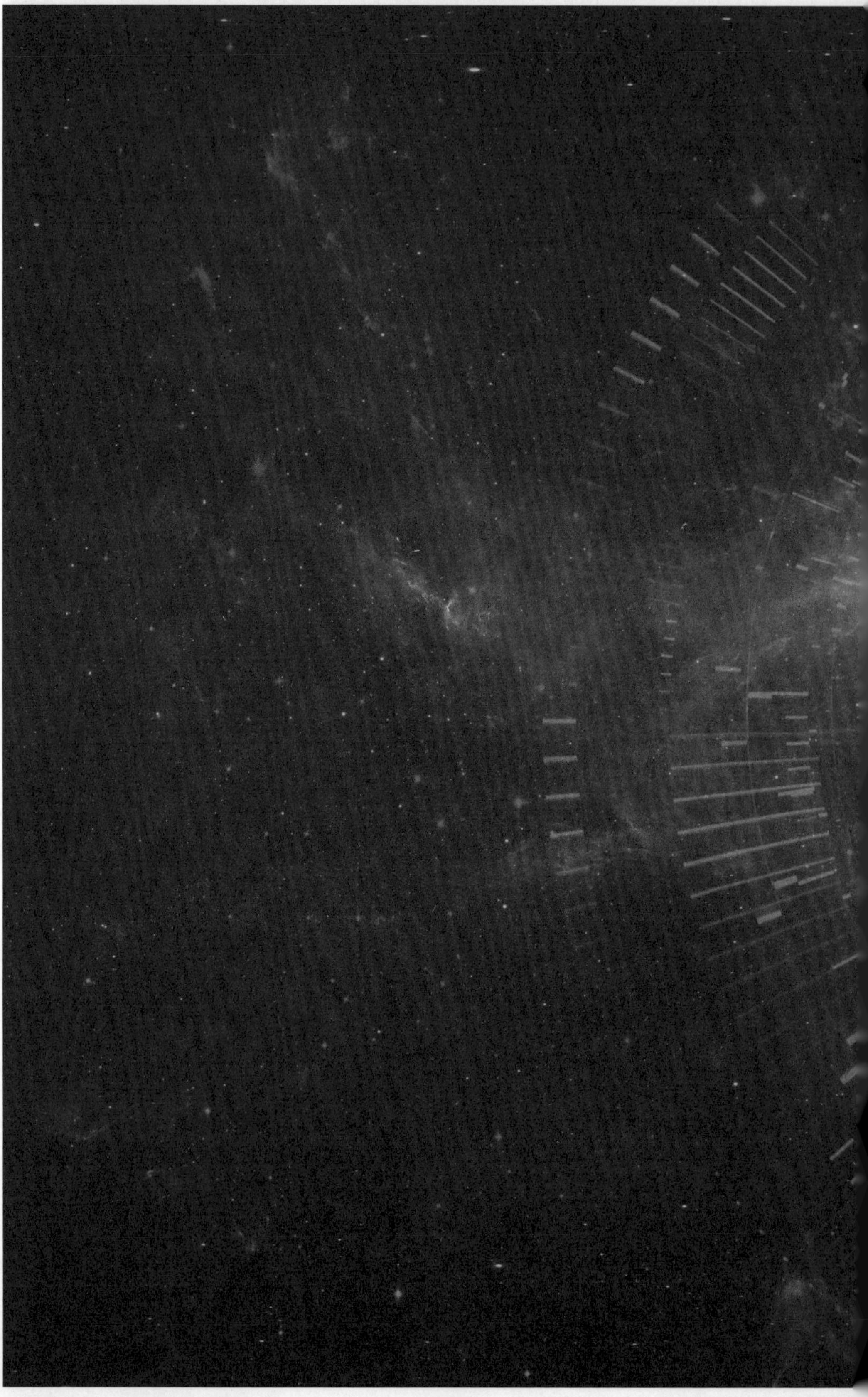

PARTE 4

VEJO VOCÊ NAS ESTRELAS

35

TYLER

Nunca pensei que terminaria assim.

Da cadeira gravitacional, observo a estrela Aurora por trás do longo visor. Os remédios que me deram são bem pesados, então não sinto dor pelos ferimentos. Mas, de alguma maneira, isso só piora as coisas. Porque, sem a dor, tudo que eu sinto é a ausência. O buraco onde meu olho deveria estar. O espaço vazio que minha família deveria ocupar.

Nunca pensei que terminaria assim.

Enquanto observo a frota se alinhar no horizonte, parte de mim não pode deixar de se surpreender. O que está sendo formado é o maior exército de que se tem registro na história da galáxia. Uma coalizão de espécies, *dez mil* naves de toda a Via Láctea, para reagir à ameaça de Ra'haam.

Chellerianos e Betraskanos. Ishtarrianos e Rigellianos. Gremps e Tol'Mari e Rikeritas e Syldrathi livres. Nunca imaginei nada desse tipo.

Desde que assumiram o comando da Legião, Adams e de Stoy nunca dormiram no ponto: além de traçarem o caminho para que o Esquadrão 312 achasse a Arma e começasse a formação da Legião no passado, eles também puseram outros agentes em ação para reunir informações a respeito dos vinte e dois mundos-berçário de Ra'haam. Em segredo, enviaram esquadrões da Legião para além das fronteiras da Interdição e dos Portões da Dobra esquecidos para recolher evidências, filmagens e varreduras de dados desses mundos corrompidos, os berçários onde o inimigo dorme e assim permanece, esperando o momento de florescer e eclodir.

Esses dados, as filmagens que fiz de Cat no reator, os agentes da AIG desmascarados, foram o suficiente para reunir essa frágil aliança.

Não temos o Gatilho.

Não temos a Arma.

Mas temos bombas de fusão. Aglomerados de pistolas disruptivas. Colisores de massa. Armas biológicas. Ceifadores de atmosfera. Detonadores de núcleo. O poder militar combinado de centenas de mundos, determinados a queimar o inimigo até a morte em seu berço. As rotas estão traçadas, e o primeiro objetivo é claro: o lugar onde tudo começou.

Um planeta que poderia ter passado mais alguns anos dormindo, não fosse por um grupo de colonos Terráqueos perturbando seu sono.

O lugar em que, pela primeira vez depois de eras, Ra'haam incorporou novos membros à sua consciência coletiva, dando início a toda essa cadeia de acontecimentos. O lugar em que perdemos Cat.

O *planeta Octavia*.

E eu estou preso aqui, assistindo.

Impotente.

Sozinho.

Observo a teia de rastros das naves que assumem suas posições, belas e graciosas, afiadas e letais, cem espécies, mil modelos, cem mil guerreiros, posicionados no Portão da Dobra de Aurora. Ao embarcar no porta-aviões *Implacável*, o Almirante Adams me disse que minha parte estava feita. Que posso respirar de alívio e desfrutar de um merecido descanso.

Não sei se acredito nisso.

Não sei se tudo isso valeu a pena.

É dado o sinal. Milhares de luzes piscam para saudar a estação. Quando a frota começa a partir pelo Portão da Dobra, eu toco o plastil transparente e sinto um aperto no coração.

Apesar de toda a força e todo o poder de fogo de que dispomos, avisei a Adams e de Stoy que talvez as coisas não sejam tão fáceis. Mesmo que tivéssemos a Arma, coisa que *não temos*, nós estamos planejando essa batalha há pouco mais de dois séculos.

Ra'haam vem preparando seu retorno há um milhão de anos.

Auri, cadê você?

Observo as naves se lançarem pelo Portão, uma de cada vez. Todas as nossas esperanças e toda nossa vida estão por um fio.

E então, no escuro, eu vejo.

Um pulso minúsculo de energia, perto do casco da estação.

Sinto um frio na barriga e me levanto às pressas para olhar pelo visor.

E então começo a correr — a cambalear, na verdade, malditos machucados —, cerro os dentes ao esbarrar em um grupo de cadetes estupefatos e mergulho no elevador turbo.

Tento entrar em contato com Adams, mas a chamada cai na secretária eletrônica de novo; irritado, arremesso o univídro contra a parede do elevador.

O elevador chega às docas e eu disparo porta afora. Em seguida, grito com um grupo de médicos de bobeira ao lado de uma nave de resgate. Todos olham para mim como se eu fosse maluco, como se tivesse perdido a sanidade. Um deles me diz que eu deveria voltar à enfermaria. Não vou repetir o que berrei em seguida, mas foi o suficiente para convencê-los a levantar a bunda dali e me levar para o espaço.

Meu coração martela no peito quando partimos, e a súbita ausência de gravidade me faz sentir um vazio por dentro que se enche de esperança. O impulso me esmaga contra a almofada de aceleração quando eu aponto — "Ali, *ALI!*" — para uma partícula cinzenta minúscula que flutua no meio de todo aquele nada.

Ao contrário da minha irmã, sou um nerd por naves. Eu poderia lhe dizer o nome de cada uma das naves que a Força de Defesa Terráquea usou desde sua fundação, em 2118. Reconheço as marcas e distingo os modelos. Sou capaz de lhe contar em que ano elas foram comissionadas e em que ano saíram de linha.

Ei, eu curto naves, tá bom?

— Série Osprey — eu sussurro. — Modelo 7I-C. De 2168 a 2179.

Apesar dos protestos da equipe médica, sou o primeiro a vestir o traje. É difícil navegar com um olho só — ainda não deu tempo de instalarem o olho cibernético, e minha percepção de profundidade é ridícula.

Um jovem cabo Betraskano, muito gentil, me diz que preciso sentar.

Educadamente, eu lhe digo que ele precisa calar a boca.

Nossa nave de resgate prende a Osprey com um cabo gravitacional que nos leva a orbitar perto da outra nave; os segundos duram anos.

À medida que nos aproximamos da distância de embarque, observo a Osprey e cerro os dentes com tanta força que ouço ranger. O casco está com manchas de queimaduras em certas partes, o metal está cheio de ondulações estranhas, como se tivesse sido liquefeito pelo calor intenso e congelado um instante antes de derreter por completo. Os visores estão opacos e carbonizados; não consigo ver o interior. Não consigo vê-los.

Não consigo vê-la.

Nossa câmara de vácuo se abre com um silvo e, presos aos cabos de segurança, a equipe médica e eu saímos para o vazio. Sei que é melhor não ficar no caminho enquanto o especialista técnico tenta mexer na parte eletrônica da Osprey, e, no fim das contas, ele opta por romper o metal com um maçarico poderoso.

Eles arrombam a porta do compartimento de carga com hidráulica — o metal derretido perde partículas de carbono, e meu estômago é puro gelo. Entro na nave atrás da equipe médica e os faróis dos nossos capacetes iluminam a câmara de vácuo interna. Enquanto a equipe está ocupada com as vedações, eu pressiono as mãos contra o visor de vidro estreito da câmara de vácuo e espio a barriga da espaçonave.

E ali, no escuro, eu os vejo, eu os vejo e grito, dando socos na porta.

— Finian! — vocifero. — *Scarlett!*

Eles estão flutuando na gravidade zero; o breu da cabine faz com que o cabelo vermelho-fogo de Scar e a pele branca feito leite de Fin se destaquem.

Fin está enrolado em um cobertor térmico e veste um traje espacial que parece ter saído de um museu. Além disso, noto, com uma pontada de horror, que a parte interna da viseira está manchada de sangue rosa-claro.

Ao lado dele, Scar flutua, inerte e imóvel; ela também está vestindo um traje arcaico. Ao redor do pescoço, vejo o medalhão que encontrou no cofre do Domínio na Cidade Esmeralda. O cristal brilha como uma vela que se apaga lentamente.

— RÁPIDO! — eu grito. — *ABRAM AQUI!*

A câmara de vácuo estremece e a equipe médica mais uma vez utiliza a hidráulica para arrombá-la. Deito de bruços e me enfio por baixo da porta assim que ela se ergue, ignorando a dor crescente no meu corpo e o sangue que sinto se acumular nas minhas bandagens.

Avanço pelo convés, me agarro ao teto para diminuir a velocidade, engancho um braço na cadeira do piloto enquanto arrasto minha irmã com a outra mão. Ela está de olhos fechados e o cabelo forma uma auréola ao redor do rosto. Não tem oxigênio aqui dentro nem atmosfera, nada que transporte o som, então, em vez disso, grito dentro da cabeça dela, através do sangue que compartilhamos, o sangue que nos une, rezando:

Por favor, Criador, por favor.

Scar, está me ouvindo?

A equipe médica irrompe atrás de mim e começa a cuidar de Fin. Os médicos verificam a situação, conferem os sinais vitais.

— Precisamos levar esses dois para a estação, IMEDIATAMENTE!

Scar! É o Tyler!

Eles me empurram para o lado, envolvem minha irmã num cobertor térmico e a prendem numa maca gravitacional. Enquanto a levamos para nossa nave, seguro sua mão e me recuso a soltar, me recuso a desistir. Não depois de tudo isso.

Não posso perdê-la também.

SCARLETT, ACORDA!

Agora ela está imóvel na maca, amarrada à nossa nave enquanto se aquece, livrando-se do frio congelante do espaço.

Ela continua imóvel, mal respira, e eu não consigo *senti-la* na minha mente, aquele estranho vínculo entre "mais que gêmeos" que sempre tivemos, o dom vindo da mãe que nunca conhecemos, do pai que perdemos, da família que éramos. Tudo isso é mais importante do que nunca para mim agora. Por favor, Scar, por favor, não posso perder você também, *não posso perder você também.*

— Ty...

Abro o olho e meu coração explode quando a vejo olhando para mim por trás dos cílios volumosos e das pálpebras machucadas. Ela fala comigo com a voz fraca e sinto as proporções da história que ela acabou de vivenciar, do peso que tirou dos ombros, do lugar em que esteve. Mas, depois de tudo que passou, ela ainda consegue reunir forças para sorrir.

— O-oi, b-bebezinho...

Começo a rir e a soluçar, abaixando a cabeça.

— Odeio quando você me chama disso.

Ela abre a boca e me olha com medo.

— F-finian?

— Ele está bem — eu sussurro. — Ele está bem, Scar.

A vontade de abraçá-la é tão grande que chego a sentir o gosto. Quero arrastá-la para os meus braços e nunca mais soltá-la. Mas vejo que seu corpo passou por maus bocados e não quero correr o risco de machucá-la. Então, me limito a apertar a mão dela e me inclinar para lhe dar um beijo na testa. Enquanto despejo tudo que sinto na cabeça de Scar, as lágrimas que se desprendem dos meus cílios flutuam soltas pelo ar por conta da baixa gravidade. Tristeza e medo, arrependimento e dor, mas, acima de tudo, a pura e ofuscante alegria por vê-la de novo.

Nós nos conhecemos desde sempre. Mesmo antes de nascermos. E, em tudo que fiz, em tudo que vivi e enfrentei, mesmo que não estivesse ao meu lado, ela estava comigo. Uma parte de mim.

Para sempre.

Scarlett abre os braços; eu a abraço com o máximo de delicadeza possível e ela acaricia meu cabelo enquanto pressiono meu rosto no dela.

— Eu também te amo — sussurra.

36

TYLER

É um longo percurso na Dobra até chegar ao sistema Octavia. Demora tanto que, enquanto aguardávamos a notícia de que a frota da coalizão chegou ao seu destino, minhas feridas começaram a cicatrizar. A reabilitação é muito cansativa, e ainda não me acostumei com o olho cibernético que me deram; a boa notícia é que agora posso ler os feeds de notícias diretamente da rede.

Fin ainda está confinado na enfermaria, mas, assim que entro mancando em seu quarto, ele e Scar se separam com um *estalo* inconfundível, então suponho que não esteja tão mal. Minha irmã ajeita a túnica, puxa, dos lábios molhados, uma mecha rebelde de cabelo ruivo recém-tingido e se senta no leito ao lado de Fin. Eu paro, levanto a sobrancelha e olho de um para o outro.

Fin está ficando vermelho, o que é meio esquisito para um Betraskano.

— Você deveria estar descansando — comento.

— Ele *está* descansando — diz Scar casualmente.

— Você enfiou uma caneta na garganta dele, Scar. De repente, é melhor deixar ele mais alguns dias de molho antes de sair lambendo as amígdalas do cara.

— Que hilário — responde ela, revirando os olhos. — E que gráfico. Mas eu não faço a *menor* ideia do que você está falando.

Gesticulo para o meu rosto.

— Vou te contar uma coisa: esse olho cibernético que eles me deram é capaz de enxergar o espectro térmico. Suas bochechas ficam quase 0,2 grau mais quentes quando você mente.

Ela amassa um dos vários travesseiros de Fin e o joga na minha cabeça.

— Eles deveriam é ter arrumado um tapa-olho para você.

— Aí já seria levar esse lance de pirata espacial longe demais, até mesmo para mim.

— Basta, camarada — diz ela com um sorriso.

— Hastear bandeira! — respondo, retribuindo o sorriso. — Atenção marujos!

— Arrrrr — resmunga Fin, com a voz fina e fragilizada.

Scar se volta para ele com falsa indignação e lhe cutuca o peito.

— Você não deveria estar falando!

Fin dá de ombros e sorri timidamente. Em seguida, ela põe a mão em sua bochecha e lhe dá um beijo na boca. Eu observo os dois se separarem devagarinho e olho fixamente para meu Maquinismo. Ele está fingindo não sentir meu olhar penetrante, mas, a certa altura, ele me olha de esguelha.

— Sabe — eu digo —, quando tudo isso aqui terminar, nós dois vamos precisar ter uma conversinha sobre a minha irmã, parceiro.

Fin aponta para os adesivos cutâneos que envolvem seu pescoço e dá de ombros em tom de desculpas, articulando as palavras "Estou proibido de falar" sem emitir nenhum som.

— Oh, meu poderoso protetor — comenta Scar com a mão no coração e batendo os cílios.

— Não estou preocupado com você — digo em tom zombeteiro. — Estou preocupado é com ele.

Ela revira os olhos e encara a bolsa que estou carregando.

— O que foi que você trouxe para mim aí?

Eu me sento ao lado do leito, reviro a bolsa e jogo para ela alguns pacotes de Igualzinho a Noodles de Verdade!® Minha irmã me olha fixamente e troca a falsa indignação pela versão verdadeira.

— Você me trouxe *ração de viagem*? Tyler, a gente está na *estação*, eles têm *comida de verdade* por aqui, mas que…?

Eu a silencio ao mostrar um pote de sorvete de quatro chocolates e uma colher da Academia, enfiando tudo em suas mãos ávidas.

— Aaaaah, você é um homem muito bom, Tyler Jones. Está perdoado.

Fin faz uma careta e sussurra:

— Não acredito… que você está com fome.

— Você não deveria estar falando. — Scarlett abre a tampa do pote de sorvete como se ali dentro estivesse a origem da vida, do universo e tudo mais. — E, na dúvida, nunca recuse uma refeição.

Fin olha para o holograma projetado na parede e murmura:

— É só que... parece meio estranho comemorar.

Scar e eu também nos concentramos no holograma, absorvendo as imagens. A Líder de Batalha de Stoy permaneceu a bordo da Estação Aurora para coordenar o ataque. Adams, por sua vez, faz uma transmissão ao vivo da ponte de comando de seu carro-chefe, a *Implacável*. Ele disse que nós merecemos assistir de camarote ao acontecimento histórico.

E, de fato, a história está se desenrolando diante dos nossos olhos.

Depois de quase duas semanas na Dobra, a frota da coalizão finalmente chegou ao portão de Octavia com todas as suas naves e está pronta para começar o ataque com o qual destruirá o primeiro mundo-semente de Ra'haam.

As naves se reúnem como lanças no preto e branco da Dobra, as silhuetas se destacam na frente do portão. Como em todos os sistemas nos quais Ra'haam escondeu suas sementes, o portão de Octavia é um ponto fraco que ocorre naturalmente no tecido entre as dimensões. Em vez das aberturas hexagonais que nós, Terráqueos, usamos, ou daquelas em forma de gota dos Syldrathi, esse portão parece um corte luminoso na superfície da Dobra. Tem dezenas de milhares de quilômetros de largura e sua borda está repleta de flashes quânticos pretos. Entre os tons iridescentes do espaçoreal, no horizonte que oscila e desvanece como uma miragem no calor, vejo o brilho vermelho-sangue da estrela Octavia.

Da última vez que a vimos, éramos só sete. O Esquadrão 312. Todos nós sabemos o que perdemos naquele planeta. O que nos foi tirado. Por um instante, a raiva e a dor ficam tão intensas que me limito a respirar.

— É estranho comemorar a morte de Ra'haam? — diz Scarlett ironicamente enquanto saboreia uma colherada de sorvete. — Está de sacanagem, né? Eu deveria é ter trazido umas cervejas.

O *tac-pssss* de uma tampa pressurizada se abrindo ecoa pela sala e eu entrego a Scarlett uma garrafa de cerveja estupidamente gelada de Ishtarr.

— Aaaaaah, mas você é um homem *muuuuuuito* bom mesmo, Tyler Jones.

— Achei que... você não bebesse — sussurra Fin.

— Estou abrindo uma exceção — respondo, tomando um gole lentamente. — Quer?

Fin balança a cabeça e volta a olhar para as telas. Eu sinto a apreensão e o medo que vêm dele e, verdade seja dita, parte de mim compartilha dos mesmos sentimentos. Se os Eshvaren se deram ao trabalho de nos entregar a Arma, de tramar o ataque ao inimigo ancestral ao longo de milênios, me parece um tanto arrogante esperar que a gente consiga vencer na base da força bruta.

Mas, pensando racionalmente, por mais poderosos que fossem, os Eshvaren viveram há um milhão de anos. Não sabemos se havia outros planetas habitados naquela época — talvez estivessem sozinhos. Provavelmente não tinham noção do poder que uma coalizão de centenas de espécies espalhadas por uma galáxia inteira poderia gerar, com a motivação certa. Essa frota, essa força... Nunca se viu nada parecido.

E, além disso, é nossa única esperança.

Adams e seus colegas também não são tolos e não vão atacar às cegas — eles já enviaram uma série de sondas pelo portão para fazer o reconhecimento do sistema. A julgar pelos dados recebidos, Octavia III está quase idêntica a como era quando estivemos lá: uma rocha de classe M trivial. Setenta e quatro por cento oceano, quatro continentes principais. Tão tediosa quanto uma noite de sábado no meu dormitório — a menos que você curta xadrez, eu acho.

Mas sei bem que aquelas massas de terra e extensões de oceano azul-esverdeado não são mais terra ou água de verdade. São a pele de Ra'haam. Belas frondes, brotos retorcidos e folhas enrugadas, aquecendo-se no calor do núcleo do planeta. É uma máscara que esconde a face do monstro que cresce por baixo.

Mas, de acordo com os dados, as medições...

— Ainda não despertou — murmura Scar.

— É o que parece — respondo com um aceno de cabeça.

— Você acha mesmo que vai dar certo? — pergunta ela.

Contraio a mandíbula quando a ordem chega e a frota começa a invadir o portão. Tento não pensar naquilo de que todos nós precisamos, mas não temos, tudo de que abrimos mão para chegarmos até aqui. Cat, Zila, Kal e Auri.

— Precisa dar certo — eu sussurro.

A abordagem é o ápice da perfeição: o exército desce do portal como a mão do Criador. Onda após onda, endsingers Rigellianos, foices Chellerianas e saht-ka Betraskanas cortam a escuridão como flechas no céu de algum antigo campo de batalha, enquanto os corvos já estão cantando na expectativa da matança.

Atrás deles vêm as naves principais — silhuetas maciças das plataformas de bombardeio orbital de Ishtarr, estrelas guerreiras de Aalani, pontões de guerra dos gremps, lançadores de teia de Nu-laat e portas da Legião Aurora, todos cercados por uma infinidade de voos de escolta das Longbows. Fico ofegante só de ver tudo isso, sentindo um entusiasmo que me dá arrepios. Parte de mim deseja desesperadamente estar lá para dar o golpe.

Mas, em vez disso, estou trancafiado em um quarto de hospital do outro lado da galáxia.

Forçado a agir como um espectador passivo.

— Isso é por todos nós, Ty — diz Scar, me olhando nos olhos.

— É. — Faço que sim e engulo em seco. — Isso é pela Cat.

A ordem chega pelos comunicadores e o bombardeio tem início. Dez mil naves, dez mil tiros, dez mil punhos erguidos, sustentando nossa luz na escuridão.

Quando as primeiras bombas caem, a atmosfera de Octavia começa a queimar — o brilho branco dos flashes de fusão, as explosões orbitais que dissolvem as nuvens, os propulsores de massa sacudindo os alicerces da terra. A princípio, parece um esforço insuficiente. O espaço a ser percorrido, um planeta inteiro, é imenso. Mas um exército de formigas grande o suficiente pode matar até um elefante. E aqui estamos falando de formigas com armas nucleares.

O azul-esverdeado queima e vira preto. Nos céus cristalinos de Octavia III, a escuridão cai, bilhões de toneladas de terra e poeira enchem a atmosfera, a superfície está em chamas e o planeta treme até o núcleo. A barragem é implacável, interminável, o poder das espécies unidas da galáxia está concentrado em um só objetivo: matar o dragão em seu covil, sufocar o monstro durante o sono.

E, sopro do Criador, a princípio não ousei ter esperança. Porém, enquanto o bombardeio segue, intenso e esmagador, e à medida que as cinzas tingem os céus de Octavia III de preto e a atmosfera do planeta ferve e desmorona no espaço...

— Eles estão conseguindo — comento baixinho. — Eles estão realmente...

A princípio, é como se fosse um sussurro. Sem voz nem forma, alojado em algum ponto na base do meu cérebro. Em seguida, vai se avolumando no lugar em que escondi todos aqueles medos bobos que, na infância, eu acreditava serem reais — os monstros debaixo da cama e as vozes feias na minha cabeça.

Fin não parece ter percebido nada; segue concentrado no ataque com seus grandes olhos pretos, e a curva suave das lentes de contato reflete os céus em chamas. Mas, quando olho para Scar, eu a vejo franzir a testa e entreabrir os lábios ao fazer uma careta.

— Está ouvindo? — pergunto.

— Não.

Ela me olha nos olhos e balança a cabeça.

— Estou *sentindo*.

A pressão aumenta, percorre minha coluna e aperta meus olhos com tanta força que sou obrigado a fechá-los, passando a mão pela testa suada.

Há uma breve pausa, como se algo estivesse prestes a respirar uma única vez, suavemente.

E então o sussurro se transforma em grito: um *GRITO* tão vasto, faminto e cheio de ódio que atravessa as extensões solitárias do espaço e alcança meu coração, apertando tão forte que ele quase para de bater.

— Ah, Criador...

Scar chia e o nariz começa a sangrar.

— O que está... a-acontecendo?

Fin levanta a mão trêmula. A palavra sussurrada é como gelo na minha barriga.

— ... Olha.

A frota. O ataque. Os mísseis, os propulsores de massa, o bombardeio — tudo agora está imóvel e silencioso. É como se Adams tivesse ordenado um cessar-fogo, mas nenhuma ordem do tipo chegou pelos comunicadores. Na verdade, não tem mais *nada* chegando por eles, como se todos os membros do exército estivessem ouvindo, hipnotizados, assustados ou paralisados por conta daquele horrível

terrível

GRITO.

A bordo da Estação Aurora, os alarmes agora disparam — os comandantes são ordenados a se reportar à estação, as luzes ficam amarelas para indicar a passagem para o Nível de Alerta 2. A galáxia inteira está acompanhando a transmissão ao vivo e posso imaginar a incerteza, o pânico que se espalha como um veneno enquanto a frota mais poderosa já vista permanece imóvel, uma silhueta escura que se destaca no limiar da estrela daquele mundo em chamas.

— Almirante Adams... — eu sussurro.

A atmosfera de Octavia III gira e ferve, e tempestades de fogo se espalham entre paredes de nuvens negras com centenas de quilômetros de altura. O grito cresce intensamente, é tão brilhante e distinto que nubla minha visão com lágrimas enquanto o sangue jorra do meu nariz e mancha os lábios. Fin aperta a mão de Scarlett e enxuga as gotas vermelhas no queixo dela. Mas me obrigo a olhar os hologramas, aterrorizado, espantado, enquanto as nuvens turbulentas de Octavia III se desfazem e despejam a *coisa* que estavam escondendo.

Não parece um monstro. Nem um horror ou um fim. E esse é o detalhe assustador: na verdade, eu fico *admirado* com a beleza deslumbrante dos trilhões de esporos de luz azul que, da pele ardente de Octavia III, respingam no céu e inundam o espaço. Eles despedaçam o planeta e o destroem por dentro, separam montanhas e derretem o manto; o núcleo líquido e sangrento se divide em um cataclismo além da imaginação.

Octavia III morre gritando, assim como eu estou gritando, assim como *a criatura* também está gritando e uivando feito um bebê recém-nascido arrancado do calor do ventre da mãe e jogado, faminto, no mundo frio. Sinto o coração afundar no peito enquanto aqueles esporos reluzentes mergulham na escuridão, agarram aquelas naves e as penetram; tentáculos vasculham, sementes eclodem, a corrupção se espalha em meio à frota mais poderosa que as espécies galácticas já reuniram e a torna sua.

— Ah, não — sussurra Scar. — Ah, *Criador*...

— Ra'haam despertou — eu sussurro.

Vejo as luzes dos motores se acendendo e algumas naves invertendo o curso: tripulações que têm presença de espírito para tentar escapar do seu destino. A maioria, porém, permanece indefesa e passiva enquanto Octavia III morre queimando, gritando, dando à luz a criatura que viveu no calor de seu ventre durante um milhão de anos.

Os esporos, pequenas esferas de vidro azul cintilante, se espalham pela frota da coalizão e a envolvem. Os feeds vão se desligando à medida que as naves são consumidas e corrompidas uma de cada vez. Eu sinto vontade de virar o rosto, fechar os olhos, dizer a mim mesmo que o monstro debaixo da cama não existe, não existe.

Mas eu me forço a observar Ra'haam alcançando o Portão da Dobra, o corte brilhante entre as estrelas, os caminhos infinitos que levam ao restante da galáxia. Scarlett nunca pôs os pés em uma capela em toda sua vida, mas eu a vejo *rezar* diante da maré de esferas brilhantes. Fin agarra a minha mão e a aperta com tanta força que meus nós dos dedos estalam.

— Eu vi isso — sussurra ele. — Em um sonho.

Eu digo a única coisa em que consigo pensar.

Digo seu nome.

— Ra'haam.

Uma entidade que já ameaçou engolir toda forma de vida na galáxia. Uma fome tão grande, um intelecto tão aterrorizante, um inimigo tão poderoso que uma espécie inteira se sacrificou para evitar que ele ressurgisse.

Mas eles falharam.

Os Eshvaren falharam.

E, que o Criador nos ajude, nós também falhamos.

Ra'haam.

37

TYLER

Dez dias depois, a galáxia inteira está mergulhada no pânico.

Nunca vi nada parecido. A onda de esporos azuis cintilantes que se espalha pela Dobra e a coalizão de naves corrompidas que se movem junto com ela são como uma infecção que precede Ra'haam.

Vimos apenas alguns trechos das imagens do inimigo avançando, mas já sabemos que a frota e todas as suas tripulações se foram. Ceifadores, estrelas guerreiras e portas, agora cobertos de esporos, mofo e folhas azul-esverdeadas, arrastam longos tentáculos retorcidos enquanto atravessam a Dobra. Parecem navios afundados nas profundezas dos oceanos da Terra, invadidos por crustáceos e algas, e estremeço ao pensar no que os valentes soldados a bordo se tornaram.

Almirante Adams. Os outros comandantes.

A Legião Aurora e todas as forças armadas da galáxia foram decapitadas.

Se algumas semanas atrás o inimigo dormia, escondido e silencioso, agora toda a galáxia sabe seu nome, sussurrado na escuridão, pronunciado com medo por trás de portas fechadas e gritado nos feeds.

Ra'haam.

Um inimigo preparado para engolir as espécies de toda a galáxia, uma atrás da outra.

Até que não reste mais nada além *dele*.

Até onde sabemos, por enquanto apenas o berçário de Octavia eclodiu. Talvez tenha algo a ver com o ataque, ou com a colônia Terráquea que se instalou por lá, ou outra variável. Tudo que sabemos com certeza é que, por pior que as coisas estejam agora, elas ficarão vinte e uma vezes piores assim que os outros mundos-berçário eclodirem.

A guerra terminou antes de começar.

O medo que Ra'haam desperta é tipo um fogo indomável que varre a Via Láctea enquanto o inimigo invade a Dobra. Outras espécies começaram a entrar em pânico, algumas delas chegaram ao ponto de destruir os Portões da Dobra que levam aos seus sistemas — preferindo se isolar em uma nova Idade das Trevas pré-Dobra a permitir que Ra'haam colonize os seus mundos. E, o tempo todo, esses esporos se espalham, emitindo um brilho azul fantasmagórico mesmo na paisagem de cores neutras da Dobra.

Infinitos.

Implacáveis.

A frota corrompida surfa na onda de esporos, correndo como uma sombra em uma tempestade cintilante e reluzente, com bilhões de quilômetros de largura. E, enquanto assisto aos trechos das filmagens nos feeds, paralisado de terror, não consigo não mergulhar no desespero.

Eu fiz exatamente o que a visão me disse. Impedi a destruição da Academia Aurora, evitei o desastre que se seguiria à destruição da Cúpula Galáctica. Fiz o que me pediram.

E, com isso, ajudei a entregar a Ra'haam uma enorme frota de batalha, que provavelmente nunca teria a sua disposição.

Scar e Fin traçaram um caminho através dos séculos, Zila deu a vida para fundar a Legião Aurora no passado e para que lutássemos contra essa coisa, Auri e Kal se sacrificaram para que tentássemos garantir a Arma e, mesmo assim, aqui está Ra'haam, jorrando pela Dobra como sempre quis, como sempre planejou.

Talvez, depois de tudo que fizemos, o Esquadrão 312 só tenha piorado as coisas.

E tudo que eu fiz para salvar a Estação Aurora não valerá de nada. Porque esse é o próximo destino de Ra'haam.

Nossas equipes de logística confirmaram. A rota foi traçada, os dados comprovam isso.

Está vindo para cá.

E vai chegar em menos de vinte horas.

Não há nenhuma ajuda a caminho. Nenhum milagre. Somos inferiores em números e em armas. Embora ainda tenhamos naves reservas e uma rede de defesa, a verdade nua e crua é que uma frota daquele tamanho será capaz de subjugar qualquer resistência que nós apresentarmos.

— Scar, você tem que ir embora daqui.

Estamos no calçadão, caótico com tanta gente reunida. O que resta do comando da estação confirmou que Ra'haam está a caminho da Estação Aurora e todas as equipes não essenciais receberam ordens de se retirar. Vendedores e suas famílias fecham suas lojas e fazem as malas, o exterior escuro é iluminado pelo brilho de centenas de motores — naves, portas e cargueiros atravessam o Portão da Dobra em direção a qualquer tipo de segurança que puderem encontrar.

— Irmão — diz Scarlett —, você está louco.

— Estou falando sério — respondo, gesticulando para a estação à nossa volta. — A fase da diplomacia já passou há muito tempo, Scar. Não faz sentido você continuar aqui.

— Não faz sentido *ninguém* continuar aqui, até onde eu sei — comenta Fin.

— *Obrigada!* — grita Scar, fazendo uma reverência teatral para Fin. — Até que enfim alguém com um pingo de bom senso!

— Pensei que não era pra você estar falando — murmuro.

Meu Maquinismo me lança um sorriso e seu exotraje sibila baixinho enquanto ele dá de ombros.

— Todos sabíamos que era bom demais para durar.

— Sério, Tyler, a gente deveria ir embora com el...

— Não posso fazer isso, Scar. Fiz um juramento à Legião quando eu entrei.

— À *Legião*? — Scar bufa. — Tyler, a gente perdeu boa parte dos nossos comandantes e quase todas as nossas naves quando Octavia floresceu! A Legião está completamente fodi...

— Eu sei! — explodo. — Sei mais do que *qualquer um*! Pode acreditar, fiz essas contas com de Stoy umas mil vezes! Mas, já que é pra morrer, então vou morrer lutando! E o melhor lugar para lutar é daqui!

Ela me olha nos olhos e simplesmente dá de ombros.

— Então vou ficar com você.

— Scar, não, de forma alg...

— Não quero ouvir! — grita Scar. — Eu não me juntei à Legião porque queria fazer da galáxia um lugar melhor! Não me juntei para ser uma heroína! Eu me juntei porque você é meu irmãozinho e eu cuido de você! E não desfilei com a minha bunda incrível através do espaço-tempo e de loops paradoxais em colapso para fugir ao primeiro sinal de cataclismo galáctico, está entendendo?

Olho nos olhos da minha irmã.

Conheço Scarlett Isobel Jones desde sempre. Eu a conheço mais do que qualquer um em toda a Via Láctea. Sei que ela não levou a Academia a sério, que nunca estudou quando deveria, que talvez nunca tenha sido a melhor recruta da Legião.

Mas agora eu vejo o quanto as provações e as batalhas que minha irmã enfrentou a mudaram. Ela está mais resistente do que costumava ser. Mais corajosa. Dá para ver que, nos últimos meses, ela encontrou dentro de si uma força que nem suspeitava existir. Mas há uma coisa que permaneceu a mesma em Scarlett Isobel Jones. Uma coisa que todas as perdas e dificuldades não foram capazes de mudar.

Ela ainda ama mais intensamente do que qualquer pessoa que já conheci.

— Scarlett — eu digo. — Se você continuar aqui, vai morrer.

— Já perdi você uma vez, Ty — responde ela de queixo erguido. — Não vou passar por isso de novo.

Fin se aproxima dela e segura sua mão.

— Parece que você vai ter que aturar a gente, chefe.

Eu suspiro e me viro para olhar o visor com vista para as estrelas lá fora. As naves que fogem. O fim da galáxia.

Sei que não existe escapatória. Sei que estamos cara a cara com nossa própria execução. Eu me lembro da sensação de lutar contra Cat no reator. De olhar naqueles olhos reluzentes. De sangrar no chão. Daquele momento horrível em que me perguntei se não seria melhor me entregar a Ra'haam do que morrer sozinho.

Agora sei como aquele medo foi bobo. Porque, mesmo nos momentos mais sombrios, eu *nunca* estive sozinho. Então, envolvo Scar com os braços e a aperto com força, segurando Fin e o puxando para o abraço também.

Percebo que família é isso.

Nunca estar sozinho.

As luzes à nossa volta ficam vermelhas. Um alarme dispara nos alto-falantes e uma voz metálica ecoa por todo o calçadão.

— *Estação Aurora, aqui quem fala é a Líder de Batalha de Stoy. Alerta vermelho: nave não autorizada a caminho. Todas as estações, preparem-se.*

— Ah, merda... — sussurra Scarlett.

— *Repetindo, aqui quem fala é a Líder de Batalha de Stoy. Várias naves não autorizadas atravessando o Portão da Dobra de Aurora. Todas as estações, preparem-se.*

— Está aqui — sussurra Fin.

— Não — digo severamente, me afastando do abraço e olhando pelo visor para o portão. — Ra'haam ainda está a dezenove horas de...

— *Legionário Jones, aqui é de Stoy, está na escuta?*

Dou um tapinha no comunicador no meu peito.

— Estou ouvindo, comandante.

— *É melhor você se apresentar à seção de comando e controle imediatamente, soldado.*

Olho outra vez para o Portão da Dobra e sinto um embrulho no estômago quando formas escuras começam a escorrer pela fenda.

Encosto a mão no visor de plastil e meu coração dispara, mal acreditando no que vejo.

— Conheço aquelas naves... — sussurro.

— Ty? — diz Scar. — O que...

Mas já estou correndo a uma velocidade vertiginosa em meio à multidão, gritando a plenos pulmões.

— Scar, Fin, venham!

— Aonde raios você está in...

— SÓ VENHAM!

Eles me seguem pela multidão até o elevador turbo. Subimos em silêncio até a ponte da torre de comando e controle, e Fin e Scar me olham como se eu fosse meio louco. Eu, porém, me pergunto se não enlouqueci completamente.

Eu não ousei ter esperança, nem sequer me permiti *pensar* nisso, mas, conforme nós três avançamos pelos conveses lotados do comando e controle de Aurora, minha suspeita se confirma. Uma tempestade de emoções atinge minha barriga e um sorriso estúpido surge no meu rosto.

— O que é *aquilo*? — pergunta Fin, examinando os monitores.

— Ela conseguiu — comento com um sorriso. — Ela *conseguiu*.

Agora as figuras que invadem o sistema Aurora são mais nítidas em meio às luzes ofuscantes do Portão da Dobra. Uma frota de naves de guerra brilhantes e afiadas, cascos pretos decorados com belos glifos de um branco reluzente. Um povo nascido com o gosto do sangue na boca.

Um povo nascido para a guerra.

A Líder de Batalha de Stoy, rodeada por sua equipe, parece tão confiante quanto uma comandante que não dorme há sabe-se lá quanto tempo no meio de um cataclismo galáctico pode estar. Ela fecha a cara magra e pálida, fixando os olhos pretos em mim.

— Eles estão nos chamando faz cinco minutos — ela nos informa. — Querem falar com você, Jones.

Eu faço que sim e endireito um pouco a postura.

— Entendido, senhora.

A imagem da frota se aproximando à nossa frente se dissolve e o enorme exército dá lugar a um único rosto. Seu cabelo é escuro como os espaços vazios entre as estrelas e seus olhos brilham como joias negras. Quando olha para mim, seus lábios pretos se curvam em um sorrisinho.

Ela é linda. Feroz. Brilhante. Impiedosa.

Nunca conheci ninguém igual.

— Saedii... — sussurra Fin.

— Tyler Jones — diz Saedii.

— Já não era sem tempo — comento com um sorriso, arqueando levemente a sobrancelha marcada por cicatrizes. — Já estava me perguntando se você ia passar a guerra inteirinha dormindo.

Scar e Fin me olham com espanto. Saedii se limita a dar uma risadinha.

— Vou ter bastante tempo para dormir na sepultura, Terráqueo.

— Você fez o que precisava? — pergunto. — Conseguiu o que queria?

Saedii abre os braços, como se abarcasse o exército de Imaculados sob seu comando. Seu sorriso é triunfante e, no pescoço, percebo que há uma nova corrente de prata, da qual pende meia dúzia de orelhas Syldrathi cortadas.

— Eu sou Templária dos Imaculados, Tyler Jones. Faço o que desejo, vou aonde bem entendo e levo o que quero.

— Você sabe o que nos espera.

Ela faz que sim, sombria e determinada.

— Nós vimos.

— Então você sabe que não existe escapatória — alerto. — Nosso único plano de verdade é resistir o máximo possível antes do grande adeus.

— Dançaremos a dança do sangue com vocês. Tingiremos o sol de vermelho neste dia. — Ela balança a cabeça. — E os Imaculados não dizem adeus.

Meu coração queima no peito ao vê-la. Até agora, eu não tinha me dado conta do quanto senti sua falta. Estendo a mão para Saedii e ela repete o gesto, como se fosse pressionar sua palma contra a minha.

Queria que tivéssemos tido mais tempo, queria tê-la conhecido melhor, queria...

— Que bom que você está aqui, Saedii Gilwraeth.

Lábios negros se curvam no menor dos sorrisos.

— Também estou contente por lutar mais uma vez a seu lado, Tyler Jones. E...

— E?

— ... E por ver você de novo.

Saedii me encara por um instante interminável e, em seguida, a transmissão para. Quando abaixo a mão, percebo que todos os tripulantes presentes estão olhando para mim, incrédulos.

— Não que eu não esteja grata pela ajuda — comenta de Stoy. — Mas eu quase chego a desejar ter tempo de ler seu relatório a respeito daquela ali, Legionário Jones.

No rosto do meu Maquinismo, o choque e a admiração se alternam; minha irmã, por sua vez, está definitivamente incrédula e não para de olhar da tela para mim e vice-versa.

— Você... e *ela*?

Dou de ombros.

— São as covinhas.

— Como é que você ainda está *andando* por aí? — sussurra Fin.

Abro um sorriso.

— É, eu cheguei a mancar por um tempinho.

Fin cobre a boca aberta com uma das mãos e, com a outra, me chama para um soquinho de comemoração sem que Scar veja. Mas ela percebe e alterna o olhar entre nós dois.

— Estamos na quinta série, é isso?

— Eu já era o maioral da turma naquela época, então por mim tudo bem — eu respondo, dando de ombros.

— Ah, Criador... — ela grunhe.

Os sorrisos duram pouco e o calor no meu peito esfria até não restar mais nada além do pensamento do que está por vir.

Por mais que eu esteja grato pela presença de Saedii e seu exército, sei que não é isso que vai fazer a diferença entre a vitória e a derrota. A frota da coalizão corrompida é grande demais e o inimigo é gigante. Como já disse, nossa única jogada é resistir, causar o máximo de estrago possível antes da nossa queda.

Já que essa é a tática, então faremos o nosso melhor.

E, se for realmente o fim, pelo menos não estou sozinho.

• • • • • • • • • • • • •

Dezessete horas mais tarde, da ponte de uma Longbow que conheço bem, observo nossas linhas de defesa. Atrás de nós, a Estação Aurora brilha como o sol do amanhecer, repleta de canhões de pulso e lançadores de mísseis. Ao nosso redor, a frota da estação está disposta em linha.

Adams e de Stoy usaram quase todas as naves disponíveis no ataque a Octavia. Restam apenas cerca de quarenta Longbows, flanqueadas por um cruzeiro pesado, o *Invencível*, que é comandado pela própria Líder de Batalha de Stoy.

Mas, nos apoiando, temos o exército dos Imaculados, liderado por Saedii: os contornos escuros de centenas de Fantasmas e Espectros, enormes e reluzentes porta-aviões Banshee e Sombras. Alinhados em uma falange, seguimos em direção ao Portão da Dobra, prontos para desencadear o inferno contra a primeira nave que aparecer.

Dos comunicadores, vem o aviso:

— *Naves hostis chegando. Frota inimiga entrando no sistema Aurora em seis minutos.*

— Valeu pela carona — murmuro, de olho no portão. — Eu ia odiar ficar de fora dessa, Em.

Ao meu lado, Emma Cohen dá de ombros, sem perder a frota de vista.

— Imaginei que te devesse uma, depois que você impediu que a estação explodisse em mil pedaços e coisa e tal.

— Sem ressentimentos por eu ter trancafiado você?

— Depende — diz ela, me olhando de soslaio. — Algum ressentimento por eu ter te dado um tiro na cara?

— A gente fez o que precisava fazer — respondo com um sorriso. — Nós somos Legião.

Ela faz que sim e retribui o sorriso.

— Nós somos Luz.

Ao meu lado, Scar entra na conversa.

— E eu sinto *muito* pelo Damon. Quer dizer, eu nem sabia que vocês estavam namorando na época.

Emma dá de ombros e volta a olhar para o portão.

— Ele era um babaca.

— *Né?*

— *Frota inimiga entrando no sistema Aurora em quatro minutos.*

— Não, não — comenta Fin, sentado com de Renn. — Sua terceira mãe era minha primeira tia, por parte do meu segundo avô.

O Tanque de Cohen faz uma pausa para calcular e mantém os dedos suspensos sobre os controles.

— Mas meu segundo primeiro tio é seu terceiro primo também, certo?

— ... o Dariel é seu primeiro tio?

— É, de primeiro grau, por parte de...

— Como vão esses cálculos aí, de Renn? — pergunta Cohen.

— Vá em frente — responde o Tanque, empertigando-se. — Estamos prontos, Alfa.

— *Frota inimiga entrando no sistema Aurora em três minutos.*

Os hologramas projetados à nossa frente piscam e, acima dos consoles, surgem o selo da Legião e o rosto da Líder de Batalha de Stoy. A última comandante viva da Legião Aurora parece sombria e determinada. Sua voz ecoa pela ponte e pela frota que ela comanda.

— *Legionários da Aurora. Ser Betraskano é saber que nunca se está sozinho. Cada um de nós faz parte de uma rede crescente, um clã ou uma comunidade ainda maior, irmãos, pais, avós, primos e centenas de outros que compartilham nosso sangue. Aonde quer que formos, estamos cientes de uma verdade: nós somos uma família.*

"*Essa é a herança com a qual nascemos. Mas todos nós aqui fazemos parte de algo ainda mais poderoso, não importa se somos Betraskanos, Terráqueos ou Syldrathi.*

"*Fazemos parte de uma comunidade que nós escolhemos. Comunidade que construímos não com laços sanguíneos, mas com promessas que escolhemos fazer. Comprometemos nossos corações à nossa causa e uns aos outros.*

"*Mesmo agora, a Legião Aurora brilha intensamente enquanto a noite está mais sombria do que nunca. Mesmo agora, nós nos opomos ao que está errado e defendemos a paz. Este é o juramento que fizemos, esta é a promessa feita à Legião e a nós mesmos.*

"Saibam que, para mim, é uma grande honra estar aqui hoje, ao lado de cada um de vocês, minha comunidade escolhida, a família do meu coração. Não há nenhum outro lugar, nem nesta nem em nenhuma outra galáxia, que eu escolheria estar."

A voz dela é cortada e, quase imediatamente, substituída por um anúncio em tom robótico nos comunicadores.

— Frota inimiga entrando no sistema Aurora em um minuto.

Uma voz familiar soa pelos alto-falantes, fria como gelo e, ainda assim, capaz de acender uma chama no meu peito.

— De'na vosh, aam'nai — diz ela. — De'na siir.

Olho para a nave capitânia de Saedii, flutuando na escuridão do nosso porto, e, sem dizer nada, lanço um olhar interrogativo para Scar.

— Não temam, meus amigos — traduz minha irmã. — Não tenham arrependimentos.

— Dun belis tal'dun. Nu belis tal'satha.

— O fim não é o fim. E a morte não é derrota.

— An'la téli saii.

— Vejo você...

— É, essa aí eu já conheço.

— ... Conhece?

Faço que sim e digo baixinho:

— Vejo você nas estrelas.

— Alerta: frota inimiga a caminho. Todas as naves: frota inimiga a cam...

O Portão da Dobra se acende, um raio explode no céu escuro e a primeira nave de Ra'haam cruza a fenda em chamas.

Está aqui...

A nave é um porta Terráqueo, elegante e pesado, carregado de armas. O casco está repleto de vegetação, como fungos no tronco de uma árvore caída, arrastando longos tentáculos azuis e verdes com uma palidez fantasmagórica. Sinto um aperto no coração ao ver o nome estampado na proa, pouco visível sob as manchas de infecção de Ra'haam.

Implacável.

— Almirante Adams — sussurra Finian.

— Não mais — murmuro.

Fecho os olhos, só por um instante. Sei que estamos prestes a atirar nele. Que vamos tentar matá-lo de vez, como fiz com Cat.

Mas, antes de morrer, Cat me defendeu. Ra'haam me defendeu.

Ra'haam me amava porque ela me amava.

Não é mais o Almirante Adams que está ali... mas uma parte *daquilo*...

— TODAS AS ESTAÇÕES, FOGO!

O bombardeio começa e é de um fogo ofuscante. Feixes de pulso disparam com um brilho, e os mísseis lançados deixam rastros de vapor como serpentinas do Dia da Federação. As explosões florescem sem emitir som, os fogos de fusão queimam como a estrela Aurora atrás de nós, derretendo as anteparas e cortando o metal.

A *Implacável* atravessa a tempestade de fogo, as chamas e o líquido refrigerante jorram de sua superfície rachada junto com um fluido que poderia ser sangue, pingando e fervendo no vazio. Nossa frota não dá trégua e continua a atacar até que, inevitavelmente, a nave capitânia, atingida pelos golpes, explode em um halo de chamas ondulantes.

O Almirante Adams e eu íamos juntos à capela todo domingo.

Eu jamais chegaria tão longe sem ele.

"Você tem que acreditar, Tyler."

— Sinto muito — eu sussurro.

Mas ele não está ali para me ouvir.

E não há tempo para lamentar. Não há canções de luto nem os vinte e um tiros de canhão para homenageá-lo. Porque, por trás dos destroços em chamas da nave capitânia do nosso ex-comandante, o restante da frota de Ra'haam está cruzando o Portão da Dobra.

Endsingers, foices, saht-ka, estrelas guerreiras, pontões de guerra e lançadores de teia surfam uma onda turbulenta feita de um milhão de esporos cintilantes. Milhares e milhares de naves entram no sistema Aurora e mal conseguimos nos equiparar a elas, que dirá derrotá-las.

Cohen grita ordens e a batalha começa, nossa Longbow se esgueira pelas trilhas de fogo, entre aqueles globos cintilantes, cortando a escuridão com todos os tiros que podemos disparar.

O exército Imaculado abre grandes fendas de fogo pela horda que vem em nossa direção, o sangue viscoso de Ra'haam engrossa no vazio do espaço. Mas os inimigos são incontáveis e implacáveis, e, enquanto Ra'haam reage ao fogo e as naves ao nosso redor começam a morrer, sabemos que isso só tem um jeito de terminar.

— Como estamos, Líder de Batalha? — eu grito.

— *Sistema de refrigeração do reator desligado* — responde de Stoy. — *Dispositivos de segurança desativados.*

— Quanto tempo até a situação ficar crítica?

— *Três minutos. Vamos torcer para que esse seu plano dê certo.*

— Já que é pra morrer, morra lutando.

Um leve pico de radiação brilha atrás de nós, pela superfície da Estação Aurora, e o reator se aproxima cada vez mais do ponto de sobrecarga. Lembro-me da sensação de calor crescente no núcleo, da luz piscando, do sangue de Cat em minhas mãos. E, na minha mente, ressurge aquela visão, aquele devaneio: a Estação Aurora explodindo, repetidas vezes.

Ra'haam sente que tem algo errado; suas naves de retaguarda interrompem as manobras e as primeiras fileiras desaceleram o ataque.

Mas o Portão da Dobra está em nossa mira agora e, em alguns instantes, estará ao nosso alcance. Dessa forma, vamos atacá-lo, detoná-lo e prender o inimigo aqui.

— *Dois minutos para o estado crítico.*

A voz na minha cabeça me disse que eu poderia impedir isso. Que poderia consertar essa situação. Mas talvez não fosse para ser assim. Talvez a morte da estação, o sonho da Legião, explodindo cercada pelo inimigo e o incinerando junto, seja o melhor que podemos esperar.

Procuro a mão de Scarlett e a aperto com força.

Ao lado dela, Fin a envolve pela cintura com o braço.

Este fim não é o fim.

— *Um minuto para o estado crítico.*

A gente vai se ver de novo.

Nas estr...

A galáxia à nossa volta vira de cabeça para baixo.

O trovão de um bilhão de tempestades ecoa na minha cabeça.

A força é tanta que me faz cambalear; as pessoas se sobressaltam e tropeçam e, lá fora, a batalha para. Vejo o pingente no pescoço de Scar se acender como um caleidoscópio de fogo que invade a ponte. É um eco, um rugido, é um *grito de parto* que corta a escuridão e queima tudo em um branco ofuscante.

Uma silhueta rompe as paredes do tempo e espaço. Atravessa a eternidade, o passado, o futuro, todas as infinitas possibilidades e se aproxima com um grito. A luz brilha tão forte que cega, estilhaçando-se e rachando-se em todas as cores do espectro — do vermelho ao amarelo ao azul ao índigo; não, não é um espectro, e sim um arco-íris

UM ARCO-ÍRIS

gravado na lança de um cristal quebrado do tamanho de uma cidade e que agora flutua no escuro diante dos meus olhos admirados.

Inacreditável.

Impossível.

— Sopro do Criador — diz Finian, arfando.

— A *Arma*! — grita Scarlett.

Não é tarde demais, eu me dou conta.

Ela chegou.

— Aurora — sussurro.

38

AURI

Eu sou tudo.

Eu sou todos.

Eu estou em todos os lugares.

Num piscar de olhos, estamos onde precisamos estar e, pouco a pouco, o hino da *Neridaa* diminui até se tornar um acorde grave que formiga e ecoa diretamente na minha alma.

O cristal Eshvaren canta sua canção; a energia que era Caersan desaparece do meu corpo e, ao levantar a cabeça, vejo Kal ferido no meio da sala do trono. Eu me inclino sobre ele e o protejo com meu corpo.

E estamos sozinhos.

Não há nenhum sinal de Ra'haam aqui dentro. Caersan desapareceu.

Os cadáveres dos Andarilhos permanecem, mas os corpos de Tyler e Lae se foram, porque ainda não são reais, apenas uma... possibilidade.

Porque estamos em casa.

— Be'shmai — sussurra Kal, tentando se apoiar sobre o cotovelo.

— Estou aqui — sussurro em resposta.

Eu te amo, minha mente diz à dele.

Cantei isso enquanto voltávamos no tempo, enquanto eu o protegia. As palavras permanecem suspensas no ar, e por mim tudo bem, porque não quero retirá-las. Quero dizê-las o máximo de vezes possível no tempo que me resta.

— Estou bem — eu anuncio e me levanto. Porque estou mesmo. Eu deveria estar exausta depois da batalha para consertar a nave, mas nunca me senti mais poderosa ou determinada.

Todos os sobreviventes do futuro deram a vida para nos trazer até aqui. Para me oferecer a chance de mudar o desenrolar da nossa história. Não vou desperdiçá-la.

Peço à Arma que projete nas paredes da sala do trono as imagens do exterior, uma visão de trezentos e sessenta graus da batalha em andamento, como se eu não estivesse cercada por cristais, mas por vidros transparentes.

À nossa volta, vida e morte se enfrentam. Uma Longbow da Legião Aurora, perseguida por uma nave de Ra'haam, desvia da Arma em uma manobra repentina e, enquanto olho ao redor, vejo em todos os lugares a mesma coisa, repetidas vezes.

A Legião faz sua última resistência aqui, ao lado de uma frota de elegantes naves Syldrathi sedentas de sangue, com o glifo dos Imaculados nas laterais. Quem quer que seja, o sucessor de Caersan considera Ra'haam um inimigo digno de ser combatido.

Juntas, as frotas enfrentam um exército infinitamente superior, um exército com a dimensão e a forma de todas as espécies já conquistadas, envolto em vinhas e motivado pela fome cega.

A pequena nave da Legião contorna a borda da Arma e se afasta, como um peixe que viu uma sombra, e vejo como o destino de sua tripulação se desdobrará nos próximos segundos.

Vejo que a fuga frenética para evitar os perseguidores, para tirar Ra'haam de seu rastro, os enviará direto para a nave capitânia inimiga e terminará em uma rápida e silenciosa explosão; cada um deles terá apenas um milissegundo disponível para conhecer seu destino antes de ser engolido pelo esquecimento.

Kal também visualiza como isso vai acabar e o horror espontâneo que ele sente se reflete em mim. Então, eu estendo a mão para corrigir o curso da Longbow, que ao chegar à nave capitânia, voa sobre ela e corre para se refugiar entre os companheiros enquanto uma luta sangrenta e mortal devasta tudo à nossa volta.

Ra'haam está muito maior do que antes e sua presença é muito, muito mais poderosa e abundante. Esse novo exército representa inúmeras vidas perdidas, extintas no instante em que o inimigo as levou. Mas, assim que eu o toco com o pensamento e o sinto sobressaltar, estremecer e voltar a atenção para mim, um sorriso vai se abrindo lentamente nos meus lábios.

Primeiro, inclino a cabeça para a esquerda e, depois, para a direita, ouvindo o estalo das vértebras na minha nuca. Porque estive no futuro e vi como essa história poderia acabar. O que dizer dessa versão de Ra'haam, aqui e agora?

Eu digo em voz alta, sentindo a energia pulsar dentro de mim. Lanço o desafio enquanto meu olho brilha e, lentamente, as rachaduras na minha pele se ramificam como teias de aranha. É uma agonia, é uma emoção.

— Só isso?

Cerro os punhos.

— Já vi coisa pior.

Com grande esforço, Kal fica de joelhos; o roxo e o dourado de sua mente se entrelaçam na minha.

— São tantos... — sussurra ele, encarando a batalha e a frota do que antes era o exército de centenas de mundos. — São tantas perdas...

— Ainda há tantas vidas para salvar — digo baixinho. — Muito mais do que no futuro. E olha, Kal. Está vendo?

Acompanho a mente dele até Ra'haam e lhe mostro as centenas, os milhões de conexões, o *nós* singular que deveria ser plural, deveria ser individual, deveria ser uma multiplicidade. A massa fervilhante de almas reunidas com apenas um propósito: crescer, consumir tudo que está à sua frente.

Mostro a Kal o incrível emaranhado de energia mental que liga os corpos uns aos outros, as naves umas às outras.

É bonito, na verdade.

Ele recua, mas eu o seguro firme e, em seguida, direciono seu olhar para fora, mostrando-lhe o que eu nunca tinha percebido antes de estar em outro lugar, em outro tempo, combatendo o inimigo de frente.

Do centro de Ra'haam irradiam outras veias, estradas e vielas mentais, pulsando com a mesma energia azul-esverdeada, esticando-se para cobrir distâncias inimagináveis e fazendo viagens que nossa mente não é capaz de conceber. Viagens que nossas frágeis naves levariam milhões de anos para fazer.

Você está vendo... A mente de Kal tenta se esquivar da enormidade do que observamos, mas ele se controla, tenta novamente. *Agora você vê tudo.*

Estou vendo ele inteiro, concordo. *E sei como matá-lo.*

Os Eshvaren projetaram a Arma para ser disparada contra vinte e dois planetas-berçário adormecidos, um de cada vez. Mas, agora, não há mais tempo para isso. E, depois das batalhas que já vi, não sei se tenho a força necessária.

Mas os Eshvaren não tinham como saber que toparíamos com um planeta antes dos outros. Que nós, humanos, com nossa curiosidade insaciável e sem limites, encontraríamos um Portão da Dobra natural que mais ninguém consideraria digno de investigação, muito longe de tudo para ser interessante. Que seríamos insistentes e aterrissaríamos onde ninguém jamais esteve.

Eles não tinham como saber que nós despertaríamos Ra'haam antes da hora.

E, agora que essa pequena parte do inimigo está acordada, ele pode atuar como um canal para o restante. Caso eu consiga destruir essa frota — o berçário que floresceu e eclodiu mais cedo, que tomou conta da colônia de Octavia —, então poderei espalhar essa mesma destruição pela teia infinita que compõe Ra'haam, como um vírus, como um incêndio.

Posso destruir os planetas-berçário antes que eles despertem.

Você pode matar o inimigo por inteiro, especula Kal.

Eu posso matar o inimigo por inteiro, concordo. *Acender uma chama que o queimará de dentro para fora.*

E eu serei o combustível.

Começo a rir, enxugando o sangue que goteja do meu nariz, e me preparo para dar início ao ataque. Matarei essa criatura aqui, agora, e essa morte vai se espalhar, como uma infecção, até que Ra'haam morra *em todos os lugares*.

Kal procura minha mão e não pergunta novamente se serei capaz de sobreviver. Mas sinto a faísca de esperança dentro dele e evito expor a verdade.

Só mais alguns minutos.

Ele entrelaça os dedos nos meus e chega mais perto, determinado a ficar comigo pelo máximo de tempo possível.

Você não está sozinha, diz ele nas profundezas da minha mente.

Decido que, no último momento, o deixarei livre, livre para viver o resto de sua bela vida sem mim, no mundo que vou criar para eles. Mas, por enquanto, eu o seguro firme.

Kal teria vivido um século a mais do que eu, de qualquer maneira; ele tem tantas coisas para ver e fazer. Gostaria de estar ao seu lado, mas estou disposta a me sacrificar sabendo que ele poderá viver.

Na calmaria antes da tempestade, eu acaricio os lugares que vou proteger e descubro que posso me estender para onde quiser, sem nenhum limite.

Passo a ponta dos dedos pelo casco reluzente da Estação Aurora e sua frota; depois vou mais longe e vejo a Cidade Esmeralda, vejo Sempiternidade maravilhosamente suja e mais viva do que nunca, cheia de vida e promessas. Contorno os imponentes escombros da *Hadfield* e os mundos onde o povo de Dacca, o povo de Elin e o povo de Toshh ainda estão vivos, seguros. Vejo

Portões da Dobra quebrados, os planetas que se isolaram na vã esperança de sobreviver, e, lá longe, vejo a Terra, onde minha história começou.

Eu não tenho mais fronteiras e sei por quê.

É porque não estou mais me prendendo a nada. Não estou protegendo nenhuma parte de mim. Quando tudo isso terminar, não precisarei ter nada.

Só preciso aguentar o suficiente para terminar o trabalho.

Minha amada, diz Kal, tão pequeno em meio a essa galáxia sem fim, mas nunca, *jamais*, desconhecido. *Precisamos agir.*

Com extrema delicadeza, ele traz minha atenção de volta ao lugar onde meu corpo está, e então eu vejo, claro. A batalha continua. E, à minha volta, luzes minúsculas, como se fossem vaga-lumes, se apagam uma a uma.

Uma nave explode em um milhão de pedaços reluzentes e as cinco migalhas de vida que a ocupavam desaparecem.

É quando me contorço para me concentrar no aqui e agora — a Estação Aurora, o exército de Ra'haam — que vejo o brilho de sua mente.

Quase me escapou, em meio ao caos.

TYLER!

Ele está tão, *tão* jovem, ele ainda não está exausto, é ele, é ele, é ele

meu amigo

e ele é

tão brilhante

e aqui e agora ele ainda *existe*

por isso, reúno minhas forças e obrigo tudo ao meu redor a

PARAR.

E tudo para.

Os defensores ficam imóveis. Ninguém dispara. As naves de Ra'haam estão petrificadas, incapazes de alcançá-los com seus incansáveis tentáculos vegetais. A batalha vira um quadro, tudo fica suspenso, os adversários se entreolham a bordo de naves que ficaram, de repente, inertes.

E, tomando *muito* cuidado para me conter e não machucar Tyler, permito que uma pequena parte de mim corra com alegria em sua direção. Kal me acompanha, e a exultação na mente de Tyler é o mais lindo e vibrante amarelo, assim como o sol, como campos de trigo, como fios de ouro.

No Eco, aprendi a viver seis meses em poucas horas e, agora que estou mais forte, posso condensar uma eternidade entre dois batimentos cardíacos.

Portanto, eu tenho tempo.

Tenho tempo para isso.

Basta um leve empurrãozinho e... ali estamos nós. Num dos meus lugares favoritos, uma última vez. Afinal, o que nos impede?

Nós três — Kal, Tyler e eu — estamos sentados a uma mesa redonda de madeira sintética em uma cozinha de um modesto apartamento que pertence à Corporação Ad Astra. As bancadas estão cobertas de potes e recipientes de comida, e há panelas penduradas em ganchos no teto. Durante os preparativos para a missão Octavia, meus pais gostavam de cozinhar com o máximo de frequência possível.

"Todo mundo deveria ter um lugar para alimentar os amigos", mamãe dizia a Callie e a mim toda vez que a gente reclamava de ter que dar a volta se espremendo pela mesa para chegar ao corredor.

Agora uma música toca baixinho ao fundo e sinto o cheiro do pão da minha mãe assando no forno. Vejo uma grande tigela de ervilhas bem no meio da mesa e a puxo para perto de mim para começar a descascá-las. Papai as cultivava perto da janela e esse sempre foi o meu trabalho.

— Onde é que a gente está? — pergunta Tyler, girando e olhando à sua volta, surpreso.

— Em casa — respondo em voz baixa. — Só por um minutinho.

— Você nos honra ao compartilhar seu lar — murmura Kal na língua Syldrathi e, como nossas mentes estão aninhadas uma na outra, entendo todo o peso da tradição em suas palavras.

— Foi você? — pergunta Tyler, ainda analisando o lugar. — Parando tudo?

— Foi — respondo, examinando-o mais de perto. — Você sentiu?

Surge entre nós, lentamente, algo que parece vir do nada: fios. Um azul meia-noite para mim, um roxo para Kal, um amarelo para Tyler. Eles nos envolvem como uma teia de aranha.

São nossas mentes, acho — ou melhor, a maneira como nossas mentes se mostram neste momento que criei para nós.

Passo os dedos pelo lindo fio amarelo de Tyler amarrado no meu pulso e descubro algo novo a respeito dele.

— Não era só Lae! Você também é meio Syldrathi, mas nunca soube.

— Quem é Lae? — pergunta ele, erguendo a mão para tocar o fio entre nós.

Kal e eu trocamos um olhar e um sorriso triste.

— Uma parente minha — Kal responde simplesmente. — O maior orgulho da minha família, irmão. — Ele sorri. — Espero que um dia você a conheça.

Agora que encontrei nossos fios, é mais fácil ver os outros, um arco-íris amarrado a nosso pulso que serpenteia até sumir de vista. Assim, estendo a mão para segui-los, procurando pelo restante da nossa família.

Um instante depois, Scarlett se senta à mesa, ligada a nós por um vermelho brilhante, e finalmente sua empatia excepcional faz sentido: ela a herdou da mãe, uma Andarilha. Seus fios a ligam a mim, a Kal e, de forma mil vezes mais complexa, quase como uma tapeçaria vermelha e dourada, ao seu irmão gêmeo. Vejo o instante em que a mente dos dois se conecta, em que ela descobre a verdade a respeito da mãe. Sinto a dor de sua perda quando a ouço arfar.

Em seguida, Finian surge ao seu lado, um fio verde-esmeralda e cheio de vida. É mais difícil para ele, já que não tem sangue Syldrathi nem passou pelo treinamento dos Eshvaren: a mente dele não foi feita para isso. Mas ele *é* Betraskano, e as pessoas presentes nesta mesa são sua comunidade, sua família escolhida, e isso o liga a nós, seu fio verde e vibrante faz parte do nosso todo. Ele sempre teve muito amor por dentro.

Cada um de nós o segura firme em resposta e, quando sua imagem pisca, nós o ajudamos a ficar, fortalecemos sua parte em nosso arco-íris tecido com o *nosso* amor.

Depois, procuro por Zila, cada vez com mais urgência; sei que o fio dela deve estar em algum lugar, procuro por toda parte, mas não vejo nada. Scarlett olha para mim com lágrimas nos olhos; nossas mentes se conectam e

ah, Zila.

Zila.

Espero que a tenha amado, espero que tenha sido feliz.

E, quando penso que terminamos, vejo que tem mais — fios pretos se estendendo a partir de Tyler e Kal e, quando puxo deles, vejo...

Saedii Gilwraeth sentada à mesa dos meus pais, de sobrancelha erguida.

Sem dizer uma só palavra, Tyler pega a tigela e lhe entrega uma vagem para descascar, então algo acontece entre eles. Outros fios amarelos e pretos se entrelaçam, como um enxame de abelhas — vibrantes, mas perigosos —, quando ela começa a descascá-las.

Enquanto eu observo os dois juntos, a mente afiada de Saedii chega perto de descobrir a verdade que há dentro de mim a respeito de Lae, mas eu afasto a informação e a levo para um lugar mais seguro. Certas coisas só devem vir à tona no seu devido tempo. E, ao vê-los juntos, tenho a sensação de que, um dia, eles vão conhecê-la.

Nenhum de nós usa palavras, não precisamos: nossas trocas são tão rápidas quanto a luz, os fios voam entre nós para compor o mais belo, selvagem, caótico e perfeito arco-íris,

e compartilhamos nossas histórias, e

dizemos eu te amo,

e a tapeçaria cresce,

e

e

e...

... eu começo a entender.

Ah.

Ah, sim, eu entendo.

Vejo algo que não tinha visto antes, ao planejar meu fim.

Algo novo flui em mim, uma possibilidade que eu nunca tinha imaginado, por estar tomada pela batalha e tão focada na minha defesa. Como se estivesse acordando lentamente de um sono muito longo e piscando para enxergar o que tenho à minha frente, começo a ver...

Está na maneira como Fin se agarra a nós, mesmo que ele precise de toda a força dentro de si para manter a mente conectada à sua comunidade.

Está na maneira como Scar cerca cada um de nós com carinho e compreensão, como ela tem feito em todos os momentos em que estivemos juntos.

Está na maneira como Ty pensa em cada um de nós antes de si mesmo, está na maneira como ele luta pelo que é certo, não importa o quanto esteja cansado.

Está na maneira como Kal sempre se esforça para encontrar a melhor parte de si mesmo, acreditar na melhor parte de nós, ignorar o que o mundo lhe disse para ser e se tornar, para, em vez disso, ser o que ele escolher.

Está na ferocidade do amor e da lealdade de Saedii, em sua dedicação inabalável ao que considera seu dever.

Eles me ajudam a ver algo aqui, junto com todos eles.

Algo que eu já sabia.

Eu sabia quando me rebelei contra Esh, que me disse para queimar minhas amarras. Eu sabia quando Caersan me disse que os poderosos pegam o que querem e o desafiei a defender aqueles à nossa volta.

Sempre soube, porque os membros do meu esquadrão me mostraram isso todas as vezes que estiveram ao meu lado e continuam me mostrando agora. Eles não foram os únicos a me ensinar a lição que demorei a aprender.

Tyler me mostrou no primeiro momento da história do Esquadrão 312, quando desistiu de escolher uma equipe perfeita para fazer o que achava certo, e me encontrou... foi o começo de uma avalanche.

Lae, Dacca, Elin e Toshh também me mostraram, ao escolherem lutar em vez de fugir para ganhar mais um dia de vida.

Cat me mostrou, ao abrir mão de seu corpo e futuro para salvar seu esquadrão.

Zila me mostrou, ao abrir mão da vida que conhecia para criar uma vida para nós.

Caersan me mostrou, em seu último ato, ao nos salvar. Porque seu último ato foi de amor, o mais poderoso de todos.

O amor é mais poderoso do que a raiva ou o ódio.

E sempre será.

O amor é capaz de mudar tudo.

E, claro, se eu acendesse uma chama dentro de Ra'haam e o queimasse por dentro, daria certo. Mas talvez, apenas talvez...

O arco-íris de fios que nos une forma tramas mais sólidas, de beleza quase insuportável, e, neste instante, somos nós mesmos, sem véus. Sem piadinhas de Fin, sem a arrogância de Saedii. Só nós.

Nós, confiando uns nos outros para vermos e sermos vistos.

Para irmos ao encontro do que descobrimos com...

— Tem que vir do amor — digo, enfim compreendendo, aqui, no meio de um campo de batalha congelado.

— A Cat ainda está lá — responde Tyler. — Ela ainda faz parte daquilo. Nós a amamos. E ela nos ama. Seu ato final foi tentar me proteger.

— O Almirante Adams também está lá — diz Scarlett.

— E metade da Academia com quem a gente passou todos esses anos de treinamento — acrescenta Finian. — Nossos professores, nossos amigos.

— Todos que fazem parte de Ra'haam amaram alguém — diz Kal, entrelaçando os dedos nos meus. — Todos eles foram pais, filhos, amigos, amores, vizinhos...

Pais.

— Meu pai está lá — eu sussurro. — Ele ainda me chama.

— Isso não pode ser feito à força. — Saedii pronuncia lentamente as palavras com as quais não está acostumada. Parte dela ainda não aceita, mas ela ergue os olhos e encontra os meus. — Ou melhor, *não deveria* ser.

— Não há amor na violência — murmura Kal.

— Você consegue? — pergunta Fin, segurando a mão de Scarlett com firmeza.

— Você não precisa fazer isso sozinha — diz Tyler. — Esquadrão 312. Para sempre.

— Be'shmai, você consegue? — pergunta Kal em voz baixa.

Eu me levanto.

— Vamos descobrir.

Eu me viro para a porta que dá no corredor e, no instante em que a abro, me vejo em uma selva.

O ar é quente e úmido, as roupas grudam na minha pele, a luz está fraca. Acima de mim, as copas das árvores se amontoam, criando um crepúsculo eterno; as trepadeiras dão voltas e se enrolam de tronco em tronco. No chão da floresta, vejo um tapete de folhas de onde brotam pequenas e esperançosas mudas à procura de luz.

O silêncio é perfeito, perturbador: não há nenhum farfalhar na vegetação rasteira, não há pássaros ou macacos, não há insetos que ciciam ou zumbem, nenhum dos milhares de sons que deveriam compor uma sinfonia ao meu redor.

Olho para baixo e vejo os fios de arco-íris amarrados ao meu pulso, estendendo-se atrás de mim, mas não olho para trás.

Em vez disso, dou o primeiro passo.

A selva ganha vida, as vinhas saltam e vêm em minha direção. Estou *aqui*, mas também estou na ponte da *Neridaa*, ajoelhada ao lado de Kal. E sentada à mesa da cozinha dos meus pais, e observando um campo de batalha congelado, suspenso no espaço, onde as naves mais parecem insetos capturados pelo âmbar. Suas tripulações ainda estão vivas e ligam umas para as outras, todas fazendo a mesma pergunta, exigindo a mesma resposta.

Faço um esforço para abrir caminho, arranco as trepadeiras dos braços e me abaixo sob galhos espinhosos. Com o canto do olho, tenho vislumbres da batalha imóvel e, enquanto isso, sinto o cheiro inebriante do pão da minha mãe no forno.

E então começo a vislumbrar as pessoas.

Não conheço nenhuma delas, estão quase sempre em segundo plano, escondidas atrás de trepadeiras, ramos e árvores, e, quando me aproximo, irrompo da vegetação, arranhada e suada, elas nunca estão lá.

— Esperem — eu grito, me contorcendo para passar entre duas árvores muito próximas, segurando firme os fios de arco-íris que amarrei nos pulsos e movendo-os cuidadosamente para que não se soltem. — Esperem, preciso falar com vocês!

Um homem se vira. Ao meu redor, todas as naves espaciais que estou mantendo no lugar vacilam, o cristal da Arma emite um brilho, e eu sou Aurora Jie-Lin O'Malley, mas sou também Tyler Jericho Jones.

— Pensávamos que você nunca viria — diz o Almirante Adams, sorrindo enquanto cruza os braços cibernéticos. — Chegou a hora de você se juntar a nós.

— Não — Tyler e eu respondemos juntos, e minha voz ecoa na dele.

— Está tudo bem — diz o homem, e ele parece muito confiante e reconfortante enquanto as vinhas se enrolam em seus ombros e em seu peito como cobras de estimação. — Não precisa ter medo.

— Não está tudo bem — protestamos.

Ele sorri maliciosamente e abre os braços para abarcar a selva.

— É aqui que vocês deveriam estar. Juntos, amados, conosco. Sabemos que dar o salto é assustador. Mas, às vezes, é preciso ter fé.

Dou um passo para trás e tropeço. Não bato no tronco da árvore que estava ali um instante atrás, mas no corpo flexível de um ser humano.

Eu me viro de repente e vejo Cat, me encarando com aqueles olhos perfeitamente azuis, como quando a segurei em uma tentativa desesperada de impedir que se juntasse a Ra'haam.

Continuo sendo eu mesma, mas também sou Scarlett, e a mente de Cat é tão linda agora quanto era antes, espirais vermelhas e douradas que me lembram da sua paixão por voar. Percebo a profundidade do amor que une essas duas mulheres, o poder da amizade delas, da irmandade. Cat levanta a mão para nos tocar.

— Nós te amamos — afirma ela, mas eu me viro e me afasto aos tropeços; o suor queima nos meus arranhões enquanto passo pelos galhos silenciosos. Os únicos ruídos vêm das folhas secas e mortas em que piso e da minha respiração curta e ofegante.

Agora o instinto me guia e não vejo mais a *Neridaa*, as naves congeladas, a cozinha dos meus pais. Seguro firme os fios de arco-íris para protegê-los e avanço cegamente na direção que sei que devo seguir.

Mais fundo.

Mais fundo.

Preciso ir mais fundo.

É uma corrida em meio aos galhos, folhas que me esbofeteiam e troncos que bloqueiam meu caminho. Acelero freneticamente, mas, a certa altura, tropeço em um tronco, me estatelo em uma clareira e bato no chão com um arquejo.

E então levanto a cabeça e ali está ele, à minha espera.

Não é Princeps, não é um deles.

Apenas meu pai, com suas bochechas redondas e os olhos gentis, segurando o livro de contos de fada e histórias folclóricas que líamos juntos quando eu era pequena e que lemos juntos no Eco, quando os Eshvaren me disseram que eu deveria me despedir dele para sempre.

No chão, entre restos de folha e lama, sussurro as mesmas palavras que lhe disse antes; cada parte de mim está morrendo de vontade de correr até seus braços, ser apertada e sentir pela última vez o conforto que pensei estar perdido para sempre.

— Eu te amo, papai.

E ele responde quase da mesma maneira.

— Nós também te amamos, Jie-Lin. Sempre.

Nós.

Não *eu*.

Balanço a cabeça, sinto um nó na garganta, a dor aperta como um punho.

— Não é você — eu sussurro.

— Sou, sim — diz ele baixinho, sem deixar de sorrir. — Venha, vamos ler uma história. Podemos ficar juntos. Nós te amamos tanto, mas tanto, minha querida.

Eu daria tudo por mais um dia com ele. Por mais um dia com minha mãe, com Callie. Por uma chance de dizer as coisas que disse a eles no Eco. Por uma chance de dizer adeus de verdade.

E quero dizer a mim mesma que, aqui, não é o caso.

Mas, quanto mais me aprofundo, mais começo a entender.

Não é ele.

Mas, ao mesmo tempo... é.

Foi o amor por Tyler que levou Cat a defendê-lo. É o amor de meu pai por mim que leva Ra'haam a querer criar um vínculo, em vez de me matar.

— Eu te amo — digo. — Foi isso que vim dizer.

Mas, dizer a ele aqui, agora, desse jeito... não é suficiente.

Preciso ir mais fundo.

Preciso ultrapassar o ponto sem retorno.

Preciso fazer aquilo que eu temia, agora entendo.

Amar é se entregar.

E estou morrendo de medo de me perder; minhas mãos tremem enquanto eu me atrapalho com os fios de arco-íris amarrados nos pulsos. Eles são o caminho de volta, as migalhas de pão no caminho, minha conexão com tudo.

O amor não deveria pedir que você abra mão de tudo; não é assim que funciona. Mas é assim que Ra'haam ama e, se eu puder penetrá-lo o suficiente para lhe mostrar um caminho diverso, outro tipo de amor...

Um de cada vez, eu os desamarro enquanto as lágrimas jorram pelos meus olhos. Eu rio e choro ao me livrar das âncoras, sabendo que isso é o certo e que vai ficar tudo bem, vai ficar tudo bem, vai ficar tudo bem.

Então o último fio, o roxo com as bordas douradas de Kal, escapa.

Eu estou livre.

E é inebriante.

Eu me torno parte de Ra'haam, minha mente se funde inteiramente com ele e se espalha com a gloriosa sensação de ser amada, protegida e conhecida. Partes de mim que eu nunca imaginei ganham vida.

Vivo mil vidas, um milhão de vidas, e compartilho a minha em uma gloriosa comunhão com elas.

E, à medida que me dissolvo, acendo a faísca que eu sabia que deveria: mas não incendeio Ra'haam com tristeza, raiva e fúria.

Não o queimo de dentro para fora.

Porque agora eu sei que *esse* é o caminho. Não o caminho dos Eshvaren — cada um deles se sacrificou até o fim na batalha, mas um fragmento de Ra'haam sobreviveu e a batalha recomeçou.

Desta vez, algo tem que mudar.

E esse algo sou eu.

Então, em vez disso, abro minhas asas por vontade própria, me torno inteiramente parte de Ra'haam e sinto um milhão de conexões se acenderem ao meu redor quando me integro. Eu o conheço, Ra'haam me conhece, nós nos conhecemos, eu o atravesso na velocidade da luz, e

nós

nos

amamos

cada

vez

mais

profundamente.

Meu amor se espalha como um fogo indomável quando compartilho a história de Aurora Jie-Lin O'Malley, que embarcou em uma nave com destino a um novo mundo e acordou dois séculos depois.

O *eu* se torna *nós* e contamos minhas histórias a nós mesmos enquanto afundo cada vez mais.

Contamo-nos a história de Tyler Jericho Jones, filho de um guerreiro e de uma Andarilha, que nos encontrou dormindo entre as estrelas.

De Saedii Gilwraeth, também filha de um guerreiro e uma Andarilha, que aprendeu a ver o mundo com outros olhos.

De Finian de Karran de Seel, que, depois de ouvir do mundo que era um inútil, mostrou ao mundo que era tudo.

De Scarlett Isobel Jones, que tinha um coração tão grande que batia até pelos amigos, se necessário.

De Kaliis Idraban Gilwraeth, que cresceu em meio a socos e reprovações, que jurou obedecer mesmo aqueles que nunca retribuiriam seu afeto, porque era o certo.

De Zila Madran, que criou uma nova vida e nos deu esta; seu amor abriu caminho para o nosso.

De Catherine "Zero" Brannock, que faz parte de nós e que nunca hesitou, nunca deixou de lutar ou amar.

De Caersan, Arconte dos Imaculados e Destruidor de Estrelas que, embora fosse alguém imperdoável, ainda foi capaz de amar.

Nós nos contamos as nossas histórias, pequenas e grandes, alegres e sombrias e, juntos, vemos cada cor do nosso arco-íris. E há uma pequena parte do todo que ainda sou *eu*, não *nós*, e a mantenho viva por mais alguns instantes para poder falar.

A questão não é a soma das partes do arco-íris, digo a eles, *por mais que, juntas, sejam lindas. O que conta são os tons dentro dele, que são lindos por conta própria. Essas histórias falam de como cada uma dessas pessoas viveu e amou, às vezes, bem e com sabedoria, às vezes, estupidamente e, às vezes, de modo sombrio e terrível. Porém, cada indivíduo teve sua própria jornada.*

O amor não deveria pedir que nós abríssemos mão das coisas que nos tornam diferentes. Das verdades que só podem ser ditas a nosso respeito e de mais ninguém.

E, à medida que as últimas partes de mim se dissolvem em Ra'haam, à medida que minha memória de *mim mesma* se dissolve e dá lugar a um *nós* esplêndido e irresistível, começa...

Meu amor se espalha por nós como um fogo indomável e alegre e, enquanto eu olho para elas,

uma

a

uma,

as histórias de Ra'haam despertam, ganham vida como as brasas de um fogo que parecia se extinguir.

Como uma galáxia repleta de estrelas se acendendo, uma de cada vez.

Ra'haam — ou, melhor dizendo, cada uma das partes de Ra'haam — está se lembrando do que significa ser *muitos*, em vez de *um*.

Do que significa ser *eu*, não *nós*.

E, neste momento, se lembra que o amor não pode ser exigido nem roubado.

Só pode ser doado.

Ra'haam está se lembrando de que o amor oferece uma escolha.

De que o amor *é* uma escolha, que fazemos e refazemos repetidas vezes.

Queremos essa escolha, digo a Ra'haam, conforme as últimas partes de mim se fundem com uma alegria extática. *Nós somos essa escolha.*

E, lentamente, num instante que dura uma eternidade, as luzes respondem se acendendo. Todos se acendem, um por um, agora um pouco mais próximos dos indivíduos que eram antes de se fundirem, antes de se tornarem *nós*. De uma luzinha, depois de duas, e depois de milhões, vem a reposta.

Nós... entendemos.

E, como é... ou melhor, *são...* não, *somos* tantos, e já vivemos milhões de vidas, sabemos o que temos que fazer.

De repente, estou de volta ao meu corpo, a bordo da *Neridaa*. Estou deitada no chão, encarando o teto de cristal. Mas, ao mesmo tempo, ainda estou com Ra'haam, ainda faço parte de um *nós* extraordinário e incontrolável do qual nunca sairei, e isso é glorioso.

Não foi apenas um preço que valeu a pena pagar. Esta é a experiência mais bonita da minha vida.

Kal está sentado ao meu lado. Subitamente, ele levanta a cabeça com os olhos úmidos e as bochechas molhadas de lágrimas.

— Você voltou — fala Kal, arfando e levando meus dedos aos lábios dele; a esperança vai ganhando espaço lentamente.

— Por um tempinho — eu sussurro, sem deixar de sorrir.

Sinto a frota de Ra'haam, percebo que o restante de mim ainda está lá fora, na escuridão, e desejo explodir como um dente-de-leão e deixar cada parte que me compõe voar para longe, afundar no *nós* que me espera. Nos milhões de vidas e amores que agora fazem parte de mim. Juntos para sempre.

— Como assim? — pergunta Kal em voz baixa. — Por um tempinho?

— Quero dizer que temos que ir embora em breve.

Agora meus olhos também estão marejados, mas não são lágrimas apenas de tristeza. Eu o amo demais. A ideia de deixá-lo me dói. Mas não estarei sozinha.

— Aonde vamos? — pergunta ele.

— Não nós dois — eu digo e, pela última vez, entrelaço minha mente na dele, azul meia-noite e prata, roxo e dourado. — Não você e eu.

E então ele entende.

Ra'haam vai embora, e eu sou Ra'haam. Portanto, vou embora também.

— Por favor, não me deixe — sussurra ele com a voz falha, apertando meus dedos com mais força.

— Você podia vir com a gente — murmuro.

Em silêncio, Kal me ajuda a ficar de pé e, juntos, vemos uma nave solitária se afastando de Ra'haam e uma nave solitária se afastando da frota da Legião.

Ambas traçam suas rotas em meio às naves suspensas da batalha e apontam para a Arma, que mesmo sendo do tamanho de uma cidade, nunca teria sido o suficiente.

Juntos, Kal e eu descemos para a doca e, de mãos dadas, passamos pelo lugar em que, no futuro, nossos amigos e família morreram nos defendendo.

Vou sentir tanta falta dele...

Ao chegarmos lá, todos estão à nossa espera.

Fin e Scarlett, Tyler e Saedii, todos eles cautelosos, esperançosos, variando de sorrisos a caretas. Foram eles que me trouxeram até aqui. E, ao lado deles, está meu pai, que lentamente abre um sorriso e os braços.

Começo a correr, e essa emoção que pensei nunca mais sentir novamente ainda vive e poderá viver para sempre. Enquanto descanso a cabeça em seu ombro e ele me abraça com força, fico tão profundamente satisfeita que gostaria de viver eternamente neste momento.

E eu posso, eu *posso*.

Mas os outros não precisam, porque o amor oferece escolhas.

Eu... eu me lembro de que não queria deixar Kal.

Mas essa foi minha escolha: me juntar a Ra'haam para que pudesse nos ajudar a entender por que essa batalha precisa acabar. E não posso me arrepender.

No fim das contas, é Scarlett que interrompe o silêncio.

— Aurora? O que está acontecendo?

— Quando você rompeu os fios, pensamos que você estava... — Fin para de falar e engole em seco.

— Ela planeja ir com eles — explica Kal com firmeza, e sinto os fios de arco-íris vindo na minha direção mais uma vez enquanto Tyler, Scarlett e Finian protestam.

— Está tudo bem — prometo. — Está tudo bem. Vocês já estavam juntos antes da minha chegada e vão continuar juntos depois que eu for embora. Vocês vão seguir em frente e estarão seguros. Preciso que levem Kal junto.

— Não. — Sua única palavra em resposta é calma, mas dura feito um diamante.

— Kal, é isso que eu preciso fazer — explico, e Ra'haam inteiro compartilha minha dor, porque nós o amamos muito, mas faço parte de Ra'haam agora e, por mais que eu desejasse, não tenho como desvencilhar minha mente do todo.

— É isso que você *precisa* fazer? — Ele levanta a voz, frustrado. — Ou é isso que você *quer* fazer?

A mente de Kal se agarra à minha e ele a entrelaça com o máximo de força possível. Com o eco das palavras, estamos de volta à enfermaria de Sempiternidade e já sei o que ele vai dizer a seguir.

— Morrer no fogo da guerra é fácil. Viver na luz da paz é bem mais difícil.

— Eu não estou me sacrificando sem motivo — digo, desesperada para fazê-lo entender e incapaz de conter as lágrimas. — Não estou simplesmente decidindo morrer. *Não vou* morrer, vou viver para sempre com eles... Esse foi o preço, a forma de ajudar Ra'haam a entender por que precisamos parar. Precisei me tornar parte de *nós* para que pudéssemos compreender.

— Mas agora Ra'haam entende! — A voz se transforma em grito. — Ra'haam entende e você continua com o inimigo! Por favor, Aurora, fique *conosco*. Comigo. Permita que eu seja suficiente para você.

— Está na hora, Jie-Lin — diz meu pai baixinho.

E, no fim das contas, é bem simples.

Há um pai e uma filha na área de ancoragem de uma nave de cristal. O que os une é um vínculo que vai além da família. É algo que os torna iguais, dois corpos da mesma criatura. E, para além deles, no escuro, estão milhares de corpos daquele mesmo ser, e milhões de outras mentes.

Em um primeiro momento lentas, depois mais rápidas e, por fim, impetuosas como uma torrente, elas se derramam no corpo do pai, que absorve tudo o que Ra'haam já foi, é e sempre será.

O amado da garota pega seu corpo durante a queda; ela não precisa mais do corpo agora que sua mente faz parte do todo. Ele a segura nos braços e, junto com a irmã e o esquadrão, volta correndo para a Longbow. Enquanto isso, a cidade de cristal treme.

Um esquadrão da Legião Aurora os espera e os conduz enquanto eles tropeçam pela câmara de vácuo. Em seguida, a Longbow se afasta de uma *Neridaa* cintilante, trêmula e que perde partes do cristal.

E Ra'haam inteiro se reúne em um só corpo enquanto Aurora, a garota fora do tempo, o Gatilho, compartilha com o restante dos corpos o que ela sabe, o que é capaz de fazer e, juntos, todos veem exatamente como deve acontecer.

A bordo da Longbow, o garoto Syldrathi grita, alarmado:

— Ela parou de respirar!

— Sopro do Criador, cadê a Zila quando a gente precisa dela?
— Médicos!
— Peguem os estimulantes!
— Não é o corpo dela, seus tolos! Será que vocês não são capazes de sentir que sua mente está em outro lugar?

São as palavras desdenhosas da irmã que o fazem levantar a cabeça e olhar para a Arma, que não é mais uma arma de forma alguma.

E, quando brilha uma última vez e começa a desaparecer,
ele
    dá
        um
            salto,
sua mente encontra a dela e ele SEGURA FIRME.

E, com um grito, os integrantes do seu esquadrão e sua irmã rabugenta lançam suas mentes em direção à dele, um de cada vez, formando uma corrente que prende uma pequena parte da garota ao aqui e agora...

Todos estão com ela enquanto a nave de cristal desaparece e reaparece longe, muito longe, na escuridão das galáxias, onde não há outra vida, onde a casa e o coração de ninguém será levado embora.

E todos observam a nave derreter e deixar apenas o homem flutuando no escuro.

E ele sorri, joga a cabeça para trás e, lentamente, solta o ar. E, assim, expira um milhão de estrelas, um milhão de almas e mais, até que o espaço escuro se ilumine como uma galáxia, até que Ra'haam dance e brilhe como um enxame de vaga-lumes, como novas estrelas azul-esverdeadas, constelações infinitas, que vivem e amam, unidas.

E, pouco a pouco, seu corpo, agora supérfluo, vira pó.

E os cinco permanecem agarrados a uma única estrela, estendidos além dos seus limites, ferozes, cheios de amor e determinados a não perder mais nenhum membro do seu esquadrão.

E essa estrela sou eu.

— Be'shmai — sussurra Kal. — Venha para casa.
— Ainda precisamos de você — grita Scarlett.
— Ainda tem muita coisa pra ver — diz Fin.
— Você não vai estar sozinha — promete Tyler.
— Será impossível suportá-lo se você não estiver aqui — murmura Saedii.

Uma risada nos envolve ao ouvirmos isso e, por um momento, quase desejo que fosse *possível* me desvencilhar, mas não vejo como.

Jie-Lin, sussurra Ra'haam. Suas vozes estão todas unidas, mas cada uma é diferente, cada uma deleita-se com a individualidade da qual acaba de se lembrar.

O que você deseja?

Desejo...

Be'shmai, venha para casa.

Ainda precisamos de você.

Ainda tem muita coisa pra ver.

Você não vai estar sozinha.

Será impossível suportá-lo se você não estiver aqui.

E então ouço mais uma voz, vinda de mais um membro do meu esquadrão.

Cat é uma daquelas lindas estrelas, uma voz na minha cabeça, um ombro batendo no meu de brincadeira, um sorriso explosivo. Um eu que acabou de lembrar que existe e viverá aqui para sempre.

Acho que ainda não é a hora, Clandestina.

E, com um leve empurrãozinho, ela me mostra onde encontrar a linha de falha, o ponto em que devo pressionar para...

... Mas o preço.

O preço.

Morrer no fogo da guerra é fácil. Viver na luz da paz é bem mais difícil.

Alcanço Kal, que me seguiu até o Eco, até o futuro e de volta para casa; meu azul meia-noite encontra seu roxo, minha mente acaricia a dele, tenta se lembrar de cada parte dela, tenta aprender tudo a respeito dele para jamais esquecê-lo.

A janela começa a fechar, a conexão entre nossa galáxia e Ra'haam, onde quer que esteja, começa a enfraquecer. Cat está ligada a mim e eu a ela, e sou atravessada por uma sinfonia de lembranças: um planeta azul-esverdeado onde ela morreu e nasceu e, antes disso, um salão de dança subaquático, horas roubadas a bordo de naves, uma noite que era para ser perfeita e, em vez disso, partiu seu coração, e, antes ainda, roupas emprestadas e piadas na última fileira das salas de aula e nos exames de admissão; rostos e emoções rodopiam em um crescendo e, no primeiro dia do jardim de infância, um menino empurra uma menina.

Ela me mostra quantas lembranças uma única vida é capaz de conter.

E, subitamente, vejo a harmonia de Ra'haam, vejo a beleza indomável e imprevisível de uma vida vivida por conta própria, mas nunca completamente sozinha.

Recolho até a última migalha de força que me resta e viro o rosto para não ter que ver...

... e então eu corto.

Eu me sento, sem fôlego, como se tivesse acabado de sair da água, e vejo meus amigos reunidos à minha volta — Ty, Scarlett e Fin. Saedii mantém a mão no ombro de Kal e eu tento alcançá-lo, tranquilizá-lo, e...

Nada.

É como bater contra uma parede toda branca.

— Be'shmai? — implora Kal ao cair de joelhos ao meu lado.

— O que você fez? — pergunta Saedii, olhando fixamente para mim.

— Acabou — sussurra Scarlett.

— O que acabou? — questiona Finian.

— O poder dela — diz Tyler baixinho.

— Era a única maneira — eu sussurro.

Sinto um vazio por dentro, mas é minúsculo, imperceptível. Eu era tão vasta, tão... infinita.

E agora estou nesse silêncio abafado, o silêncio de um dia de neve.

Eu... amputei a parte de mim que estava ligada a Ra'haam e não consigo mais sentir meus amigos, assim como não conseguia no início dessa história. Eu não sou um Gatilho. Não sou uma salvadora.

Sou uma garota perfeitamente comum.

Eu poderia ter vivido para sempre no instante em que disse adeus a um milhão deles, mas embora me sinta absurdamente estranha e vazia, o fato de ouvir com os ouvidos, enxergar com os olhos e, quando Kal me abraça forte, escutar com clareza seus batimentos cardíacos no peito... a simples alegria de estar viva é avassaladora.

Não o sinto em minha mente. Mas posso vê-lo, tocá-lo e, quando eu sorrio para ele em meio às lágrimas e ele sorri de volta, sei que fiz a escolha certa.

Viverei em paz e viverei por amor.

O amor oferece uma escolha e eu fiz a minha — a escolha que meu esquadrão me ensinou no instante em que os conheci. Somos nós que formamos nossa família, e essa é a minha. Nós devemos ficar juntos.

— Ra'haam se foi? — sussurra Scarlett, e eu sei que ela está pensando em Cat.

— Não está mais aqui — respondo. — Mas... não se foi.

Instintivamente, me viro na direção certa.

Acho que sempre vou saber onde está.

Há um espaço entre as galáxias que deveria ser escuridão absoluta, mas que agora brilha com vida e memórias, estrelas como vaga-lumes, que compartilham partes de si pelo tempo que desejarem.

Elas estão muito distantes, mas não desapareceram. E encontro nos lábios uma expressão que aprendi com Saedii, daqueles momentos em que estávamos todos unidos.

Eu a sussurro, porque me parece uma despedida apropriada.

— Vejo você nas estrelas.

39

UM ANO DEPOIS

— Bora, bora, bora, a gente vai se atrasar — sibila Scar. Ela ameaça correr, mas acaba falhando.

— O que vai ser um baita choque pra todo mundo — eu retruco e a pego pela mão para desacelerá-la.

Acabamos de voltar do recesso que passamos em Trask — Scar conquistou até a minha terceira avó. A essa altura, tenho quase certeza de que, se a gente terminasse, minha família ia me trocar por ela. Mas nem posso julgá-los, ela é irresistível. Só passamos três semanas fora, mas, meu Criador, é bom estar de volta à Estação Aurora.

A princípio, nenhum de nós tinha certeza de que, depois de tudo que aconteceu, a Legião seria o futuro certo para nós. Mas, pelo menos para Ty, Scar e para mim, é onde nos estabelecemos, por enquanto. Tyler diz que é onde mais podemos contribuir para fazer o bem, e há uma extrema necessidade disso.

Durante a batalha contra Ra'haam, a maioria dos planetas perdeu um grande número de habitantes. Civilizações inteiras ficaram isoladas por trás de Portões da Dobra destruídos. Uma vez, Aurora me disse que tem certeza de que, no futuro, surgirá alguém capaz de contornar a situação, mas se recusou a dar mais explicações.

Por enquanto, vamos fazer o bem que pudermos, onde pudermos.

E, amanhã, faremos uma coisa boa bem *aqui*.

Scarlett e eu aceleramos o passo ao longo do semicírculo do calçadão da estação e, de mãos dadas, nos misturamos à multidão. Há uma infinidade de pessoas: delegados de toda a galáxia começaram a chegar à Academia e enxames de cadetes, legionários e civis lotam as cantinas e bares, empolgadíssimos com a cerimônia.

Olho para o teto transparente; a luz da estrela Aurora ilumina as estátuas das Fundadoras no coração do calçadão. Com cem metros de altura, elas se erguem sobre o lugar que forjaram juntas, a Legião que salvou uma galáxia inteira.

A primeira é esculpida em opala negra de Trask e tem uma expressão sábia, corajosa e serena, um olhar fixo para um futuro de infinitas possibilidades. A segunda é de mármore da Terra, e sorrio ao olhar para o rosto familiar de Nari Kim. Ela está mais velha do que a garota que conhecemos, seu peito agora coberto de medalhas, além das estrelas de almirante nos ombros. Mas continua sendo uma garota que eu *conheci*.

— Tá bonita, hein, garota de barro? — comento com um sorriso.

— Ei. — Scar belisca meu braço. — Você está falando com uma Fundadora da Academia Aurora, legionário.

— É, mas ela me deu um tiro. E me explodiu. E me incinerou. E, com ou sem estrelinhas de almirante, tenho certeza de que ela ainda era um pé no saco *colossal*.

Scar ri apertando minha mão, e sorri para a estátua lá em cima.

— Ela está *mesmo* bonita, agora que você falou. Acho que deram uma polida.

— Bom, ela tem companhia vindo aí.

Com um aceno de cabeça, aponto para uma terceira forma entre as Fundadoras. Ela está escondida debaixo de um lençol de veludo verde *gigante*, mas está claro que outra estátua foi construída entre as duas primeiras. Uma estátua que todas essas pessoas vieram ver.

A misteriosa *Terceira* Fundadora. A heroína não reconhecida da guerra contra Ra'haam, que será revelada amanhã durante a grande comemoração. Ela conscientemente escolheu viver a vida inteira nas sombras, para manter o segredo e evitar o paradoxo. Dedicou sua existência a tentar salvar uma galáxia que nem sequer a conhecia.

Mas, amanhã, mudaremos tudo isso.

Amanhã, a Via Láctea inteira vai ficar sabendo o nome dela.

— Vamos — insiste Scarlett. — A gente vai vê-la amanhã. Os outros estão esperando.

Abrimos caminho em meio à multidão, em meio a todas essas pessoas, todas essas vidas, e finalmente chegamos ao elevador turbo. Enquanto subimos, olho para o mundo de gente lá embaixo, para além das paredes transparentes, e não consigo deixar de sorrir.

Meu sorriso se alarga ainda mais quando, em uma sala de reuniões, encontramos Aurora, Kal, Tyler e até uma carrancuda Saedii Gilwraeth à nossa espera. A cena se dissolve em gritos e abraços quando Scar corre em direção a Auri; eu também, admito, participo do momento, e até mesmo Kal reage com considerável dignidade quando é envolvido. Na cabeceira da mesa noto uma jovem, séria e elegante, mas não tenho tempo para me perguntar quem ela é, porque Auri me abraça com tanta força que meu exotraje ativa o dispositivo de segurança que protege os pulmões e a respiração.

Ty simplesmente ri e espera que os ânimos se acalmem. Ele segura a mão de Saedii, que hoje deve estar muito apaixonada, porque nem faz cara de quem quer arrancá-la com os dentes. Parece que eles estão fazendo o relacionamento à distância dar certo.

— O que você e o Kal estão fazendo aqui? — pergunta Scarlett, pegando a mão de Aurora enquanto todos nos sentamos. — Achei que estivessem do outro lado da galáxia!

Os dois estão contribuindo com o projeto de reconstrução dos Syldrathi. Agora que um acordo de paz foi assinado entre os Imaculados e o restante de sociedade, é hora de cuidar dos detalhes mais confusos, como arrumar outro planeta para se estabelecer. Os Syldrathi não costumam gostar muito de forasteiros, mas, segundo Auri, seu passado como superpotência psíquica e sua conexão com os Eshvaren lhe renderam alguma admiração. E acho também que conta para alguma coisa ter uma Templária como parte da família.

— Fala sério! — diz Auri. — A gente não perderia por nada nesse mundo.

— Vocês viram o desenho? — pergunta Scar.

— Tyler nos enviou — diz Kal, apontando com a cabeça para o nosso Alfa. — Um belo trabalho, irmão.

— Eu ainda acho que você deveria ter botado uma pistola disruptiva na mão de... AI! — eu grito enquanto Scar me chuta por baixo da mesa, olhando feio para mim, e depois sorri para o irmão gêmeo.

— Ficou lindo *mesmo*, Ty. Sério. A Zila ficaria muito orgulhosa.

— A Zila ficaria é bem *desconfortável*, isso sim. — Abro um sorriso e esfrego a canela dolorida, olhando ao redor da sala. — Fala sério. Vocês acham mesmo que *Zila Madran* já se imaginou esculpida em ouro maciço, com cem metros de altura? Meu bom Criador, queria que estivesse aqui para poder ver a cara dela quando a estátua fosse revelada.

— Entãããão... — diz Tyler.

Todos os olhos se voltam para o nosso Alfa.

— Então o quê? — pergunta Kal, desconfiado.

— ... Ty? — diz Scar.

— Então, existe um motivo para eu ter chamado todos vocês um dia antes — responde ele, e indica com a cabeça a mulher sentada na cabeceira da mesa. — E o motivo é ela.

Agora, todos os olhos se voltam para a desconhecida. Ela é Terráquea, talvez tenha uns vinte e poucos anos, muito bem-vestida em seu traje cinza. Sua expressão é séria, mas não sinto a vibe "militar", então não acho que seja da Legião. Ela olha para cada um de nós e, finalmente, os olhos escuros se fixam em Aurora.

— Quem é você? — pergunta Auri.

— Uma mensageira — diz ela, então puxa uma projeção de sua unidade de pulso e deixa que o material fale por si só.

O rosto de Aurora se ilumina, Scarlett arfa e eu me sinto sorrir, maravilhado.

É Zila.

Ela está velhinha, com o cabelo todo grisalho e cheia de rugas nos cantos dos olhos de tanto sorrir. Está olhando diretamente para a câmera, então parece olhar diretamente para cada um de nós.

— *Saudações, meus amigos* — cumprimenta ela. Por mais que sua voz tenha perdido um pouco da força ao longo da vida, não restam dúvidas de que é Zila Madran. — *Esta mensagem está programada para ser enviada um ano após os acontecimentos para os quais passei a vida me preparando. Eu espero, de todo coração, que todos vocês estejam aí presentes para recebê-la. Já aceitei que, embora eu saiba muitas coisas, isso será para sempre um mistério para mim. Certa vez, meu Alfa me disse que alguns momentos exigem fé. Saibam que tenho fé em vocês.*

"*Aurora, espero que esteja bem. Esta mensagem é para você, em específico. Levei alguns anos para perceber que, em minha nova linha do tempo, sua mãe e sua irmã ainda estariam vivas e muito bem, mas lamentando sua morte. Sei que isso foi motivo de grande tristeza para você, então considerei as opções disponíveis, tendo sempre em mente que evitar paradoxos na linha do tempo era de extrema importância.*"

Auri cobre a boca com as mãos e os olhos brilham; Kal se aproxima com a cadeira e, em silêncio, passa o braço pelos ombros dela. Scar, por sua vez, aperta a mão da amiga.

A gravação de Zila continua.

— Falei com sua mãe pouco antes da morte dela e lhe disse que você estava segura. Eu sinto muito por não ter feito isso antes, mas calculei que o risco de um paradoxo seria muito grande. Por favor, saiba que nossa conversa lhe deu muita paz. Estudei sua irmã, Callie, por algum tempo antes de me certificar de que ela era capaz de manter o nível de sigilo necessário e, por fim, confiei a verdade a respeito de seu destino a ela.

Agora, Aurora está chorando pra valer, mas acho que são lágrimas de alegria, e a mulher que trouxe a gravação ergue a unidade de pulso outra vez. Com um peteleco, projeta uma imagem ao lado de Zila — uma mulher muito, *muito* parecida com Aurora, só que com alguns anos a mais e uma criança novinha no colo.

— Esta é sua irmã, com sua sobrinha, Jie-Lin — diz Zila.

A mulher projeta outra foto: agora, a mulher que deve ser Callie está mais velha e, ao seu lado, vemos outra mulher que talvez seja Jie-Lin, com uma nova criancinha.

— E aqui está a filha dela — prossegue Zila. — Tomei providências para que imagens futuras fossem adicionadas à coleção conforme novas gerações fossem nascendo, e espero que este arquivo agora seja entregue por...

A gravação para e todos olhamos para a mulher que a projeta. Até Saedii está com a cara de quem terminou de assistir a uma série com um baita gancho para a próxima temporada.

— Espero — diz a mulher, cujos olhos parecem marejados — que esta mensagem agora seja entregue por uma das descendentes de Callie.

— Você é... — Auri tenta dizer alguma coisa, mas as palavras morrem na garganta.

— Sua sobrinha-tataraneta — diz ela em voz baixa. — Meu nome é Jie-Lin. É tradição de família.

Aurora emite um *barulho* no meio do caminho entre um soluço e uma risada, e todos os meus instintos Betraskanos me dizem claramente que essa é a reação de alguém que encontrou parte da própria família. Eu a vejo se levantar e praticamente se teletransportar para os braços de Jie-Lin. As duas se aconchegam em silêncio enquanto a gravação recomeça. Tomo um susto e volto a atenção para a projeção ao ouvir meu próprio nome.

— Ao partir, Finian sugeriu — prossegue Zila — que eu apostasse nos resultados dos jogos de "algum esporte", com o auxílio de Magalhães. Continuo convencida de que não foi uma escolha verdadeiramente ética, mas Nari se justificou dizendo que, com tudo o que já fizemos, é aceitável recebermos algo em troca. Anexados a esses arquivos, vocês encontrarão os dados de uma conta bancária. O dinheiro é de vocês e poderá ser usado como quiserem, a não ser por dois pedidos. Será uma soma considerável.

"O primeiro pedido é que vocês estabeleçam um programa de bolsas de estudo em nome de Cat. Acredito na Legião Aurora e gostaria de facilitar a entrada de outras pessoas.

"O segundo pedido é que vocês encontrem uma oportunidade de passar um tempo juntos — sugiro confiar a organização a Scarlett, pois Nari e eu temos certeza de que ela escolherá um excelente destino para uma licença. E, por favor, passem um instante dessa viagem pensando em nós."

Todo mundo está chorando agora, a não ser, é claro, Saedii, que definitivamente não tem canais lacrimais. Ela se limita a assentir lentamente com a cabeça — o que talvez seja sua versão de choro.

— *Encontrei minha família aqui* — diz Zila —, *mas sempre sentirei saudade da família que deixei. Espero que cada um de vocês encontre essa mesma felicidade ao longo da vida.* — Ela olha ao redor como se de fato conseguisse nos ver. E sorri. — *Desejo tudo de bom a vocês, meus amigos.*

De repente, a gravação termina e Zila se vai.

Mas jamais a esqueceremos.

— Carácoles. — Aurora funga e se desvencilha do abraço de Jie-Lin.

— Essas — diz Scarlett — vão ser as férias mais épicas da *história*.

— A gente acabou de voltar de férias — eu protesto.

— E não tenho como tirar folga — diz Tyler.

Scarlett põe as mãos nos quadris.

— Vocês estão falando sério?

— Eu estou — diz Tyler, balançando a cabeça. — Depois da inauguração, já tenho um monte de reuniões diplomáticas agendadas, e, em seguida, temos a chegada de um novo time de recrutas e de Stoy vai reorganizar toda a estrutura de comando.

— Isso — concordo com um aceno de cabeça. — E ainda temos pouco pessoal na área de mecânica, tenho que ajudar...

— Ah, pelo sopro do Criador... — Scar solta um suspiro dramático e olha de mim para Tyler. — Sejam mais estraga-prazeres que tá *pouco*.

Eu dou de ombros, impotente.

— Preciso trabalhar, Scar.

— Veja bem — diz ela, aproximando-se. — Uma viagem de férias que *eu* organizo com certeza envolve piscina. E piscina significa que só vou pôr roupas de banho na mala. É só fazer as contas, de Seel.

Faço uma pausa e olho de relance para Tyler.

— Tá, beleza, me convenceu.

— Ótimo — responde Scar com uma careta. — E você, bebezinho?

— Você sabe que eu odeio quando você me chama disso, né?

— Você sabe que você é insuportável, né?

— Ai, essa doeu.

Tyler olha de relance para Saedii, pensativo.

— Você *tem* roupa de banho?

Ela olha de cara amarrada ao redor da sala.

— Certamente posso confeccionar uma com a pele de alguém sem maiores dificuldades.

— Biquíni de couro... — eu murmuro, encarando o horizonte.

— ... Tá, beleza — declara Tyler. — Estou convencido.

— Eles são sempre assim? — pergunta Jie-Lin em voz baixa.

— Com o tempo você se acostuma — responde Kal com seriedade.

Aurora lhe dá mais um abraço e sorri.

— Bem-vinda à família.

MEMBROS DO ESQUADRÃO
▶ DÍVIDAS DE SANGUE
▼ AGRADECIMENTOS

Chegamos ao fim de nossa segunda série elaborada em conjunto com um livro escrito durante lockdowns e uma pandemia mundial — exigindo às vezes um nível de engenhosidade que orgulharia o Esquadrão 312 —, e ficou ainda mais claro como todo livro requer uma comunidade para ser criado. Foi um privilégio trabalhar com a nossa para dar vida a esta história.

Não chegaríamos a lugar algum sem nossa equipe editorial — eles nos guiam para a melhor versão de cada livro, identificam nossos erros, levam nossas histórias para o mundo e certificam-se de que você ouvirá a respeito delas. Temos muita sorte de contar com eles. Nos Estados Unidos, saudamos Barbara, Melanie, Arely, Artie, Amy, Nancee, Dawn, Kathleen, Jake, Denise, Judith, Emily, Josh, Mary, Dominique, John, Kelly, Jules, Sharon, Megan, Jenn, Kate, Elizabeth, Adrienne, Kristin, Emily, Natalie, Heather, Jen, Ray, Alison, Natalia e Dakota. Aqui na Austrália, nossos calorosos agradecimentos para Anna, Nicola, Yvette, Simon, Sheralyn, Eva, Matt, Lou, Megan, Alison e Kylie. No Reino Unido, nossa equipe incansável conta com Katie, Molly, Lucy, Kate, Hayley, Julian, Mark, Paul, Laura e Juliet. Obrigado às fantásticas equipes editoriais internacionais e aos tradutores que se juntaram a nós para levar a história do Esquadrão 312 até você.

Um agradecimento especial para Charlie e Deb pela arte de capa e design fabulosos, seja lá onde seus trabalhos se encontrem pelo mundo.

As versões em audiobooks deste livro são brilhantes, e não poderíamos encerrar a série sem agradecer a Nick e a toda a equipe de áudio, desde o pessoal da produção até nossos incríveis narradores.

Repetidas vezes somos gratos a nossos agentes, Josh e Tracey Adams. Pela orientação, paciência e apoio, um enorme obrigado. Obrigado também a Anna e Stephen e à fantástica rede de agentes estrangeiros, que ajudam o Esquadrão 312 a encontrar novas casas ao redor do mundo.

Também somos aconselhados por diversos especialistas e consultores quando escrevemos nossos livros. Obrigado a dra. Kate Irving, Gary Braude, Megan e Hoonseop Jeong, Mikyung Kim, Oh Young Lee, e tantos outros aqui não citados. Vocês ajudaram a melhorar este livro de maneiras incontáveis, mas, é claro, quaisquer erros remanescentes são de nossa responsabilidade.

A todos os livreiros, bibliotecários, leitores, vloggers, bloggers, twitters e bookstagrammers que ajudaram a espalhar a história do esquadrão: obrigado. Não conseguiríamos sem vocês, nem gostaríamos.

A nossos colegas de esquadrão pessoais: Sam e Jack, Marc, B-Money, Rafe, Weez, Paris, Batman, Surly Jim, Glen, Spiv, Tom, Cat, Orrsome, Toves, Sam, Tony, Kath, Kylie, Nicole, Kurt, Jack, Max, Poppy, Meg, Michelle, Marie, Leigh, Alex, Sooz, Kacey, Soraya, Nic, Kiersten, Ryan, Cat e Cat, Flic, George, Cormac, Marilyn, Kay, Neville, Shannon, Adam, Bode e Luca. O pessoal da House of Progress: Ellie, Nic, Lili, Eliza, Dave, Liz, Kate, Skye e Pete. A galera da Roti Boti: Kate, Aimee, Emily, Kylie, Ned, Maz, Sashi e Emma, de quem sentimos falta todos os dias. Para toda nossa equipe: estaríamos perdidos na galáxia sem vocês.

Àqueles que se juntaram à jornada, apesar de não saberem que seus trabalhos inspiraram o nosso: Frank Turner, Joshua Radin, Matt Bellamy, Chris Wolstenholme, Dominic Howard, Buddy, Ben Ottewell, The Killers, Mark Morton, Randy Blythe, Tom Searle, Dan Searle, Sam Carter, Marcus Bridge, Jon Deiley, Winston McCall, Oli Sykes, Maynard James Keenan, Ronnie Radke, Corey Taylor, Chris Cornell, Ian Kenny, Trent Reznor. Saudações também para Anne McCaffrey, pioneira da ficção científica, cujos dragões telepáticos se infiltraram no DNA deste livro de diversas formas.

Por fim, dedicamos este livro a nossos companheiros e à filha de Amie, que se juntou a nós exatamente na mesma época do primeiro volume. Guardamos o melhor para o final, é claro. Vocês são o nosso esquadrão. Temos muita sorte de estar com vocês. Um brinde à eternidade.